メタルギア ソリッド
ガンズ オブ ザ パトリオット

角川文庫
16181

" METAL GEAR SOLID GUNS OF THE PATRIOTS "
is the one having novelized it based on PS3™ Game software
" METAL GEAR SOLID 4 GUNS OF THE PATRIOTS ".

CONTENTS

ある墓の話をしよう。

ひとりの男が、ある墓標に敬礼を捧げている。墓標にはただ、真の愛国者の思い出に、とだけ記されていて、そこにはいかなる名前も見あたらない。

なぜなら、ここは名も無き者たちの墓だから。

どこの誰とも判らぬまま葬られた者たちの墓。名前を記すことを許されぬ者たちの墓。そんな墓標たちの足許一面を覆うのは、白い花弁の絨毯だ。その花はベツレヘムの星という名前を持っている。ベツレヘムの街でイエスが生まれたとき輝いた星。その花の名は神の王国の輝きを語っている。ついでに言うと、クリスマスツリーのてっぺんにあるおもちゃの星の名前もまた、ベツレヘムの星だ。

けれど、ここは神の世界から追放され、うち捨てられた者たちの墓だ。

なぜ、名も無き者たちの墓が無縁墓地と呼ばれているか、知っているだろうか。その答はマタイ書のなかに書かれている。イエスを裏切ったユダが、後悔に苛まれ、裏切りの報酬である銀貨三十枚をユダヤ教の司祭たちに返そうとしたときのことだ。司祭たちはその申し出をにべもなく撥ねつけた。それはおまえ自身の問題だ、と。

そして自らの罪を悔いたユダは、神殿の床に銀貨を撒き散らし、自ら首をくくって命を絶った。血に塗れたその金を扱いかねたユダヤ教の司祭たちは、その銀貨で陶器職人の持っていた畑を買い取り、旅人たち、追放された者たち、無縁の人々の墓所を造ったというわけだ。

　ユダの裏切りの銀貨で購（あがな）われた墓場。

居場所を持たぬ者たち、放浪者たち、追いやられた者たちの墓。

名も無き者たちの墓がポッターズ・フィールドと呼ばれるのは、そういうわけだ。

真の愛国者もまた、追放され、名を奪われ、亡骸（なきがら）すらも喪（うしな）われた、そんな墓標として佇（たたず）んでいた。あたり一面を覆いつくすベツレヘムの星（オオアマナ）の白さ——その純潔（ヴァーチャス）だけが、墓の主の想いを静かに湛（たた）えている。

喜び（ザ・ジョイ）。それがこの墓が偲（しの）ぶ女性の名だった。

　誰よりも国を愛し、それゆえに国を憂いた彼女。それが同時に、この美しく誇り高い女性を追放された者として、その名を剝奪（はくだつ）されたまま、この場所に眠らせることとなったのだ。本来なら国立戦没者墓地（アーリントン）に横たえられて然（しか）るべきザ・ジョイの骸（むくろ）は、遥（はる）かロシアの大地に寂しくうち捨てられるままになっている。

　五十年前——この墓から、男の戦いがはじまった。

　奇（く）しくもそのときもまた、男はこの墓地を訪れて、ザ・ジョイの墓に敬礼を捧げていたものだ。半世紀前——まだソビエトと呼ばれていた頃のロシアと、アメリカ合衆国の二大国が、地球を何回か滅ぼして尚お釣が来るほどの核弾頭を突きつけあい、危険なにらめっこをしていたあの時代。オオアマナがまだ咲いていなかったこの墓所に男は立ちつくし、あふれる涙をこぼさぬように上を向いて耐え、その哀しみから、その寂しさの風景から、数多くの闘争がはじまったのだった。

真の愛国者――その本当の名前を知る者はひとりもいない。

ザ・ボス、特殊部隊の母、そしてロシアでは戦士(ヴォエヴォーダ)――ザ・ジョイは他にも多くの呼び名を持っていたけれど、かつて弟子であったこの男ですら、彼女が生まれたときに両親から授かったはずの、真(まこと)の名を知ることは叶(かな)わなかった。

ザ・ボスの墓に敬礼を捧げるこの男はかつて、スネークと呼ばれていた。

いや、正確に言うなら、スネークと呼ばれていた、一群の男たちのひとりだった。

ぼくが語るのは、このスネークたちの物語。

かつて世界を変えようとしたスネーク。世界を解放しようとしたスネーク。世界を守ろうとしたスネーク。様々なスネークがいて、様々な戦いがあった。

ぼくはきみに、それを語りたい。

どのようにしていま、ぼくらの生きるこの世界が――斯(か)く在るのかを。

世界をこのように導いた、数匹の蛇の物語を。

ACT 1　Liquid Sun

1

ぼくの最もよく知る蛇の話をしよう。
かつて友だった蛇の話を。ぼくの人生を変えた蛇の物語を。

彼はその日、トラックの荷台に詰めこまれ、傍(かたわ)らにＡＫを立てかけながら、煙草をくゆらせていた——たぶん、そうに違いない。いつどんなときでも、決して煙草を手放さない男だったから。

幸いというべきか、荷台にいっしょに詰めこまれているのは、煙草のことなんてこれっぽっちも気にしない男たちだった。数十年後の肺癌よりも、もっと差し迫った死の可能性が目の前にあるのだ。ささやかな煙草の楽しみを控えるなど、馬鹿馬鹿しいにもほどがある。数分後には頭蓋(ずがい)を撃ちぬかれ、脳みそを地面にこぼしているかもしれないというのに。弾丸に腸(はらわた)を掻(か)き混ぜられて、のたうち回っているかもしれないというのに。

戦場の兵士たちに禁煙を強制するほど理不尽なことはない。ナチス・ドイツは世界ではじめて禁煙を国家政策として健康に結びつけた政治体制だったけれど、結局戦場の兵士にそれを浸透させることはできなかった。戦争と煙草はセットなのだ。

彼は煙を吐き出しながら、ちらりと太陽を眺めやる。海を渡る風も、この内陸まではやって来てくれないようだ。

からりと乾いた空気は、照りつける太陽の光を遮るつもりは少しもなさそうだった。そんな傍若無人な陽光と、湿り気の抜け落ちた風が運ぶ砂塵（さじん）から、人間のデリケートな肌を守るため、戦士たちの多くは布地で顔を覆っている。

道路はまったく舗装されておらず、どちらかといえば単なる車輛（しゃりょう）の通過跡だった。単純さがそのまま頑丈さでもあるような古いトラックの一群が、その道を通り過ぎてゆく。荷台を覆う板の隙間からは、放棄された石造りの建築が時折見えている。

市街地——というよりは、かつてそう呼ばれたもの——に近づいているのだ。

住民たちはとうにその街を放棄していた。飛び交う銃弾を気にせずに、平然と生活を続けられる家族はそういない。

そんな廃墟（はいきょ）の街に向かう後続のトラックともども、荷台で揺られ続ける戦士たち。そのなかに何人か、戦闘員（オペレーター）と呼ばれる男が交じっている。戦士たちの多くは現地の民兵で、訓練の度合いや実戦経験は個人によってまちまちだ。それら有象無象（うぞうむぞう）の兵士たちをまとめ、規律立った戦闘行動へと組織するのが、民間軍事会社（プライベート・ミリタリー・カンパニー）——ＰＭＣから派遣されたオペレーターの仕事だった。

　ぼくの友人であるこの男もまた、オペレーターとしてこのトラックに乗りこんでいる。現地のＰＭＣに登録し、傭兵としてこの戦場へやってきたのだ。

　戦争を生業とする企業。戦争の手段を提供する企業。

　ＰＭＣと呼ばれる一群の民間企業は、戦争したい勢力に、その求める手段を提供していた。それまで一発の弾も撃ったことのない人間たちを訓練し、「一人前に」戦争ができるレベルまで引き上げる。武器商人らと渡りをつけて、戦うことのできる装備をまとめあげる。訓練、装備、指揮、輸送、補給、衛生。いまや戦争にまつわるすべてが、組織された商取引の領域に存在する。

　戦闘行為そのものもまた、そうした膨大な需要のごく小さな一角に過ぎなかった。

　オペレーターもまた、それら「戦争市場」の「商品」でしかない。「戦う」という「労働」力を「戦争という仕事」に売りつける人間たちだ。

　前世紀、こうした男たちは個人経営、大きくてもわずか数名の仲間からなる傭兵として、世界のさまざまな戦場で個別に契約していたものだ。傭兵たちはいかなるイデオロギーにも、どこの民族意識にも、どんな種類の宗教にも、基本的に心動かされることはない。支払い、それが雇われ兵たちの関心のすべてだった。大義に身を捧げて結束することのない傭兵たちは、それゆえ孤独にならざるを得なかった。

　そんなアウトローたちが組織されはじめたのは、冷戦が終わりを告げた頃だ。

互いを滅ぼすことのできる熱量の種を抱え、ふたつの大国がにらみ合っていた時代が終わると、まるで箍が外れたかのように世界中で小さな争いが噴出した。ある民族は過去の怨恨から逃れることができず、ある宗派は自らが奉じる神の絶対性を証明することに躍起となり、絶望的な貧困が虐げられたものたちを軍事的に組織した。

そう、銃さえあれば殺し合いはできる。剣や斧の類であれば、至近距離で相手の肉体に刃を叩きつけ、その切っ先が兜もろとも頭蓋を砕くさまを目の当たりにしなくてはならない。そうした原始的な武器とは違い、銃ははるかに扱いやすい殺戮のツールだった。引き金を絞れば、遠く離れた相手がぱたりと倒れる。

しかしそれを使って戦争をする、というのはまた別の話だ。それにはやはり兵士等に適切な訓練を施し、適切な装備を渡し、的確な作戦を立案する方法を学ぶことが必要になる。

それを提供しはじめたのが、傭兵派遣会社「アウターヘブン」だ。

ＰＭＣの先駆と看做されているこの企業は、南アフリカに本社を持ち、その要塞のような本拠からは、世界中に傭兵たちが「輸出」されていった。

冷戦の時代、世界中の戦場を渡り歩いた伝説の傭兵――その男によって設立されたこの会社は、第二次世界大戦後の戦争史に於ても、とりわけ革命的な存在だったと言えるだろう。それは戦争というものが、国家による軍以外のものでも在りうることを、冷戦終結後の混沌に曝された世界に向かって、堂々と宣言してしまったようなものだったからだ。

その「アウターヘブン」を壊滅させたのが、この男だ。

　トラックの荷台で煙草をふかすこの老兵。立てかけたＡＫに身をもたせかけ、今まさに戦火に身を投じんとしているこの男。こうしているあいだにも容赦なく老いていく理不尽な身体に鞭(むち)打って、自らの宿命を全うしようとしているこの男。

　彼の名前はデイビッド。

　アウターヘブンを設立した伝説の傭兵——ビッグボスの息子。

　戦いの闇の歴史ではソリッド・スネークとして知られる、伝説の男だ。


　すでにこちらの接近は相手方に知られていた。

　スネークが見上げると、黄砂越しに見える先尾翼(カナード)ローターの機影が、トラックの上空を高速で飛び去ってゆく。ヘリコプターとジェット機が合体した代物。前方の廃墟で待ち構える政府軍の兵士たちは、斥候(せっこう)のヘリから送信される戦術情報を元に、万全の布陣で待ち構えていることだろう。

　トラックが廃墟の街に突っこむと、すぐさま戦闘がはじまった。

　トラックの荷台から威勢よく飛び出すたくさんの民兵たち。とはいえ、実際に戦闘に参加できる者はその半分がいいところ。というのも、政府軍の雇ったＰＭＣは民兵たちの到着を事前に察知していたし、遠距離から余裕を持って狙撃(そげき)することができたからだ。

　スネークの目の前で、民兵たちが次々に斃(たお)れてゆく。

　目視困難なこちらの射程の外から、狙撃手(スナイパー)と目標観測員(スポッター)の二人一組(ツーマンセル)で、近接戦闘用のＡ

Kしか持たぬ民兵たちの頭部を確実に砕いてゆく。

こうした状況では、確実なものは何もない。兵士としての勘を信じ、いつかは飛び出さなければならないのだ。どうせ荒れ狂う弾丸の嵐に身を晒さなければならないのなら、皆と一緒にどさくさ紛れで飛び降りたほうが、相対的だが狙われる確率は減るだろう。

スネークは意を決し、老いた体を叱咤してトラックから飛び出した。

目前で男がのけぞり、その後頭部からぬるぬるした赤い液体と、柔らかい脳髄の欠片がスネークの服に降りかかる。もちろんそんなことに構ってはいられなかった。スネークは荷台から地面へ着地した瞬間、すでに左足で大地を蹴り、手近な遮蔽物を求めて移動をはじめている。

トラックの周辺はすでに死屍累々だ。

政府側PMCのスナイパーは優秀らしく、多くの骸は一発で頭部を仕留められていた。不運にも頭や心臓を撃ち抜いて貰えなかった民兵は、肺や腹に弾を抱えこんだまま、砂地の上で悶え苦しんでいる。ここには衛生兵のような贅沢品は存在しない。

PMCの側もそれを承知しているのだろう。かつての戦争なら、射殺よりも脚や腕を撃って負傷させたほうが、効率という点でははるかに高い。傷ついた仲間を戦場から引き離すのに、最低でも二人の手を塞ぐことになるからだ。

しかし、民兵たちは負傷した人間を救出する仕組みも、治療を施す技術も、それどころかそのための薬や器具すら持ちあわせてはいなかった。やられた人間は捨て置くしかない。

民兵を負傷させることに意味がないのなら、ＰＭＣ側としても確実に仕留めていったほうが安心だ。

スネークは屍のあいだを縫って、崩壊しかけた民家の陰に飛びこんだ。

市街地のゲートから次々と後続のトラックが到着し、後部から民兵を吐き出してゆく。

スネークはトラックのほうをちらりと見た。阿鼻叫喚の戦場を目の当たりにして、足が竦んでしまっている者、先頭を切って飛び出したものの、地面に足がつく前に頭を撃ち抜かれる者。これだけ一方的な殺戮とあっては、恐怖に釘付けされるのも仕方がない。

スネークは動作確認のため、手にしたＡＫの引き金をシングルショットで数度絞る。三発撃ったところでトリガーはがっちり固まった。薬莢を吐き出すはずの穴が、破裂した金属で詰まっている。排莢不良だ。質の悪い薬莢が膨れ上がって、弾を撃ち出す薬室にべったり張りついてしまったのだ。

スネークは舌打ちすると、役立たずの銃を放り投げた。物陰から飛び出たＡＫを、間髪入れずスナイパーの狙い撃ちが襲う。給弾不良の銃はさらに遠くへと弾け飛んだ。

しっかり狙われているな、とスネークは苦笑した。これではここに雪隠詰めだ。

と、そのとき豚と牛を掛け合わせたような低い怒声が、廃墟の空に響きわたった。

民兵たちがお互いの顔を見あわせる。悪魔の降臨を告げる先触れの咆哮。動物の鳴き声に聴こえなくもないが、それは決して民兵たちの知る意味での生き物ではないだろう。

あれだ。スネークにはそれが視えた。

建物のあいだから、何か大きくて異様な姿が飛びあがる。まるでカエルのようにジャンプを繰り返しながら、それはスネークたちの戦場へと急速に接近してきた。轟音(ごうおん)が響きわたる。そちらへスネークが視線をやると、トラックの一台がゲートに突っこんでひっくり返っていた。スナイパーが運転手の頭を吹っ飛ばしたのだろう。これで反政府勢力は背後を塞がれた。そして前方はといえば、過酷な狙撃の嵐と、何か得体の知れない怪物の予感。

ふと、戦場に静寂が訪れた。いつのまにか一切の銃声が止んでいる——まるで会話が意図せぬ区切りに嵌(はま)りこんでしまったかのように。

そばにいた民兵がそう漏らす。奇妙に幻想的な瞬間。何人かは不安にかられて周囲をきょろきょろと見回している。

「死神のお通りか」

予兆だ、とスネークは身構えた。これから更によくないことが、この場所で起こる。と、上から何か巨大なものが降ってきた。

それは脚だった。脚という以外にどう形容したらいいのだろう。着地点にいた不運な民兵は腹を踏み潰(つぶ)されて、胸と腰が無残にも切り離されてしまった。

その怪物の脚は、ある意味でソーセージに似ていた。中にたっぷりと肉の詰まった、巨大なオリーブドラブ色の袋。鳥脚型の二本脚のてっぺんには、戦車のような頭が載っている。その形は核搭載二足歩行戦車、メタルギアREXの縮小コピーのようだった。

こいつもメタルギアなのだ。核を搭載しない、対人用のメタルギア兵器。

無人兵器だ。金持ちの国の兵隊は、金のない民兵たちよりも命の値段がはるかに高価だ。だから高価な人命をできるだけ浪費しなくて済むように、先進国やそのPMCは兵隊に代わる新しい戦闘力を開発した。人間の操縦や制御を必要とせず、自ら思考し、判断するAIによって駆動するロボット兵器たちだ。

優秀な格闘家よろしく、メタルギアがその丸太のような太い生体脚を振り回した。それを喰らった民兵が数人、廃墟の壁に叩きつけられる。石壁に激突した人間たちは全身の骨を砕かれて、ほぼ瞬時に絶命した。

兵士たちは次々と突進してくるメタルギアに撥ね飛ばされて、継戦能力を奪われていった。まるで子供の遊びだ、とスネークは思う。サッカーボールのように人間の体が玩ばれて宙を舞っている。「ヤモリ」の通称を持つAT社製の二足歩行兵器アーヴィングは、そのニックネーム通りのしなやかさで民兵たちを圧倒していた。

メタルギアの襲撃を受けた民兵たちは、文字通り蹴散らされた。

戦力は散開し、廃墟の街の各所へと分散する。政府軍PMCはこれを狙っていたのだろう。民兵の戦力を細切れに分割して、弱体化した個々の単位を確実に潰していくのだ。

潮時だな。スネークはそう判断し、ゲート前の戦場を離れた。

自分がここにいるのは、民兵に味方するためではない。スネークはどちらの正義にも与するつもりはなかった。こうした戦場は、いつの時代にも少なからず世界のどこかに存在してきたし、これからもまだ存在するだろう。

この争いがかつての戦争と異なるのは、金で雇われた傭兵(ようへい)部隊と造られた無人兵器による代理戦争だという点だ。国家や思想のためでもなく、資源や民族のためでもない。ＩＤ登録された兵士たちが、ＩＤ登録された武器を持ち、ＩＤ登録された兵器を使う。体内のナノマシンが、兵士たちの能力を助長し、管理する。

遺伝子の制御、情報の制御、感情の制御——戦場の制御。

いまやすべては監視され、統制されている。

管理制御されたＰＭＣたち。混沌(こんとん)という言葉を具現化した存在だったはずの戦場は統制され、今や普遍のものとなった。

管理された戦場。管理された命。もはやここは、スネークにとり「馴染(なじ)み深い」場所ではなかった。

しかし今のスネークには、自分がかつて知っていたものとは大きく変化した戦場で、果たさなければならない役割がある。

自らの宿命にケリをつけるという、最後の役割。

世界に混沌をもたらそうとする、兄弟の目論見(もくろみ)を阻むという使命が。

三日前、ぼくはその最後の戦いのはじまりをスネークに告げた。

ぼくの乗るヘリの回転翼が墓所の上空に覆いかぶさると、下降気流(ダウンウオッシュ)で白い花弁が狂乱の舞いを見せる。オオアマナの純潔(ヴァーチャス)があたり一面を白く飾りたてるなか、ぼくはヘリから降りると、ある墓標の前に立ち尽くすスネークの許(もと)へ歩いていった。

そこは語られることのない戦士たちの墓だった。戦犯として裁かれた者、なんらかの理由で記録を抹消された者。そこには少なからぬ兵士から英雄と崇(あが)められた者も存在する。

「オタコン、死者が目を覚ますぞ」

とスネークが言った。大声ではないが、その低く力強い響きはヘリのローター音にかき消されることなく、しっかりとぼくの耳に届いた。急いでくれ、とぼくが促すと、スネークは怪訝(けげん)な顔をする。ヘリで懐かしい顔がお待ちだ、ぼくはひそめられた眉(まゆ)に向かってそう答えた。

肩を並べて墓標のあいだを歩みながら、スネークがぽつりと言う。

「検査の結果は……」

ぼくは言葉に詰まった。勿論(もちろん)、それを訊(き)かれるのは判っていた。判っていたというのに、ぼくはスネークにどう伝えたらいいか、それを今の今までまったく思いつかなかったのだ。

「プロテオーム分析はポジティブ。でもmRNA解析ではシロだ」

ぼくは出来るだけ淡々と、科学的事実を伝えることからはじめる。

「皮膚の萎縮(いしゅく)や動脈硬化――急速な老化の症状はウェルナー症候群に似ている。だけど、どんな検査でも原因は特定できなかったらしい」

「それで」

スネークは核心を訊きたがっていた。自らの肉体が迎えることになる、苦痛に満ちた結末を。

スネークは怖れてはいなかった。滅びゆく肉体を目の当たりにして、それをすでに受けいれていた。自分が人間でないこと、自然が生み出した身体ではないことも含め。最初から判っていたことだ、とでもいうように、スネークはクローン体である自分に課せられた運命を、大筋において受けいれていた。

受けいれられなかったのは、ぼくのほうだ。

「老衰の経過からすると、長くみても、その……」

言葉が途切れる。スネークが次の言葉を待っている。話さなければならない、本当のところを告げなければならない。聞く準備などとっくに出来ている、この強く哀しい男に。それでも、ぼくの喉(のど)はまるで恐怖と悲しみに凍りついてしまったようで、口を開けど声は出ず、代わりに眼窩(がんか)から涙が溢(あふ)れてくるのは判りきっていた。

「せいぜい一年ってところか」

とスネークが言った。

ああ、とぼくは虚(うつ)ろな返事を返す。スネークは足を止め、咲き乱れる花々と、そこから舞い上がる白い花弁をじっと見つめた。まるでこれから散りゆく自らの命を眺めているかのように。そのあまりに哀しげな瞳(ひとみ)に、ぼくは嗚咽(おえつ)を堪(こら)えねばならなかった。

「スネーク、他の医者を……」

「普通の医者では駄目だ――おれは普通の人間じゃない。ＦＯＸＤＩＥ(フォックスダイ)のこともある」

「ああ、そうだね」

ＦＯＸＤＩＥ――特定の人間だけを選択的に殺すことのできるウィルス。九年前の作戦でテロリストを殲滅(せんめつ)するために仕込まれたそれは、まだスネークの体内で生きている。

「……でも、ナオミの行方はわからない」

ぼくはそう付け加える。とはいえ、ナオミがいれば、何とかなるのだろうか。

そこでぼくは、不確かな希望にすがろうとしている自分に気がつく。確かに、ビッグボスのクローン体という特殊な出自をもつスネークの身体について、この世界で誰よりも詳しいのはシャドー・モセスの作戦に参加し、ＦＯＸＤＩＥの開発者でもあるナオミ・ハンター博士だろう。

しかしナオミに会えば、スネークの容赦なく進行する老化を止めることができるのだろうか。

ぼくには、そうは思えなかった。確かに、何も知らない人間が今のスネークを見たら、七十を越していると考えるのは間違いない。実際にはまだ四十代。これほど早くに肉体が老いることは、普通の人間ではありえない。明らかにスネークの人工的に操作された遺伝子に起因する症状だ。

とはいえ、老いは老いだ。それがどれほど異常なことであっても、生命すべてに訪れるメカニズムであることには変わりない。そして人類は未(いま)だ老いを止める技術を持っていない。生老病死はヒトの宿命だ。それをナオミに止めることができるとは、スネークも、そしてぼく自身にも、とうてい思えなかった。

そこでスネークは、聞き覚えのある声が自分の名を呼んでいることに気づく。杖に体をもたせかけたひとりの老人が、ヘリの座席からこちらを呼んでいた。

「大佐！」

スネークの声に一瞬だけ明るさが戻ったことに、ぼくは少しほっとする。スネークはヘリに乗りこむと、キャンベル大佐と握手を交わした。

「その呼び方はよしてくれ」

キャンベルはそう言って苦笑する。すでに軍を退役して久しい彼は、現在どんな階級も持ってはいない。それでもスネークにとって、かつての上官であり友人でもあるキャンベルは、「大佐」以外の何者でもありえなかった。

スネークはキャンベルの着ているスーツを見て笑った。軍服以外の上司を見るのがはじめてだったのだ。

「そんな格好をするのは娘の結婚式だけかと思っていた」

そんなスネークの言葉に、キャンベルは一瞬だけ顔を曇らせる。メリル。未だ父親と名乗り出ることが出来ずにいる、キャンベルの娘。湾岸戦争で戦死した弟の妻と持ってしまった、許されざる関係の結果として、彼女は生まれた。そしてキャンベルは未だ、自分自身の娘に父と名乗り出ることができていない。メリルにとって、キャンベルは依然として

「伯父」のままである筈だ。

誰もが罪を背負っている。キャンベルも、そしてこのぼくも。

「いまは何を？」

スネークが訊くと、キャンベルは気を取り直して答えた。

「私はいま、国連安保理の補助機関に籍を置いている。ＰＭＣ活動監視委員会の分析、評価部門だ」

「何年か前に決議を通ったやつか」

「スネーク、私はそこで……ある情報を耳にしたのだ」

スネークが眉をひそめる。何の話だ。

「奴の居場所がわかった。中東だ」

奴。スネークもそれが誰のことか、瞬時に理解した。

「今奴を止めなければ、もう後はない」

スネークがぼくの顔を見た。ぼくは軽くうなずきかえし、

「ああ、リキッドが動き出した」

回転翼の唸りが高周波へと遷移しはじめ、ぼくらはヘリの天井を見上げる。着地輪が墓地から離れ、オオアマナの白さが急速に下方へ遠ざかっていった。

「例のマンハッタンの事件をきっかけに、世論の反発が強まり、我が国では他国への表立った介入が困難となった。それ以来、雇われ兵たち——ＰＭＣを中心とした軍隊の民営化

が進んでいる」

「傭兵(ようへい)なら、いつの時代にも存在しているだろう」

とスネークは自嘲(じちょう)の笑みを浮かべ、

「PMCにしても前世紀から棚上げになっている課題だ」

「いいや、スネーク。彼らは私たちの知る傭兵(マーセナリ)とは大きく異なっている——国防総省が推奨する戦場管理システムの登場が、旧来の傭兵とPMCとのあいだに決定的な違いを生んだのだ」

「違い？」

「システムの開発はアームズテック・セキュリティ」

とぼくは解説する。スネークの目に驚きの色が浮かんだ。

「アームズテック？　あのAT社のことか？」

キャンベルはうなずき、

「AT社は近年、兵器開発からセキュリティツール開発に軸足を移し、ATセキュリティを設立、成功を収めた。兵士ひとりひとりの個人情報や部隊のミクロな情報は言うに及ばず、戦況に応じた戦闘状況のマクロな情報統合さえも可能になったのだ」

スネークは溜息(ためいき)をつく。かつて冷戦終結に怯(おび)え、核時代の栄光を今一度プロデュースしようと、DARPAと共同でREXの開発にいそしんでいた斜陽企業が、妙な形で復活したものだ。シャドー・モセスでFOXDIEに殺されたAT社長があの世で現状を知ったなら、自分はとんだ骨折りだったと笑うだろうか。

「つまり、リアルタイムな戦場の制御が実現した？」

というスネークの言葉にキャンベルはうなずいて、

「それだけではない――各国政府や軍隊、反乱組織に至るまでが、コスト高で融通の利かない自国の正規軍より『安全で、使いやすい』ＰＭＣを頼るようになるまでには、それほど時間はかからなかった。同時に、正規軍の縮小傾向が世界中で見られるようになったのだ」

ぼくは先刻までいた戦士たちの墓を想った。伝説の傭兵ビッグボス、そして真の愛国者ザ・ボス。あの周囲に葬られている戦士たちもまた、かつては国のために戦った者たちだ。

戦争は変わったのだ、とぼくは思った。もはや伝説も英雄も、一切の偶像が必要ない、純粋な利益と効率の世界へと変貌したのだ。

「信じがたいことだが、ＰＭＣと正規軍のあいだでは、規模の逆転現象が起こりつつある。いまや、ＰＭＣは正規軍に成り代わり、紛争地帯で活動する軍事力の六〇パーセント以上を占めている」

キャンベルがそう説明すると、スネークは呆然として、

「六〇パーセント……」

「世界の軍備はＰＭＣに大きく依存しているのが現実なのだ」

スネークはその言葉を鼻で笑い、

「そもそもＰＭＣを認めたのも国連決議じゃないのか」

「だが、米政府はその国連決議案を棄権している——米国はその意思を明確にすることなく、強引にＰＭＣ採用を推し進めたわけだ」

キャンベルはそこで息を吸いこむと、

「蹶起(けっき)の情報を手にするまではな」

ぼくは鞄(かばん)からプリントアウトを取り出してスネークに渡す。ピューブル・アルメマン社、レイブン・ソード社、ウェアウルフ社、そしてプレイング・マンティス社。紙にはそれぞれのＰＭＣについて概略が記されていた。ぼくはそれらを指し示しながら説明する。

「各地に無数に点在し、なおも増加するＰＭＣのうち、世界で大手と呼ばれるＰＭＣは現在五社ある。アメリカに二社、フランス、イギリス、そしてロシアにそれぞれ一社」

キャンベルはうなずき、

「そして我々の調査によれば、これら最大手のＰＭＣ五社がダミー会社を通じ、たった一社のマザーカンパニーによって運営されていることがわかった。それら大手五社を束ねるマザーカンパニーの名は——『アウターヘブン』」

まさか、とスネークが目を見開いた。

アウターヘブン。かつてビッグボスが設立した傭兵派遣会社であり、スネークと同じくビッグボスの息子であるリキッドがシャドー・モセスでの再建をもくろんだ、「戦士が永遠の安息を得られる世界」。

「そうだ――リキッドだ。奴はその強大な軍隊を率いて蹶起の準備を進めているのだ」

「奴は死んだはずだ」

そう、シャドー・モセスで。ナオミの仕掛けたFOXDIEによって。

「その意思はかつてオセロットと呼ばれた男の肉体の中で生き残っている――リキッドは戦火を更に拡大し、かつてビッグボスが唱えていた理想郷を実現させるつもりなのだ」

戦士が唯一、生の充足を得られる世界――スネークがぽつりとつぶやく。

戦士が必要とされる世界。おれはここに存在している、と戦士たちが叫ぶことのできる世界。ビッグボスも、スネークと同じくビッグボスのクローンであるリキッドも、それを求めて世界に戦いを挑んでは、幾度となくスネークに阻まれてきた。

その理想郷はとりもなおさず、全世界的な戦争状況を意味する。ありとあらゆる場所で戦士が必要とされる状況――世界中の人々が互いを際限なく殺しあう、そんな世界。

「そうなる前に、なんとしても奴を阻止せねばならん」

来るべきときが来たのだ。

スネークは口をつぐみ、ヘリの窓外の風景へと視線を移す。ぼくはスネークの顔を見つめた。その瞳に顕れた決意の深さに、意志の強さに、ぼくは圧倒されかけた。

こうしている今も肉体は徐々に朽ち、この友人を遺伝的に定められた死へと誘っているに違いない。心室が伸びきったゴムのように肥大した心臓は、肉体の隅々まで血液を回す出力を得られない。線維化した肺は硬くなって完全に膨らむことができず、充分な酸素を取りこむことができない。

そんな苦痛が全身を苛(さいな)んでいても、この男はまだ戦おうとしている。

自分が望んだわけではない、この世に生を受ける以前からすでにかけられていた、その呪いの落とし前をつけるために。

ヘリが大きく傾斜する。旋回する機体から下方を望むと、空港の滑走路に一機の軍用輸送機が停まっているのが見えた。ノーマッド――米軍のグローブマスターに匹敵するほどの積載量を誇る大容量輸送機。その貨物室(カーゴベイ)には、このヘリを丸ごと収容してまだお釣がくるほどの、たっぷりとした空間がある。

ヘリが滑走路に着陸すると、ぼくらはその輸送機へ向かって歩き出す。

「いいか、スネーク。手段は問わない、リキッドの蹶起を阻止するんだ。そのためには奴を……」

そこで不意にキャンベルは口ごもった。その歩みが止まる。ぼくらも立ち止まって、スネークと一緒にキャンベルの顔を見つめた。苦渋に深々と皺(しわ)を刻む、その眉間(みけん)を。

「大佐、おれにこう言いたいんだな」

スネークは責めるふうでもなく、感情のない声でこう語る。

「奴を、リキッドを殺せ、と」

キャンベルの目蓋(まぶた)はかたく閉じられていた。幾つもの戦いをともにくぐりぬけてきたこの友人に、単なる人殺しを依頼しなければならない、そんな己を呪っているのだ。

「すまない——これは正義ではない。あくまで非正規の、殺しの依頼。世界的な大企業の、その一経営者に対する暗殺（ウェット・ワーク）だ」

ぼくは首を振った。秘密兵器の破壊、科学者の救出、核発射の阻止。多くの戦いがあり、多くの血が流れた。スネークもキャンベルも、そしてぼく自身も、この手が血に塗（まみ）れていないなどと言い張るつもりはこれっぽっちもない。それでも、誰かを殺すことそれ自体を望んだことなど、これまでは一度だってなかった。

自らの意思で、それを望んで、誰かを殺すこと——それがぼくらの最後の戦いに課せられた使命なのだ。

遮るもののない滑走路を、気持ちのいい風が吹きわたる。ぼくらの思いとは裏腹に、空は残酷なまでに晴れていた。

「どうしておれに？」

太陽を睨（にら）みながらスネークは再び歩き出す。

「ＰＭＣの軍事力、そしてそれが生み出す経済効果……戦争は二十世紀でいう石油に継ぐ、世界経済を支える柱になろうとしている——各国は事態を危惧（きぐ）しながらも、戦争経済の破綻（はたん）を恐れ手が出せないでいる。国連でさえもな」

「公式な介入は戦争を土台にした経済システムにダメージを与える。アメリカも国連も大っぴらにやるわけにはいかない——それがお尋ね者として世界を放浪するおれたちに依頼する理由か」

「いまやアメリカは戦争を経済活動のひとつにしてしまった。経済アナリストのあいだでは、右肩下がりの石油経済を補塡する意味で『戦争経済』などとも呼ばれている」

「虫のいい話だ」

「スネーク、今回の任務はかつてのような米軍からの命令でもなければ、国連として正式に依頼できるものでもない。だが躍起をもくろんでいるリキッドから目を背けることもできん。放っておけば、奴は大いなる脅威となるだろう」

滑走路を横切って、ぼくらは輸送機にたどり着く。ノーマッドの後部ハッチが大きく開け放たれて、そのからっぽの腹の中身を曝していた。ぼくはハッチの傾斜を上るキャンベルに手を貸す。登りきったところでキャンベルは立ち止まり、スネークの瞳を覗きこんだ。

「スネーク、私はきみ以外に頼れる人物を知らない」

真正面から見据えられたキャンベルの視線を、スネークも黙って受け止めた。

ここが、ぼくたちのたどりついた最後の運命なのだ。

リキッド殺し。逃れることはできるかもしれない。目を瞑ることもできるかもしれない。

しかし、そうしていては自分を捕えた宿命のすべてから解放されることはない。

「わかった、話を聞こうか」

そう言って、スネークはカーゴベイの奥にある仮設オペレーションルームの椅子を指し示す。急ぎ仕事とはいえ、長期の移動に耐えられるよう居住環境は整えられている。液晶モニタ数台に彩られた作業用端末、それが接続されたスーパーコンピュータ「ガウディ」、そして簡易医療ベッドなどの作戦装備があり、タラップで登った二階にはベッドにシャワー、トイレにキッチンと、生活のためのシステムが一式揃っていた。

「そもそもリキッド蹶起の情報は、我々国連の調査結果を受けて動き出した米特殊部隊の調査によりもたらされた」

キャンベルは簡易チェアーの座り心地の悪さに、尻の位置を調整しながら説明し、

「彼らはリキッドの動向調査を続行し、今から約十八時間前に中東で奴の姿を捉えた――少数派民族による反政府軍と現政府軍のあいだで、内戦状態にある地域だ。政権側の軍隊はリキッド傘下にあるPMCのひとつがその中核を成している」

「反政府軍は？」

「現地民兵が少数のオペレーターに訓練や現場指揮を依頼している。勿論、現地傭兵派遣会社の兵士も加わっているようだ」

「雇われ者同士の代理戦争だね……」

ぼくは補足した。PMC対PMC、泥沼の戦局。典型的な戦争経済の犠牲者だ。

スネークはもう一本煙草を取り出すと、火種を求めてスーツの内ポケットを探る。するとカーゴベイの二階からサニーが飛んできて、その口許から煙草をひったくった。

「ス、スネーク、こ、ここは禁煙なんだから……」

スネークは苦笑いを浮かべると頭を掻いた。少女はまるで新人検察官のように吸殻の入った灰皿を突きつけると、

「ス、スネーク、また吸ってたでしょ……ここは、こ、ここは禁煙なんだから！」

ぼくは弱りきっているスネークを見て笑った。キャンベルは呆然(ぼうぜん)とした様子で、二階に戻ってゆくサニーの背中を見つめながら、

「彼女は……」

サニーはオルガの娘だ、とぼくが説明してやる。キャンベルはああ、という納得の表情を浮かべ、

「マンハッタンの事件で、娘を人質にとられ『愛国者達』に協力していたという……」

「ああ、彼女がその、人質にとられていた娘さんだ。雷電が『愛国者達』の手から救出してくれてから、ぼくらが引き取っていっしょに暮らしている」

「雷電はいま……」

「わからない。彼女を助け出してぼくらに預けたあと、行方をくらましてしまった」

雷電――マンハッタンの大統領人質事件で、それと知らず「愛国者達」の駒として働かされていた兵士。ぼくらはその戦いのなかで雷電と共闘することになり、ソリッド、リキッド、そしてオリジナルであるビッグボスに次ぐ、もう一匹のスネークであるソリダスの目論見(もくろみ)を打ち砕いたのだった――というのは乱暴に過ぎる要約だけれども。

実際にはソリダスも、そしてリキッドも、自由を求めてあがいていたに過ぎなかったのだ。世界から抹消されんとする自分自身の全存在を賭(か)け、「現実」を管理統制しようとする秘密組織「愛国者達」への反乱を試みたのだから。ビッグボスのクローンとして生み出

された三匹の蛇。アメリカを、そして世界を動かす闇のネットワーク「愛国者達」の存在を思うとき、ぼくにはリキッドやソリダスが悪だと単純に決めつけることが、どうしてもできなかった。

「うまく話すことができないようだが」

キャンベルがサニーの話し方について訊いてきた。ぼくはうなずいて、

「吃音のことは、彼女も気にしている。生まれてからしばらくのあいだ、異様な状況で暮らしてきたんだ。あの子にも色々と背負っているものがあるんだよ。吃音はその顕れさ」

「おれたちと暮らすのだって、充分異様な状況だとは思うがな」

スネークが皮肉をこめて言う。スネークは以前から、彼女に外の世界を見せてやれ、と折に触れ主張してきた。けれど、「愛国者達」の目が光っているこの状況で、彼女を世界に解放してやることが正しいとは、ぼくにはどうしても思えない。

「彼女は天才なんだ。ほかの子供とはちょっとばかり違うんだよ。仕方ない」

「天才、とは？」

キャンベルが訊いてきたので、ぼくはカーゴベイに並べられたスーパーコンピュータ群を指し示し、

「サニーはテクノロジーに関して、驚異的な才能を持っている。複雑なソースコードも一発で理解するし、機械工学に関しても相当な学習能力を発揮している——例えばこれ」

ぼくは立ち上がり、カーゴの奥から一台のロボットを取り出した。脇に抱えられる程度

の本体に、液晶モニタと二本の脚が付いている。

「メタルギアMk.Ⅱ、REXと同じ、メタルギアだ。だけどこいつは兵器じゃない。スネークの活動をサポートする遠隔機動端末なんだ」

「それとサニーにどう関係が？」

「こいつはぼくとサニーの共同製作さ。姿勢制御（オートバランス）から視覚認識フレーミングまで、実に色々なコードを彼女が書いたりかき集めてきたりした」

ぼくはMk.Ⅱを床に置くと、端末を操作して起動させた。小型メタルギアは目覚めると、脚先の走行輪でノーマッドのカーゴベイを器用に走りはじめる。キャンベルが感嘆の声をあげた。

「まだ七、八歳の少女がこれを……すごいものだな」

「次の世代を担う才能の出現さ。ぼくはもうお払い箱ってわけ」

「お払い箱になる前に、やらなければならないことが残っているぞ」

とスネークが釘（くぎ）を刺し、

「サニーたちの世代に、おれたちの呪いを継がせる訳にはいかない」

わかってる、とぼくは答える。ぼくたちはこれまでも、まさにそのために戦ってきたのだから。キャンベルもうなずき、身を乗り出して本題に入った。

「スネーク、きみは反政府軍に雇われたオペレーターのひとりとして輸送トラックに紛れこみ、現地へ潜入してくれ。そしてまずは情報提供者であるラットパトロール・チーム01

と接触して欲しい。話はついている」

『ネズミ』パトロールか。動きは速そうだ」

「彼らは陸軍のPMC監査機関——陸軍犯罪捜査局に所属する特殊部隊だ」

CIDは軍内部の犯罪を捜査する、いわば軍の警察だ。戦場で、そして占領地で行われた米軍自身の犯罪行為——虐殺、捕虜虐待といったもの——から、基地駐屯地での軽犯罪に至るまで、軍の管轄内で発生したありとあらゆる事件を調査する。

「まさに軍のネズミというわけか」

スネークは微笑む。必要なこととはいえ、仲間内をこそこそと嗅ぎまわる連中に好意を持つのは難しい。キャンベルはそんなスネークの気持ちを察したのか、否定するように首を振って、

「いいや、信用するに足る連中だよ」

「知り合いか？」

「多少、な」

奇妙にぼかした表現にスネークは眉を寄せるが、キャンベルはそれを恐らくは意図的に無視して先を続けた。

「現地への移動手段だけは国連の物資援助にかこつけて米軍の支援を取り付けられる。だがそれ以外のどこからも、いかなる保護も保障も受けることはできない」

と、強調するようにそこで一旦間を置いて、

「そして現地にもきみの関与、ひいては国連関与の証拠も残してはならない――このことが外に漏れれば、大きな火種になるからな」

いつものことだ、とスネークは思う。ザンジバーランドでも、シャドー・モセスでも。きみが死亡もしくは捕らえられても、当局は一切関知しない。つまりは「スパイ大作戦」の世界だ。

「頼めるか、リキッドの暗殺を」

キャンベルが今度はぼくの瞳(ひとみ)を覗(のぞ)きこむ。

ぼくはうなずいた。ここで、すべてを終わりにしなければならない。

スネークの命が燃えつきてしまう前に。

「ありがとう」

キャンベルの感謝の言葉が、ノーマッドのカーゴの隅々に染みとおっていく。

ぼくにはそれが、これから臨む戦いに対してだけではなく、これまでのスネークの戦いと、その背負ってきた苦しみに捧(ささ)げられた、悲痛な感謝の言葉であるように思えた。

そう、ぼくがきみに語るのは、この男の物語だ。

暗号名ソリッド・スネーク。これほど知れ渡ってしまった今となっては、暗号も何もないものだけれど。誰も彼もがスネークと聞けば、ああ、あの伝説の男か、と言葉を返す。シャドー・モセスの英雄。アウターヘブンを壊滅させ、ザンジバーランドを陥落せしめた偉大なる戦士。「悪魔の兵器」メタルギアを幾度となく破壊してきた、不可能を可能にする男。

伝説の男――本人はそう呼ばれることにうんざりしている。

とはいうものの、正直なところぼくはスネークに出会うまで、その伝説の一端を聞いたことすらなかった。だって、その頃ぼくは科学オタク（ギーク）で、関心といえば日本のアニメみたいなロボットを、巨大軍事企業のお金で作り上げることだけ。

アニメとテクノロジー。それがぼくのすべてだった。自分が生み出しつつある兵器の意味も知らずに、ふたつの足で大地を踏みしめて歩行する、そんなロボット兵器を子供のような無邪気さで組み上げることに熱中していた。

そう、それこそがメタルギアＲＥＸ（レックス）と呼ばれた兵器。

ぼくがスネークと出会ったのは、彼がアメリカ政府の要請――というよりは強制で、このメタルギアＲＥＸを破壊するために、アラスカの孤島へやってきたからだ。反旗を翻したアメリカ軍の特殊部隊フォックスハウンド。連中の奪ったメタルギアＲＥＸは、核弾頭を世界のあらゆる場所に叩（たた）きこむ力を持っていた。

影（シャドー）のモセス、と呼ばれるその島は、フォックス諸島のさらに沖に位置している。ベーリング海を渡る高緯度の殺人的な寒風が吹きすさぶその島で、ぼくの作り上げたメタルギアＲＥＸの試験演習が行われたときのことだ。演習を警護していた次世代特殊部隊フォックスハウンドが島を占拠し、核の脅しとともにアメリカ政府へ要求を突きつけた。冷戦の終結により行き場をなくした無数の核弾頭が、その島には大量に保管されていたのだ。核弾頭や大陸間弾道ミサイル(ICBM)の厄介なところは、それを配備しているだけで膨大な額の金が飛んでいくということだ。冷戦さえなくなってしまえば、厄介ごとはもう充分だった。そういうわけで、財政破綻(はたん)そのもので国が崩壊したロシアは勿論(もちろん)、そのカウンターパートだったアメリカも、喜んで膨れあがる軍事費の抑制に乗り出したのだ。

しかし、それを快く思わぬ人々もいた。

核があるから——一瞬で数百万の命を奪うことのできる兵器があるから、世界はこれまで秩序を保つことができたのだ、と考える官僚がいた。人類滅亡の可能性をたえず背中に突きつけられながら、ソ連とアメリカが際限なく戦車や戦闘機を開発し生産し続けることで、利益を生み出していた企業群があった。

それがアメリカ国防総省の技術開発セクション・国防高等研究計画局(DARPA)のボスであるドナルド・アンダーソンであり、軍事企業アームズテック社の社長ケネス・ベイカーだ。この二人は冷戦の栄光、核の傘に覆われた繁栄を取り戻すべく、議会に報告されず、国家予算のどこにも計上されることのない、そんな極秘予算(ブラックバジェット)を使って新型メタルギアの開発に着手した。

シャドー・モセスでフォックスハウンドが奪ったのは、その新型メタルギアだった。

いくら核弾頭を奪ったとはいえ、海をまたいだアメリカ本土にお宝を到達させることができなければ意味はない。だからこそ、冷戦時代にあれほど宇宙ロケットの開発が盛んだったのだ。そしてＲＥＸはロケットに頼らず、その大質量の貨物を、世界のありとあらゆる場所へと送りつける手段を持っていた。

レールガンと呼ばれるそれは、ＲＥＸの右肩に取りつけられていた。膨大な電力によって生じた磁力が、砲身型のレールに載せられたペイロードを凄まじい速度で射出する。言ってみればこれは、火薬を使わない大砲のようなものだ。物を放り投げるのと原理的には変わらない。宇宙まで届く大砲というわけだ。

たえず燃料を燃やし続けながら大空を必死に飛んでいかねばならない、そんなミサイルやロケットのような兵器とは根本から発想が異なる。物凄い速さで飛んでいくから撃墜はまず不可能だったし、ミサイルのように景気よく噴射炎を放出して、その熱を人工衛星やレーダーに見つけられてしまうこともない。

まさに二十一世紀を導く、悪魔の兵器。

それを奪ったのはフォックスハウンド部隊の実戦リーダーだった男——世界を変えた蛇のうちの一匹だ。スネークの兄弟であり、同時にスネークそのものでもある男。ビッグボスを超えることを目指し、それを果たすこと叶わなかったひとりの男。その名前はリキッド・スネーク。ぼくの友人と同じスネークの暗号名を持つ男だ。

スネークは反乱を起こしたフォックスハウンド及びリキッドの核発射能力を調査し、事実ならそれを阻止せよという命を受けてシャドー・モセスに潜入させられた。フォックスハウンドはといえば、かつてビッグボスが設立し、若き日のスネーク自身も所属していた特殊部隊だ。複雑に絡み合った政治情勢のために公式な介入が困難な地域で、極秘裏に作戦を遂行するために設立された次世代の軍事集団。しかしビッグボスは国防総省に請われてこの部隊の編成に力を貸す一方で、南アフリカに傭兵派遣会社アウターヘブンを秘かに築き上げ、核搭載二足歩行戦車メタルギアを開発し、世界に脅威をもたらした。

武装要塞と化したアウターヘブンに潜入し、世界を脅かすメタルギアを破壊せよ。それがまだ新米だったスネークに、いきなり与えられた大役だった。勿論、まだ若く経験の少なかったスネークが選ばれたのは、ビッグボスが作戦の失敗を目論んだからだ。フォックスハウンドの総司令官にして、アウターヘブンのボス。ビッグボスにとってはその「裏の顔」こそが真の人生だったのだから。

ビッグボスの思惑とは裏腹に、スネークはその戦士としての資質を開花させた。当時はまだ自分の父であると知らなかった男の、その遺伝的資質。ビッグボスのクローンであるスネークは、その能力をフルに発揮して、最終的にはメタルギアを破壊し、オリジナルであるビッグボスをも打ち破る。ビッグボスは、いわば自分自身の影に敗北したわけだ。

皮肉にも、フォックスハウンドがその名を轟かせたのは、部隊自身の総司令官を葬り去ることになった、この作戦によってだった。その後、ビッグボスは中央アジアの僻地、旧ロシア領のザンジバーランドに落ち延びて、傭兵としてその独立戦争を支援し、再びメタルギアを建造することで世界を混沌に陥れようとした。

戦士たちが己の存在を見出すことの出来る世界、その混沌こそがビッグボスの見出した理想郷の姿だった。しかし、アメリカ政府に召喚されたスネークによって、またもビッグボスの目論見は崩れ去った。かつての司令官だったこの男との戦いに、ようやく決着をつけたとき、スネークはそこで初めてビッグボスが、自分の「父親」であるという事実を知らされた――今際、本人自身の口から。

シャドー・モセスでリキッドが要求したのは、そのビッグボスの遺体だった。

遺伝子には様々な「資質」が刻まれている。知能、性格、体格。ある調査によれば、完全に文化的で後天的な代物としか思えない、その人の政治的な傾向のようなものまでが、遺伝子によってある程度決定されているという。ザンジバーランドでスネークに殺されたビッグボスの遺体は、兵士としての「正しい資質」を備えた、最強の兵士を生み出すための遺伝子サンプル、いわば戦争に適した人間の諸要素を収める図書館として、国防総省に保管されていた。

その遺伝子から抽出された様々な「資質」は、遺伝子治療によって特殊部隊の兵士たちに組みこまれた。こうして部分的にビッグボスの形質を受け継いだ部隊――ゲノム兵による「次世代特殊部隊」が組織されたのだ。

厳しい寒気に包まれたアラスカの孤島で、リキッド率いるフォックスハウンドと、その配下の次世代特殊部隊とが起こした反乱。リキッドらを鎮圧するために、「不可能を可能にする男」として、スネークはまたもや軍に徴発された。

しかし国防総省の真の狙いは、スネークを致死的な病原体の感染者として送りこむ、ただそれだけにあったのだ。

　軍と契約したバイオテクノロジー企業、ATGC社のナオミ・ハンター博士が開発した、人間個々人に特有の遺伝子配列にのみ反応し、心筋細胞に細胞自死（アポートシス）を引き起こすことで、選択的に人を殺すことの出来るウィルス兵器――FOXDIE。

　核弾頭廃棄施設シャドー・モセス島に監禁された、国防高等研究計画局（DARPA）のドナルド・アンダーソンと、メタルギアを開発した軍事企業アームズテック社の社長、ケネス・ベイカーを救出し、核の発射を阻止せよ――スネークに下された命令は、まったくの嘘だった。FOXDIEはベイカー社長を抹殺し、最終的にはリキッドの命をも奪った。

　その戦いのなかで、ぼくとスネークは出会った。ぼくは科学者――というより、技術担当かな――としてスネークをサポートし、世界をもう少しマシな場所にするための戦いへと飛びこんでいったんだ。

　シャドー・モセスでのリキッドによる反乱の後、ぼくらは世界中に拡散したメタルギア技術によって生まれた、夥（おびただ）しい数の新型メタルギア兵器を見張る反メタルギア活動を発足させた。その後、マンハッタン沖の海洋除染施設「ビッグ・シェル」を占拠したテロリストによる、大統領人質事件に介入する過程で、アメリカ、ひいては世界を管理する闇のシステム「愛国者達」の存在に接近し、近年は反メタルギアから反「愛国者達」へとその活動の軸足を移していった。

　そう、ぼくとスネークは長いこと一緒にやってきた。この先に記されているのは、この生涯の友人であり、あのシャドー・モセスでハル・エメリッヒという存在を永遠に変えてしまった、ソリッド・スネークというひとりの男が臨んだ、最後の戦いの物語だ。

伝説の英雄、スネークはそう言われることにうんざりしていたけれど、ぼくはそれでも言わせてもらう。ソリッド・スネークは本物の伝説だ。ぼくにとっても、そして他の多くの人々にとっても。

この物語で、ぼくはそれをきみに知ってほしいんだ。

2

「この地区は政府軍が制圧しました！　契約ＰＭＣはプレイング・マンティス社、使用された無人機はアームズテックのアーヴィング。プレイング・マンティス社は確実で完璧です。次回の戦闘の際にはプレイング・マンティス社をご検討ください！」

朗らかな女性の声が、廃墟の上空に響き渡る――まるで神の御言葉のように。

ＰＭＣのコマーシャルだ。とはいえ、プレイング・マンティスを雇えばよかった、と民兵らが後悔することはないだろう。それを傾聴すべき者たちは皆等しく死を与えられ、その骸は廃墟を吹き抜ける砂塵に洗われるままになっている。

確かに、街の大半は制圧されているようだ。スネークは煙草をくわえて一息つく。騒がしかった銃声も、アーヴィングの腹の底に響く不快な鳴き声も、めっきり聴こえなくなっていた。アメリカ軍から払い下げられたＰＭＣの装甲車が、列を成して進軍するのを見かけたけれど、民兵の抵抗はまったく見られない。

とはいえ、これは民兵が完全に敗北したというよりは、地下に潜ってゲリラ戦のモードへ切り替えたと見るほうが正しいように思える。実際、街路を素早く横切る民兵の姿を、スネークは時折見かけていた。

そんな民兵らの背後を尾(つ)けてゆくと、スネークは反政府軍の司令部らしき地下室にたどりついた。スネークにこうした忍び寄り(スニーキング)はお手の物だ。ある廃墟ビルの地下に集合した戦士たちを眺め、やはりな、とスネークは民兵たちの戦力を見積もる。かなり損耗してはいるが、もう一度大攻勢を仕掛けるだけの体力は、辛うじて温存しているように見えた。もしかしたらトラックでの突入は、この本隊を潜伏させておくための陽動だったのかもしれない。迷宮のような地下道は負傷者や死体で溢(あふ)れていたが、ちらりと見かけた司令室では、指揮官たちが態勢を立て直す方法を検討しているところだった。

「大丈夫かい？」

という声に、スネークが振り返る。ぼくの送りこんだメタルギアＭｋ．Ⅱが、不可視の衣・ステルス迷彩をオンにして、ずっとスネークの背後を追っていたのだ。

「そっちの様子はＭｋ．Ⅱで見ているよ」

「そっちは随分涼しそうだ。こっちは危険地帯(ホットゾーン)のど真ん中だがな」

「そう言うなよ。民兵に扮(ふん)していたきみの代わりに、色々差し入れを持ってきたんだ」

ぼくはＭｋ．Ⅱのボディを開けて、ポートからソリッド・アイを取り出した。

「まずは、こいつを左目に装着してくれ」

「まるで眼帯だな」

と言いながら、スネークがソリッド・アイを頭に掛けた。センサの塊である黒いボックスが、スネークの左眼を覆っている。まるでビッグボスだ——とぼくは思った。スネークの父(オリジナル)であり、伝説の傭兵(ようへい)であるあの男も、冷戦時代の任務で右目を失い、海賊のようなアイパッチを着けていたのだった。

「レーダーなどの情報を立体的に表示する万能ゴーグルだ。拡張式暗視装置(エンハンストナイトヴィジョン)やスコープへの切り替えもできる」

スネークがソリッド・アイのスイッチを入れると、現実の風景に様々なデータが重ねられて表示された。ソフトウェアが視界内から数百の追従点を抽出し、単なる二次元画像から三次元座標軸を生成することで、ガウディが送りこむデータが三次元空間に追従して表示される。ゼロから作り出す仮想の現実(ヴァーチャル・リアリティ)ならぬ、現実に重ねられた拡張現実(オーギュメンテッド・リアリティ)だ。

さらに民兵たちが拠点内にどっと入ってきた。負傷している者もいるが、大半は元気そうだ。

「数では政府軍のPMCに勝っているみたいだね」

「地の利もあるだろう。プレイング・マンティス社は心理効果を狙って、空から勝利宣言を喚(わめ)きたてているが、これからが本当の勝負だろうな」

「スネーク、AKは？」

スネークは肩をすくめ、

「給弾不良(ジャム)って捨てた。途中、プレイング・マンティス社のSCARを拾ってみたんだが、安全装置を外したってのに引き金が引けなくてな」

「じゃあ弾丸が雨あられのなか、素手でここまで来たってのかい？」

ぼくは呆れた。不可能を可能にする男と呼ばれるのも無理はない。

「スネーク、ＰＭＣの兵士が使っているのはＩＤ銃だ」

「ＩＤ銃？」

「ＩＤ銃は兵士体内のナノマシンＩＤを認識してロックを解除する。システムのナノマシンを保持していない者、保持していても使用権限がない者は、ＩＤ銃の認証をパスできない。そのままでは引き金を引くことができないんだ」

「じゃあ、ＰＭＣの銃を奪っても使用できないというわけか」

「そういうことになる。スネークもシステムには登録されていないからね。ついでに言っておくと、武器や兵器だけじゃない。システムは車輌、軍事施設などすべてに対してこのＩＤ管理でセキュリティを掛けているんだ――ＰＭＣも正規軍も、ＩＤ無しでは戦えない」

「兵士を個別認証する、微細レベルの認識票というわけだ」

戦場はいまや、血中を泳ぐ分子レベルの粒子機械の傘に覆われているのだ。システムの許可がなければ、銃を撃つことも装甲車を転がすこともできない。

「スネーク、いくら潜入任務といっても、この状況じゃ身を守るものが必要だ」

ぼくは操作手を再び側面ポートに突っこんで、ルガーを取り出した。

「システム施行前の銃だよ。奇跡的に回収を免れた分だ――いまは管理外のまともな正規銃は入手しづらいからね」

スネークはルガーを手にすると、丹念に動作チェックを行った。スライドを引き、薬室を覗きこみ、弾倉のスプリングを確認する。

「一緒に来るか?」

ぼくは勿論、と答え、

「ずっと追跡しているよ。ここでリキッドを発見した情報提供者のCID連中はこの先にいるはずだ。大佐から聞いた合流ポイントに向かおう」

「外は戦場だぞ」

「メタルギアにはステルス迷彩がある。魔法使いの透明マントさ。だから少なくともこいつは見つからないよ」

「うらやましいよ」

「メタルギアのこと? ノーマッドにいるぼくのこと?」

「両方、だ」


反乱軍のアジトから外に出ると、いきなり頭上を鳥のような生き物が、翼をしならせながら飛んでいった。とっさに手近な建物に転がりこんだものの、舞い上がった大量の砂埃を吸いこんでしまい、肺の弱ったスネークは激しくむせてしまう。なるべく咳を聴かれないよう口をつぐんでいたものの、バンダナ越しに滲む冷や汗は隠しようもなかった。

大丈夫かい、とぼくは訊く。老化が激しいスネークに、中東の気候は優しいとはいえない。弱りゆく肉体に鞭打って、自らの宿命を全うしようとする男の姿に、ぼくは胸を締めつけられた。スネークはそんなぼくの心配を無視して、

「あれはなんだ」

「スライダーだ。PMCの航空兵器だよ。ほら、見てて」

スネークはたったいま頭の上を通過していった、頭も尻尾もない、羽だけの鳥のような奇怪な代物を目で追った。それはぐいっと高度を下げ、銃声が散発的に響く彼方のビルへと突っこんでいく。と、それが急に上昇したかと思うと、派手な炸裂音がして、次の瞬間にはビルが倒壊していた。

「クラスター爆弾だ。精密爆撃用の無人機か」

「機銃もついているらしい。あまり相手にはしたくない生き物だね」

スネークは自分が転がりこんだ建物を見まわした。天井の窓から差しこむ光が、空気中の粒子を浮かびあがらせているものの、それ以外に明かりはなく、室内はぼんやりと薄暗い。しかし、この部屋はどう見ても普通ではなかった。というのも、スネークの目の前には一台の装甲車が鎮座していたからだ。

スネークはルガーを構え、慎重に装甲車へと接近していった。床の上には氷入りのバケツがあり、ダイエットコーラが何本か入っていた。NARC。数年前に麻薬のような際どい名前で話題になった、新興メーカーのブランドだ。

しかし、気になるのはNARCではない。バケツのかたわらに置かれたM4カービン銃

だ。素手で反政府勢力のアジトにまで潜入したものの、さすがに拳銃一丁では心許ない。スネークは慎重にバケツのほうへと近づき、ルガーを構えたままゆっくりと反対の手をM4に伸ばした。

刹那、スネークは何者かの気配を背中に感じ、即座に手を引っ込めるとルガーをそちらの方向へ向ける。

サルがいた。

いや、本当にサルなのだろうか。ぼくもスネークも自信がない。というのも、確かに体格そのものはテナガザルのそれではあるけれど、その体にはサルらしい一切の体毛が見当たらなかったからだ。毛の無いサルというのは、なんだか服を着ていない人間を見ているような気分を催させることに、ぼくは気がついた。物凄く破廉恥な代物を見せつけられているという、そんな根拠の無い感情がわいてくる。

と、サルが口を開いた。

「いいブツだろ?」

スネークが目をぱちくりさせた。ついに老化が脳に達したのだろうか、という不安に襲われる。

サルはバケツからよく冷えたNARCを取り出すと、器用にプルを引いて暴力的な勢いでラッパ飲みをはじめた。コーラを滝のように喉へと流しこむ無毛のサル。シュールすぎるそんな光景を呆然と見つめていると、再び声が部屋に響いた。

「待てよ、銃口を向けないでくれ」

今度はその声がサルでなく、背後から聴こえたのがはっきりとわかった。スネークは振り返って、声のした装甲車の陰にルガーを向ける。

すると、パンチパーマの真っ白な髪に、磨きあげた真っ白な歯を持った、上半身スーツに下半身迷彩という、奇妙なファッションの黒人が姿を現した。白旗のつもりか、ハンカチを右手でひらひらさせている。

毛の無いサルがゲップをする。

「おれは、敵じゃない」

そうニヤニヤと笑みを浮かべながら、男はゆらりとスネークのほうに近づいてきた。

「そして、まだ味方でもない」

と、男がハンカチをひと振りする。いつの間にか、その手のなかには手榴弾(しゅりゅうだん)が収まっていた。まるで手品だ。スネークは銃の照星越しに、

「民兵でもPMCでもないな」

男はうなずいて、

「そう、武器・兵器の卸売り業者だ」

「ID銃は役に立たん」

スネークはなおも男に銃を突きつけ、周囲を油断なく警戒する。すると、黒人は人差し指を振ってみせ、

「おっと、心配には及ばない。すべて武器洗浄(ロンダリング)をしているからな」

「ロンダリング？」

「ああ、ＰＭＣが使っているようなＩＤ銃を、ＩＤが一致しなくても使えるノンＩＤ銃にハッキングするんだ――つまり、武器洗浄屋(ガンロンダラー)、ってとこだな。おれのことはドレビンとでも呼んでくれ」

「ドレビン？」

「裸の銃(ネイキッド・ガン)、さ。主人公の名前だよ。演じるはレスリー・ニールセン、偉大なコメディアンだ――まさか知らんとは言わんよな、あの映画？」

そう言ってドレビンは手榴弾を床に置き、そこにハンカチを掛けた。スネークを上目遣いに見てニヤリと笑うと、さっとハンカチを取ってみせる。すると、手榴弾は煙のように消えていた。

「ドレビンってのはおれたちの稼業の総称だ。世界中にいる――ってまあ、会ったことはないがね。おれはドレビンの八九三番だ」

スネークはドレビンのものだろう装甲車を観察した。リボルバーの回転部をあしらったドレビンのシンボル、そして「EYE HAVE YOU!」の文字がステンシル描きされている。

ドレビンはハンカチをポケットへしまいこみながら、

「あんた、ＰＭＣの登録社員じゃないだろ？　力になるよ」

ドレビンは先程のＭ４を取り上げて、スネークに渡した。

「挨拶がてらのプレゼントだ」

スネークは警戒しつつも、受け取ったM４のチェックをはじめる。ひと通り動作確認を終えると、最後に遊底へと弾倉を叩きこみ、窓の方向へ向けて引き金を引く。

「引けないぞ」

「え？」

スネークは引き金をドレビンに見せた。しっかりロックされて、これっぽっちも動かない。

「ああ——あんた、旧世代のナノマシン使ってるんだろう？　システム用とぶつかることがあるんだな」

「旧世代……お前、何者だ？」

「本業はATセキュリティの社員でね。製造管理部門を担当してる。ID登録されて出荷される前のチップが入手できるんだ——AT社にも裏の顔があるんだよ」

そう言うと、ドレビンはマッスルスーツを着たスネークの風体をしげしげと観察し、

「あんたも見たところ正規の兵士じゃないな。だが明らかに素人でもない——システム施行前のナノマシンが入ってるってことは元米軍か……？」

スネークは探りを入れてくるドレビンを警戒する。自ら武器商人を名乗ってはいるが、本当のところはわからない。リキッドの手下、あるいは「愛国者達」の手下だという可能性もなくはない。

スネークの緊張を察したのか、ドレビンはそこで詮索するのをやめて、

「どうだ、商売の話をしないか？」

「商売？」

「おれは戦争経済を生業とする戦争生活者だ。軍服の緑、戦車の緑。頭脳労働者や肉体労働者と違うのは、飯の種が戦場ってことだけだ。信じているのはお金だけ。それさえあれば、あんたの役に立つよ。あくまでビジネスの関係として、お付き合い願えないかね」

「何が望みだ？」

ドレビンは何かの芝居のように両腕を広げ、

「ここは戦場だ。商品は山ほど転がっている。あんたが手に入れた余分な銃をおれが買い取ろう。そのポイント分だけサービスを提供する」

「サービス？」

「ＩＤ銃をロンダリングしてロックを解除してやる。それからおれが入手した武器の販売だ――こっちに来てくれ」

ドレビンがスネークを手招きする。装甲車の後部に回ると、ハッチが開いて中身が見えるようになっていた。夥しい数の銃火器が、ラックに所狭しと並んでいる。ドレビンは中に入ると、奥のほうから温度管理仕様の医療ケースを取り出してきた。

「ノンＩＤ銃を使えるようにするには、あんたの体内にある旧世代のナノマシン活動を抑制する必要がある。ほら、さっき引き金が引けなかっただろ。システムに干渉するんだ

よ」

と言うと、ケースからパックを取り出し、封を切った。中から取り出されたのは——注射器だ。

「こいつを打たせてくれ。抑制用のナノマシンだ」

スネークは身を引いた。こんな戦場のど真ん中で、見ず知らずの他人に注射を打たれるというのは、どう考えても正気じゃない。

「安心しろ。痛くはない」

「いや、どう考えても痛さが問題じゃないような気がするんだが」

「じゃあなんだ？　注射が苦手なのか？」

スネークは笑った。気が進まないが、これから先、ルガーだけでやっていくわけにもいくまい。スネークは抵抗をやめて、ドレビンに首筋を差し出した。ドレビンが注射器を首筋に押し当てる。

「ほらよ」

激痛がスネークを襲った。あまりの痛みに、うめき声をあげてしまう。

「よし、これでノンＩＤ銃も大丈夫だ。さっきのＭ４をもう一度撃ってみな」

スネークは首筋をさすりながらドレビンの装甲車から降りると、再びＭ４を手にして明後日(あさって)の方向に向けて引き金を引いた。今度は景気のいい銃口炎(マズルフラッシュ)とともに、コンクリートの壁に弾痕(だんこん)が刻まれる。

「ほらな、これで大丈夫だ。他のどんな銃もロンダリングしてやるよ――おっと、長居しちまったな」

ドレビンは装甲車から出てくると、周囲を片づけはじめる。サルが飲み残したコーラを飲み干すと、腹の底から響くようなゲップを吐き出した。

「やっぱり、炭酸がきついな」

「繁盛してそうだな」

「なぜだと思う？ システムのコードは法になり、制御は厳格になった――おかげで、法を破る奴の旨みが増したんだよ。戦争経済のおかげで需要は増え続けているからな。PMCや正規軍にはID銃を売りながら、テロリストや非正規軍には裸の銃を売る。しかもID銃は横流しができない。このシステムはハナから武器屋が儲かるようにできているんだ」

そう言いながら、ドレビンはNARCを冷やしていたバケツを装甲車に回収し、

「軍隊の民営化はPMCを肥大させ、肥大化したPMCは兵士と民間人の境界を曖昧にしていくだろう。やがて全人類がグリーンカラーになる――いや、全人類が代理戦争に加担するようになるのさ。戦争経済のおかげで、おれは旨いメシが食えるんだ」

ドレビンはハッチを閉めると、運転席の窓から顔を突き出した。

「あんたもそうだろ？ グリーンカラー」

スネークはドレビンを睨みつけた。ドレビンは嬉しそうににっこり笑い、

「いやいやいや、わかるよその眼。ずっと戦場を見てきた眼だ」

「わかったような事を言うな」

「照れるなよ、おれもそうさ。戦場(ここ)で育った。外の世界には興味がないんだ」

装甲車のエンジンが駆動する。ドレビンはその音に負けじと声を張り上げた。ふたつの指で自分の瞳(ひとみ)とスネークの瞳を指し示し、

「EYE HAVE YOU!」

すると装甲車は急発進し、あっという間にスネークの視界から消えていった。

3

ＣＩＤとの合流地点は、市街地から少し離れた郊外にあった。

激戦区から充分な距離を置いたそこは、秘密の会談場所にもってこいだといえる。目立たないという意味では、いまやすべての建築物が廃墟（はいきょ）と化した市街地のど真ん中でも同じだろうが、いつなんどきクラスター爆弾を喰（く）らって崩壊するかもしれない戦闘区域のビルで、ゆっくり会話というわけにもいかないだろう。

スネークは先程ドレビンから手に入れたＭ４を構えて、建物のなかに足を踏み入れた。
四、五階ある廃墟の中央は吹き抜けになっており、天井の布張り越しに柔らかくなった陽光が差しこんで、生活というものが消滅して久しいこの無人の空間全体を照らし出している。
会合予定地点はこの建物の最上階だ、とぼくはスネークに伝えた。

スネークは階段で屋上へ向かった。イスラムの美しい幾何学模様（アラベスク）、その数学的反復構造が廃墟の壁をところどころ彩っている。

一段。また一段。

スネークは歯を食いしばる。足首が、膝（ひざ）が、腰が、スネークの関節すべてが悲鳴をあげているのがわかる。カルシウム沈着、血管壁硬化、心房弁石灰化、膝蓋部変形、組織回復性低下。老いにまつわるすべてがスネークを急速に襲っているのだ。

人は老いることに、自らの肉体が朽ちゆくことに、数十年という時間を掛けて慣れてゆくものだが、スネークはそれをたった数年で味わわされている。

屋上へ出る頃には、スネークの息がすっかりあがっていた。いくらマッスルスーツのアシストがあるとはいえ、肉体年齢的には七十を越える老人に、五階ぶんの階段は相当にきついものがある。

少し休むかい、というぼくの気遣いをスネークは黙殺し、大きく一息つくと屋上のフロアへ侵入する。ぼくは唇を噛んだ。スネークは戦っている。自分の肉体と世界のはざまで。ぼくはそれをどうすることもできない。

屋上に出ると、さらにフロアがあるのがわかった。ここは屋上というよりも半屋上のような場所だ。スネークは足の裏全体で床に接地するよう気を配りながら、足音を消してフロアのなかに入ってゆく。酒瓶の散乱するバーのような空間を抜けると、目標の部屋が見えた。

銃口でポインティングしたまま、スネークは部屋の扉を慎重に押した。幸いにも蝶番はそれほど錆びついていなかったようで、破廉恥な軋みが静けさを破るようなことはなかった。わずかに開けた隙間から、慎重になかの様子をうかがう。人影は見当たらない。

足を踏み入れた刹那、背後に気配を感じて振り返った。

開けた扉の裏側から、武装した兵士が現れた。スネークの後頭部にその銃口がしっかり突きつけられている。

銃を捨てろ、と若い声が言う。

スネークは横目で銃口を見やった。かすかに震えている。

懐かしいな、とスネークはシャドー・モセスを思い出した。はじめてメリルと会ったのも、こんな状況だったか。元フォックスハウンド司令官ロイ・キャンベルの「姪（めい）」として、湾岸戦争の英雄であった偉大なる父の一人娘として、そんな気負いもあったのだろうか、メリルはあのとき、反旗を翻したフォックスハウンドにたったひとりで対抗しようとしていたものだ。シャドー・モセスに侵入したスネークの敵味方が判らずに、いまこの兵士がしているのとまったく同じに、震える手でＦＡＭＡＳ（ファマス）突撃銃を突きつけてきたのだった。

スネークは兵士の指示通り、ルガーを床に置いた。両手を挙げ、兵士に正対する。

動くな、と上ずった声。何から何まで一緒だ、とスネークは微笑んだ。

「安全装置（セーフティ）が掛かったままだぞ、新米（ルーキー）」

「ルーキーだと？　おれはこの道十年のベテランだ！」

スネークは余裕を見せつけながら、兵士の構えているＸＭ８のセーフティに視線をやる。目の前の男のそんな様子に不安を覚えた兵士は、おそるおそる自分の小銃の状態を確認してしまう。

というわけで、スネークのはったり（ブラフ）にはまった不注意で自信のない哀れな若者は、自分の銃のセーフティがしっかり解除されているのを確認した瞬間、そこから満足も安心も得ることなく、一瞬とはいえ、歴戦の兵士であるこの男から注意を外した代償を支払うことになった。

兵士の銃をつかむと、すぐさま近接戦闘術（クロース・クォーターズ・コンバット）モードに入る。スネークが習得したCQCは、前世紀、冷戦時代に「特殊部隊の母」であるザ・ボスと、そのただひとりの弟子であり当時はまだネイキッド・スネークと呼ばれていたビッグボスとが、ともに編み出した独自の格闘メソッドだ。

スネークは銃を懐に引き入れた。銃を引かれて姿勢を崩した兵士の頭に、強烈な肘（ひじ）をかましてやる。間髪いれず足払いをかけ、兵士のバランスを完全に奪うと、まだ銃を抱えたままの腕をきめ、思い切り床に引き倒したのち、奪ったばかりのその銃を突きつける。そこまででものの一秒とかからなかった。

この道十年のベテランか。これでよく生き残ってこれたものだ。

「そこまでよ」

別の銃が、スネークの頭部に突きつけられていた。

拳銃（けんじゅう）にしては銃口が阿呆（あほう）みたいにでかすぎる。銃身を眼で追っていくと、やはりというかそれはイスラエル製のオートマグナム・デザートイーグルだった。確かに拳銃としては破格の破壊力を持つものの、か弱い女性が片手で撃とうものなら、手首の骨が折れるくらいの強烈な反動を喰らう代物だ。

とはいえ、それをいま構えている兵士の声は、どう考えても女性のそれなのだが。

「ビッグボスかぶれのＣＱＣ使い？　アキバから銃口を外しなさい！」

スネークは脅しを無視し、アキバと呼ばれた兵士にＸＭ８を突きつけたまま、スカルキャップを被（かぶ）った女兵士を観察する。

「さあ、ゆっくり銃を置いて。変な気は起こさないほうがいいわよ」

そこで気づいたのだが、この女兵士のゲテモノ銃以外にも、スネークの体はしっかり狙われているようだった。レーザーポインターがふたつ、自分の体へ照射されているのがわかる。

アキバと呼ばれた男と女兵士の装備を見るかぎり、どうやら彼らがＣＩＤの特殊部隊なのだろう。どこの戦場に行っても、米軍兵は一発で見分けがつく。そこでスネークは、女兵士のコンバットチェストハーネスに見覚えのあるエンブレムが留まっていることに気がついた。

コンバットナイフを銜（くわ）える眼光鋭い狐（フォックス）の紋章。

「フォックスハウンド？」

とスネークが漏らすと、女兵士も眉（まゆ）をひそめた。次いで、その顔が驚きに変わる。

「……スネーク？」

女兵士はそこで銃をおろし、スカルキャップを脱ぐ。そこには見覚えのある顔が、懐かしい顔があった。シャドー・モセスの頃よりも確実に成長し、もはやあのときの少女の面影はどこにもないが、少なくとも派手な髪型だけは変わっていないようだ。

メリル・シルバーバーグ。

シャドー・モセスでスネークと共に戦った、ロイ・キャンベル大佐の「姪」。

「リキッドが現地入りしてから、もう四日になるわ」

そう言ってメリルが写真を差し出すけれど、老眼が進んでいるスネークの目にはぼんやりとした影が映るばかりで、像を結ぶまでに写真を近づけたり離したりしなければならなかった。それを見たメリルが、ためらいがちに眼を伏せる。

メリルがスネークのことを判らなかったのも無理はない。スネークの容貌はすっかり老いて、数年前とは別人のようになってしまっているからだ。

スネークが自分の老化のことを告げると、メリルはショックを隠しきれないようだった。幼い頃から「伝説の男」として聞かされてきたし、シャドー・モセスでその生身に接してなお、いや、だからこそより強く、スネークのことを想うようになっていたのだ。かつて想いを寄せていた男のありえない姿に、メリルは確実に動揺していた。

スネークはメリルのそんな心の揺れに気づいたが、どうすることもできないのはわかっていた。むしろ意外だったのは、思いのほかメリルの動揺が少ないことだ。その反応には、不自然に落ち着いているという印象があった。

写真には、かつて暗号名リボルバー・オセロットと呼ばれていた男が写っていた。

シャドー・モセスでＦＯＸＤＩＥに斃れたリキッドの右腕を、失った右肘から先に移植されたことが原因で、どうやらその人格までもリキッドに乗っ取られてしまったと思われる、元フォックスハウンド部隊員にして「愛国者達」の手先。

　メリルが別の写真を差し出した。どうやら女性のようではあるが、フードを被っているうえに、ピントが甘くて顔がはっきりと判らない。

「この数日間、いつもこの女と一緒よ——戦闘員には見えないわね。たぶん何かのアドバイザーか、研究員」

　メリルは写真を覗きこむようにして、スネークに顔を近づけてくる。すると嫌でもその老いがはっきりと目についたようだ。皮膚は乾燥しきってところどころ染みが浮かび、目尻には数え切れない皺が寄っている。これだけ近くに寄ると、荒れ果てた気管から吐き出される呼吸の喘鳴音もはっきりと聴こえただろう。

　メリルはこみ上げてくるものを感じ、かつて愛した男の肩にそっと手を触れる。しかし、スネークはそれに耐えられなかった。ほどなく理不尽な天寿に捕らえられるだろう男に寄せられた哀しい好意が、辛く耐え難いものに思えたのだ。誰かを辛い目にあわせるのはもうたくさんだ、と。

　拒絶の代償だろうか——立派になったな、とスネークは声を掛けた。しかし、それはメリルが欲していた言葉ではなかった。戦士としての成長を誉めてもらうなどというのは。

「誰かさんに鍛えられたお陰かしら。突然行方をくらました伝説の英雄に」

　メリルはむすっとして答えた。スネークは気まずい思いにとらわれる。昔から女性と話すのはどうにも苦手だ。無線越しにならいくらでも饒舌になれるのだが。ちなみにぼくは、前からそんなスネークのことを「言うだけ番長」だと思っている。

「あなたは部隊を離れた。だけど私はずっとあなたとフォックスハウンドに固執してた」

　恐らくは、フォックスハウンドのエンブレムもメリルが勝手につけているだけなのだろう。いまだその存在を隠され続けている特殊部隊のマークを使うなど、陸軍が公式に認めるとは思えない。

「あの頃の私は、あなたに認められたい、振り向いて欲しいと思っている女の子だった——でも忘れたい過去よ。もう恋愛ゴッコはこりごりなの」

　メリルが再び冷静さを取り戻した。またた、とスネークは眉を寄せる。感傷にふけっていたかと思うと、次の瞬間には平静を取り戻している。まるで感情が湧き上がるたびに、何かがそれを抑えつけるかのように。

「た、隊長……」

　アキバと呼ばれた兵士が、弱々しく搾り出すような声でメリルを呼ぶ。メリルはアキバのほうを向こうともせず、ただ溜息をついてから、

「アキバ、なあに？　またトイレ？」

「え、ええ、そうなんです。お腹が痛くなっちゃって……」

「あなたのお腹がまともに動いてる時間なんてあるの？」

「え、いや、いつだったかなあ。憶えてないですけど……」

間抜けな答に呆れたメリルは、さっさと行きなさい、というように手を振った。腹具合、そして容赦なく押し寄せる軍勢を堰き止める肛門の耐久力と相談しながら、アキバはストーキングのような足取りでトイレに向かう。

「苦労の多い奴だな」

とスネークが言うと、メリルは頭を抱え、

「ジョニー秋葉。みんなはアキバって呼んでる。トラップやセンサ、それにサイバー戦闘担当ね。右腕にウェアラブルコンピュータが付いてたでしょ」

「腹具合の不自由な兵士は、何度か見てきているがな。おれはスカトロに縁があるらしい。前世で何かゲテモノでも食ったのかな」

「同じ兵士かもしれないわよ。いままで出会ったお腹の緩い人たち」

「まさか」

とスネークは笑った。メリルも一緒に笑い、

「それで、あなたの目的は？」

「各PMCの脅威査定だ」

幾らかは真実だしな、とスネークは思った。リキッドの思惑を探ることは、多かれ少なかれその傘下であるPMCの脅威の度合を測ることでもある。

「ある噂を聞いたけど。暗殺者がPMC経営者を狙ってるっていう」

　メリルの露骨な当てこすりに、スネークもわざとらしく驚いてみせ、

「ずいぶんと物騒な話だな。おれは国連の要請で難民保護活動における結果と影響を調査しているだけだ」

「それだけ？」

「現役引退の身には充分だ」

　スネークのはぐらかしに、メリルは溜息をつくと、面倒くさいとばかりに本題に切りこんできた。

「確かに彼は蹶起（けっき）を目論（もくろ）んでいる。でもＡＴセキュリティのシステムがあるかぎり成功はありえない」

「どうしてそう言いきれる？」

「軍にもＰＭＣにも、戦場活動を行うすべての兵士たちにはリアルタイムで彼らを監視するシステムが導入されているからよ——そのために兵士各個体は体内に注入されたナノマシンによって完全にＩＤ管理されている。兵士ごとの戦闘状況や健康状態だけでなく、各感覚器官から得た痛み、恐怖などの刺激、体内で起きたすべての反応データはシステム中枢のＡＩに集められ、司令本部はそれを監視することで、より正確で合理的な判断を迅速に出せるうえ、兵士一人一人の危機管理もできる」

「まさに戦場のコントロールか」

「米軍関係者、同盟国正規軍、ＰＭＣの兵士……警察機関にも適用がはじまっているわ。

この導入を承認されなければ、ＰＭＣは各国へ派遣することが許されない」

そこでスネークはあることに思い至った。先程のメリルの反応の奇妙さに。

「──きみの体内にもナノマシンが？」

「勿論。私たち01部隊も例外じゃないわ。四六時中見られているみたいで最初は気持ち悪かったけど、もう慣れた。現場にもメリットが多いの。状況把握が的確だから作戦行動中の混乱も減ったし、ナノマシン同士の相互通信で仲間との連携もスムースになった」

それで合点がいった。

あの奇妙な冷静さ。感情の高揚が内なる何者かに一瞬で制圧されたような、あの反応。ナノマシンだ、とスネークは思った。ナノマシンと、それがリンクするシステムが、メリルの心理状態をたえずスキャンして、不安定状態を自動的に「最適化」したのだ。

「システムの利点はそれだけじゃないの。ＰＭＣに対する安全保障の役割もあるわ」

「安全保障？」

「ＰＭＣは愛国心や野心のために戦っているわけじゃない。あくまで誰かのために代理で戦う兵力、いわば商品よ──クライアントを裏切って敵についたり、戦闘放棄や非人道的な行動に出ることもありうる。だからそれを管理して制御するため、銃火器や軍用車輛はシステムのＩＤ認証がなければ使用できなくなっているの。いま普及しているもの全部」

戦場浄化、か。スネークはやれやれというように首を振って、

「つまりもし、ＰＭＣがテロ行為やクーデターを起こそうとしたら──」

「そう、強制的に武器、兵器をロックすればいい。彼らは攻撃も進軍も、一切の戦闘行為ができなくなる」

とメリルがあとを引き継いだ。しかし、スネークはまだ納得していない様子で、

「監視を逃れるために、各兵士体内のナノマシンをすべて抜き取ったら？」

メリルは鼻で笑った。

「同時にIDを失うことになるから、武器が一切使えなくなるだけ」

できすぎだな、とスネークは思考に集中する。何もかもがうまくできすぎている。いかにリキッドといえどこのシステムから逃れられるとは思えないが、そこが逆にスネークの不安を煽った。これだけ完成されたように見えるシステムには、どこかしら裏があるものだ。

と、そこでスネークはあることに思い至る。

「そのシステム、『愛国者達』の関与は？」

「『らりるれろ』？　らりるれろってなんのこと？」

ワードプロテクトだ。ナノマシンの干渉による言語検閲機能。かつてスネークはマンハッタンの事件のとき、今のメリルと同じように「愛国者達」と発音することのできない「制御された」人間たちを見たことがあった。

スネークは溜息をつき、

「わかった。システムは完璧なんだな？」

「そうよ、このシステムはSOP（ソップ）と呼ばれているわ」

「標準作戦手順（スタンダード・オペレーション・プロシージャー）か」

「いいえ、『愛国者達の息子（サンズ・オブ・ザ・パトリオット）』の略。基本的な作戦の段取りやガイドラインを載せたマニュアルのSOPとは違うわ。ナノマシンによる兵士管理ネットワークなの。サンズ・オブ・ザ・パトリオット、SOPを管理するAIは、開発元のATセキュリティでも国防総省（ペンタゴン）でも最重要機密。それを第三者が操作できるなんてことはありえない」

「さっきID銃をロンダリングするという武器洗浄屋に会った」

とスネークはドレビンの話題を持ち出し、

「システムにも抜け穴はあるようだが」

「武器洗浄屋、ってせいぜい数百人、草の根でしょ？ PMCや全軍隊を操作できるわけじゃないわ」

「じゃあ、リキッドが手にしている軍事力は役に立たないと？」

メリルはうなずいて、

「確かに彼の持つPMCは数で米軍を上回るかもしれない――だけどシステムに登録された存在であるかぎり、兵士たちの行動は常に監視されていることになる。リキッドが動き出してから米軍が即時対処すれば、力で押さえつけることができるでしょ」

力で押さえつける、か。米軍らしいやり方だ、とスネークは皮肉な笑みを浮かべる。

「きみはどうしてこの件に？」

「私たちはリキッド蹶起の噂を聞きつけた陸軍特殊作戦コマンドの指示でPMC周辺の調査にあたっていたの。彼を見つけるのに三ヶ月もかかったわ。リキッドの発見を上層部に報告すると、国連の調査員に情報を与えるよう命令されたってわけ——それがあなたとは知らなかったけど」

「大佐は言ってなかったのか？　おれを寄越すと」

　メリルの顔色がさっと変わる。憎悪が、圧し留めがたい感情の波が、その表情を醜く歪ませた。

「大佐？　まさかキャンベルのこと？」

「——聞いてないのか」

「冗談でしょ？　私は伯父に協力を？」

　メリルは立ち上がり、怒りで頭に血が上っている自分を隠そうともせずに、うろうろと歩き回った。色々なものを蹴り飛ばしては、ひどい悪態をついている。

「メリル、落ち着け」

「冗談じゃない！　あんなやつ、親父でもない！」

　スネークは言葉を失った。メリルは、すでに知っている。知ってしまっている。自分のなかに流れる血の源流を。自分が誰の遺伝子を受け継いでいるのかを。

　いまのメリルにとって、それは呪いであるに違いなかった。夫婦は伴侶を選べても、子は親を選べない。その意味で親というのは、子供にとって等しく呪いであるといえるかもしれない。多くの幸福な人間は、それを呪いだと感じることなく生きていくことができる。

しかしスネークやメリルには、そうした幸運は与えられなかった。スネークがビッグボスのクローンとして生まれるしかなかったように、メリルもまた、キャンベルの娘として生まれるしかなかったのだ。

「知ってたのか」

「ええ、『知る必要（ニード・トゥ・ノウ）』の原則を破ったの」

というメリルの声には、あの不自然な冷静さが戻っている。確かに、すぐ近くで民兵と政府軍PMCが銃弾を叩（たた）きこみあっているこの状況で、部隊の隊長が怒りに我を忘れることほど仲間にとって迷惑なことはない。しかしそれでも、本来感じて然（しか）るべき怒りをナノマシンが抑えこんでしまったことに、スネークは生理的嫌悪を感じずにはいられなかった。

「きみはまだキャンベルを『伯父』と？」

「あなただってまだ『大佐』って呼んでるじゃない」

「血の繋（つな）がった父親だろう」

「関係は伯父と姪（めい）のままよ。私は認めない、あんな女たらし」

さすがに女たらしは言いすぎだ。スネークは頭を横に振る。

「メリル、大佐は……」

「あいつ、再婚したの」

メリルの口から唐突に爆弾が放たれた。

あの大佐が再婚。スネークは呆然としながらも、生死や世界の命運やら様々なものがかかったこの状況下で、不倫だの再婚だの、ある意味ひどく下世話なやりとりをしている自分たちが素晴らしく場違いな存在に思えて、そんな自分に呆れた。ジョニーと呼ばれた兵士や、エドと名乗った屈強な黒人、ジョナサンと紹介されたモヒカンの巨体、といったメリルの部下たちも、相当気まずい思いを持て余しているらしく、スネークとメリルから目をそらして銃器の点検、デジタル機材のチェック、そして寝たふりを装っている。

「相手は私くらいの歳の女。子供もいるって話よ。あいつには血の繋がった娘とやり直す気なんてまるでない。男はみんな自分勝手、エゴイストよ」

まるで自分が責められているような——いや、まさにそうなのだろう——気がして、スネークはばつの悪い表情を浮かべた。

「それでリキッドはいま、どこに？」

スネークは話題を変えた。情報を入手して、メリルたちからさっさと離れたほうがよさそうだ。メリルは憎むべき男の遺いであるスネークを、不審の目で見つめながらも、

「この先のキャンプ。地図にマークしておくわ」

4

廃墟(はいきょ)の上空は相変わらずスライダーとＰＲで覆われている。次回からはぜひ当社を、と疲れることなく鳴き続ける、広告塔兼爆撃機の巨鳥。ここでは民兵やＰＭＣだけでなく、そんな空からの視線にも気を配らなければならない。スネークはメリルから教えられた地点に向かって、慎重に歩みを進めた。

ポイントに近づくにつれ、ＰＭＣの密度が高くなり、装甲車の行き来が激しくなってきた。政府側ＰＭＣの拠点のうちでも、割と規模が大きいもののようだ。スネークはマッスルスーツを調整し、カムフラージュを起動する。ここから先は、単純なスニーキングで見つからずに進むことは不可能だろう。

蛸迷彩(オクトカム)がスネークの周囲の色相と質感をスキャンし、スーツの表層に表示する。

Ｍｋ．Ⅱが使っているステルス迷彩とは違って、使用者を完全に透明にするものではないけれど、タコのように周囲のテクスチャを完璧にコピーするオクトカムは、充分以上にスネークをＰＭＣの目から隠していた。

ＰＭＣの拠点は、かつて市庁舎だった区画を使用している。いかにもお役所らしく、素っ気無さと権威主義が同居する、そんな角ばった庁舎を大きく塀が囲っている。守りやすく攻めにくい、しかも大量の駐機スペースをもつ、軍事的に利便性の高いエリアだ。

スネークは慎重にカムフラージュを調整すると、地面に這いつくばり、尺取虫のような挙動で少しずつ前進する。常識的に考えればかなり目立つ場所を進んでいるにも拘らず、気配を完全に消し去ったスネークを見つけることのできる兵はひとりもいなかった。

ネイティブ・アメリカンの追跡者から学んだストーキング技術。

そこでは、カムフラージュそのものも勿論大事だが、それよりも自分と世界の関係性こそがなにより決定的だと考えられる。環境に身を置いた自分。世界の一部としての自分。その刻む波紋をできるかぎり一致させることで、常識では考えられない隠密が可能になる。

そうして周囲にセンスを一致させたスネークは、容易に塀のなかへと侵入することができた。中に入ってしまうと、テントや輸送トラックが整然と並んでおり、手ごろな物陰自体は外よりも多いように思える。いかにも司令部らしく、兵士たちは常に忙しく立ち働いており、明らかに警戒心は外回りに比べ希薄だ。灯台下暗しだな、とスネークはひとりごちた。無線の集中度も尋常じゃないようで、飛び交う大声が騒がしい。

上空を攻撃ヘリが爆音とともに通過していった。その腹を目で追うと、スネークは庁舎の上にひとりの男が立っているのを見つける。

銀色の長髪。サングラスを掛けているが、間違いない。

かつてリボルバー・オセロットと呼ばれていた男。

そしていまは、リキッド・スネークである男。

奴をなんと呼べばよいのだろうか。マンハッタンの事件で、奴は自分がリキッドだと名乗りをあげた。他者の肉体に移植された右腕のなかで、目覚めのときを待っていた、と。

しかし、とスネークは釈然としないものを感じる。

そんなことがあり得るのだろうか。確かに、あのときマンハッタン沖の沈みゆくタンカーでオセロットと向かい合ったとき、あの男から感じたのはリキッドの気配そのものだった。

シャドー・モセス事件のあと、スネークはぼくとともに反メタルギア財団「フィランソロピー」を結成し、メタルギア技術が拡散したのちの世界で、核保有国による新型メタルギアの開発に目を光らせていた。あるときぼくらは、アメリカ海兵隊が極秘裏に開発した対メタルギア用メタルギア兵器である「メタルギアRAY(レイ)」が秘密演習のために偽装タンカーで輸送される、という情報を入手して、情報を収集するためにハドソン湾をゆくそのタンカーに潜入したのだった。

ぼくらが潜入すると同時に、メタルギア奪取をもくろむロシアの私兵部隊がタンカーを占拠した。部隊を率いるのはセルゲイ・ゴルルコビッチ大佐。「強いソ連」の復活を願う元軍事情報部(GRU)の大物にして、サニーのお母さん――オルガ・ゴルルコビッチの父親だ。

サニーにとってお爺(じい)さんとなるセルゲイは、海兵隊のタンカーを制圧したものの、仲間内の裏切りによって命を落とした。いや、正確に言うならそれは裏切りではない。シャドー・モセスのあとフォックスハウンドを抜けたオセロットは、セルゲイの部隊に参加していたものの、その本性は「愛国者達」のスパイだったのだから。

ぼくらはこうしてオセロットと再会した。オセロットの仕掛けた爆弾によって沈みゆくタンカーのなかで。あのとき、スネークの目の前でオセロットは「消えた」。暴れる右腕を抑えつけようとしたものの、オセロットは完全にリキッドに制圧されてしまったのだ。あの沈没の混沌のなかでRAYを奪取し勝ち誇っていた男は、リキッド・スネーク以外ではあり得なかった。タンカー事件から二年後の大統領人質事件で再び相見えたオセロットも、やはりその身体をリキッドに乗っ取られていたように見えた。

リキッド・スネークでありリボルバー・オセロットでもある肉体。

庁舎の上に立っているのは、そのリキッド・オセロットとでも形容するしかない、グロテスクな存在の様式を生きる男だ。

〈スネーク、やっぱり〉

メリルの声が体内通信に入ってくる。スネークが素早く視線を走らせると、リキッドの足許、庁舎の目立たない一角に、メリルやアキバたちの小隊が潜伏しているのが見えた。

〈スネーク、リキッドを殺す気ね〉

「それがおれの使命だ、どうする」

わずかな沈黙があった。

〈……私の任務はPMCの査察。警備ではないわ。ただ見届けるだけよ〉

これはメリルの判断なのだろうか、それともARSOCの命令なのだろうか。いずれにせよ、米軍は黙認するということらしい。

〈いい、手助けはできない——私は秩序を守る兵士〉

「ああ、わかってる」

スネークは通信を切って、メリルに小さく手を振ってみせる。メリルは一瞬、躊躇（ためら）うようにうつむいたが、やがてハンドシグナルを出すと、部下を率いて移動を開始した。

リキッドは無線を使って何かのやり取りをしているようだった。リキッドの場所からは庁舎の前庭を見下ろせるようになっており、そこでは傘下のＰＭＣ「社員」が、荷物を運んだり部隊を編成したり、様々な目的で集合している。

さすがのスネークも、あの人だかりを突破できるとは思えなかったが、もう少しリキッドがよく見える場所まで移動しても大丈夫だろう。スネークは片膝（ワンニー）から立ち上がると、慎重に前進を再開し——。

そして、世界が崩れ落ちる。

胸が激しく締めつけられた。瞬きが、呼吸が、すべての生きるという仕事が苦痛へと雪崩れこんでいくように思えた。思考と認識とが、そうあるべき統一された全体を形作ることを、全力で拒んでいるようだ。スネークは一歩踏み出したものの、それ以上前進することができなくなっていた。

ああ、これか。これがおれのそうあるべき結末なのか。

これがおれの老いの終着点なのか。

ここまでなのか。本当にそうなのか。

スネークは何とか意識を保とうと、崩れ落ちる世界に全力で抗った。見れば、ここにいるすべての兵士がもだえ苦しんでいる。ある者は痙攣し、ある者は口許から泡を吹き、ある者はとめどなく失禁し――。

スネークはメリルの部隊を見やる。エドも、ジョナサンも、そしてメリルも、頭を抱えて地面に這いつくばっているようだ。ただひとりアキバだけが何ともない様子で、悶え苦しむ仲間を前にどうすることも出来ずおろおろしている。

スネークは歯を食いしばる。

まだだ。まだここで斃れるわけにはいかない。

おれの呪いを、おれたちの宿命を、メリルやサニーの世代に背負わせるわけにはいかない。すべてにカタをつけたなら、そのときは喜んで逝ってやる。だが、いまはまだ駄目だ。いまはまだ、おれは戦わなければならない。

スネークは声なき雄叫びをあげ、ルガーを構えると広場に飛び出す。のたうち回るＰＭＣや、つかみかかってくるＰＭＣをかわしながら、リキッドの方向へと前進する。吐き気がこみ上げてきた。口からだらしなく涎を垂れ流しながら、それでもスネークはリキッドに近づいていった。

と、リキッドが唐突にスネークへ指を突きつけた。

射貫(いぬ)かれたようにスネークは立ち止まってしまう。リキッドはまるで演説しているかのように、混沌へ叩(たた)きこまれた前庭を見下ろして、

「兄弟！　久しぶりだな！」

「リキッド……」

リキッドは両腕を広げて芝居がかった仕草で、

「喜べ！　おれたちは親父(ビッグボス)のコピーではなかった！」

ひどく嬉(うれ)しそうな声だ。リキッドの姿が二重三重にぶれて、もはや安定した視界は得られなくなっている。動悸(どうき)が、荒れ狂う心拍が、スネークの老いて硬化した動脈を破裂させようとしているかのようだ。心臓が一拍打つたびに、脳と肉体とが悲鳴をあげる。

「運命という束縛から解放される！」

リキッドは右腕を掲げ太陽を指差した。まるでビッグボスに、運命に、そして世界に対する勝利宣言であるかのように。スネーク、兄弟よ、とリキッドは後を続け、

「おれたちは自由だ！」

スネークのなかで何かが潰(つい)えた。

脚が体を支えることを拒否する。膝(ひざ)が地面に屈した。すべてが苦痛に服従した。

「おれは自らの原点(ゼロ)を超える！」

スネークは大地に突っ伏した。それでもルガーをリキッドのほうへ向けようとするが、

あの人影が本当にリキッドなのかどうか、すでにわからなくなっている。と、女性の脚が視界に入る。

その足取りは、自分やPMCのような混乱状態にはないようだった。ごく普通に一歩一歩近づいてくるさまが、この状況ではひどく幻想的に思える。自分の呼吸だけが、世界で唯一の音のように感じられた。一切が遠く、夢のなかでの出来事のようだ。

その世界に、聞き覚えのある声が割りこんできた。

「スネーク」

自分はこの女性を知っている。自分はこの女性に会っている。そう、おれは彼女の兄であり、自分の先輩だった男を殺した。ザンジバーランドで廃人にし、シャドー・モセスで見殺しにした。フォックスの称号を持つ男。ビッグボスの戦友であり、偉大なるフォックスハウンドの戦士だった男。グレイ・フォックス。

フォックスの妹であるこの女性は、コートのポケットから注射器を取り出すと、おもむろに自分の首筋へと刺した。

ナオミ・ハンター。FOXDIEの開発者。

「ナオミ……」

スネークはそうつぶやいたものの、本当に声が出ているのかどうか、もはや自分でも判らなくなっていた。意識がどんどん遠のいていく。ナオミは空になった圧縮注射器をスネークの傍らに放ると、踵をかえした。

「スネーク、運命に縛られたくなければ——運命を、辿(たど)ってきなさい」

遠ざかるナオミにスネークは腕を伸ばした。腕の筋肉が、胸筋がきしみをあげ、苦痛でスネークを打ち負かす。気がつくと、すでにナオミの姿は消えていた。

庁舎の上に目を戻すと、リキッドが輸送ヘリに乗りこもうとしているところだった。座席にはナオミの姿も見える。リキッドはサングラスを外し、倒れ伏したスネークを裸眼で見つめる。サングラスの外された顔はリボルバー・オセロットのそれではあったが、その瞳(ひとみ)はリキッドの暗く醱酵(はっこう)した怨念(おんねん)をはっきりと宿している。

リキッドがにやりと笑い、ヘリに飛び乗る。

もはや、自分が生きているのか死んでいるのかもわからない。スネークは走馬灯を感じていた。冗談じゃない、と思いながらも、自分がこれまで生きてきた時間が、一瞬で、しかもすべてが完璧(かんぺき)に理解できるかたちで、認識の表層を通り過ぎてゆく。

第一次湾岸戦争で、特殊作戦群(グリーンベレー)とともにスカッドミサイル破壊のために潜入したイラクの熱気。新米フォックスハウンド隊員としての初めての任務だった、アウターヘブン潜入。戦争に疲れ、カナダに引っこんでいたところを強引に呼び戻されたザンジバーランド騒乱。再び強制的に徴発され、「兄弟」であるリキッドと出会うことになったシャドー・モセス。反メタルギア非政府組織(NPO)として潜入したハドソン湾のタンカー。そして、もうひとりの「兄弟」ソリダス・スネークに率いられた元対テロ特殊部隊「デッドセル」の占拠する、海洋除染施設(プラント)への潜入。

もう、ここまでにしよう。スネークのなかの一部がそう囁いている。

お前は務めを果たした。お前は充分すぎるほど戦ってきた。ここで斃れても、誰もお前を批難する謂れはない。いまこそ歴史の闇に還るときだ、ソリッド・スネーク。

そうかもしれない。ここで朽ち果てても、メリルにも、キャンベルにも、誰にも責められることはないのかもしれない。

だが、それではおれがおれ自身を赦せなくなってしまう。

ここで終わったら、おれは自身の宿命に囚われたまま死んでしまったことになる。

スネークは腹の底から獣のような怒声を発した。ルガーを空に向けて、リキッドのヘリを狙うともなく、全弾を虚空に叩きこんだ。

おれは、たどり着いてみせる。自らの宿業の原点に。

スネークの意識が完全に押し潰される前に、機影は市街地の彼方へと消えていた。

ACT 2 Solid Sun

1

ぼくらの知るもうひとりのスネークの話をしよう。

実のところ、この若者はリキッドやソリダスのようにスネークの遺伝子を持ってはいない。彼はクローンでもデザイナーズチャイルドでもなく、ごく普通の夫婦が、ごく当たり前に愛し合った結果として、ごく自然に女性のお腹から生まれた。

正確に言うなら、彼はソリッド・スネークの戦いを追体験させられて、スネークとなるべく育てられてきたというべきかもしれない。遺伝子(ジーン)的にではなく、模倣子(ミーム)的にスネークを生み出そうとした結果が、彼という存在だった。

しかし、彼はスネークにならなかった。

彼はスネークになることを拒否した。自分の足許(あしもと)を確かめると、スネークとしてではない、自分自身の人生を歩もうと決意したのだ。なぜなら、彼は本物のソリッド・スネークに出会ってしまったから。その戦いを、その生き様を目の当たりにしてしまったから。

彼の名はジャック。

かつてスネークと呼ばれ、また雷電とも呼ばれていた若者だ。

アフリカのことなど、ぼくらは気にしない。というより、世界の大半の人々が気にしていない。そこではいまも、おびただしい数の命が奪われている。信じられないような数の人間が飢えている。

アフリカでは、多くの国の平均寿命は四十を越えない。ぼくらが七十年八十年、子供を育て終えてもなお平然と生きつづけることができるのに比べれば、そこには残酷な格差がある。それでも、皆が気にするのは相も変わらず地球温暖化であり、絶滅危惧種(きぐしゅ)の動物であり、明日の株価についてだったりする。これだけ膨大な数の屍(しかばね)が築かれていても、衣食住に困らない人間は、涼しい顔で毎日生きることができる。

ジャックはそのアフリカにいた。

リベリア共和国が生まれたのは、アメリカから奴隷たちが帰ってきたからだ。母なる大地へ帰りついた黒人たちは、かつて働かされていた国の仕組みをお手本にすることに決め、合衆国憲法をもとにした法律と、上院下院の二院制の議会と、国の首長としての大統領制を導入した。

アメリカへとさらわれ、そこから帰ってきた奴隷たちの作りあげた国家。そこはある意味で、アメリカのドッペルゲンガーだと言えるかもしれない。

リベリアは、二十世紀に入ってから内戦とクーデターを繰り返した。先住民である黒人と、アメリカ帰りの黒人(アメリコ・ライベリアン)のあいだには深く陰湿な溝が走っていたし、貧困や飢餓を火種に、権力欲を推進力とした闘争は一向に絶える気配がなかった。

ジャックはリベリアに住む、数少ない白人の一家に生まれた。

そのときリベリアを覆っていたのは、反政府軍「リベリア国民愛国戦線」と、西アフリカ諸国経済共同体の支援を受けた政府軍の戦いだったけれど、各派閥は分裂と消滅を繰り返したうえ、隣国シエラレオネの政府軍やその反乱軍も越境して介入し、もはや何がなんだか判らない状態になっていた。

ジャックは両親を殺されて誘拐され、反政府軍の少年兵に仕立てあげられた。

「儀式」と称してまるで薪(まき)のように友だちの腕をナタで切り落とさせられ、何の罪もない村人たちを憎めと教育された。弾丸の火薬(ガンパウダー)を麻薬代わりに吸いこんで、繰り返し「ランボー」を見せられた。幼いジャックの良心が、生存のため腐り果てるまでにそう時間はかからなかった。

ジャックたちの部隊はスモール・ボーイ・ユニットと呼ばれた。

恐れを学ぶにも、自分の命の価値を学ぶにも幼すぎ、だからこそジャックらは有能な戦士として活躍することができた。様々な価値を背負いすぎた大人には容易にたどり着くこと叶(かな)わない、あまりにグロテスクで哀しい地平で。

この記憶はジャックを悩ませ続けた——いや、正確に言うならジャックはこの過去から逃げ出すことにした。女性を、まだ年端もいかぬ女の子を、一家を支える父親を、命令されたというただそれだけで、何の躊躇(ちゅうちょ)もなく殺してきたという、その記憶から。そのあまりの「有能さ」により「白い悪魔」と呼ばれていたという事実から。

内戦の終結とともにジャックは人権団体に救出され、アメリカに渡り、陸軍に入隊した。

ハイテク特殊部隊フォックスハウンド。

ジャックは訓練に打ちこみ、ローズという恋人との関係を維持することに、その全精力を傾けた。そうしていれば、かつて自分が人殺しだったという記憶、なんの疑問も抱くことなく、ただ命令されたというそれだけを根拠にして、あっさりと人を殺すことができたのだという記憶から逃れることができたからだ。

その、ある意味卑怯(ひきょう)で卑小な逃げ場所が、ジャックが人生ではじめて、「自ら」選ぶことのできた場所だった。

極秘特殊部隊フォックスハウンドとしての最初にして最後の実戦——それがあの、海洋除染施設(プラント)「ビッグ・シェル」における、大統領人質事件だ。前大統領が直属の部隊として組織した対テロ特殊部隊「死の細胞(デッドセル)」が、ハドソン湾沖の大量流出原油による汚染を取り除く洋上建築物を占拠したのだ。

ソリッド・スネークが沈めたとされる、ハドソン湾で沈没したタンカー。そこから漏れ出した膨大な原油を回収するその施設は、環境保護のシンボルとして世界中に知られていた。大統領が洋上の孤立空間を視察に訪れる、そのタイミングを狙って、デッドセルはロシアの私兵部隊とともに行動を起こしたのだった。

フォックスハウンドで「スネーク」のコードネームを持っていたジャックは、この作戦に際して新たに「雷電」のコードを与えられた。なぜなら――これはジャックが真に「スネーク」として生まれ変わることを計画し、仕組まれたことだったから。

洋上の閉鎖環境、そのテロリストによる占拠、そして人質と核発射の脅し。

すべては、シャドー・モセスの近似値でしかなかった。その筋書きの細部も、考えうるかぎりシャドー・モセスに似せて演出されている。

ある状況であるストーリーを背負わせる――そうすることで誰もがスネークになることができる。そんな思想のもとに、「愛国者達」はタンカーを沈め、重油流出を演出したうえでプラントを建設し、すべてのお膳立てを整えたのだった。

リボルバー・オセロットと、子供を人質にとられたオルガ・ゴルルコビッチのふたりは、このシチュエーションを成立させるための工作員として活躍した。オセロットは元合衆国大統領ジョージ・シアーズだった男――「完全なスネーク」であるソリダス・スネークを誘導し、デッドセルをそそのかして「愛国者達」への反逆を企てるように陥れた。そう、彼らにシャドー・モセスにおけるフォックスハウンドの役割を演じてもらうために。

それらすべてを演出していたのが、プラントの足許、ロウアー・ニューヨーク湾の海深くで「愛国者達」によって建造されていた、超大型潜水ミサイルキャリア「火薬庫（アーセナル）ギア」の、指揮統制ＡＩである「Ｇ．Ｗ」だ。

フォックスハウンド、そして恋人のローズ。ジャックは自らの過去に対して目を閉じ耳を塞(ふさ)いでおきながら、「自ら選んだ」人生を歩みはじめたと思いこんでいた。しかし、プラントで「愛国者達」の筋書き通りに戦うなかで明らかになったのは残酷な事実だった。ジャックが「選んだ」と思いこんでいたすべては、そうあるべく仕組まれたものにすぎなかった、ということ。そしてジャックはただひたすらに、自分の過去から逃げていただけだったのだ、ということ。

「愛国者達」の筋書きになかったぼくらが介入したことで、「シャドー・モセスの再現」のシナリオにわずかな綻(ほころ)びが生じ、ジャックは真実に直面することになった。望んでいたことではなかったのかもしれない。耐え難い事実だったのかもしれない。

しかし、ジャックはそれを受け止めることのできる男だった。

ジャックがソリダスを倒して幕を閉じる、という展開それ自体は、まさに「愛国者達」が期待した筋書きそのものだったかもしれない――実際、これによって「愛国者達」はあるプログラムの完成を宣言したのだから。

それは、さまざまな物語を自在に演出する技術。現実そのものを「愛国者達」の思惑のもとに、あたかも物語であるかのように語る技術。「社会健全化のための淘汰(セレクション・フォー・ソサエタル・サニティ)」、通称Ｓ３と呼ばれたそれは、まさに現実を自在に描き出す技術であり、「シャドー・モセスの再現」による「ジャックのスネーク化」自体は、その限界を見極めるための運用試験の一部に過ぎなかったのだ。

しかし、ジャックはソリッド・スネークにはならなかった。その筋書きを完璧に遂行したにも拘らず。

我々の悲しみも、怒りも、その喪失も——すべて単なる副産物だ、と「愛国者達」のAIは語った。あのマンハッタン沖で、ほぼすべての物語が「愛国者達」の筋書き通りに進んだ、という意味では確かにそうなのかもしれない。

しかし、ジャックの裡に生まれた何かは、「愛国者達」の物語にはない——ジャックだけの、雷電だけの物語だ。「愛国者達」が副産物だとして気にも留めなかった、人間すべての内側だけに存在する、ぼくら自身のささやかな「物語」が、ジャックを他ならぬジャックとして立たせ、ソリッド・スネークのような兵士へとシフトすることを阻んだのだ。

ジャックは、かつてスネークと呼ばれていた。

スネークになることを決定づけられていた。

スネークのような役割を果たし、スネークのように戦った。

それでも、ジャックはいまだ、ジャックとして戦い続けている。

この世界のどこかで。

バター、オイル、そして硫黄のような匂い。

スネークはそれらを感じて、目を覚ました。ぼくがサニーの焼いた目玉焼きの皿を、スネークの鼻先に近づけていたからだ。ふたつの黄身はPPG7で撃破されたような有様で、その周囲の白身もこんがり焦げている。魅力的なのは匂いだけ。

自分を棚に上げて言わせてもらえば、ぼくが出会ってきた女性には、料理の上手い人間のいた例がない。そういえば雷電の恋人だったローズも、恐ろしく料理が下手だという話だ。プラントで一緒に戦っている最中、戦闘糧食のほうが遥かにマシだ、と雷電が漏らしていたから、相当に破滅的な腕前の女性なのだろう。

そして、サニーも見事にそのジンクスを受け継いでいる。料理の上手い女性の不在。この世界におわす神は、どうやら料理が下手な女性を嬉々としてお創りになられ、ぼくらをいじめるのが趣味のようだ。

「それはオタコンのか？」

スネークが顔に手を当てながら簡易ベッドで起きあがる。輸送機であるノーマッドのなかは激しく振動してお世辞にも快適とはいえないけれど、スネークはいままでぐっすり眠って起きることはなかった。

「ああ、太陽が潰れてしまっているけどね」

と、ぼくは背後の気配に気がつく。サニーの恨みがましい瞳がしっかりぼくに据えられていた。

「あっ、ごめん。すぐ食べるからさ。サニー、スネークの分も焼けるかい？」

するとスネークは、余計なことを言うなとばかりの視線をぼくに投げつけてきて、

「いや、サニー、おれはいらない」

しかし、サニーはスネークがそう言い終わる前にタラップを登り、キッチンのほうへ向かっている。スネークは小さく溜息をついた。ぼりぼりと頭を掻きながら、どれくらい眠っていたか訊いてくる。丸一日は、とぼくは答えた。

「……誰かに助けられた」

目蓋を揉みながら、スネークはしゃがれ声を出す。メリルたちじゃないかな、ぼくはそう答えたけれど、あの状況ではまったく自信がない。PMCたちはうめき、吐き、頭を抱え、互いに殺しあっていた。あの混乱のなかで、何がどうなったのかはほとんど分からなくなっている。ぼくはメリルたちの無事をスネークに伝えたけれど、スネークはほっとした様子も見せず、

「リキッドを逃した……」

　スネークは辛そうにそう漏らし、腰を押さえて立ち上がった。途端、肺からこみ上げてくるものにむせこんで、膝に両手をついて激しくあえぐ。ぼくが背中をさすってやると、ややあって落ち着きを取り戻した。

「突然、体が動かなくなった……いつもとは症状が違う。関節や筋肉ではない」

「PMCの連中も一斉におかしくなったみたいだった。非殺傷電磁波兵器、たとえば積極阻止システムとかの類かとも思ったけど、電磁波の乱れは計測されなかった——危なかったよ、PMCのなかには心停止した者までいるんだ」

　そこでスネークが不意に思い出し、

「そうだ、あの場に彼女がいた。ナオミがリキッドの傍らにいた——オタコン、お前、ナオミを見たか？」

いや、見えなかった、とぼくは答える。スネークは落胆した表情を浮かべた。しかしぼくは先を続け、

「でも、確かにあの場にナオミはいた」

ぼくはデスクの上の注射器を指し示す。あの場所でスネークが握り締めていた、白い圧搾注射器を。あの注射器にナオミのＤＮＡ情報が残っていたんだ、とぼくは言った。

「やはりナオミが。どうして」

「ああ、実はきみに見せたいものがあるんだ」

ぼくは端末に向かうとファイルを呼び出した。スネークがよろよろとした足取りでぼくの背中にやってくる。

「あのあと、古いアドレスにナオミからビデオメールが届いたんだ——データは検疫済み。ウィルスは入ってない。声紋解析でもナオミと一致した。画像のほうもＣＧ合成の疑いは低い」

モニタがロード終了を告げる。ぼくは動画プレイヤーの再生ボタンを押した。

いきなり、ナオミの顔が画面いっぱいに映し出された。かすかに写りこんでいる背景は、どこかの倉庫のように見える。

「スネーク、手短に言うわね」

と言うナオミの表情は切迫しており、

「私はいま、南米の施設で研究を強いられている。そう、リキッドに囚われているの」

彼女は声をひそめ、しきりに背後を気にしていた。ハンディカメラを自分自身に向けているようだ。

「リキッドの目的は兵士たちの制御システム——サンズ・オブ・ザ・パトリオット、SOPの乗っ取り。それを可能にするにはナノマシンの構造解析と相互通信の機構を調べる必要があるの」

もしや、とスネークは考えた。あのとき、リキッドを前にして起きた狂乱状態は、その乗っ取りの結果なのではないか。リキッドはすでに——システムを制圧してしまっているのではないか。

「いま、軍やPMCで採用されているのは第三世代のナノマシン。でも、それは第一世代の技術を発展させたもので、基礎技術は当時と変わっていない」

「第一世代……？」

スネークが画面に向かってつぶやいた。武器洗浄屋のドレビンが言っていた——スネークの体には旧世代のナノマシンが入っていると。それがシステムと干渉し、ノンID銃をロックしてしまったのだ、と。

「第一世代を作ったのは私。そう、FOXDIEを含むナノマシン集合体。九年前のシャドー・モセス事件で、スネーク、あなたの体内にも注入したものよ——FOXDIEの技術がＳＯＰにも応用、継承されている。だから、リキッドはＦＯＸＤＩＥに詳しい私にシステムの乗っ取りを指示しているの」

　ウィルスとはつまり、ＤＮＡもしくはＲＮＡからなる分子機械だといえる。生物の細胞を利用して自己複製することのできる機能を持ったマシンだ。人工的に合成したウィルスとは、つまりナノマシンのことだ。天然のウィルスは自然が生み出したナノマシンだ、という言い方もできるかもしれない。

　暗殺ウィルスＦＯＸＤＩＥの技術が、ＳＯＰの基礎を成している――リキッドがナオミを必要とするわけだ。

　ナオミが物音に振り返る。その額に汗が光った。

「お願い、私を助けに来て」

　再生ウィンドウのなかのナオミが、目に見えて焦りはじめた。

「リキッドはあの中東でシステム介入の糸口をつかんだ。蹶起の準備はもうすぐ完成しようとしている。もう時間がないの、急いで、スネーク――」

　映像が終わった。

　スネークは口許に手を当てて考えこんだ。接触地点でメリルは、ＰＭＣが国家に反旗を翻すことは不可能だと言っていた――いかにリキッドといえど、兵力をシステムで制圧されたらどうにもならない、と。

　しかし、ＳＯＰそのものをハッキングすることが可能なら――ＰＭＣはシステムの管理から解き放たれ、気の趣くままに戦争を起こすことが可能となる。米軍を圧倒するまでに膨れあがってしまった戦争経済の尖兵が、今度は戦争経済で潤っている世界そのものに牙を剝くのだ。

「まずいな」

スネークがつぶやく。ぼくはうなずいた。

「ナオミが生み出した技術だ。多少時間があれば、どうにかなってしまう可能性はある」

そのとき、CALLの表示がモニタに現れた。ぼくは発信人タグを確認し、キャンベルからだ、とスネークに告げた。

回線がリンクし、キャンベルのオフィスが映し出される。キャンベルは樫のデスクに身を乗り出して、

「スネーク、きみが記憶している通り、九年前のシャドー・モセス事件以来、ナオミは当局に拘束されていた――だが何者かの手引きによって脱獄したのだ」

スネークもぼくも、そのことは知っていた。というのもぼくらはお尋ね者で、「より良い逃亡生活」のために、濡れ衣を含めた自分の罪状をこまめにチェックしていたからだ。ぼくらはよくFBIのウェブサイトで、身に覚えのない犯罪が罪科リストのトップに付け加えられていくのを見て、ビールを飲みながら笑っていたものだ。そういうわけで、スネークは皮肉な笑みを浮かべて、

「ああ、それもおれの犯罪歴に加えられているらしい」

「実際にはリキッドの仕業だろう。彼女はそのままリキッドに拘束され、南米の施設で研究を強いられていたようだ」

「ナオミは別ファイルで居場所のデータを送ってきている。一種の暗号データだったけれど、サニーが解読してくれたよ」

　ぼくはスネークに説明した。キャンベルはうなずくと厳しい表情になって、

「ナオミが示すその場所は、リキッドの本拠地となっている可能性が高い」

　スネークはポケットに手を入れて煙草を探りながら、確証はあるのか、と訊く。ああ、とキャンベルは肯定して、

「ここではPMCの活躍によって権力を得た新政権と、旧政権の残党が組織した反政府軍の小競り合いが続いている。反政府軍側が地元の小規模なPMCを雇い、戦闘を煽っているのだ——典型的な戦争経済のマーケットというわけだ。新政権はまともに機能しないうえに、アウターヘブン傘下のPMC『ピューブル・アルメマン』の言いなりだ。リキッドの隠れ蓑としてもうってつけの場所だといえるだろう」

　スネークは室内をざっと見回してから、煙草を見つけるのをあきらめ、

「罠かもしれない」

「ああ——だとしても、こちらへの収穫も大きいはずだ」

「サニーにナオミのメールの発信元を追跡してもらった」

　とぼくは補足するように言い、

「アドレスは偽装されていたけど、経由した代理サーバを割り出して、アクセス日時とデータ転送の痕跡を追跡した——どうやら送信元は南米のサーバだ。信憑性は満更でもないと思う」

そういうわけで、ぼくはサニーの作業代として、スネークの煙草を隠したのが彼女だということを黙っている。輸送機の日常を快適に過ごすための、ささやかな取引というわけだ。

「エルドラド国際空港の着陸許可を取りつけた。きみたちは国連の調査員ということにしておく」

「いまから南米なら二十時間程度だね。その先は？」

「4WDを一台、手配しよう。ナオミの指示にあったPMCが拠点としている施設は、森に囲まれた山岳地帯にある。PMC警戒区域の手前まで車輛で接近してくれ。そこから先はスネーク、きみの単独潜入となる——反政府軍によるPMCへの抵抗はまだ続いているから、混乱に乗じて施設内部に潜入できるはずだ」

「大佐、この件に『奴ら』はどの程度関与している？」

唐突に、スネークが話題を変える。ぼくはスネークの顔を見やって、

「『愛国者達』のことかい？」

中東の戦場にあっても、ぼくらは「愛国者達」の気配を警戒せざるを得なかった。マンハッタンでアーセナルギアを賭けたソリダスとの戦いが終わったとき、奴ら——「愛国者

達」のＡＩは高らかに宣言したものだ。我らはすべてを管理統制する、と。

スネークはうなずいて、

「アーセナルギアで手に入れた情報はブラフだった。百年前に死んだ十二人の創設者など存在しない——だが奴らは実在している。戦場を管理するシステムの目的がＩＤ統制なら、奴らの意思とも一致する」

「全世界のＩＤ統制。それを利用した情報操作、経済操作。『愛国者達』が渇望する最終目的はそこだ」

キャンベルがスネークの思いを代弁し、

「いまや『愛国者達』は戦争経済そのものと言ってもいい」

「五年前、ソリダスの怖れていたことが現実になった」

スネークが重々しく言った。大統領だったソリダスがテロに走ったのも、元はといえば「愛国者達」から解放された世界を作り上げるためだった。自由、権利、機会。アメリカ合衆国が独立を果たした栄光の時、すべての国民の胸に輝いていた基本概念。しかし、人工国家であるアメリカはその短い歴史のなかで、あっという間に奇形化し、「愛国者達」なるおぞましいシステムを生み出してしまった。

誰かが権力欲にとり憑かれたためではない、誰かが支配を望んだわけではない。ただ、アメリカという国の流通が、経済が、生活が、存在そのものが、まるで生命のように「愛国者達」というパターンを生み出してしまったのだ。

「メディア神話も国際世論も失われたいま、国連でさえも逆らうことは叶わん」

「では、リキッドの蹶起は奴らへの？」

というスネークの問いをキャンベルは肯定して、

「そうだ、やはりリキッドはビッグボスの遺志を継ぐつもりらしい――支配から解放された傭兵たちのための、絶え間ない戦争の普遍世界。ビッグボスが提唱した『アウターヘブン』はある意味すでに実現しているとも言える」

「PMCによる戦争ビジネス、か」

「だが、いまリキッドは『愛国者達』に雇われ、彼らのための代理戦争を強いられている」

「それは確かに、一刻も早く呪縛から解かれたいだろうな」

「水面下で、次なる生存をかけた冷戦が、『愛国者達』とリキッドのあいだではじまっているのだ」

スネークはディスプレイから目をそらし、カーゴベイの天井――というより、どこか遠くの場所を見つめた。

「どっちに転んでも、未来はない……リキッドを倒し、愛国者達を破壊して初めて、自由になれる」

そう、それこそがソリダスの望んでいたことではなかったか。あの男は、自分が何も残せないことにひどく怯えていた。ソリッド、リキッド、ソリダス。スネークの血統は子を成す力をあらかじめ奪われてこの世に生を受けた。ビッグボスの遺伝子を再現する、ただそれだけのために。

それゆえに、ソリダスは何か成し遂げたかったのだ。ビッグボスの遺伝子に刻まれた、それだけの存在ではないことを証明したかったのだ。自分が自由であることを。おれはまさに自由なおれ自身として、いまここに存在しているという声なき叫びを、全世界に届けたかったのだ。

おれは自由だ、そして、お前たちも自由なのだ、と。

「スネーク、我々の『平和』は戦争経済の上に均衡を保っている。システムの崩壊は情報化社会、近代文明の消失を意味する。本意ではなくとも——システムを守るしかないだろう」

キャンベルが常識的な意見を言う。そう、ソリダスはシステムを破壊しようとして、当のシステムに敗れ去った。あのとき、皮肉にもスネークとぼく、そして雷電は世界を「守った」ことになる。ソリダスのやり方で「愛国者達」を壊滅させたなら、そのあとに待ち受けているのは果てしなき混沌(こんとん)、それだけだったろう。

しかしそれでも——あの男が目指した場所は、完全に間違っていたと言い切れるのだろうか。ぼくにはそれを断言できる自信がない。

わかった、とスネークは言い、一日中意識を失っていたために強張(こわば)った肩の筋肉をほぐしながら、

「到着まで二十時間もある。その間に資料に目を通しておくさ。それと、いまのうちに一服させてもらいたいんだが、煙草がどこに消えたか知らないか、オタコン？」

スネークには悪いけれど、ぼくはそれを教えることができない。さあね、とぼくはすっとぼけて答える。スネークは訝しむような表情でぼくを見つめるけれど、それ以上追及するのは諦めたようだ。

サニーが煙草をどこへ隠したのか、ぼくはそれを知らないのだから、少なくとも嘘を言っていることにはならないだろう。

2

黄金都市（エル・ドラード）。

　ノーマッドは現地空軍の航空管制を受け、この空港に着陸した。ハッチを開けるとその空気の薄さにサニーがびっくりする。

　海抜が二五〇〇メートルもある高所なのだ、無理もない。これだけ気圧が低いと沸点も異なる。目玉焼きの味に影響するだろうか、とぼんやりぼくは思った。サニーの目玉焼きがこれ以上悲惨なことになったら、目も当てられない。

　管制が軍だったことからもわかるように、エルドラド空港は軍民共用の空港だ。だから空軍がいるのは当然として、恐らくは米軍から払い下げられたのだろう、ここでは昔ながらのC―130がやたらと目についた。

　PMCの輸送機だろう、とキャンベルが言う。よく見ると、確かにピューブル・アルメマンのエンブレムが機体側面で禍々（まがまが）しさを主張していた。眼窩（がんか）、鼻腔（びこう）、口腔――髑髏（どくろ）の穴という穴から突き出した八本の触手。ピューブル――つまりフランス語でタコの意味。南仏ではタコを食べるらしいけれど、これをデザインした人間はよっぽどタコが嫌いなのだろう。

スネークがカーゴで装備の最終チェックを行っているあいだ、作戦中のメンタルケア要員を紹介しよう、とキャンベルがある女性を呼んだ。ローズマリーだ、とキャンベルは言い、オフィスのカメラに彼女が映るよう呼び寄せる。ストレートの黒髪をもつ美人が、キャンベルの隣にやってきた。

ぼくとスネークは思わず顔を見合わせた。といっても、彼女の美しさにではない。

ローズはジャックの恋人で、確かプラント事件のときジャックの子供を身ごもっていたはずだ。ローズに聞いてみると、プラント事件のあとジャックは子ども兵時代の記憶と向き合うことを余儀なくされ、酒におぼれ、傷だらけで帰ってきた夜もあったそうだ。そんな生活のなかでローズはお腹の子供を流産してしまい、ジャックは姿を消した。

ぼくは頭を抱えた。なんてこった。そんなことになっていたなんて。ぼくやスネークに一言相談してくれてもよかったのに——と一瞬考えたけれども、よくよく考えれば恋人のローズにすらどうにもならなかったものを、ぼくらが力になれたとは思えない。

そのとき、ぼくはふとあることを思い出し、スネークを見やった。スネークもその頭が痛くなる可能性に、ほぼ同時に気がついたらしく、

「キャンベル、まさかメリルの言っていた再婚相手というのは……」

「そう、彼女、ローズマリーだ。言ってなかったかな……」

ぼくとスネークの溜息(ためいき)がハモった。

「何を考えているんだ大佐？　娘ほどの歳だろう」

「それも良かった……」

というキャンベルの答えが、ぼくらの憂鬱に拍車をかける。あまりにあまりな現実に、ぼくは笑い出したいくらい呆れていた。スネークもうんざりした様子で、

「まったく、メリルが愛想を尽かすのもわかる」

「メリルは……何か言っていたか」

そう言うキャンベルの声は、先程の浮かれぶりとはうって変わって悲痛なトーンに満ちている。しかしぼくらは同情する気にはとてもじゃないけどなれなかった。スネークは正直に、

「女たらしを親父とは認めない、だそうだ」

「……そうか」

ぼくらは頭痛を催させる人間関係の奇怪さから逃れるように、作戦準備に集中することにした。オクトカムを再チェックし、スニーキングスーツのパワーアシストをスネークの体の状態にフィッティングさせる。Mk.IIを点検し、いつでもこの空港から離れられるように、ノーマッドの点検項目を消化した。

「い、いってらっしゃい、スネーク」

とサニーが手を振る。スネークは微笑み返して、空港を後にした。少なくともスネークはこれで数日、サニーの目玉焼き攻撃にあわずにすむ。スネークを見送るサニーを見て、なんだかこれって家族みたいだな、と思った。本当の家族じゃないけれど、いま、この瞬

間、自分がとても安らぎを感じていることに気がついた。

このまま、なにも変わらなければいいのに。

ぼくはかぶりを振る。何を考えているんだろう、ぼくは。これからスネークは再び戦場へ向かおうとしているってのに。

キャンベルの発行してくれたIDでスネークは税関を通過すると、手筈どおりに用意された4WDに乗り、国境を越えた山岳地帯に向かった。数年前だったら、これくらいの高度ではなんともなかったスネークも、加速する老化に低気圧環境への適応が遅れているようだ。

幸い、山岳地帯はかなり遠い。慣らす時間はたっぷりあった。にも拘らず、高度が上がっていくにしたがってスネークの苦痛はどんどん増していくように思える。口数少なく、額には時折汗が滲んでいた。

「スネーク、大丈夫かい？」

とぼくはノーマッドから通信する。相変わらず、スネークは自分の体について訊かれるのが好きじゃないらしく、

「状況は？」

ぼくは溜息をつき、

「反政府軍のゲリラ部隊が政府軍PMCの拠点に向かって進軍している。その拠点がリキッドの隠れ家になっているようだね。ナオミのデータが示した彼女の監禁場所も、その政

府側拠点の敷地内にある」

「ナオミはそこに？」

「彼女の情報が正しいとすればね。美玲（メイ・リン）が調達してくれた衛星写真によれば、ナオミが捕まっている施設は、そこから山道を北へ向かったところにある。目的地をマップに登録しておくから、チェックしてくれ」

懐かしい名前にスネークが反応した。

「美玲？」

「ああ」

シャドー・モセスで、キャンベルとともにスネークを無線でサポートした、作戦管理担当の女の子——とはいっても、あれからもう九年経つのだ。あの頃ティーンエイジャーだった彼女も、いまやすっかり大人の女性になっている。

美玲は現在、戦艦ミズーリの艦長だった。大口径の艦砲がまだ主力兵器だった時代の船。スティーブン・セガールの映画でテロリストに占拠されたのも、この船だ。航空戦力の発達とともに、高価で融通の利かない「戦艦（バトルシップ）」という種別の艦（フネ）は時代遅れになってしまった。その砲火力を利用した沿岸部への攻撃は、第一次湾岸戦争まで細々と生き延びてはいたけれど、翌年の九二年、ミズーリは時代から必要とされなくなった老兵として退役した。九〇年代前半までに、すべての戦艦が現役を退いている。

時代は既にフリゲート艦、そして電子戦闘の雄イージスのものだった。

退役後のミズーリはハワイで観光客向けの余生を送っていたけれど、契約が切れたのち軍に戻り、現在は仮想訓練艦として使われている。実戦的な訓練というよりも、あくまでアナログ艦を使ったシーマンシップの涵養(かんよう)が目的らしい。

要するにモセス事件に関係してしまった者は皆、お尋ねものになるか閑職に追いやられたということだ。メリルにしたって同じことだ。彼女がデスクでくすぶっているのを見かねたキャンベルが、陸軍のコネを使ってＣＩＤのなかでも群を抜いて危険度の高いＰＭＣ監査部隊にメリルを推したのだ。

「オタコン、さっきＰＭＣの装甲車を見かけた。そろそろピューブル・アルメマンの警戒区域のようだ。さっき、まるでショッピングモールのような看板広告を見かけた」

ピューブル・アルメマンのかい、とぼくが訊くと、スネークはうなずき、

「ああ。あなたの戦争に、タコの脚をお貸しします、だとさ」

「猫の手も借りたい、ってとこかな。戦場の霧(フォッグ・オブ・ウォー)じゃ手が八本あっても足りないけどね」

武装蛸(アームド・オクトパス)というふざけた名前も、ピューブル・アルメマン、などとフランス語で聴くとどことなく優雅で女性的に響くものだ。戦争商売万々歳、か。ぼくは呆れながらＧＰＳと連動したマップデータを確認し、

「そのへんで車は捨てたほうが良さそうだ。そこから先は警戒兵が針の山だよ」

了解、とスネークが応(こた)え、４ＷＤを停めて森のなかに隠すとＭｋ．Ⅱを降ろす。オクトカムを調整すると、薄い大気のなかで呼吸をあらためて整え、慎重に気配(ベースライン)を南米の高地へ

とシンクロさせた。

草の臭い、昆虫の臭い。

大地の臭い。

地面に這(は)いつくばっていると、嫌でもそれを嗅(か)ぐことになる。そうした臭いもまた、スネークが気を配らねばならないセンスのひとつだ。

誰かが近くにいるというその気配、何者かがかつてそこにいたという痕跡(こんせき)、それらは確実に周囲の気配(ベースライン)に波紋を残す。森と大地とは、いわば鋭敏なセンサとして、人間の痕跡を目ざとく感じ取る。それらを理解し、自らのセンスとしてシンクロすることができれば、利用できる感覚の領域は驚異的に拡大する。

スネークはＰＭＣたちをそうしてやり過ごしながら、ぼくから指示された、例の北へ向かう山道に出る。入口には納屋や民家のある開けた空間があり、ＰＭＣの装甲車が停まっているのが見えた。

すでに、ここは前線のようだ。

たったいま制圧されたばかりの反乱軍兵士が、一箇所に集められてひざまずいている。何人か転がっている死体は、みな反政府軍のものだ。制服はなく、装備もまちまちで、一方ＰＭＣはといえばコンバットチェストハーネスにプロテックのヘルメットと、いかにもＰＭＣらしい、統一された米軍系仕様だ。

民家が一軒、炎に包まれていた。この集落は反政府軍の隠れ場所のひとつだったのだろう。ゲリラ戦の本質は、非戦闘員——民間人に紛れこむことにある。日常と戦争の境界を曖昧にすることで、体制側の攻撃をかわすのだ。

このような南米の、山岳地帯におけるゲリラ戦術は、そもそも革命を起こして現代中国を作りあげた毛沢東に学んでいる場合が多い。中国もまたその領土を広大な山岳地帯が占め、そこにある農村を毛沢東は支持母体にした。険しい山々には都市部の軍隊が容易に立ち入ることが叶わなかったからだ。南米もまた、広大な山岳地帯と農村が大地の多くを占めているという点で、中国に似ていると言えないこともない。

スネークは集落を見おろす森に同化しつつ、ソリッド・アイのズーム機能でPMCたちを観察する。と、燃えさかる民家のなかから、異様な人影が姿を現した。ばらばらな身長のPMCたちと比べても目だって背が高く、この戦闘状況には明らかに場違いな黒のコートに身を包んでいるものの、スネークにはその顔にはっきり見覚えがあった。

プラント事件でジャックが仕留めたとばかり思っていた、反乱部隊デッドセルの怪物たちのひとり——胸を刺しても、頭を撃ち抜いても、まったく意に介さず笑っていた男。

スネークはあの瞳を思い出した。この男に首筋を咬みつかれたとき覗きこんだ、まるで吸血鬼のような底なしの瞳を。生命の気配がまるで感じられない、真っ黒な瞳孔を。

「……ヴァンプだ」

スネークのつぶやきに、ぼくの時間が止まる。

ヴァンプ。奴のナイフが、妹の腹部に突き立ったときの痛みを、ぼくはあのプラント事件のあと幾度も幾度も想像した。あの刃が自分に向けられていたなら、どんなに楽だっただろう。寝入りばな、幾度エマの最後の言葉がぼくの脳裏にこだましたことだろう。

ぼくはその夜毎に目を閉じ歯を食いしばり、シーツを握り締めて耐えるしかなかった。エマって呼んで、と彼女の唇が弱々しくかたどった、あの光景に引き戻されて、涙を流すしかなかった。

あの男が。エマを殺したあの不死者(ノスフェラトウ)が。

「オタコン！」

スネークの声に、ぼくは任務に引き戻された。通信で何度も呼びかけていたらしい。ぼくは胸に手を当てて、昂進(こうしん)した動悸(どうき)と呼吸とを鎮めようとする。モニタの向こう、ソリッド・アイの向こうに奴がいるこの状況では、それはとても難しかった。

ごめん、とぼくは謝り、ヴァンプはリキッドの計画に関与しているかもしれない、という考えを口にする。プラント事件のとき、ヴァンプはオセロットと行動をともにしていたからだ。

「かもしれん。だがあのとき、ジャックが仇(かたき)をとってくれたはずだ」

ぼくは唇を噛(か)んだ。ヴァンプは不死身なのだろうか。死なない、という人間としての明らかな欠陥に恐怖や理不尽さを感じるよりも、妹を殺した男への怒りが先に立つ。抑えつけようと努力するけれど、脈拍はどうしても速くなり、怒りが脳に血液を集中させる。興奮しすぎたために、だんだんとこめかみが痛くなってきた。

「今度会ったら……」

「妙なことは考えるなよ、オタコン！」

スネークの一喝が、憎悪の磁場を打ち破る。ぼくは一瞬で正気に戻された。

熱く煮えたぎっていた怒りも、いまは冷たく暗い川へと変質している。連中を観察しよう、とぼくはスネークに言った。スネークは了解した、と言ってPMCたちの声が聴こえる距離にまで接近する。

どうやらピューブル・アルメマンの兵は、他ならぬスネークを捜しているようだった。兵がスネークの不在をヴァンプに報告している。プラントで見たときよりもその顔はさらに白く、額にはまるで神経回路のように集中した血管が浮き出ている。

「ゲリラどもは散開して『別荘（セーフハウス）』を狙っている――スネークは連中に紛れこんでくるはずだ」

とヴァンプが言った。まるで悪夢から探りあてたような、低くぬるりとした声だ。

「いいか、奴は必ず来る。気を抜くな」

ＰＭＣ兵が了解すると、ヴァンプは装甲車に乗りこみ、煙に燻（いぶ）された集落を後にする。

どうやら連中は、スネークが来ることを知っているらしい。罠（わな）の可能性もある、とぼくはスネークに言った。

「そうだな。注意しよう」

3

山道は不規則に曲がりくねり、ところどころ森との境界線を失っていた。とはいっても、いわゆる獣道のようにかすかな交通の痕跡、というわけではなく、しっかりと踏みしめられそれとわかる道路になってはいる。タイヤ痕——それも軍用車輪の——からすると、防御板と武装類でずっしり重い装甲車が、少なからず行き来しているのだろう。

あるいは、何か研究機材を輸送していたのか。

スネークは相変わらず地面に這いつくばり、オクトカムを使って周囲の色相と質感に溶けこみながら、尺取虫のように前進していた。土の臭い、大地のセンスに少しでも変化が見られたなら、いったん停止して様子をうかがい、危険がないようだったら新しいセンスに同化するよう、内なるリズムを調節する。

そんなスネークの慎重な前進を、突然の無線コールが破った。

「誰だ？」

発信人のタグ情報はからっぽだった。ただ奇妙な呼吸音だけが、ノイズを背景に聞こえてくる。どういうわけか、スネークはその呼吸音が人間のものではないような気がした。何かおかしなリズムがある。

〈スネーク……〉

その声にはぼくもスネークも聞き覚えがあった。

「お前は……」

〈その先に、廃車同然の装甲車が一台停まっている。廃棄されたようにも見えるが、中には妙な男がひとり、乗っている。ＰＭＣのトラップかもしれん。気をつけろ〉

「お前は、ジャックか？」

とスネークがいった。どこか金属的な響きが感じられるものの、その声を間違えようがない。

ジャック。雷電。

プラントでともに戦った、元フォックスハウンド部隊員――いや、厳密に言うなら、ジャックが所属していると思いこんでいたフォックスハウンドは、現実には存在していなかったのだが。

「愛国者達」からサニーを助け出すと、まるで自分の役割を終えたとでもいうように姿を消したあと、ジャックはいったいどこにいたのだろう。

〈……ジャックは死んだ〉

とその声は告げた。他ならぬジャックの声で。

〈スネーク、おれはお前のそばにいる〉

そしてリンクは切断された。

「ローズはいるか、オタコン？」

と言うスネークに、ぼくはキャンベルのオフィス――というより、実はキャンベルの自宅だったのだけれど――を呼び出した。待機していたローズが画面に映る。いるよ、いまつなぐ、とぼくは言って、スネークに回線を開いた。

「どうしたの？　スネーク」

「ローズ、雷電――ジャックから連絡があった。近くにいるようだ」

ローズが息をのむ。混乱したその瞳が、喜びを語っているのか、それとも恐怖を表わしているのか、ぼくには判断できなかった。ローズはつとめて落ち着いた素振りを見せ、

「元気……そうだった？」

「声を聴いた様子ではな」

よかった、とローズはつぶやいたけれど、その表情には少しも明るさが見られない。お願いがあるの、とローズは言い、

「私がこの件に関わっていること、彼には黙っていて欲しいの――いまはまだ、ジャックをそっとしておいてあげたほうがいいと思うから」

本当だろうか。ぼくにはむしろ、ローズのほうがジャックを怖れているように見える。ジャックを見捨てたという悔悟、ジャックを助けてあげられなかったという悔悟。そんな罪を感じていたとしたら、ジャックの突然の来訪はローズの心をかき乱したに違いない。

罪から逃れられる人間はそう多くない。エマの最後の言葉に、あのときぼくが応えられ

なかったように。

「上官だったロイも心配してくれたけど、ジャックはいつも私を避けていたわ……お腹の赤ちゃんを失ってから。ジャックはそれを、自分の罪だと感じたのね」

ジャックは子供のとき、たくさんの子供を殺してきた。そうする以外に、リベリアでは選択肢がなかったからだ。しかし、プラントの後、ジャックはそれらの罪と向き合うことで、よりいっそう苦悩を深めてしまったのだろう。

そして最後に、自分の、未だ生まれぬ子の死が止めを刺したというわけだ。

「ロイは……ひとりになった私に親切にしてくれた。言い訳に聞こえると思うけど、私も立ち直る必要があったの。勿論彼が心配だけど——私もまだ、ジャックが怖い」

そう告白するローズを責められるほど清らかな人間は、少なくともここにはいない——いや、まだ幼いサニーは別だけれど、その彼女はいま、二階で目玉焼きの上達に余念がない。

スネークはただ、黙っておこう、とだけ伝えた。ローズが感謝を口にする。

ジャックの言っていた装甲車はすぐに見つかった。

確かに、各部で塗装が剝げ、錆びた装甲が剝き出しになっている。これくらいメンテされていない車を見て、廃車だと思わない人間はあまりいないだろう。

とはいえジャックによれば、ここでは誰かが待ち構えているという。

スネークは気配を消したまま、慎重に廃車へと接近する。かなりぎりぎりまで近づいたものの、やはり人の気配は感じられない。

敵がこちらに気がついていないだけだろうか。こうしているいまも、スネークの到着を待って装甲車のなかで息を潜めているのだろうか。とはいえ、こちらから仕掛けるわけにもいくまい。グレネードでいぶり出そうものなら、周囲にいる大勢のＰＭＣに気づかれてしまう。これが本物の廃車だったとしたら、あまりに無駄なリスクと言わざるを得ない。

スネークはおもむろに立ち上がり、空港の自動販売機で購入した煙草に火をつけた。出てくるならさっさとそうしてくれ。

と、小さな影が、スネークの鼻先一フィートを通り過ぎた。

弾丸ではない。動物だ。

その生き物は、装甲車の上に驚くべき速さでよじ登ると、悠々と煙草をふかしはじめた。スネークはそこではじめて、それが自分の口許から奪い去られたものであることに気づく。スネークにはその生物に見覚えがあった。あの、中東で見掛けた無毛のテナガザルだ。

「よう、こっちだ」

陽気な声がして、装甲車の後部ハッチが開く。と同時に装甲表面の錆や老朽化しているかのように見えた部分が、一瞬で消滅した。代わって現れたのはつるつるの表面と、EYE HAVE YOU! のステンシル。

オクトカム擬装だ。この装甲車の表面全体が、オクトカム素材で覆われているのだ。

ハッチからあの武器商人——ドレビンが手招きしていた。

「乗れよ、外は物騒だ」

テナガザルが煙草をくわえたまま乗りこもうとすると、ドレビンはそれを押し留め、そいつを捨てろと仕草で示した。サルはしぶしぶ地面に押しつけて、スネークのものだった煙草の火を消す。スネークは律儀に吸殻を回収し、携帯灰皿にしまった。

「おれを尾けているのか」

と装甲車に乗りこみながらスネークが訊く。ドレビンはハッチを閉じると、指をぱちんと鳴らした。おそらくオクトカム外装を起動したのだろう。

「あんたに興味が湧いたんだ。ちょっと調べさせてもらったよ。米情報機関群——とくにＣＩＡに伝わる色々な神話をな」

「どうしてここに？」

「このあいだ、中東であんたに注入したナノマシン、あれであんたの居場所を追跡している」

スネークは己の迂闊さに呆れた。シャドー・モセスの任務直前に、ナオミからＦＯＸＤＩＥを注たれたのと、まったく同じやり口ではなかったか。どうやらスネークには、注射が嫌いと言われると、謂れのない反抗心を剥き出しにするという訳の分からない性格傾向があるらしい。

ドレビンはスネークに再び会うことができたのが心底嬉しそうな様子で、

「そうだ、あんたには言っておいたほうがフェアだな。中東にあんたが現れて以来、大手PMC五社には抹殺命令が出ている。『この要注意人物は発見次第、最優先で抹殺せよ――ソリッド・スネーク』。いや、オールド・スネークと呼んだほうがいいかな」

「オールド……」

スネークは自分の理不尽な老いをそれなりに受け入れてきたつもりだったが、いざドレビンに言われてみるとやはり多少は傷つく自分に、はじめて気がついた。なぜなら実際にはまだ四十代なのだから。

とはいえ、「注射が嫌い?」の一件を考えてみても、それが単にスネークの強がりな性格からきていることは、馬鹿馬鹿しいほど明々白々――少なくとも約十年付き合ってきたぼくには。スネークはそのことを絶対に認めようとはしないだろうけれど、それもまた強がりにすぎないのだ。そこがまた、この人の愛すべきところでもあるんだけれど。

「ドレビン、情報機関群の極秘情報にアクセスするなんて、誰にでもできるはずはない。お前は『愛国者達』なのか?」

ドレビンはにやりと笑うとふんぞり返って、

「いんや、おれは『らりるれろ』――」

またもワードプロテクトか。メリルのときと同じような。するとこいつは、意識的であれ無意識的にであれ、「愛国者達」のシステムに組みこまれているということに――。

「もとい、『愛国者達』じゃない」

スネークは溜息をついた。何かにつけ芝居っ気の多い男だ。

「おれのナノマシンは軍用のとは違う。だから、言語規制は掛かってない」

しかし、とスネークもぼくも思った。ドレビンは少なくとも「愛国者達」の存在そのものは知っているようだ。その存在を知る者は極端に少ないし、たまにいたとしてもパラノイアじみたフリーメーソンやユダヤ陰謀論の亜種に過ぎなかったりする。実際に機能する、純粋なテクノロジーとしての「愛国者達」を知っている者はほとんどいない。

「いったい『愛国者達』って何だ？　人間なのか？」

こいつは何かを知っていそうだ、そう考えたスネークが訊ねる。ドレビンはいつもの雄弁な口調で、

「もはや『愛国者達』は人ではない――いや、人が長きにわたって創り出した、この世の『規範』、この世の成り立ちそれ自体だ。『愛国者達』とは、いわば軍事大国アメリカであり、戦争経済そのもの。だからアンタもこのおれも、『愛国者達』の『文脈』の一部なんだ」

それはあのプラント事件で、ジャックに「愛国者達」のＡＩが語ったことだった。

「勿論、最初は誰かがはじめたことだ。しかし、いまはそれら規範が命を持っている」

「規範が命を持った？」

「そうだ――人ではない、システムがこの国を、世界の戦争経済を運営している。高度な意思決定能力はいらないんだよ。膨大な情報処理をする安易なシステム、ＡＩで事足り

る」

スネークにはいまひとつ納得がいかなかった。

「愛国者達」はアーセナルギア建造のための偽装施設として海洋除染プラントを建築し、そのプラントを造るためのお膳立てを整えるために、スネークを罠に嵌めてタンカーを沈めた。さらにアーセナルギアが完成しプラントがその役割を終えると、世界を自在に演出することのできる情報管理システムの動作検証として、そこをシャドー・モセスの再現に使ってみせた。

そこに至るまでには膨大な人間の運命や意思、そして感情が操られてきた。ジャック、ローズ、ソリダス、デッドセルの面々、そして「愛国者達」のスタッフであると思いこんでいたオセロットですらも。そんな複雑なことが、たかがＡＩ風情に可能なのだろうか。

スネークのそんな疑念を読み取ったドレビンは腕を広げ、

「自然の摂理と同じさ。世の中は思いのほか、シンプルにできている」

「愛国者達」のＡＩとはどういうことだ、というスネークの質問に、ドレビンは指を三本立ててみせ、

「『愛国者達』のシステムはいま三つのＡＩと、それを束ねる中枢のＡＩによって徹底監視されている。世界中の軍事力を統制してる、ＳＯＰなんかもそのなかの一部だ。こいつらは完璧な管理体制にある——だから、『愛国者達』のＡＩ内部にはおれでさえ潜入できやしない」

「仮に、出来るとしたら？」

スネークが食い下がる。ドレビンは多少驚いたものの、真剣に考えこむ様子で、

「……ヘイブンとして潜入することは出来るかもな。システムの免疫反応——侵入検知機構（ＩＤＳ）を欺くことができればの話だが」

「避難所（ヘイブン）？」

「税金避難地（タックスヘイブン）みたいなもんだ。ネット社会でのネットヘイブン、データヘイブンだよ。ヘイブンは社会的な規則やネットワーク上のルールの治外法権のことだ。前世紀、世界中の富豪達は自国の税金取りから逃れるために、課税されない他国の銀行に口座を開いた。そいつがつまりヘイブンさ。これからはＩＤ管理から逃れるために、『ヘイブン』という考え方を流用する時代がくる」

「その、ヘイブンの考え方を使えば、『愛国者達』のＡＩに侵入できると？」

スネークが念を押すと、ドレビンは肩をすくめる。

「とはいうものの、『愛国者達』のＡＩには『外側』からは絶対にアクセスできない——それだけは絶対に不可能だ。彼らのＡＩは『外』からでは侵入できない」

しかし、何事にも裏はあるし、穴もある。メリルが絶対にありえないといったＳＯＰへの干渉も、制圧とはいかぬまでもそれが可能であることを、リキッドは中東で証明した。いかにドレビンが不可能だと断言したところで、ぼくもスネークもそれを素直に信じる気にはなれない。

「しかし、リキッドは何かを企んでいる。何か方法が？」

ドレビンはいい加減にしてくれ、とでもいうように気の抜けた嘲笑を漏らし、

「おれはただの武器洗浄人だ。あんたに興味があるのは、あんたが火種だからさ」

「じゃあ、火種らしく幾つか武器を貰っていこうか」

スネークはDSR1を購入する。ドイツ製の狙撃銃で、ボルトアクションを採用している。一発一発、手動でボルトを引くことで、薬莢を排出し次弾を装塡するのだ。構造がシンプルなので、自動式の銃よりも精度が高く、故障も少ない。スネークは一通りチェックすると、満足して自分の装備に加えた。

おおっと、毎度あり、とドレビンは商売人のスタイルになり、

「じゃあ、何かあったらまた呼んでくれ。EYE HAVE YOU!」

スネークが幾つかの武器を抱えてハッチから降りると、装甲車のオクトカムは政府軍の外装をカムフラージュし、中東のときと同じようにあっという間に消えていった。

彼方から乾いた破裂音が聴こえる。戦の音、人殺しの音だ。

スネークは山道の先を見つめた。

この先の戦闘を抜けた場所に、すべての核心を知る女性がいる。

4

ＰＭＣの銃弾をものともせず、一台のブルドーザーが突進する。

車体に溶接された分厚い鉄板、そして車体の鼻面で上下する排土板(ブレード)が、ＰＭＣの攻撃をすべて退けていた。キャタピラー社製のＤ９は馬力があるから、多少重めの装甲を勝手に追加したところで、その能力に影響はない。そもそも高速で移動することは眼中にないのだ。亀のような歩みであっても、敵勢力の障害物を突き崩すことができればそれでいい。

かつてイスラエル軍に改造されたＤ９は、パレスチナでの掃討作戦で猛威をふるった。アメリカでは民間人が、日本のコマツ製ブルドーザーを装甲でがっちり固めて暴れまわり、建物数棟を崩壊させつつＳＷＡＴの攻撃をまったく受けつけなかった、という冗談のような事件がある。

そういうわけで、スネークが戦線を手近な岩陰から見ていると、民兵のＤ９が「別荘(セーフハウス)」へ続く頑丈そうな門をあっさりとばらばらにし、さらに奥へと突入していくところだった。ブルドーザーを遮蔽物(しゃへい)にして、たくさんの民兵が後に続いていく。

どうやら民兵側は圧(お)しているようだ。

別荘前の広大な前庭に戦線を張るＰＭＣを、民兵らの榴弾砲(りゅうだんほう)が面制圧しようと試みる。

スネークは意を決して戦闘のなかへと飛びこんだ。雨あられの榴弾が間をおかず地面を抉り取るなかを、スネークは低い姿勢で突進する。

腰が軋みをあげ、スネークは思わず前につんのめりそうになった。辛うじて転倒は避けたものの、これでは榴弾や流れ弾にやられるまえに、自分の腰に殺されかねない。

勿論こういうときに出来るのは、歯を食いしばることだけだ。選択肢はあまりない。

スネークは腰の激痛を感じなかったことにして、再び前進を開始した。痛みを無視するのには慣れている。長年戦場にいれば、嫌でも身についてしまう奇特な技能だ。肝心なのは、意識と痛覚を切り離すこと。

ただ、老いの苦痛は銃創やナイフ傷に比べて飛びあがるような鋭さはないものの、鈍く重く響いてくるものがあり、正直なところこれまでスネークが経験した戦場のいかなる傷と比較しても、無視するのがかなり難しい。

耳許を銃弾が掠めていったけれど、スネークは体全体があげる悲鳴を抑えつけるのに手一杯で、恐怖を感じている余裕など少しもなかった。

戦場は空気がいいとはお世辞にも言えない場所だ。土ぼこりが舞い上がり、硝煙が周囲一帯をすさまじい臭いで包む。家が焼け、装甲車が焼け、人間の肉が焼け、そうした場所が肺に優しいと思える人間はひとりもいまい。おまけに自業自得ではあるけれど、スネークは超がつくほど頑固な喫煙者だ。

スネークは激しく咳きこみながら、どうにか別荘の裏側へとたどり着いた。テラスからなかに飛びこむと、ＰＭＣの兵士たちが家のなかから民兵に応戦しているのが見える。戦場高揚（コンバット・ハイ）とは明らかに違う、上ずった罵声（ばせい）が飛び交っている。誰も彼も奇妙な興奮状態にあるようだ。明らかに必要のないタイミングで窓から身を乗り出して、弾丸を無駄にばらまいている。

連中、何かおかしいな、とスネークが訊（き）いてきたので、ぼくは答えた。

「ああ、政府側のＰＭＣは高地での滞在が長期化しているおかげで、ナノマシン制御に不均衡が現れているとの情報がある。血中酸素濃度がナノマシンに影響しているらしく、やや好戦的になっているようだ」

これも「綻（ほころ）び」のひとつかもしれない。少なくともこの連中は完全に統制されているとは言い難いだろう。ＳＯＰが自然環境の干渉を受けているのだ。ＩＤ銃やＩＤ兵器とは違って、人体という代物には不確定要素が多すぎる。

「地下室へ行ってくれ」

とぼくは言った。

「そこに別棟の研究施設へと続く地下道があるはずだ」

別荘はいかにも南米といった風情で、植民地風（コロニアル）建築の意匠がそこここに見える豪邸だった。宗主国だったスペインの様式に、オリエンタリズムが混ざりこんだようなたたずまいだ。そんな大邸宅のなかに武装した兵士たちが立て籠（こも）って激しい戦闘を繰り広げているというのも、よくよく考えてみれば異様な光景だ。

閉鎖空間でのスニーキングとなればお手の物だ。

スネークは余裕で邸内のPMCたちをやり過ごし、地下室から長い抜け道に入った。戦場よりもこうした潜入のほうが気が楽だ。なにせスネークは、潜入し潜伏し極秘裏に事を進める、そんな任務を繰り返し繰り返し経験してきたのだ。

木柱で支えられた地下道をしばらく進むと、やがて行き止まりで縦穴にぶち当たった。出口だろう。スネークは梯子を登って天辺にたどり着くと、蓋を慎重に持ち上げた。

見えたのは、森のなかにひっそりと佇む、辺鄙な診療所のような建物だった。

スネークはゆっくりと縦穴から地上へ這い出ると、周囲の気配を警戒しつつ、建物へと接近した。先程の豪邸とは異なって、木造の板張りが剝き出しになっており、塗装もぼろぼろになって虫食い状に剝げている。とはいえ、汚いわけではなかった。施設そのものはきちんと清掃され、奇麗な印象がある。建物の周囲を取り囲む青い花弁の植物も、その清潔感に一役買っているようだ。

青いバラだ、とスネークは思った。

スネークは診療所風の建物に背中を接すると、開いた窓からなかを覗きこんだ。

かなり目立っていたのはGE製の堂々たるCTスキャナだ。人間を輪切りにして観察することのできるトンネルが、白くて巨大な長方体の真ん中に開いている。

あれほど大型で高価な機材は、こんな寂れた診療所には似つかわしくない。こうした土地だったら、首都の大学病院や富豪連中の集中医療施設にでも足を運ばなければ、お目に掛かることはないだろう。その他の器具も、おしなべて最先端の、非常に高価で精度の高いものであることが見て取れる。

そう、ここがナオミの研究施設——いや、正確に言うならばリキッドの研究施設なのだ。

そのとき、窓の向こうを人影がよぎった。スネークは慌てて頭を引っ込める。勿論それは、ナオミ・ハンターその人だった。

「ええ、次のテストには」

とナオミが言った。誰かと電話しているようだ。

「そっちの方は？」

スネークはM4をルガーに持ち替えて、かすかに開いた施設の扉から、ゆっくりと足を踏み入れる。板張りの廊下に気を配りながら、スネークはナオミの声が聴こえる部屋へと慎重に歩みを進めた。

「そう……こちらも予定通り——そうね、私も。じゃあ」

スネークは部屋の外、ナオミの背後からしばらく観察した。

電話を切ったナオミが、いきなり机の縁をつかんで、何かに耐えるように息を呑みこむ。震える背中には苦悶が隠しようもなく表れていた。スネークは思わず駆け寄ろうとしたけれど、ナオミが白衣から注射器を取り出し、首筋に当てたので足を止めた。中東でスネークに残したのと同じ、あのタイプの注射器だ。

ややあって、ナオミが大きく息をついた。恐らくは一時的にせよ、苦痛は去ったらしい。

ナオミ、とスネークが声をかけた。苦悶から解放されて一息ついていたナオミは、突然の来訪者に跳ねるように飛びすさる。それがスネークであることを見て取って、ほっとした表情を浮かべるけれど、努めて装っている冷静さもまた、その顔に張りついている。

「スネーク、必ず来ると思っていた――あなたも私も、運命には逆らえない」

スネークはナオミを見つめた。九歳、歳を重ねてはいたものの、相変わらずそこには真意の読めない、底の見えない、ある種妖艶とも言える美しさがあった。運命の女、という言葉をスネークは思い浮かべる。その濡れた瞳は本当の哀しみを湛えているのか。その声は真実を語っているのか。

スネークはまさにシャドー・モセスでナオミに翻弄されたのだった。無理もない。なにせ、スネークは彼女の兄、コード名グレイ・フォックスことフランク・イェーガーを、ザンジバーランドの戦いで廃人にしたのだから。

ザンジバーランドの戦いの後、フランクは当時研究が進んでいた強化外骨格の被験者にされた。全身を苛む苦痛を、薬漬けにされることで強引に抑えつけられ、人間以上の機動性と筋力を発揮することの出来る新型義肢で全身を覆われたのだ。そしてある日、フランクは施設から脱出して姿を消し、ただスネークと再び相見えることだけにとり憑かれて、はるかシャドー・モセスまでやってきたのだ。

かつて、ナオミはスネークを憎んでいた。自分の兄を殺した、この男を。

いま、彼女はスネークを憎んでいるだろうか。それとも、シャドー・モセスでフランクが命を懸けてスネークを助けたのを知り、すべてを赦(ゆる)しているのだろうか。

「いま、誰と話していた？」

とスネークが訊く。ナオミは、かつて兄の仇(かたき)だったこの老兵をじっと見つめ、

「――リキッドよ。医学的にはオセロットと言うべきかしら」

ストレートに答えられたので、スネークは一瞬驚いた顔になるが、

「じゃあ、奴はここじゃないのか」

ナオミはうなずいた。ぼくは落胆して、ディスプレイに向かって思わず溜息(ためいき)をつく。その様子を背後から見ていたサニーが、言葉に詰まりながらも、どうしたの、と心配してくれていた。その手が目玉焼きをのせた皿を持っているのを見て、ぼくはもう一度溜息をつく羽目になった。

「いいや、何でもないよ、サニー。いま作戦中だ。あとで食べるから」

サニーは心配そうな表情を浮かべたまま、タラップを登っていった。ぼくは改めてモニタに向き直る。見張りはいないのか、とスネークが訊くと、私が逃げると思ってないのよ、とナオミが答えた。

「教えてくれ、ナオミ。中東で何が起きたんだ」

あの混沌(こんとん)。世界が崩れ落ちるような、あの感覚。

自分だけでなく、プレイング・マンティスすべての兵士が悶(もだ)え苦しみ、少なからぬ者が命を落とした。リキッドがＳＯＰを掌握しようとしていたならば、果たしてあれは成功だ

ったのか、それとも失敗だったのか。リキッドはすでにSOPをその手に収めているのだろうか。

「あなたが見たのは、兵士たちから溢(あふ)れ出した、感情の渦よ」

「それもシステムが生み出したものか？」

ナオミは首を振り、

「リキッドは……私たちは当初、SOPはID管理を中心に据えた戦場の秩序、制御を主としたものだと思っていたわ——確かにそれも正しかった。だけどそれだけじゃない。SOPのもうひとつの機能、それは『精神(センス)の制御』だった」

スネークはメリルの反応を思い出した。不自然に落ち着きを取り戻すメリル。自動的にシステムが感情を「最適化」するあの瞬間。ナノマシンにそんな感情抑制が可能なら、人工的にコンバット・ハイを作り出して戦闘効率を高めたり、戦闘時のパニックを抑えこむことも可能だろう。

「急増した戦争経済の需要を満たすために、即戦力となる多くの兵士が必要になったの。そのために、兵士の安定供給と最適化を低コストで実現させた——だけどスネーク、あなたなら分かるはず」

スネークは話の筋道を完璧(かんぺき)に把握していた。

「ああ、戦闘技術とは違う、自らの体験によってしか得られない『兵士としての精神』を、安易に会得させるなんて不可能だ……それがきみのテストに関係あるのか？」

「当初、私たちのテストは兵士のナノマシンをシステムから切り離すことが目的だった。この精神コントロールの存在を知らずにね」

「それでナノマシンが暴走した？」

ナオミはそこで首を振った。皮肉めいた笑みを口許に漂わせて、

「違うの。私たちのテストは成功だったのよ。少なくとも、あの時点で仮定していたことは正しかった」

「正しかった？」

「私たちは予定通り、彼らのナノマシンの機能を停止し、ＰＭＣの兵士たちをシステムから解放させた――でもシステムを解放したとたん、それまで抑制されていた彼らの痛みや怒り、哀しみ、トラウマ、ストレス、後悔、嫌悪、罪悪感……あらゆる感覚が一気に彼らの『心』にのしかかった」

つまり、システムから解放された結果が、あの混沌なのだ。

ナノマシンの呪縛から解放された結果、ナノマシンが抑えつけていたどろどろしたものまでもが、一気に噴出してしまったのだ。ＰＭＣの兵士たちは記憶を消し去られたわけではない。相手兵士の殺傷、仲間の死、関わりのない民間人への暴力――自らの手によって行われたあらゆる戦争行為――それらをただテクノロジーで抑えつけていただけだ。

「ナノマシンの精神制御機能は、使用者の心に大きな負担をかけているの。ナノマシンに対する拒絶反応が生まれ、それをまた薬で抑えつける……本人も気づかないうちに、精神

状態はボロボロにされているのよ」

　ＳＯＰを使っていた兵士たちは、ＳＯＰから解放された瞬間に他ならぬ自らの心に潰(つぶ)される。ぼくの背筋を冷たいものが走った。それじゃ、リキッドの計画が成就した暁には、全世界数億人の戦争生活者(グリーンカラー)たちが、ありとあらゆる場所で一斉に発狂することになる。

「フランクを思い出して、スネーク」

　ナオミの言葉に、スネークは不意を衝(つ)かれた。スネークの先輩、スネークの敵、スネークの友、そしてナオミの兄。

「フランクは実験のために身体をいじられて、壊された心をナノマシンで抑制された――ＳＯＰはそれを、生身の人間にも使っている。兵士たちのなかの戦争という罪が、途方もない戦争神経症(シェルショック)として彼らを襲ったの……意味やシステムが変わっても戦場それ自体はなにも変わっていない。それまでゲームでもしているような感覚で行っていた戦争が、突然現実となって彼らに襲い掛かった」

　しかし――だとしたらスネークはどうなのだろう。この「伝説の英雄」が戦場で傷ついていないとは、誰にも言わせない。この「不可能を可能にする男」が挫折(ざせつ)を知らないということもあり得ない。だけどスネークは、それをナノマシンでなく、自らの心で律してきた。前世紀の、いや、人類が戦いはじめてからすべての戦士がそうしなければならなかったように。

　スネークも似たようなことを考えたのだろう、ナオミに問いかける。

「だがおれは？　システムに管理された憶(おぼ)えはない」

ナオミはうなずいた。

「だからあなたの身体が診たいの。あなたも知る必要がある——スネーク、さあ、脱いで」

　老いは誰にでも訪れる。

　老いから逃れられる人間は、哺乳類(ほにゅうるい)は、脊椎(せきつい)動物はいない。金持ちにも、貧乏人にも、大統領にも平民にも、生老病死は等しく課せられた生命の段取り(プロトコル)だ。

　老いの大半は遺伝子に記述された自動的なプログラムからなっている。環境や生活習慣の影響は決して少なくないが、それをいくら改善したところで老化や死そのものが消滅するわけではない。成長という言葉は、老いを別の言い方で表現したものに過ぎない。成長する、学ぶ、成熟するということは、すなわち老いるということでもあるのだ。

　スネークの老いは、確かに加速されたものであり、他の人間に比べれば異常ではある。しかし、それとて遺伝子にあらかじめ刻みこまれたプロセスである以上、決して逃れることは出来ないと、スネークの身体を検査しながらナオミは説明した。

　ナオミの説明を聞きながら、ぼくは胸が塞(ふさ)がれる思いだった。ひとりきりだったら泣き出していたかもしれない。こみ上げてくるものに耐え切れず、端末に突っ伏して大声をあげていたかもしれない。サニーがいたから、サニーに辛(つら)いところを見せるわけにはいかなかったから、ぼくは黙ってモニタに目を据え続けた。

細胞分裂の回数を決定するのは、染色体のなかでもテロメアと呼ばれる部位だ。それは紐(ひも)状の染色体の両側末端を保護する帽子の役割を持つと同時に、細胞分裂の回数を規定する役割を果たす。同じ記号のパターンが延々と反復されるテロメアは、細胞が分裂を繰り返すなかで少しずつ磨耗していく。そしてテロメアが完全になくなって染色体が剝(む)き出しになったとき、細胞は分裂することを止めるのだ。

ビッグボスのクローン体であるスネークは、そのテロメアが人為的に短く設定されていた。スネークだけではない——リキッドも、ソリダスも皆同じだ。

同年齢にも拘(かかわ)らず、ソリダスはスネークやリキッドに比べてどう見ても十歳以上老いていた。合衆国大統領としてなんら不自然さのない、壮年の雰囲気を身にまとっていた。ソリダスはなんらかの理由で、とくに老化が早まるよう設定されていたというわけだ。

「愛国者達」が計画した「恐るべき子供たち(アンファン・テリブル)」の目的は、史上最強の傭兵(ようへい)ビッグボスを量産することだった。スネークたちは戦争利用のために生み出された、人工的でいびつな生命(いのち)なのだ。

だから、商品である彼らはクライアントに濫用されたり、敵軍に利用されるのを防ぐため、生殖という名のコピーを防ぐための終末(ターミネータ)遺伝子が設定され、寿命も短く設定されていた。だからスネークの系譜は皆、子を遺(のこ)すことができないし、戦場で死ななくとも早晩この世を去る仕組みになっている。

ビッグボスの種を他者に奪われないための安全装置。スネークの身体にあらかじめ書きこまれた、残酷な運命（さだめ）なのだ。

「……ナオミ、教えてくれ。この身体はいつまでもつ？」

スネークがCTから身体を起こしながら訊（き）いた。ナオミはうつむいて、

「細胞、血液、内臓、脊椎、骨組織、筋繊維……体内のあらゆる場所で老化が進行している。常人ならもう立ち上がることもできないはず。スネーク、いまはあなたの気力が、何とか肉体を支えている」

「いつまでなんだ？」

スネークは訊いた。まどろっこしい答えはもう充分だった。躊躇（ちゅうちょ）するナオミの心情を察したスネークは、自らそこに切りこんだ。

「……もって半年」

ぼくは息を呑（の）んだ。

医者たちに一年と言われていたものが、ここで半年になったからじゃない。

「愛国者達」について、ビッグボスについて、そしてなによりソリッド・スネークの身体について、誰よりもよく知っているこの女性が、はっきりと半年というタイムリミットを切ったことに打ちのめされたのだ。

医者たちの言葉なら、まだ「可能性」として退けることもできた。最悪を覚悟しなくてはならないとしても、彼らはスネークの特殊な生い立ちを知っているわけではない。誤差

や誤診はありうるかもしれない。実のところ、ぼくはそんなところにすがりついて、今日まで友人の運命に目を瞑ってきたのだった。

スネークはいつものように落ち着いていた。タバコを取り出して、火種を探している。実は目をそらし続けてきたぼくとは違って、当の本人は自分の運命を受けいれていた。勿論、その内面は判らない。もしかしたら、注射と同じような単なる「強がり」だということもあり得る。

けれど、自分が動揺しないこと、自分の動揺に周りの人間を巻きこまないこと、強い意志によってしか出来ないそんな優しさを、スネークはぼくらに示してくれていたのではないだろうか。

「聞いて、スネーク……あなたに伝えることがあるの」

と言って、ナオミが検査結果の表示されたモニタから目をあげる。

「これ以上何が？」

「あなたの体内のFOXDIEは、ウィルス内の鍵に設定された遺伝子配列と、感染者の遺伝子が適合した場合のみ、その感染者を殺害する。つまり、特定の遺伝子配列を持つターゲットだけが発症するようになっているの」

それはぼくらも充分解っていることで、あらためてナオミに説明されるまでもなかった。ATの社長も、オリジナルのリキッドもそれで死んだのだから。

「ああ」

スネークは空返事をして、煙草をくわえた。ナオミがそれをさっと奪って、ゴミ箱に投げやると、スネークは寂しそうな顔をした。

「けれど、あなたの体内のFOXDIEはこのレセプタが壊れてきているの。急激な老化による体内環境の変化が原因で、ウィルスが変異をはじめている。ターゲットを識別するための鍵が磨耗しだしているの」

画面に二枚の顕微鏡写真が映し出された。一方の表面はなめらかだが、もう一方は目に見えて荒れ果てている。変異体なのだ。

「変異型のFOXDIEは、感染者の遺伝子配列がレセプタと完全一致しなくても発症する恐れがある。つまり相手を選ばず、感染者を無差別に殺すウィルスになろうとしているのよ」

ぼくは愕然とした。スネークはシャドー・モセスでそれと知らずFOXDIEを撒き散らしたが、暗殺ウィルスが狙っていたのはあくまでフォックスハウンドとAT社長だった。あのときスネークと行動をともにした以上、ぼくもメリルもウィルスには感染したはずだ。にも拘らず心筋が壊死して死ななかったのは、ぼくらがターゲットではなかったからだ。ちっぽけなタンパク質であるはずのFOXDIEは、ターゲットとそれ以外の人間を識別するだけの賢さをもっている。

そのFOXDIEの識別機能が、失われつつある。

いま、このとき、まさにスネークの体内で。

スネークの体が、抗体もなければ対処法もない、史上最悪の殺人ウィルスの苗床になろうとしているのだ。ヒトの個体を識別する部分が磨耗しだすまでに、どれくらいかかる、とスネークはナオミに訊いた。

事はもはや、自分が老いの後に消滅すればいい、という話ではなくなっている。

「……もって三ヶ月」

スネークは息を呑んだ。ナオミは辛そうに眼を伏せて、

「皮肉なことだけど——メタルギアの核発射をいままで食い止めてきたあなた自身が、今度は最悪の大量破壊兵器になりつつある。私なら、いますぐあなたを隔離するわ」

スネークは口をつぐみ、窓の外へと視線をやった。ナオミの研究室の外は、一面青の花弁に覆いつくされている。デスクの上にも一輪、そこから摘んだバラが活けてあった。

おれと同じだ、とスネークは思った。古来より園芸家たちは、青いバラを生み出そうと躍起になってきた。しかしバイオテクノロジーの発達により、バラにはそもそも青の色素を生み出す力がないという宣言がなされると、青いバラを生み出すフィールドは、種の掛け合わせから遺伝子操作へと移っていったのだ。

青いバラの花言葉は「不可能」。しかし青いバラそれ自体は、不可能を可能にした証。

自然界に存在しないバラ、自然界に存在しない蛇。どちらも同じだ。

「……まだ、終わっていない」

とスネークがつぶやいた。ナオミに向けてではなく、あくまで自分自身に。

ナオミはうなずいた。

「そうね……あなたにはまだ、やることが残っている」

ぼくらは、ここで歩みを止めるわけにはいかない。ぼくもスネークも、自らの罪をここで断ち切る義務がある。血を分けた兄弟、リキッドの罪。そしてぼくは、メタルギアREXを生み出すことに加担したという罪。

「期限までまだ三ヶ月ある。それまでにおれが死を選べば、変異体は活動を開始しない？」

「宿主(ホスト)が死ねば、ウィルスも死滅する。すべてを終わらせてから、考えてもいいわ」

これ以上ないと思っていた、最悪の運命の先が、まだあったのだ。

ここに至って、スネークがはじめて動揺していることに、ぼくは気がついた。懐からまた煙草を取り出したけれど、摘む指先が震えている。それは明らかに、老いによる手の震えではなかった。

恐怖だ。

それでもなお、スネークは平静を装っている。いったい、自分で自分の命に始末をつけろと言われ、怯(おび)えないでいられる人間がどれほどいるだろうか。異常な老いに襲われても、スネークは自殺など少しも考えなかった。どのような形であれ、遺伝子に刻まれた運命が、すべてのカタを付けてくれる。それを甘い期待だと笑う人間など、いはしない。

しかし、事ここに至り、希望ともいえない最後の慰めすら、スネークは奪われた。

すでにぼくは泣いていた。なんで、なんだってこんなに辛(つら)すぎる運命を、彼は背負わなくてはならないのだろう。彼は幾度となく世界を救った。核戦争の危機から、世界を、そこに生きる人々を護(まも)りぬいた。

嚙(か)んだ唇から、血が滲(にじ)み出ていた。けれどその痛みは、ぼくが嗚咽(おえつ)しないためにも必要な傷だった。二階にいるサニーに聴かれたくはなかった。ぼくの泣き声を、ぼくの小さな、小さな悲鳴を。

ぼくは、涙を流しながら強く、強く自分の唇を嚙み締めた。

スネークはようやく煙草に火をつけた。もはや、ナオミもそれを止めようとはしない。その煙が少しでもスネークに平穏をもたらしてくれることを、ぼくは願った。

「……あと、ひとつだけ教えて」

スネークは視線だけナオミのほうに向けた。

「最近、病院に行った？　注射とか点滴を打たれた？」

「それが？」

「これを見て」

ナオミがモニタに画像を呼び出した。電子顕微鏡写真で、そのものは先程のＦＯＸＤＩＥに似ている。ＦＯＸＤＩＥじゃないのか、とスネークが訊くと、

「私の知らない、まったく新しいタイプのＦＯＸＤＩＥ。最近、誰かに入れられたものよ――心当たりはない？」

注射は嫌いか――スネークは顔を手のひらで覆ってうめき声をあげる。

「ドレビン……」

「その新型のFOXDIEが急激に増殖をはじめている。中身はじっくり調べないとわからないけど……」

そう言いながら、ナオミは中東で打っていたのと同じ注射器を薬品棚から取り出して、スネークに投げ渡した。

「これをあげるわ。兵士たちのナノマシンから分泌されるものと同じ成分が含まれている。ナノマシンの感覚調整機能を抑制する薬よ」

「おれはSOPにリンクされてはいないが」

「あなたの体内にある旧世代のナノマシンは、システムに干渉すると誤作動を起こす。それが中東であなたの身体を襲った現象の正体。発作という反応であなたの身体に現れるのよ。発作がひどいときに打つといいわ」

スネークは手のなかの注射器をしげしげと見つめた。シリンダーがブロック分けされて、数回分使用できるようになっている。

「劇薬よ。廃人になりたくなかったら過度な使用は控えて」

そして、ナオミもまた、スネークが先程そうしたように、窓外の青に視線を泳がせる。

彼女も、何かに呪縛(じゅばく)されているのだ。

「私はナノマシンに溺(おぼ)れ、ナノマシンに囚(とら)われた愚かな女。私は運命からは逃れられない」

スネークの力強い腕がナオミの腕をつかんだ。まるでナオミを呪縛から救い出そうとしているかのように。

「おれならきみの運命も収束させられる。リキッドはどこなんだ」

「リキッドは昨夜発った。でも、行き先はまだ教えられない。私を助け出してくれるまで」

「本当に知っているのか？」

訝しむスネークの耳許に、ナオミは唇を寄せ、

「リキッドは計画を修正した」

ささやくような声にスネークは眉をひそめた。盗聴されているのだ。

「システムを解除しただけでは、彼の軍隊は内側から崩壊してしまう。だからシステムをそのままに、支配することを選んだの。リキッドの目的はSOPシステムの乗っ取り――それを利用した最強の軍隊の創造と、最強の兵士による『愛国者達』への蹶起」

そこで一拍置いて、おごそかな口調でこう言う。

「リキッドはこう呼んでいるわ――『愛国者達の銃』」

「ガンズ・オブ・ザ・パトリオット……」

ナオミの言葉をスネークが復唱した瞬間、二人の足許のあいだに何かが転がる。

グレネードだ。

「ナオミ、逃げろ！」

スネークが叫び、ナオミの身体を突き飛ばした。スネークもほぼ同時に横に飛んだ刹那(せつな)、投げこまれたそれが役割を果たす。ビッグバンの閃光(せんこう)。鼓膜を破らんばかりの破裂音。特殊部隊がハイジャックされた飛行機などへの突入時に使用する、音響閃光手榴弾(フラッシュ・バン・グレネード)だ。

瞬間的に判断し、〇・五秒後に何が起きるかを辛うじて予期することができたスネークは、意識こそ失わなかったものの、視界が安定するかしないかのうちに、大量の弾丸を叩(たた)きこまれ、否応なく別の部屋に転がりこんだ。

「危険です、こちらへ」

声が聴こえ、スネークは部屋の窓から顔を出した。すぐさま弾幕が木造の壁を紙のようにぼろぼろにし、鉄製の机に身を隠さざるを得なくなる。しかし、一瞬見えた風景は、ピューブル・アルメマンの兵士がナオミを連れて、施設の外へと連れ出すところだった。

スネークはＭ４だけ窓から突き出し、ひとしきり弾幕を張る。

居心地の悪い静寂がバラの建物を包んでいた。反撃はない。

スネークは歯噛みして、ＰＭＣのいなくなった施設を飛び出した。バラの生垣を抜けると、そこはきつい斜面になっている。施設があったのは丘の上で、はるか遠くまで見下ろせるような立地だった。この施設から曲がりくねって延びる山道を、ピューブル・アルメマンの装甲車がエンジン全開で離れていくのが見える。

「この区域は、ピューブル・アルメマンの完全制圧下に置かれました。次の機会には、的確な人材、的確な戦術のピューブル・アルメマンをお使いください！」

どこかから響きわたる、セールス臭たっぷりの冗談みたいなアナウンス。スネークは装甲車を睨みつけると、決意して崖のような斜面を滑るように下りはじめた。

5

スネークが丘の脇腹を横切る山道に出ると、別の装甲車が一台、スネークの眼前に飛び出してきて急ブレーキをかけた。表層が偽装を解くと、そこに見えるのは「EYE HAVE YOU!」の文字。

「スネーク！　乗るかぁ？」

天井のハッチから上半身を突き出して、スーツ姿のドレビンがＮＡＲＣの缶を片手に笑っている。どうしてそうなのかは分からないが、最高に楽しそうなのは確かだ。

スネークは黙って装甲車の上によじ登ると、ハッチにドレビンの頭を押しこんでから、次いで自分も乗りこんだ。ドレビンはニコニコしながら運転席に戻り、

「揺れるぞ！」

装甲車が急発進して、スネークはドレビンの商品と趣味類で狭苦しい兵員区画を転がる羽目になった。見れば、宇宙人（リトルグレイ）のようなテナガザルは、しっかり天井のバーをつかんで身体をホールドしている。

「ピューブル・アルメマンの装甲車を追っている。この道の先を走っているはずだ！」

「分かってるってオールド・スネーク、だからおれが飛んできたんだからな」

「なんで知ってる？」

　スネークは運転席に這い戻りながら訊いた。

「あんたの相棒から連絡があったのさ」

「オタコン？」

　そう、ドレビンにスネークの応援を頼んだのはぼくだ。たった五分前のことだけれども、一瞬で商談は成立した。なによりドレビン自身が乗り気だったからだ。そんな武器商人の姿を、スネークはまじまじと見つめ、

「……お前、すごく楽しそうだな」

「あんた楽しくないのか？」

　スネークが呆れると同時に、ドレビンが装甲車を加速させた。再びスネークは兵員区画で洗濯物のようにもみくちゃにされる。それを見たリトルグレイ風情がキーキー喚いて面白がっていた。

　と、装甲車の床を這いつくばるスネークに通信が入った。

〈……スネーク。聞こえるか〉

　あのノイズ。あの声だ。

「お前、ジャックだろ？」

〈おれは雷電だ。ジャックはもういない……〉

　声が素っ気なく答える。スネークはうんざりして首を振った。明らかにいまのジャック

は、何かにとり憑かれている。それは恐らく、ビッグボスも、リキッドも、そしてかつてのスネーク自身も囚われたことのある闇に違いない。

「いままでどこで何をしていたんだ」

〈ある人物の依頼である物を捜索していた〉

あまりに要領を得ない内容に、ある物とは一体なんだ、とスネークは訊いた。世界の命運を握る重要な物、とジャックは言ってから、かすかに間を空けて、

〈……もしくは、パンドラの箱か〉

ジャックはサニーを「愛国者達」から助け出したあと、「やることが出来た」と言ってスネークたちの前から姿を消した。恐らくそれが、ジャックの言う捜索行のことなのだろう。

「その探し物って何なんだ？」

〈……ビッグボスの、遺体〉

スネークの時間が止まった。

伝説の傭兵、最強の兵士の遺伝子配列を未だ保存し続ける死体。シャドー・モセスでリキッドたちフォックスハウンドが要求したのも、この死してなお人々を呪縛し続ける男の骸だった。

〈依頼主はそれを条件に、サニーの居場所を教えてくれた――やっと突き止めた唯一の手掛かりだった〉

ジャックの言う「依頼主」——それはかつて同じようにビッグボスの遺体を求めた、リキッドのことではないのか。スネークはそんな不安に駆られ、

「……リキッドか？」

〈いや、別のレジスタンスグループだった。依頼主は信用できる人物だ〉

「何者なんだ？」

「かなりの老人だ。小規模なレジスタンスのリーダー、仲間からは『マットカ・プルク』と呼ばれていた」

チェコ語だ、とスネークは思った。特殊作戦群と共に活躍した頃の若きスネークは、冷戦の名残のなかで戦士としての教育を受けた。だから当然、そのとき学んだ外国語には東欧の言葉が含まれている。

「『偉大なる母（マットカ・プルク）』……ビッグママ、か」

〈彼女は『愛国者達』とも繋（つな）がりがあるらしい。あんたにも用があると言っていた〉

スネークに「ビッグママ」を名乗るような知り合いはいない。しかし、どうやら向こうはこっちのことを知っているようだ。謎の人物からの秘密めいた接触は、あまり愉快なものではない。

「スネーク！　見えたぞ！」

ドレビンが怒鳴って寄越したので、スネークは装甲車の床から這い上がる。猛烈な振動のなかを、何とか運転区画までたどり着いた。

ドレビンは追いついたのではなかった。彼方に見える空間は簡易ヘリポートになっていて、おそらくはピューブル・アルメマンが建設したものだろう。ＰＭＣの装甲車はそこに停車しており、傍らの輸送ヘリを武装した要員が守っている。向こうはすでに目的地に着いているのだ。

そのとき、スネークにも見えた。大きく開いた大型ヘリの後部ハッチに立つ、ナオミ、そしてあの吸血鬼の姿が。

ナオミが連れて行かれる、とぼくは叫んだ。刹那、ドレビンがフルスロットルをかけて装甲車をさらに加速させる。ヘリポートが見えたあたりで舗装が復活し、比較的安定した走行が可能になったからだが、それにしたってこの加速はでたらめすぎた。スネークは三度兵員区画へと弾き飛ばされる。

と、余裕綽々のリトルグレイにとっさの判断で抱きついて、スネークは最後部まで押しこまれることは回避した。腕のなかで、リトルグレイが謂れなき暴力の行使に、抗議の悲鳴をあげている。

スネークは素早く体勢を立て直すと、天井のハッチから飛び出して装甲車の銃座にしがみついた。

スネークはドレビンから買ったＤＳＲ１を取り出す。狙撃銃の狙いを慎重にヴァンプの頭に合わせた。幸いなことに、車の加速方向と射線軸は完璧に一致していた。これで命中させても奴が死ぬかどうかはわからない、というのも呆れた話だが、いまはこれしか方法がないのだから仕方がない。

不意に、狙撃スコープのなかのヴァンプが、ヘリの床に倒れた。

まだ自分は発砲してないぞ。スネークはスコープから眼を外して、ソリッド・アイで輸送ヘリを確認する。味方、それも指揮官だろう男がひとり倒れたというのに、ＰＭＣはそれを気にする様子もなく、輸送ヘリはハッチを開けたままゆっくりと離陸しはじめた。

「ドレビン！　もっと出せ！」

スネークはハッチの内側に怒鳴る。ドレビンもエンジンや振動音に負けじと声を張り上げ、

「ご老体、いや老蛇を気遣ってたんだがね。落ちるなよオールドボーイ！」

Ｇが圧し掛かった。スネークは銃座にかぶりつきになり、今度こそ本当に最後だろうドレビンの加速に耐える。老いてぼろぼろになった腕や腰が砕けそうだ。ドレビンの装甲車は微かな傾斜を登りきると浮き上がり、ヘリポートのなかへ投げこまれたようにダイブする。スネークは大声で叫んだ。

「ナオミ！」


そして、再び世界が崩れ落ちた。

中東のときのような世界没落が、暴力的にスネークを押し包む。すべてが、何もかもが

バラバラになる。ＰＭＣたちももがき苦しみはじめた。ただ、ヘリだけが人類を見捨てた天使のごとく、悠然と上昇を続けている。

だめだ、落ちる。スネークはまだ銃座にしがみついていたが、それもあとどれだけもつか分からない。スネークはハッチに佇むナオミを見つめた。何かしきりに首筋の辺りを指している。スネークは意識が砕け散るなかでその意味を悟る。ポーチから注射器を取り出すと首筋に当て、ボタンを一気に押しこんだ。ナオミから渡された、あの注射器を。

瞬時に世界が戻ってきた。

意味が、有様が、存在が像を結び、呼吸が戻り、吐き気が去った。

「行くぞ！」

とドレビンは怒鳴ったが、その声は車上のスネークには聴こえていなかった。とはいえ、ヘリの真下まで車を寄せるにはこれしかない。乗用車の数倍はある装甲車の尻が大きく振れ、タイヤがヘリポートに鮮やかなドリフト跡を残す。ドレビンはホバリングするヘリの丁度真下に装甲車を着けた。

「EYE HAVE YOU!」

「ナオミ！」

スネークが叫んだ。意を決し、彼女は輸送ヘリの後部ハッチから数メートル下の空間にダイブする。生身の脚が飛び降りるにはぞっとしない高さだったけれど、装甲車分の高さと、スネークが受け止めてくれたおかげで、ナオミはしっかりドレビンの車に乗りこむことができた。

「出すぞ！」

ドレビンが最高に楽しそうな声で言う。今度はスネークもしっかりバーにつかまって、急発進に弾き飛ばされないようにした。

「ナオミ、またあれが起こった。中東のやつだ」

とスネークが訊くと、ナオミはうなずき、

「ええ、リキッドがまた実験したの。まだ感情の制御が安定していない」

「ヴァンプは？」

「効果を回避するため、一足先にナノマシンを打ってスリープしたわ」

「背後を見てみな！」

ドレビンが割りこんできた。スネークは再びハッチから顔を出す。

ソリッド・アイの転送してくる映像を見ながら、まるでTレックスだ、とぼくは思った。かつてREXを造ったとき、ぼくはあのティラノサウルスの名前をつけたけれど、正直あれはティラノというには馬鹿でかすぎる。

それに引き換え、ヘリポートから離脱するスネークたちを追ってくるアーヴィング——月光の群れは、「ジュラシック・パーク」のレックスが追いついてくる場面にそっくりだ。あの巨大な脚があんなに高速で土を蹴りあげることができるなんて。まるで巨人のアスリートだ。

スネークは銃座の機銃をつかむと、追いすがる月光たちに向かって発砲しはじめた。大口径の弾丸とはいえ、機動兵器である月光の上部装甲を貫徹することはあり得ない。そこでスネークは、センサ類、もしくは頭脳とセンサ類、そして武装の詰まった上部コンポーネントと、むちむちした生体脚の接続部へと火力を集中する。

スネークの攻撃が効率的に決まっているようで、月光はばたばたと倒れていった。しかし、問題は新手がそれを補うように次々とやってくるという点だ。

「まったくすごい数揃えたもんだ。こりゃ、ここの戦争価格以上のものがあるな」

ドレビンが感心する。戦争価格とは、PMCや軍需産業は勿論、それを取り巻く生産、流通、エネルギーなどの需要によって変動する、「戦争の市場価格」のことだ。戦闘が激化、長期化しているときは、このサービスの価格も上昇する。高騰する一方だから、投資家の熱い視線を集めている。

そして、ここの戦争価格に明らかに見合わない数の兵器が投入されている、ということは、リキッドがこの土地で行っている戦争が、利益のためだけではなかったことを示している。

「ドレビン！」

スネークは徐々に数押しされてきた。群れの先頭との距離が少しずつ縮まってきている。

その頃、ぼくがどこにいたかというと、実はヘリのなかだった。

いつでも離陸できるようノーマッドから降ろして待機させていた戦闘ヘリを飛ばし、スネークの様子をモニタリングしつつ、ぼくはその支援に向かうところだった。ドレビンの進行速度とこっちの飛行速度を計算して、ぼくは最短合流地点を割り出した。

市街地だ、すぐ近くに街がひとつある、とぼくはスネークに連絡した。

ドレビンはハンドルを切って山道から逸れると、市街地へ向かう分岐に突っこんでいく。民家がぽつぽつと見えはじめたかと思うと、次の瞬間、装甲車は一気に街へ突入した。

「スネーク！　その先の市場を越えたところにヘリをつける、何とか市場まで来てくれ！」

ぼくは操縦に気を配りながら、市街地のマップをスネークに転送した。半分以上オートパイロットじゃなきゃ、とても出来ない芸当だ。

建物と人のあいだを器用に縫いながら狂ったように暴走するという、常人には真似のできない至芸をドレビンは演じてみせた。人気の少ない区域から突っこんだのが幸いしたのだが、市場に近づけばそれだけ人間も密集する。難易度はうなぎ昇りだった。頭の痛いことに、状況が厄介になればなるほど、ドレビンのニヤニヤ笑いは大きくなってゆく。

「あなた……」

ドレビンを見たナオミが心配になってつぶやく。当然だ。

「うぉっ！」

と叫んだときのドレビンは、その最悪の状況にも拘らず、ほとんど満面の笑みだった。曲がったとたんにトラックに道を塞がれ、回避しようとしたドレビンは曲芸のように装甲車を空中スピンさせた。

あれほど大きな金属の塊が、まるで水族館のシャチのようにローリングする様は、なかなか見られるものじゃない。大迷惑をかけた街の人々にとっても、二度と得がたい見世物だったことを、いまとなっては願うしかない。

もちろん、装甲車のタイヤは石畳に接地すること叶わなかった。横転した車の側面は石畳とのあいだに激しいスパークをあげながらそのままスライドし、路面の摩擦がその衝撃力を完全に吸収したところでようやく止まる。

屋根にいたスネークは割と早い段階で危険を察知し、車から飛び降りて着地を決めていた。腰と膝が猛抗議してきたけれど、石畳にそのまま放り出されるよりはずっとマシだ。ややあって、ドレビンとナオミ、そしてリトルグレイも横倒しになった装甲車から這い出してきた。

ナオミは足を引きずりながら、スネークのところへやってきた。獰猛な牛のような豚のような、そんな鳴き声が市街地の空に響き渡る。ほどなく、ドレビンが曲がったコーナーから月光たちが姿を現した。こうして建築と比較するとその「適度な」巨大さがよくわかる。建物にして三、四階分。人間が大きさをリアルに感じられる、ぎりぎりの高さ。おそらくそれも心理的効果を計算してのものだろう。

「ヤバっ！」

べたん、べたん、と月光がスネークたちへ近づいてくる。一歩、また一歩。しかしその歩幅は人間よりはるかにでかい。

そのとき、月光の前に、誰かが立ちふさがっているのが判った。

逃げ遅れた住民だろうか。いや、それにしてはその佇まいは堂々としていて、目の前の異形に対し少しも怯むところがない。この瞬間までスネークたちは月光にばかり目が行って、それよりはるかに小さな――しかしよくよく考えればサイズは人間なのだが――人影には気がつかなかったのだ。

コートを着たその男の目は、バイザーに覆われていた。しかし何よりも目立ったのは、その右手から後ろに伸びる刀身の輝きだ。まるでフランクだ、とスネークは思った。強化外骨格に身を包んだ、フォックスの称号を持つ戦士、フランク・イェーガー。

そして、バイザーが開いた。何かのメカニズムが起動したのか、男の頭部の両側から圧縮空気が排気される。

その瞳には見覚えがあった。

ソリダス・スネークを倒した男の眼だ。

「雷電……！」

雷電が刀で街路の先を指し示した。逃げろと言っているのだ。

スネークは一瞬息を呑んだ。

何があったのかは判らない。ただ確実なことがある。何事か、どうしようもなく壮絶な何事かが、この若者の身に容赦なく襲い掛かったのだ――一言でいうなら、荒廃。とてつもなく寒々しい風景が、この人影の頭からつま先までを覆い尽くしている。

いまジャック——いや「雷電」が、その得体の知れない何かを通り過ぎたのか、それともその只中にいるのか、それは判らない。

「来たぞ！」

物凄く嬉しそうなドレビンの叫びが、雷電とスネークとのあいだに張りつめた空間を破った。動けるか、とスネークがナオミに訊くと、彼女はヒールを脱ぎ捨てて、

「ええ、行きましょう！」

スネークたちは事故現場を離れる。一方、ドレビンはというと、そのまま横転した装甲車のなかに戻っていき、手品のようにハンカチを一閃させた。オクトカムが起動し、装甲車が街路と一体化する。

すると、月光たちの目にドレビンの車は見えなくなっていた。

「スネーク！　その先の広場にヘリを降ろす、急いでくれ！」

とぼくは指示を出した。スネークたちは人でごったがえす市場に飛びこむ。ぼくは教会前の広場にヘリを降ろした。すぐに上昇できるように、ローターは落とさず回転させたままにしておく。

やがて、スネークとナオミの姿が見えた。ぼくは大きく手招きする。月光の群れが大人しく待っていてくれるとはとても思えない。ぼくは上昇に備えて機器類をチェックしはじめた。

芝生を横切ってナオミがヘリにたどり着く。足を捻ってていたので、腰よりも少し高いヘリのデッキに上がるのが難しそうだ。けれど、ぼくはヘリの状態を保つので精一杯だった。

「すまない、今は手を貸せない！」

ぼくはMk.IIのステルスを解除してナオミに見えるようにする。それに気がついた彼女は、メタルを踏み台にして何とか乗りこんできた。

「Mk.IIを頼む！」

ナオミの背中を護衛していたスネークが、Mk.IIを脇に抱えて乗りこむと同時に、ぼくはヘリを持ち上げる。急なGが下向きに掛かり、ナオミが一瞬悲鳴をあげた。

ぼくは後ろのふたりの無事を確認した。スネークはさらに疲労が激しくなっているものの、ひどいダメージを受けた様子はなかった。ナオミはといえば、装甲車が横転したときに足を捻ってしまっている。ぼくは心配してその足首に視線をやった。

と、そのときぼくははじめて、彼女がこちらの顔をじっと見つめていることに気がついた。

ぼくはその瞳に射貫かれて、思わず身を引いてしまう。いや、ナオミはぼくの顔を見ていたのではない。この眼鏡の奥を、ぼくの瞳をまっすぐに覗きこんでいたのだ。

しかし、そのときのぼくがしなければならないのは、まずこのヘリをきちんと飛ばすことだったから、すぐにコクピットの外の風景と、計器類へ集中する作業に戻った。

勿論、もうひとり回収しなければならない仲間が残っている。

「雷電は？」

とぼくはスネークに訊いた。スネークが市街地の一角を指差す。

「つかまってろよ！」

ぼくは操縦桿を引くとヘリを大きく旋回させた。スネークの指示したポイントまで、あっという間だ。ただし、厄介なのは雷電の周囲を月光の群れが取り囲んでいること。対空用の武装を付けた月光は見当たらないけど、雷電を回収できる高度まで接近したら、機銃で攻撃されるかもわからない。

いかにこれが軍用ヘリのお下がりといえど、月光の機銃をまともに喰らって無傷という訳にはいかなそうだ。

雷電は月光の探査触手に搦めとられていた。地面にしっかりと踏ん張っているものの、これでは八つ裂きの刑の囚人そのものだ。しかし、雷電は人間とも思えぬ力で、計四台もある月光のプローブに拮抗していた。そう、実際にジャックは人間ではないように見えた。

あのコートの下が、こういうことになっていたなんて。

いま、スネークは雷電と再会したとき感じた荒廃の、その理由の一端が理解できたような気がした。そこにいた雷電は、まるでフランク・イェーガーのように見えた。細部は微妙に異なるものの、確かにぼくらの見ているものは、強化外骨格以外の何物でもありえなかった。

ナオミはこの光景を見て、どう感じているだろうか。

かつて、自分の兄を襲った運命と同じものを、あの若者が背負わされているのだとしたら。そのことに日々、思い悩んでいるのだとしたら。

そのとき、ナオミが月光の狭間を指差した。

「ヴァンプよ！」

スネークが見ていると、確かにぬらりとした人影が、月光たちの間から進み出てきた。黒いコートに身を包んだその影は、まるでバレエのようなステップを刻みつつ、雷電を掴めとるプローブや、月光の動きをかわしてゆく。

まるで磔刑に処された神の子のような雷電を、長身の吸血鬼はねめつけるように観察し、

「また逢ったな」

雷電が舌打ちをする。ぼくにとってもヴァンプは仇だったけれど、雷電にとっても護るべき人を護れなかったという悔恨の証であるはずだ。プラント事件で雷電は、ぼくの妹エマをコンピュータ室に連れてくる途中ヴァンプに遭遇し、この吸血鬼が少女の腹部にナイフを突き立てるのを防ぐことができなかったのだから。

ヴァンプはコートを脱ぎ捨てた。上半身はほぼ裸だといっていい。その皮膚はどこかで何かが間違い、その間違いがさらに別の間違いを生み出し、それが無限に蓄積されることで形成されたかのような、そんな異常な論理のもとで誕生した生命のそれだった。死人。はっきりそう言ってもいいけれど、目の前に存在するこの男は間違いなく存在しているし、土の下に眠ってもいない。

下半身にはパワーアシスト用の鎧を装着していた。陸軍が開発したボディアーマーだ。ヴァンプは股間の鞘からナイフを引き抜くと、次の瞬間には雷電の胸にそれを深々と突き立てていた。

「雷電！」

スネークが叫んだ。ぼくは確実に狙撃できる位置までヘリを寄せる。これだけ振動が激しいと、相当に接近しなければ精度を得られないだろう。

それはつまり、月光に攻撃されるリスクを覚悟しなければならないということだけれども、この状況ではそれしかない。

ヴァンプはぼくらにもはっきりと見えるように、ナイフを根元までねじこんだ。

そのとき、傷から白い血が流れ出したことに、ヴァンプは気がついた。雷電の顔を見れば、その口許には歪な笑みが浮かんでいる。ヴァンプは納得したような様子で、

「ハッ、お前も死ねない身体に？」

ヴァンプは雷電の顔に鼻を近づけて、その匂いをゆっくりと嗅いだ。いや、むしろその匂いの希薄さを意識した、と言った方がいいかもしれない。

この男は同類なのだ、とヴァンプは考えたのだろう。そのことを察した雷電は直ちに否定した。

「違う、死を畏れていないだけだ」

「ふん」

ヴァンプは雷電の胸に沈んでいた刃を一気に引き抜くと、今度は腹に突き刺した。雷電の口許から白い血液が零れ落ちる。スネークはＤＳＲ１を取り出すと、雷電を搦めとっているプローブを次々に狙撃した。これだけ近づいてもまだ糸のようにしか見えないそれらを、スネークは老眼などどこ吹く風といった様子で正確に断ち切ってゆく。

すべてのプローブから解放されるや否や、雷電は刃を抜いて弾けるように飛び上がった。刃が一閃し、ヴァンプの額をふたつに断とうとする。ヴァンプは常人にはあり得ない反応速度でナイフを持ち上げ、その攻撃を受け止めた。

しかし、雷電は次の一手を繰り出している。ヴァンプの体勢を崩そうと、素早い足払いを掛けたのだ。ヴァンプはバレエのような優雅さでそれもかわし、後退しつつ無数の投げナイフを同時に放った。

刀で叩き落とそうとしたものの、肩や脇腹など、何箇所かにそれが命中した。雷電は構わずヴァンプとの距離をつめる。しかし、ヴァンプは後退姿勢から一気に前方へと、物理法則を無視したとしか思えないベクトル反転をかまし、一気に雷電の鼻先にやってくる。

雷電は唐突に、自分が路面に釘づけられたことを知る。その爪先にナイフがしっかり突き立っていた。ヴァンプはそのベクトルのまま、つんのめった雷電をバク宙で飛び越えると、背中から抱きついてナイフを再び腹へと突き立てた。

ナイフを腹に捻じこみながら、雷電の耳許でヴァンプが心地よさそうな吐息を漏らす。

雷電は目を見開いた。

刀を逆手に持ち直して両手で握り締めると、自らの胸郭につき立てる。

串刺しだ、とぼくは思った。ナオミは口許を押さえている。無理もない。目の前で繰り広げられているのは、もはや戦闘とは呼べない何かだ。しいて言うならば、潰し合いとでも形容するしかない。人間の規格をはみ出してしまった者たちの潰し合い。

それを正視できる人間がそこらじゅうにいるとも思えない。そして、スネークはといえば狙撃銃の威力で周囲の月光を抑えるのに精一杯だ。

ヴァンプが長く、そして淀んだ溜息を一気に吐き出す。恍惚となっているのだ。

「お前——おれを殺してくれるかもな」

雷電は刀を引き抜くと飛び上がり、ヴァンプの背中を踏み台にして月光の背に飛び上がった。無論、強化外骨格の持ち主でなければこんな挙動は不可能だ。月光の背に躍り上がると、雷電はぼくらのヘリへとジャンプした。

スネークがその腕をしっかりとつかまえる。そうしているあいだにも、白い血は雷電の身体に穿たれた傷からとめどなく流れ出し、南アメリカの市街地に白い雨を降らせている。スネークは一気に雷電の体を引き上げた。

「大丈夫か」

と言うスネークに、ああ、と雷電は答えるが、どう考えてもただじゃ済まなそうだ。しっかりして、とナオミは声を掛けるけれど、雷電は時折むせて血を吐き出した。人工血液のせいだろうか、ただでさえ色素の薄かったその顔は、よりいっそう磁器のような白さを帯び、ヴァンプとは別の意味で死人のようだ。

ヴァンプ。どうして奴は死なないのだろう。体の大半を人工物に置換されたフランクやジャックならともかく、あの男の肉体はどう見ても普通の人間だ。ぼくはまたエマの仇をとれなかったことに悔しさを滲ませた。

「ヴァンプめ……あいつは不死身だ」

すると、ナオミは雷電の傷に目を据えたまま、静かにそれを否定した。

「いいえ……彼は不死身ではない。彼をあんな身体にしてしまったのは私なの」

「え？」

ナオミは雷電の顔を見つめる。もしかしたら彼女は、そこに自分の兄の面影を見出そうとしていたのかもしれない。

「もとはといえば私のせい。彼は私の罪のひとつ」

そこでスネークは中東のナオミを思い出した。

あの注射器をスネークに残して去る前、彼女は首筋にそれを打っていた。

「きみの身体も同じナノマシンを？」

ナオミはそれを肯定も否定もせずに、

「私はこの世に化け物を生んだ……そしてこの私も」

再び雷電が血を吐きはじめた。真っ白なミルク状の液体がヘリの天井に届くほど噴きあがる。デッキは一面、血の海だった。とはいってもその色は白で、本質的にはプラスチックなのだけれど、それでもぼくらの赤い血と意味するところはまったく一緒だ。

それが多量に失われれば、生命活動は停止する。

人工血液は腎臓負荷がすさまじいものの、その酸素運搬量は人間の自然な血液の数十倍だ。だからこれだけ失われてもまだ大丈夫だろうが、それもこのまま行ったら越えてはいけないラインを割ってしまうだろう。

「押さえて！」

ナオミが叫んだ。ぼくもヘリをオートパイロットにして雷電の傷を塞ごうとする。あっというまに手がぬるぬるした白い液体に包まれた。これが雷電のいのちなのだ。ぼくらの赤いいのちとは異なる、ヒトの生み出した新しい、いのちのかたち。

ただ、スネークや雷電の姿を見ていると、とてもじゃないがそれが祝福されたものであるとは言えないだろう。ただし、同じく呪われた身であるスネークと、この強化外骨格の男に違いがあるとすれば、生まれたときは雷電もごく普通の子供だったということだ。ビッグボスのクローンとして、すでに遺伝子の宿命に呪われていたスネークとは違って。

「失血がひどい……」

ナオミは傷を押さえながらつぶやいた。その額に不安の汗が玉になっている。

「助かるか？」

「分からない。輸血が――いえ、人工血液の『補給』が必要よ」

数度の発作が、相当量の血液を雷電に吐き出させていた。人間だったら血をこれだけ失えばとっくに死んでいるだろう。

すると雷電が、搾り出すような声を喉から発した。

「スネーク、東欧だ……」

顎が動いていなかったので、ぼくらは一瞬何が起こったのか分からなかった。口許はまるで自分の血液で溺れたかのように、呼吸に合わせて白いものが溢れ出してくる。こんな状態で声を出せるとは思えない。

この声は口から出ているのではない。喉の合成音声出力から出ているのだ。

「ビッグママに……会え……」

それだけ言い残すと、ついに雷電の意識が落ちた。

このヘリでぼくらにできることと言えば、傷口を手で押さえることぐらいだ。

ぼくは自分の無力さを嚙み締めながら、ヘリを全速力でエルドラドへ向かわせた。

ACT 3 Third Sun

1

ある花の話をしよう。
アメリカをもっとも愛した花の話を。

彼女の真(まこと)の名を知るものはいない。おそらくザ・ボスというのがいちばん有名な呼び名だろう。かつて、世界が戦火に包まれた。アドルフ・ヒトラーに率いられたナチス・ドイツは英仏に宣戦を布告し、世界の反対側の太平洋では、日本がアメリカのハワイを爆撃した。そんな時代に、彼女の才能は花ひらいた。

彼女をよく知る者たち、彼女に惜しみない尊敬の念を捧(ささ)げる者たちは、その敬愛する女性によくオオアマナを贈ったものだ。純白の花弁をもつその花を。純粋の花言葉を持つその花を。

彼女の才能——それは、誰かのために戦うこと。

いつ頃から彼女がザ・ボスと呼ばれるようになったのか、それはわからない。ただし第二次世界大戦において、彼女が「特殊部隊」という新たなカテゴリの軍隊を生み出したのは間違いないようだ。それ以前、互いの兵力がぶつかり合う最前線から離れた後方に潜入して、敵の補給ルートを断ったり、待機している兵器を破壊したり、敵に占領された地域の住民を鼓舞してレジスタンスを組織したり、といった活動は、軍の機能として系統立って運用されたことがなかったのだ。

ザ・ボスは戦争の歴史にささやかな革命を起こしたというわけだ。

世界最強と言われるイギリスの特殊空挺部隊（SAS）、そしてお馴染（なじ）みアメリカの特殊作戦群（グリーンベレー）。

ザ・ボスは世界中で、実に様々な特殊部隊の誕生に関わった。その人生の最後に関わったのが、特殊部隊のさらに先の領域――結局は「戦争屋（ウォードッグ）」でしかない戦闘員（オペレーター）に、諜報員（スパイ）の能力を併（あわ）せ持たせた、まさに次の世代を担う新しい軍の設立であり、その先陣を切るエージェントの教育だった。

次世代の軍隊のあり方を模索するＳＡＳのゼロ少佐と共同で、ザ・ボスはその部隊――Ｘ作戦部隊（フォース・オペレーション・Ｘ）の創設に尽力した。のちにＦＯＸの通称で呼ばれるようになる、その部隊の創設を政府に奏上するうえで、肝心なのは第一号のエージェントの育成だった。「特殊部隊の母」が持つすべての資質を受け継いだ、若き戦士を作り出すことだ。

ジャック。それが選ばれた男の名前だった。

本名かどうかはわからない。しかし、ザ・ボスもゼロ少佐も、この若者のことをジャックと呼んでいた。

ジャックはザ・ボスと十年以上にわたる生死をともにした。多くの危険な作戦があり、多くの汚いものを見てきた。神と世界に絶望することも一度や二度ではなかっただろう。ジャックはすでに、子孫を残す能力を奪われていた。ザ・ボスと出会う前、まだ放射能について人々が無知だった時代、アメリカの水爆実験に参加して呪いの灰を全身に浴びていたからだ。次の世代に命を残すこともできず、ジャックは世界中の戦場で、戦争とは公式にみなされていないはずの地獄で、人間が持つ良心というものの脆(もろ)さを思い知っただろう。戦争が人間をどう歪(ゆが)めていくかを味わわされただろう。

しかし、ジャックはぶれることなく、ザ・ボスの教えを、その智慧(ちえ)を、全身に吸収していった。ザ・ボスが見こんだもともとの才能もあっただろう。とはいえ、やはりジャックが心を病むことなく過酷な訓練——その大半は現実の戦場における実戦だったのだが——に耐えることができたのは、ザ・ボスその人の純粋さ、まっすぐさ、深淵(しんえん)を見据えて怖れることのないその気高さ、そうしたものを見つめていたからなのだろう。

喜び(ザ・ジョイ)。それがザ・ボスが戦時中に名乗っていたコードネームだった。

誰かのために戦うこと。誰かを護(まも)るためにその身を捧げること。彼女はそれを喜びにしていた。その、血の池に立ちつくしてなお純白を保つ心が、結果的に彼女を名も無き戦士たちの墓へうずめることになったのだ。

彼女の命を奪ったのは、他ならぬ愛弟子(まなでし)のジャックだった。

ジャックはゼロ少佐の指揮の許（もと）、ソ連の科学者をアメリカへ亡命させる作戦に参加した。FOX部隊の正式承認を賭（か）け、「貞淑なる任務（ヴァーチャスミッション）」と呼ばれたそれは、作戦要員の突然の裏切りによって瓦解（がかい）する。裏切ったのはザ・ボスその人。ソ連に亡命する、と彼女はジャックに宣言し、科学者を奪ってソ連軍の大佐とともに消えた。

折悪しく、小型核弾頭が作戦地域であるソ連領内で炸裂（さくれつ）し、米ソ関係はキューバ危機に続く最悪の瞬間を迎えた。核爆発にアメリカが関与していないことを示すことができなければ、世界を滅ぼす力を持ったふたつの大国が、戦争状態に突入してしまう。

大統領の命を受け、FOXは前回の作戦失敗——そして関係者から裏切り者を出したこと——その汚名をそそぐ機会を与えられた。

アメリカが潔白であるその証（あかし）として、ザ・ボスを抹殺すること。

ジャック——コードネーム「裸の蛇（ネイキッド・スネーク）」は、再びソ連領内に潜入した。通信系統を手配してくれたのは、ソ連最高権力者である第一書記のフルシチョフ。KGBの通信衛星を間借りさせてもらいながら、ジャック——ネイキッド・スネークは、自分の人生の大きな一部であるザ・ボスを殺すため、前回の作戦地域に戻っていった。

それはある意味で自分殺しのようなものだ。ザ・ボスとの人生は、すでにスネークの不可分な一部となっている。それを自分の手で始末をつけるなどというのは、自ら脇腹の肉を一ポンド切り取って差し出せと言われたようなものだ。

なぜフルシチョフとKGBが、非公式ながらも協力してくれたのかというと、そこにはソ連内部の複雑な権力闘争が絡んでいた。

フルシチョフはアメリカ前大統領であるケネディとのあいだに信頼関係を築こうとした。キューバ危機で世界が核戦争の淵(ふち)に追いやられたとき、ふたつの大国を統べるこの指導者たちは痛感したのだ——これでは、遠からず世界は破滅する、と。楽天的になるには、互いにすでに膨大な数の核弾頭を抱えすぎていた。

歩み寄りと融和——確かに美しい言葉だ。それは容易ではないけれど、実のところ世界の滅亡を回避する唯一の手段でもあった。単なる理想というよりは、より現実的なサバイバルの問題だったのだ。

けれども、それを弱腰と考える人々が、アメリカにも、そしてソ連にも少なからずいた。いつの時代でもいるものだ——奴らが仕掛けてくる前に、こっちが奴らを叩(たた)き潰(つぶ)せ、と下品に大声を張り上げる者たちが。

問題はそれがこの時代、それが単なるふたつの国のみならず、地球という惑星全体の存亡を賭けた戦争になってしまうということだった。

ザ・ボスを亡命させた軍事情報部(GRU)の大佐、イェフゲニー・ボリソヴィッチ・ヴォルギンというこの男は、その武闘派に属していた。フルシチョフの政策を弱腰と感じ、アメリカとの行き過ぎた妥協は危険だと唱える勢力。いわゆるタカ派というやつだ。

大西洋と太平洋。ソ連からはふたつの広大な海に遮られたアメリカ本土へ到達可能なミサイルを、地面に掘られた巨大なミサイル発射施設(サイロ)に頼ることなく、ソ連領内を手軽に移動し、敵方の偵察衛星にも見つからず、核を即時発射することが可能な機動兵器シャゴホッド。

メタルギアのコンセプトの先駆ともいえるそれを開発した科学者ソコロフと、ソ連にも「戦士（ヴォエヴォーダ）」として勇名を馳（は）せた伝説の戦士ザ・ボス。ヴォルギンはそのふたつを手に入れて、辺境の要塞（ようさい）でシャゴホッドの完成を急いでいたが、その建造予算はソ連のいかなる軍事予算にも計上されていなかった。

なぜなら、その金はすべて、ヴォルギンの懐（ふところ）から出ていたからだ。

スネークはソコロフの救出とザ・ボスの抹殺という、ふたつの命令を受けて潜入したが、現地に着いてみてスネークを取り巻いたのは、このヴォルギンの「懐」を巡る、もうひとつの奇妙な戦いだった。

その「懐」は、かつてヴォルギンの父親のものだった。いや、正確に言うならヴォルギンの父親が盗み取ったもの。それは世界各国の情報機関群（インテリジェント・コミュニティ）の一部に於て「賢者の遺産」の名で知られている、想像を絶する規模の巨大資金源だ。

かつて、世界を覆い尽くす大戦争の前、「賢人会議」という秘密の集いが催されていた。賢人会議を構成するのは、「賢者達」と呼ばれる米中露三国の有力者十二人。彼らは互いの資産を供出し、来るべき世界戦争の後、世界を再建するための資金をストックしていた。その起原は、ハプスブルグ家の許で近代郵便機構の基礎を整備したタクシス家に対抗して結成された、三本の喇叭（らっぱ）を象徴とする地下郵便ネットワークの潤沢な金融網とも言われる。

ヴォルギンの父はその「賢者達」の資金洗浄を担当しており、その隠し資金への窓口を息子に遺したというわけだ。

要するに、ヴォルギンは様々な勢力の注目を密かに集める人気者だったというわけだ。その資金を利用して、ヴォルギンはソ連の辺境グロズニィグラードに要塞を築き、シャゴホッドを開発するとともに自らの軍団を駐屯させていた。言うなればそれは、ソ連という国の内部に作られた、ヴォルギンを王とするもうひとつの国家、そう言ってよければ帝国だった。

かつてソ連軍の機械化を推し進め、画期的な軍事理論を幾つも生み出したソ連軍元帥ミハイル・トゥハチェフスキーは、シベリアに自らの軍団を築き上げ、その増長を恐れたスターリンによって処刑された。ソ連には過去、ヴォルギンのように膨大な数の私兵を囲った驚くべき軍人が存在したのだ。

タカ派の台頭というのは、フルシチョフの犯した農業政策の失敗による地方の困窮が極まった結果でもあるけれど、それは同時に、広大な領土の片隅で燻っていたそのような農民の不満を掬い上げ、自前の兵力をまとめ上げる土壌をヴォルギンに与えたということでもある。そしてその資金となったのが、他ならぬ「賢者の遺産」だったのだ。

スネークが接触したフルシチョフ側の協力者、エヴァもまた、そんな「賢者の遺産」を狙う正体不明の勢力の一員だった。ヴォルギンがスネークを捕らえて残虐な拷問にかけたのは、このアメリカ軍の工作員は「賢者の遺産」を狙ってヴォルギンを殺しに来たのだと信じて憚らなかったからだ。

救出と暗殺。そのふたつの任務を、スネークは確かに遂行した。シャゴホッドを破壊し、ヴォルギンを倒し――そして、ザ・ボスに止めを刺した。

自らの手で。

その手はザ・ボスに鍛えられた手だった。その術はザ・ボスに伝えられた術だった。そしてその魂は、ザ・ボスに鍛造された魂だった。

湖畔を埋めつくす一面のオオアマナに、ザ・ボスの体は沈んだ。戦いの果てに斃れた彼女の体へ、引導の弾丸を撃ちこんだとき、スネークのなかで何かが死に――別の何かが生まれた。

スネークとともに戦い抜いたエヴァが、去り際に教えてくれたこと――それは、ひとりの女性の、この世で最後の喜びについてだった。その喜びとは、あまりに哀しすぎる希望とは、せめて自分が鍛え、研ぎ、そして愛した弟子に殺されること。

勿論、最初からこうなるはずだった訳ではない。ザ・ボスの亡命は「賢者の遺産」の確保を目的とした、極めて機密性の高い――要員であるスネークにすら明かされなかったほどの――作戦の一部だったからだ。ソコロフを取り戻し、他ならぬ同胞の前で亡命を宣言することで、ザ・ボスの打った芝居は完全にヴォルギンを騙すことができた。

しかし、ザ・ボスが手土産に持ちこんだ小型核弾頭を、ヴォルギンがソ連領内で使用してしまったことで、その筋書きは調整を迫られた。

「賢者の遺産」を手に入れ祖国に渡すまで、亡命という擬態を剝がされてはならない。しかし同時に、アメリカの潔白を証明するためには、ザ・ボスその人は抹殺されなくてはならなかった。アメリカの潔白が証明されなければ、世界は核の炎に包まれる。

つまり、祖国への帰還という道は断たれていた。自ら命を絶つことも許されなかった。すべての希望が潰えたなかで、それでもなお、ザ・ボスは戦った。誰かを愛すること、誰かのために戦うこと、運命が与えたその才能に身を任せるようにして。

そう、彼女が愛したのは世界だった。ぼくたちが生きる、愚かで小さな数十億の魂が生きる、この悲惨と希望がない交ぜになった、愛しい世界の枠組みだった。彼女はあまりに大きなものを愛しすぎた。彼女はそれほどまでに大きな女性だったし、その愛が課す重荷に耐える力も持っていた。

とはいえ、ただひとりで世界を背負うことなど、どこの誰にも出来はしない。

事ここに至り、彼女の最後の喜びは、自分を殺すのは自分の弟子であろうという、希望などとはとても呼べない、そんな哀しい可能性だった。

そして、あのオオアマナが咲き誇る遥かロシアの湖畔で、スネークはザ・ボスの望みを叶えたのだ。

帰還したスネークは、ホワイトハウスに呼び出され、ゼロ少佐をはじめとする、作戦をサポートしてくれたＦＯＸのスタッフ——装備担当のシギント、医療担当のパラメディック——に祝福されるなか、大統領から直々に「ビッグボス」の称号を与えられた。

ザ・ボスを超える者、そう大統領は語った。スネークはその顔を見つめながら、この男がいったいザ・ボスの何を知っているというのだろうか、とぼんやり考えた。

怒りはわいてこなかった。怒りで我を忘れるには、スネークはからっぽになりすぎていた。自分の師匠を殺すこと、自分の弟子に殺されること。殺す者と殺される者の立場の差はあれ、その人生が分かち難く結びついたただひとつの魂にとっては、その意味するところは両者ともに自殺でしかなかった。自分のなかの大きな一部が、どちらかを殺す。

自分の一部を喪ったスネークの魂には、巨大な空洞ができていた。

ホワイトハウスのすべてが遠く、非現実的な風景に思える。スネークはまるで人形を見るように、この臨時大統領を見つめた。ダラスで遊説中のケネディが元海兵隊員に狙撃され、その死を受けてアメリカ合衆国の国家指揮権限者に繰り上がった、いわば棚ぼたの大統領だった。

「蓋をしたほうがいいわ」

サニーのフライパンを背中から覗きこんだナオミが、そうアドバイスする。

突然仲間に加わったこの女性の顔を、不思議そうにサニーは見つめた。髪に刺したバラが一輪、その人工的な美を主張していた。青いバラだ。

ナオミは器具棚にしまいこまれていた蓋を取り出すと、サニーの目玉焼きの上に被せた。バターとオイルが小さく弾けるチリチリした音が、蓋のなかで籠っている。このまま一分、とナオミは言って、微笑みを浮かべた。

「料理が好きなのね、えらいわ」

「こ、これ？　これ、片面焼き(サニーサイドアップ)占い——う、うまく焼けたとき、い、いいことがある」

そう、サニーはこの目玉焼きの出来具合から、いつも何かを読み取っていたようだ。もっとも、本人がそれを教えてくれないから、サニーが何を納得していたのかはわからないけれど。

「へえ、それで両面焼き(ターンオーバー)じゃないのね」

蓋からかすかに煙が出てきて、サニーはタイマーをスタートし忘れていたことに気がついた。急いで傍らの時計をセットする。目玉焼きとタイマーはサニーのなかでセットになってしまっているのだ。段取りは大切だけれども、美味(おい)しいものを作る手助けだったはずの作り方が、目的を失って規範(ルール)になってしまっては意味がない。

「料理のコツはね、食べる人のことを考えることよ」

ナオミが笑った。サニーは返事をしようとするけれど、うまく言葉にすることができない。ナオミはこの少女と何とか話したくて、キッチンのなかを見回した。

壁に若い女性の写真があった。銀色の髪は短く刈りこまれ、意志の強そうな青い瞳(ひとみ)が、夜空のどこか一点を見つめている。

「これ、お母さん？」

「う、うん」

と返事をするサニーは、フライパンの蓋から目を外そうとしない。目玉焼きが気になるというよりも、ナオミに目を合わせることができないのだ。

「奇麗な人ね」

ナオミは言った。お世辞ではなく、本当に美しい顔だった。

この少女もまた、自分と同じなのだ、とナオミは少女の孤独に思いを馳せた。早くに両親を亡くし、ひとりぼっちでこの世界に放り出されたのだ。スネークたちとの代理家族生活は、たぶん彼女の本物の居場所になることはできない。

「ちょっと、いい？」

ナオミはサニーを振り向かせると、自分の髪に手をやった。サニーは下を向いたまま、上目でそれを追っている。ナオミは青いバラを抜くと、それをサニーの耳に挿した。

「女の子は奇麗でなくっちゃ」

サニーが頬を赤らめる。こういう風に、花を誰かからもらうというのは彼女にとって初めての出来事だった。こうして、女の人に優しくされるのも。

「……オルガって言うの」

ぽつりとサニーが言った。ナオミはサニーが何を教えてくれたのか、一瞬判らずに、

「えっ？」

「お母さん」

「そ、そう」

少しずつではあるけれど、ふたりの関係は前進しているようだった。もう少し時間をかければ、この子と、スネークたちと皆で家族のように食卓を囲む、そんな生活が出来るかもしれない。そんな考えが一瞬ナオミの頭をよぎる。

でも彼女は知っていた。自分には、そしてスネークには、もうそんな時間が残されていないことを。

私はその風景に、その食卓にたどり着くことは出来ない。

フライパンが煙を出しはじめる。サニーは慌ててフライ返しを手に取った。

ノーマッドにある機材で、間に合わせの処置はした。

とは言っても、それではとてもじゃないけど雷電を生かし続けるには足りなかった。しかし、機械と人間の狭間にある、こんな奇怪極まりない身体を扱える医者がそういるわけもない。担ぎこまれた病院だって迷惑だろう。そういうわけで、ぼくらは衰弱していく雷電をどうすることも出来ず、ノーマッドのカーゴベイで暗い気持ちに包まれていた。

一方スネークはといえば、こちらもひどい有様だった。

スネークはデッキチェアーに座り、マイケル・ジャクソンのように口許へ酸素吸入器を押し当てている。高山地帯の低気圧低酸素が、老いゆく身体を痛めつけたのだ。素早い適応は若者の特権だ。歳をとると頑固になるのは、性格だけではない。

スネークは黙って酸素を吸っていたが、これとてとっくにやっていていいもののはずだった。さすがに南米の気候と戦闘とは、その強がりを崩すほど残酷だったらしい。スネークはぼくとサニーにこんな姿を見せないよう、いままで耐え忍んできたのだ。

その強がりは、つまりやさしさだった。そして、そのやさしさが、いまのぼくにはとても辛くていたたまれなかった。

と、そのとき雷電がうめき声をあげた。ぼくらは簡易ベッドに横たわる強化外骨格のボディに駆け寄り、

「大丈夫かい、雷電?」

雷電は相変わらず口から声を発することが出来ない様子で、喉のコンピュータボイスを直接発声する。

「……東欧に向かってくれ」

「どういうこと?」

とナオミが訊ねた。そういえば、南米で意識を失う直前、雷電は「ビッグママ」に会え、と言っていた――そして彼女は東欧にいる、とも。意識を多少取り戻した雷電は、首をかすかに動かしてナオミの方を向こうとする。

「東欧におれを治療できる設備がある。おれを助けたマッドナー博士がいるからだ」

再び雷電の首から力が抜け、頭部が枕に沈んだ。意識がまた消えたのだ。まるで兄の思い出に触れるように、身を屈めたナオミが手を差し伸べ、その頭を撫でてやる。

マッドナー博士はぼくも名前だけは知っていた。ロボット工学に携わる者なら、その経

歴を知らぬ科学者はいない。現在はアンダーグラウンドに降りて、強化外骨格の研究を続けているという噂だ。

「好都合ね。東欧へ向かいましょう」

雷電に触れながらナオミが言う。唐突な「好都合」の言葉に、ぼくもスネークも眉をひそめた。

「好都合？　どういうことだ」

酸素マスク越しの籠った声で、スネークが訊ねた。ナオミは立ち上がって説明をはじめる。

「いい、リキッドは東欧にいる」

ぼくとスネークは驚いて顔を見合わせた。これが偶然だということはあり得ない。スネークはその疑念をナオミに問いただした。いったいリキッドは何をしたいんだ、と。ナオミの答えは、ぼくらをさらに驚愕させた。

「目的は、ビッグボスの遺体」

なんだって、とぼくは大声をあげた。

九年前、シャドー・モセスの戦いでも、メタルギアREXと核弾頭を手に入れたリキッドたちが政府に要求したのは、伝説の傭兵ビッグボスの遺体だった。あのときはリキッドたちの目的は、その遺伝子を解析することで、自分らが発症している遺伝病らしき症状の原因を突き止めることにあった。

シャドー・モセスの反乱に参加した兵士たちのすべてに、その症状は顕(あらわ)れていたようだ。というのも、完全なクローン体であるリキッドは勿論(もちろん)のこと、ビッグボスの遺伝子から抽出された「有用な部品」、効率的な戦闘行動や状況判断に影響する何種類もの「兵士遺伝子(ソルジャー)」が、兵士たちの染色体にも遺伝子治療によって組みこまれていたからだ。

しかし、いまのリキッドはオセロットの身体に収まっている。現在リキッドの遺伝子を持っているのは移植された右腕だけだ。ある意味、このスネークの兄弟はすでに、ビッグボスの遺伝子による呪縛(じゅばく)から解放されているともいえる。

だとしたら、いったい何のためにリキッドは父の骸(むくろ)を追い求めているのだろう。そんなぼくの疑問にナオミが答える。

「ビッグボスの遺体は、ＳＯＰへ介入する最後の鍵(かぎ)なの」

ナオミによれば、システムの鍵となっているのはビッグボスの遺伝子情報と生体情報のふたつ、ということだ。それがなければシステムへの介入はできない、と。

しかし、ではこれまでのリキッドによるＳＯＰハックはどのようにして行われたのだろう。研究施設でナオミは言っていた——あの混沌(こんとん)は実験の失敗ではなく、あくまで成功の結果だったと。つまり一時的にであれリキッドはナオミの力を借りてＳＯＰの乗っ取りに成功したということだ。

これまでのは一体なんだったんだ、とぼくはナオミに訊(き)いた。

「中東で起こった最初の発動は、リキッドのＤＮＡチップから遺伝子コードのみが使われた。南米での発動には……スネークの血液から採り出したＤＮＡコードと生体情報が使われた」

南米の施設でスネークを検査したとき、ナオミが収集した情報がリキッドの許にそのまま渡っていたということだ。ぼくはナオミの表情をうかがう。やましさや躊躇いが浮かんでいないかどうかを。

リキッドの施設だから、ナオミの操作した機材のオペレーションはすべてモニタされていた、と考えるのが妥当ではある。けれど、もしナオミがすすんでスネークの医療情報をリキッドに渡していたら。いまここにナオミがいるのも、リキッドの差し金だったら。

スネークは酸素マスクを外すと、よろよろとぼくらに近づいてきた。途中、デスクから煙草をさりげなく手にすることも忘れない。

「代用が利くなら、なぜオリジナルの遺伝子が必要なんだ？」

スネークは煙草に火を点けてから、ゆっくりと、肺の奥まで煙を吸いこんだ。

「リキッドの遺伝子配列もスネークの遺伝子配列も、オリジナルであるビッグボスとは百パーセントは一致しないのよ」

「一致しない？」

ぼくとスネークはハモって叫ぶ。スネークの驚きはぼく以上だったらしく、勢いのあまりむせてしまう。ぼくはスネークの背中をさすってやる。咳がおさまったところで、ナオミは話を再開した。

「クローン化の際に埋めこまれたマーカー、卵細胞内ミトコンドリアのDNA混入、意図的に改竄(かいざん)されたターミネータ遺伝子……科学的に言うと、あなたもリキッドも、限りなくビッグボスに近い、別人よ」

スネークもリキッドも、自分たちはビッグボスのクローンだ、伝説の傭兵を再現するためだけに生み出された存在だ、と聞かされてきた。ビッグボスの遺伝子の発現という意味において、それは確かに間違ってはいなかったのだが、寿命の設定や生殖能力の剝奪(はくだつ)など、様々な改竄が加えられていることは、南米でナオミからすでに聞かされている。

中東でリキッドはこう叫んでいた――おれたちは親父のコピーではなかった、と。

「それがリキッドの言っていた言葉の意味か？」

とスネークが訊く。ナオミは小さくうなずきながら、

「ソリダスが作られたのは……そのためよ」

固体(ソリッド)でも液体(リキッド)でもない、均整のとれた傑作――除染プラントで殺された大統領が、死の前にソリダスを指していった言葉だ。つまり、ナオミの話からすると、ソリダスはビッグボスの遺伝子をより高い精度で再現したクローンなのだ。ソリッドやリキッドよりも、はるかに「父親そのもの」として設定された人物だったというわけだ――少なくとも遺伝的には。

恐らく、ソリダスが他の兄弟とほぼ同時に生まれたにも拘(かかわ)らず、スネークらに先んじて老化していたのは、人工的な遺伝記述の改変による寿命設定ではないのだろう。クローナ

ルエイジング、という言葉がある。生命工学史上、初の哺乳類クローン体「ということになっている」羊のドリーも、生まれたときからすでにテロメアが短くなっていたという。

　クローン体は、そのテロメアまでも受け継ぐことはできないのだ。クローン体の細胞は、生まれた時点ですでに歳を重ねている。

　ソリダスは単に、五十代のビッグボスの体細胞を「そのまま」受け継いで生まれたクローン体――スネークらのように寿命設定をされていない――の宿命として、兄弟である二人の蛇よりも早く老化していた、というだけだったのだ。クローンであることの「自然な」宿命として。

「だが、ソリダスは死んだ」

「よく聴いて、ここからが本題なの」

　とナオミが言い、モニタに概念図を呼び出した。ネットワークを説明するためのものだけれど、一見すると生物の体内のようにも見える。恐らく生命活動をセキュリティ構築の比喩に使っているのだ。

「システムを管理しているAIには、攻性の高い高度な侵入検知機構が使われているわ。ネットワーク内を循環する命令、データを、特有のコードで検知しているの。これに適合しないデータは異物として処理される。白血球に殺されるウィルスのように」

　血管を流れる血液を、赤血球や白血球、その他諸々の生命活動に必須なパーツが循環するネットワークとみなせば、そのパーツに混じって敵性の細菌やウィルスが混入していないか、たえず監視するのが免疫系の役割だ。血管のネットワークを泳いでパーツを検分し、適切なコードを持っていないものは排除する。

要するに「愛国者達」のシステムは人間の免疫系をモデルにしたシステムだということだ。自己と他者を区別するには、まず自分とは何者であるかを定義しなくてはならない。他者を区別できなければ攻撃することもできないからだ。免疫系には「自分とは何か」というコードが書きこまれていると言ってもいい。

「そしてこの認証プログラムには、私が関与したFOXDIEの『遺伝子特定プログラム』が使用されているの。鍵となるコードが完全に一致した場合のみ、ホストのコマンドが正常に動作するように出来ている」

つまり仮に、幾ら「愛国者達」のネットワークを見つけ、コマンドを流しこんだとしても、そこに正式な遺伝子コードがくっついていなければ、ホストはそれを無視する、ということだ。

「でも不正侵入の疑いが出た場合、その遺伝子コードはシステム内のブラックリストに登録され、その遺伝子コードでのアクセスは以後、はじかれてしまうわ――だから代用を使った私たちは、実験のたびにアクセス用の遺伝子コードを替える必要があったってわけ」

「つまり、中東や南米のアクセスはお試しだったたってわけだ」

とスネークが煙を吐き出した。中東でも南米でも、最初システムはリキッドやソリッドの遺伝子コードを、ビッグボスのものとしておおむね承認したのだろう。そして、そのコードがビッグボスのものとは微細に異なっていることを検知すると、それを排除リストに載せたというわけだ。

ぼくは緊張を解すため、長く深く息を吐き出した。

「しかし驚いたな。スネークとビッグボスの遺伝情報が同じじゃないなんて」

「正確な意味で言うと、あなたとリキッドも遺伝情報は同じじゃないわ。シャドー・モセスでＦＯＸＤＩＥがリキッドにだけ効いた――あなたに発症しなかった理由はそこにある」

そう、そのことはスネークも疑問に思っていたことだった。「フォックスダイ……」と、自分の心臓を凍らせたウィルスの名を断末魔に、リキッドがシャドー・モセスの雪に沈んだあの瞬間を、スネークは今でも生々しく思い出す。

なぜ、リキッドなのか、なぜ、自分は死ななかったのか、リキッドと自分は遺伝子を一にする双子ではなかったのか。その疑問があっけなく解決してしまった。

そう、もはやリキッドにはビッグボスの遺伝子コードを使うしか、手は残されていない。

スネークとリキッドの遺伝子はすでに、ＩＤＳのブラックリストに載ってしまっている。

「つまり、もしリキッドがオリジナルであるビッグボスの遺伝子情報を使った場合、彼はシステムを完全な支配下に置くことができてしまうの」

「待ってくれ」

スネークが煙草を口から離し、

「ビッグボスのコードだけでは駄目なんだろう。同時に、ビッグボスの生体情報も必要なはずだ」

その通りだ。ビッグボスはすでに死んでいる。

スネーク自身が殺したからだ。ザンジバーランドで――壊滅したアウターヘブンに代わる、新たな傭兵(ようへい)たちの国家を築こうともくろんだあの土地で。

「愛国者達」の手で冷凍保存されているビッグボスの遺体からは、確かに遺伝子コードは採取できるだろう。しかし呼吸し、脈打ち、網膜に血を通わせる、というのは生きていなければ不可能な仕事だ。それが死んで十五年も経った人間にできるとは、ちょっと思えない。

しかし、ナオミはそんなぼくらの認識を、クローンのときのようにあっさりと吹き飛ばす。

「いいえ、彼は生きている」

これにはさすがに言葉が出なかった。

ビッグボスが生きている。しかし、スネークは確かにザンジバーランドで自分の父――いや、オリジナルを殺したはずだ。

現実には、スネークははじめてそのとき、戦争の狂気にとり憑(つ)かれているとばかり思っていたこの男が、自分の父親だということを本人から告げられたのだ。

スネークはあのとき、生命を失って横たわるビッグボスのすぐ側に立っていた。ある意味では自分自身でもある、そんなひとりの男の死を見つめていた。

「ビッグボスが生きている……そんな馬鹿な」

「肉体、いや、ビッグボスの細胞は生きている――機械に繋がれた、二度と動くことのない脳死体としてね」

果たしてそれは生きていると呼べるのだろうか。ぼくはふと、簡易ベッドで意識を失っている雷電を見た。雷電の身体の多くは強化外骨格に置換されている。その体内を流れる血液も赤くない。しかし、身体を失ってなお脳は動いている、それを生きていると呼ぶのなら、脳が死んで身体が生きているビッグボスを、死んでいるなどと断言できるだろうか。

それは恐らく、死や生といったそれ自体曖昧な現象の、さらに曖昧な境界線をめぐる定義問題に過ぎない。少なくとも、システムにとって承認されるコードとして存在する限り、リキッドにとってのビッグボスは「生きている」。

生きるという現象は、人により立場により、様々な定義が存在する、それだけのことだ。

「リキッドはビッグボスの身体を追ってすでに東欧へ向かっているわ。最初から、彼は南米の実験もうまくいくとは考えていなかった――彼を入手したら、リキッドは最終行動に出るつもりよ」

そう、今度こそがリキッドにとっての「本番」なのだ。システムを制圧し、掌握し、世界に拡散した軍事力の一挙手一投足をコントロールする。その前になんとしてでも阻止しなければならない。

ぼくはスネークと顔を見合わせた。スネークの瞳にも、ぼくと同じような覚悟の色がある。もしかしたらかの地——東欧が、最後の戦いになるかもしれない、と。

地球の裏側への旅は長い。

アメリカから中東へ、中東から南米へ、そして今度は東欧へ。裏側へ行って、またその裏側へ。大西洋を行ったり来たり。リキッドもぼくらも、ともに地球をぐるぐる半周し続けている。

大気が機体を擦る音。気圧が構造を軋ませる音。ああ、我らが空調様を忘れちゃいけない。ぼくらは大気と金属とメカニズムが擦れあう、そのサラウンドに包まれていた。

不快ではない。むしろ、母親の子宮のなかにいるような安堵さえ覚える。実際スネークもサニーも、明日に備えてぐっすり眠っているようだ。

ぼくはといえば、そうはいかない。ミッションの前に準備しておく段取りはいくらでもあった。現地の状況を中心とした、キャンベルに用意して欲しい情報のリストを作成し、到着四時間前までに用意して欲しい旨を伝える。現地のマップや手に入れられる衛星写真・航空写真を統合して3D化し、ソリッド・アイの拡張現実が表示するデータ群に座標をシンクロさせる。交通情報、気象予報、現地の言語状況、ネットワーク環境、現地のPMCの情報。入手すべき情報は膨大にあり、ぼくはそれらを自動フィルタリングにかけて有用なものだけ抽出する。

作業用のプログラムは、あるときはネットに落ちていた公開ソースを切り張りし、あるときは仕方なく自分の手で書いたりした。スネークはよく、おれはブルーカラー、お前はホワイトカラー、と冗談を言っていたものだ。しかし当たり前だけれど、ホワイトカラーもそれほど楽じゃない。

そうそう、メタルギアの整備もぼくの仕事だ。各種センサ、脚関節と走行輪、オートバランサーにステルス迷彩。小さい身体に保守点検項目を山ほど抱えた、かわいいけれど実に厄介な代物を。

「これは誰？」

という声にぼくは驚く。背中にナオミが立っていて、ぼくのデスクトップを指差している。

「あぁ、これかい？」

ぼくは不意を突かれて少々どぎまぎしながら答える。

「義妹だよ」

デスクトップの壁紙の一部には、エマの画像が使ってある。

ぼくの助けられなかった妹。ぼくの愛してやれなかった妹。ぼくの殺した妹。

そのすべてを忘れないために。いや、忘れられるはずのないそれを、さらに日々網膜へと焼きつけ、擦りこむために。

しかし、ナオミはエマのことを知らない。もちろん、ぼくの罪のことも。

「へえ、エメリッヒ博士にも妹さんがいたのね。恋人かと思ったのに」

ぼくは物凄く恥ずかしくなって、椅子の脇に置いて整備していたＭｋ．Ⅱに視線を逸らす。急に、彼女がなんで起きているのか、気になりだして仕方がなくなった。

「ああ……ぼくに彼女はいない」

ぼくはメタルギアのポートの奥に手首を入れて、ベンチマーク用のディップスイッチをオンにする。動作テスト項目が実行され、メタルギアが屈伸しはじめた。

「エマは優秀なプログラマだった。アーセナルギアのＡＩを破壊したのも彼女が作ったワームなんだ」

「妹さんはいま、どこにいるの？」

ナオミが質問する。エマはいまどこにいるのだろう、とぼくは考えた。きっとそこでは父さんも生きていて、母さんもごく普通に母さんの役目を果たしていて、食卓には家族が全員揃い、そしてぼくはエマの名前をきちんと呼んでやることができている。

そんな場所にいるといいな、そんな世界にいてほしい。

ぼくが与えてやることのできなかった、ぼくが壊してしまった、そうしたすべての大切なものが、まだ喪われていない世界に。

「……彼女はヴァンプに殺された」

ぼくは彼女に教えた。これだけシンプルな事実は、ほかに言い方がみつからなかった。

触れてはいけなかったのだ、ということに気がついたナオミの表情が曇る。彼女はぼく

から顔を逸らし、

「ごめんなさい……」

「いや、きみが謝る必要はないよ」

気まずくなったぼくはナオミに顔を向ける。

「ぼくも同じなんだ」

そう言うと、ナオミが再びこちらを見た。どういう話なのか聞きたいのだ。ぼくはナオミに自分がアニメオタクだったことを説明した。いや、実は過去形じゃなくて、日本製アニメはいまでもそれなりに嗜んでいるけれど。

かつて、AT社でメタルギアREXを嬉々として設計していた頃のぼく。SFアニメに憧れて、ロボット工学に没頭した昔のぼく。

「でも、現実は違った──科学が、自分の研究が人を不幸にするなんて、そんなことになるなんて考えてもいなかった」

ナオミが戸惑いの表情を見せる。それが、自分の背負っている罪悪感に近いものだと気がついたからなのだろう。ぼくは自分も彼女と同じだということを伝えたかった。自分のしたことに、罪を、贖罪の義務を感じているのは、きみだけじゃないんだと。

「ぼくら科学者は、誰も悪魔崇拝者なんかじゃない。でも、自分に悪意がなくても、誰かの悪意に利用されるんだ」

ナオミが黙ってぼくを見つめる。このときぼくは、どういうわけか目を逸らさずにその視線を黙って受け止めることができた。それは互いが、互いのなかに同じ罪と、同じ責務を抱えていることを知ったからだ。

ナオミは首のペンダントを握り締める手に力をこめた。

「博士、あのね……」

どういうわけかナオミが切り出したとたん、ぼくはとても恥ずかしくなって、再び逃げ場所であるメタルギアの整備にとりかかるふりをした。

「こいつを造るの、サニーも手伝ってくれたんだ」

「これもサニーが？」

とナオミが驚いた。ぼくはまるで自分の子供を自慢するような口ぶりになっていた。

「研究機関のLANに潜りこんで、極秘資料やパテントを漁(あさ)って造ったんだ。制御系のソースコードも大半は彼女が書いた。正直、ぼくより腕は確かだよ」

ナオミはペンダントを握り締める手を解いた。サニーの話に興味を持ったのだろう。よくよく見ると、ペンダントだと思っていたものはメモリースティックだった。ぼくは笑った。メモリがアクセサリとは、ナオミもこれで、なかなかコンピュータオタク(ギーク)っぽいところがある。

「サニーは生まれてすぐに、『愛国者達』に囚(とら)えられた。肉親には一度も会ったことはない。彼女はずっと、ネットの『内側(インサイド)』で育ったんだ」

ナオミは納得した様子で、

「それで言葉がうまく……」

「電脳こそが、彼女の生きる場所なんだ。彼女は内側からしか、外を見ることができない——彼女はいつも、内側から自分と自分の家族を探してる。自分が誰で、どこに向かおうとしているのか」

　ナオミは黙ってぼくの話を聞いていた。きっと、ぼくのなかに自分の罪を見出したように、サニーにも自分と同じものを感じたのだろう。サニーはまだ原罪以外は背負っていないから、罪の話ではないと思うけれど。

「ケーブルで世界と繋がった機械のなかに答えがあると信じて、毎日そのなかを飛び回ってる。だから、サニーにとってはここが『家』なんだ」

「いいえ、それでは駄目よ」

　とナオミが真剣な声を出す。ぼくはその気勢に少し圧されて、

「え？」

「彼女をそろそろ『外側』に出してあげなくちゃ」

　いきなり核心に切りこまれて、ぼくは心臓が縮みあがる思いだった。まさかスネークに時折言われていることを、ナオミの口から聞くことになるなんて。あまりに正確に図星を指されたので、ぼくは逆に、なんのことだい、とすっとぼけたふりをする。

「彼女はまだ生まれていない——まだ子宮のなかにいるのよ。本当の命を授けてあげなくちゃ」

ナオミの目はどこまでも真剣だった。ぼくはとぼけ切れるものではない、と観念し、両腕でカーゴベイの空間全体を示す。

「でも、サニーはここから出ようとはしないんだ」

そうなのだ。確かにぼくが過保護だというのは認める。しかし、なによりサニー自身が外の世界と接触することを拒んでいるのだ。それが「愛国者達」に囚われていた時期に原因があるのか、それともいまのぼくたちが原因なのか、その両方なのか、それは判らない。

「正直、ぼくは不安なんだ。サニーを『外』へ出すのが」

とぼくは告白した。怖いのは、ぼく自身だ。サニーが外に出て、世界のどんな理不尽に晒されるかと思うと、不安で仕方がない。ぼくはすでに、妹を失っていた。これ以上ぼくは、誰ひとり失いたくなかった。

しかし、そんなぼくにナオミは微笑んでみせる。まるで、サニーはあなたが思っているよりもずっと強い子よ、と言い聞かせるように。

「あの子なら大丈夫な気がする」

「……うまくやっていけるかな？」

「いえ、そうじゃなくて。あの子なら科学をうまくコントロールできそうな気がするの」

ぼくは一瞬、ナオミの話の文脈を失った。彼女を外に出してよいものか、という話をしていたのに、いきなり科学の罪の話にシフトするとは。もしかしたら、いままでの会話もずっと嚙みあっていなかったのだろうか。互いが互いに誤解を重ねて勝手に納得しつづけながら。

　ぼくは眼鏡を外して、鼻のつけ根を指で揉みながら、なんと言おうか考えた。

「……ごめん、それで？」

「え？」

　我ながら話の切り替えが下手すぎる。いつも通りの自分に呆れながら、

「さっき何か言いかけただろ？」

　ナオミはうなずいたものの、急に黙りこんでしまった。いきなり話を戻されて、戸惑っているのだろうか。まったく、これだからぼくにはいつまで経っても彼女ができないんだ。

「サニーに、料理を教えても？」

　ナオミが笑って言う。勿論いいけど、とぼくは答えたものの、あのときの思いつめた表情が嘘のように軽い話題を訝しむ。勿論、サニーの目玉焼きの腕が上がること自体は、ノーマッドの食糧事情にとって革命的な出来事になるだろうけれど。

　眼鏡を掛けようとすると、ナオミがぼくの手に触れて制止した。

　不意に感じた女性の肌の冷たさに、ぼくはどきりとする。女性は男に比べて冷え性だというけれど、これがその、女性の冷たさというものなんだろうか。

　肌の冷たさ、そして肌理の細かさ。

　ぼくにはそれが、とても心地よかった。

「眼鏡を掛けないほうが素敵よ」

「……そうかな」

ナオミの手に誘われて、ぼくの手がケースに眼鏡をしまう。

ナオミの目がぼくをじっと見つめていたけれど、罪の話をしていたときとは違って、ぼくはもう見つめ返すことができなくなっている。視線はすでに別の意味へと移っていたからだ。

「博士、あのなかで寝ても？」

とナオミが視線で搭載している軍用ヘリを指し示した。ぼくは視線が外れたことにほっとする。あのままじゃ、冗談じゃなく窒息してしまいそうだったからだ。

「あっ、ああ」

とぼくは慌てて返事をした。ナオミは口許（くちもと）に小さく笑みを浮かべ、

「ごめんなさい、わがまま言って。少しひとりになりたいの」

「そう、そうだよね」

案内するよ、とぼくは言って、眠っているサニーやスネークのあいだを抜け、ヘリのハッチまでナオミを連れて行く。

ノーマッドのカーゴは馬鹿でかいけれど、さすがに軍用のヘリを一機容（い）れれば、横側に残されたスペースは少ない。ぼくはハッチを開けると、ナオミが通ることができるように出来るだけ身体を退（の）けた。ナオミが腰の高さほどにあるヘリのデッキに登ろうとすると、その狭いスペースで、薄着の下の彼女の胸がぼくに触れた。

ぼくは気まずくなった。ナオミは乗りこむとぼくに礼を言ってから、おやすみ、と囁(ささや)いた。ぼくは間抜けにも、うん、と微妙な返事をかえす。もう少しまともなことが言いたかったけれど、ぜんぜん言葉が見つからなかった。ややあってから、

「もし寝心地が悪かったらいつでも言って。ずっとそこで作業しているから」

「ありがとう」

とナオミが言った。ぼくもナオミも、お互い言葉を捜している。

ぼくは何か言おうとして、意味のないことを言う。

「その……」

「なに？」

「……ハル、って呼んでくれ。おやすみ」

ナオミが扉を閉めたので、ぼくはまた一息ついた。今日何度ぼくはこうしてほっとしたのだろう。

と、いま閉まったばかりの扉が唐突に開けられた。ナオミの手が機内から出てきて、ぼくの肩をつかむ。ぼくは彼女に引き寄せられ、瞳(ひとみ)と瞳が三センチも離れていない距離まで顔を寄せることになった。

彼女の腕が、ぼくの首に回される。ぼくはそのままヘリに乗りこみ、背後のハッチを閉じた。

2

スネークは車窓の外、過ぎ行くヨーロッパの風景を眺めようとしたけれど、時はすでに夜半前、最終列車から見える東欧の影は、深く陰鬱に沈みこんで、完全に暗闇へ消えてしまっている。

代わりに見えるのは、線路沿いの煌々と照らし出された立て看板。大鴉をモチーフにしたエンブレムが、売り文句の背景で翼を広げている。大鴉の剣。アメリカ資本のPMCで、勿論リキッドの傘下だった。

キャンベルの情報によれば、この長い歴史をもつ東ヨーロッパの古都は、国家非常事態宣言下に置かれていた。夜間外出禁止令が発令され、人気の消えた街路を、武装した兵士たちが巡回している。その任に当たっているのが、レイブン・ソードの社員たちだった。

名目はレジスタンス狩り。度重なる当局への攻撃に、政府が本腰を入れて掃討を開始したというわけだ。

当局が平和の敵として名指しする団体のリストをキャンベルは入手した。そのなかには単なる野党議員の支援団体や政策に抗議する穏健なNPOも幾つか含まれており、腐臭のきつい政治的思惑が嫌でも目につく。

「失楽園の戦士(パラダイス・ロスト・アーミー)」はそんなリストに含まれている名前だった。

奇妙なのは、その政治的目標や戦略がまったく不明だったということだ。そもそも、現地の人間がこの団体を知っているのかどうかすら怪しい。目立ったテロで名を上げているなら、それなりに情報が入ってきていてもおかしくないはずだ。

ビッグママ――恐らくはビッグボスの遺体の管理人――は、この正体不明のレジスタンスグループのリーダーということだった。

ある人物の依頼で、ある物を探していた――南米で雷電はそう言っていた。そしてそれがパンドラの箱であるかもしれない可能性を。

巨大な屋根の下に、列車がゆっくりと入っていった。

時間もあるだろうが、この駅で降りる乗客は少なかった。非常事態宣言が出て以来、ユーロ内諸国からすらも、ここを訪れる人間はめっきり減ったからだ。だから、スネークはトレンチコートに革の旅行鞄(かばん)といういでたちで、それなりに変装もしていたけれど、PMCにはひとりひとりを精密にIDチェックする余裕がたっぷりある。

ドレビンによれば、リキッド傘下のPMCには、極秘のソリッド・スネーク抹殺指令が出ているという。現地国軍や警察は何も知らないだろうが、警察署に駆けこんで助けてもらえるとは思えない。

しかし、キャンベルは駅の検問を突破する方法を用意した、と言っていた。

スネークは伽藍(がらん)のようなホームから、駅の構内へ続く扉に向かった。PMCの張る検問が、ひとりひとりを綿密にチェックしている。白いボディにＡＴセキュリティのロゴが描かれた簡易生体認証(バイオメトリクス)デバイスがあり、通り過ぎるにはそこの網膜と指紋、そしてナノマシン認証をパスしなければならない。

さて、どうするか。ここはキャンベルを信じて進むしかない。ダミーの指紋も網膜も用意していないし、ナノマシンについてはどうにもならない。スネークは煙草を取り出してくわえるが、火を忘れてきたことに気がついた。

次、と呼ばれてスネークは兵士の前に出る。さて、いよいよマズいことになってきたぞ。

スネークはちらりとデバイスのほうを見た。どこかのサーバと繋(つな)がっているのだろう、動作ランプが高速かつランダムに明滅し、やる気満々の首切り判事のように鎮座している。あれに身体を差し出したら、そこでスネークは物凄(ものすご)く面倒なことになる。

待つしかない。キャンベルは大丈夫だと言っていたのだ。勿論、ＰＭＣがそれに付き合ってくれるとは思えないが。

「おい、お前……」

兵たちが警戒して銃を構える。これでスネークはどうにもならなくなった。煙草に火がついていないのが、とても残念で仕方がない。銃口に取り囲まれたこういう場合は、一服して気持ちよく煙を吐き出し、余裕で構えていたいものだ。

「もういい、その男はこちらに任せろ」

兵士がひとり、構内から扉をくぐって現れた。ＰＭＣの装備ではなく、アメリカ軍の兵

装だ。胸には見覚えのあるエンブレムがしっかり留まっている。検問兵は困惑した声で、

「しかし……」

「こちらで捜索中の男だ」

「は……了解しました」

来い、と米軍兵は手招きし、スネークを生体認証脇の扉から構内に通す。

連れて行かれたのは、かつて駅のホールだった空間だ。コーヒーテーブルが幾つか置かれ、兵士や民間人がまばらに談笑している。米軍装備の兵士はそこに入るとライターを取り出し、スネークの煙草に火を点けてやった。

「随分と若返ったじゃない？」

とメリルは言った。彼女が見ていたのは、九年前のスネークだった。今のように深い皺が目許といわず口許といわず縦横に刻まれ、染みに覆われる以前の。

「これは擬態だ。オクトカムの技術の応用だそうだ」

スネークが若き時分の顔面テクスチャを一瞬だけオフにすると、メリルが中東で見た、あの老蛇の顔が現れる。そんなスネークを見たメリルは少しだけ哀しそうな顔をしたように思えた。

「さすが、ＰＭＣに顔が利くんだな」

「私はこれでも全ＰＭＣを監査する立場にあるのよ。それなりにコネは利くわ」

「ひとりか？」

とスネークが紫煙を吐き出しながら訊くと、メリルがホールの奥を顎で示す。中東で会ったラットパトロールの面々、エドにジョナサン、そしてあのお腹の不自由なアキバがテーブルでくつろいでいた。

「おーい、スネーク！」

アキバが立ち上がって大きく手を振ってよこす。メリルとスネークは頭を抱えた。すぐさまエドが肘鉄を食らわせて止めさせるが、ＰＭＣの兵士たちがざわついているのがふたりにも判った。スネークは苦りきって、

「またあいつか？」

「またあいつなの」

いまやスネークたちは少なからぬ視線を集めていた。ホールに突っ立っているのがいいこととは思えない。あっちで話しましょう、とメリルは隣のラウンジにスネークを連れていく。そちらに人気はまったくなかった。

メリルはテーブルに着いて、

「聞いて、スネーク。私たちは中東での騒ぎを報告した上で脅威査定にかけたわ。リキッド蹶起の危険性が、ようやく大統領に正式に認められたの――お陰で、充分すぎる数の陸軍・海兵隊合同チームが与えられた。現地の米兵に紛れて、すでに現地入りしているわ」

そこでスネークの目を覗きこみ、

「もう、いつでもリキッドを確保できる」

スネークは軽く溜息をついた。「力」には出来ることと出来ないことがあるということを、このまだ若い戦士はわかっていない。

「『力ずくで抑えつける』か。やめておけ、事態はそんなに単純じゃない」

「悪いけどあなたの命令には従えない。あなたの背後にいるキャンベルにも」

メリルが断固とした声で言う。こう返されるのはスネークにも分かっていた。メリルは頑固だ——キャンベルが頑固であるように。

「中東の二の舞になるぞ」

無駄と解りつつも、スネークは一応忠告する。メリルは首を横に振って、

「ならないわ。いざとなったらＰＭＣの武器、兵器を完全に無力化できる。彼らは抵抗できない。システムを握っているのはこちらよ」

力とシステム。どちらもそれなりに脆いことを、スネークは充分すぎるほど知っている。システムを握っていると思いこんでいる者が、その実システムのほうに使われている、という笑えない逆転はよくあることだ。実際、メリルも、リキッドも、そしてこのおれですら、現状では「愛国者達」というシステムの生成する「文脈」の一部でしかない。

「システムに頼るのは危険だ」

「どっちにしろ数で抑えられるわ」

力が役に立たないような、複雑な事態もある。そうさっき言った手前からこの言葉だ。スネークはそれをどうにか止めたかったが、メリルの性格では、それが恐ろしく難しいこ

とも解っていた。

そこでメリルは、さっきまでのいささか戦闘的な態度を引っこめる。スネークがよく知っていた頃のメリル、九年前、シャドー・モセスで出会った頃のメリルの声だ。

「だからスネーク……あとは任せて」

スネークはメリルの瞳を見た。

泣いてはいないが、かすかに潤んでいるのがわかる。

「あなたに無駄死にしてほしくないの」

メリルがスネークの手に自分の手を重ねた。

「スネーク、あなたがやろうとしているのは、任務ではないわ」

「そうだ。これは正義ではない。私的な殺しだ」

とはいえ——自分は正義のために戦ったことなどあるのだろうか、とスネークは自嘲する。アウターヘブンのあと、スネークは正義というものから距離を置くようにした。正義とは、つまり誰かにとっての正義でしかなく、それが世界をより良いものへと変えたことなど、これまでの歴史では一度だってなかったのだ。

リキッドもスネークも「愛国者達」によって生み出された。世界そのものであるシステムの意思に。ならばこれは、私的であると同時に、世界的な戦いであるということもできる。「世界」と「私」を区別するには、スネークの生まれた状況は奇怪過ぎたし、その人生で体験したことも異常過ぎた。

メリルは煙草を吹かすスネークを、黙って見つめた。考え方は違えど、この男はまだメリルにとって伝説の英雄だった。若きスネークの活躍を知っているし、それを糧にして今日まで戦い抜くことができたのだ。

つまらないことで、伝説の英雄に死んで欲しくはない、とメリルが言うと、スネークは笑った。

「心配はいらん。老兵は死なず……」

そこまで言ったところで、メリルが涙をこぼした。ただ消え去るのみ、とそのあとを続けることができなかった。つまりはジョークなのだが、まるで笑えないシロモノであることに、スネークは口に出してしまってから気づき、反省する。

「おれは英雄じゃない。英雄であったこともない。殺しの仕事（ウェット・ワーク）を頼まれた、年老いた殺し屋でしかない」

スネークの言葉を聞いたメリルは、目許（めもと）をぬぐって決意の表情になる。その顔からは、先程までの悲しみや戸惑いが、きれいになくなっていた。

「わかったわ。あなたよりも先に私たちが彼らを捕らえる」

メリルはテーブルを立つと、スネークを置いてラットパトロールの面々の方へ歩きはじめる。

「一度は好きになった男だけど、いまのあなたはただの頑固な老人よ」

とメリルの背中が語った。もはやスネークの方を振り向こうともしない。

「現実を見なさい、オールド・スネーク。邪魔はしないで」

スネークが駅を出る頃には、ぼくはすでにマッドナー博士とコンタクトをとることができていた。ナオミが簡単に雷電の損傷状態を話すと、何とかなるだろう、という返事をくれたのだ。

ぼくは博士の教えてくれた場所に向かって、雷電の身体についてわかる人間——ナオミと、そしてサニー——を送り出した。PMCがまったく駐屯していない、非戦闘区域だったから、ぼくはスネークのサポートで手が離せないぼくの代わりに、二人にマッドナー博士とコンタクトをとってもらうことにしたのだ。

雷電の教えてくれたパラダイス・ロスト・アーミーのひとりは、スネークの十数分後に到着した列車で駅に降りた。過去に犯罪歴があったので、現地の警察関係のデータベースに侵入すると、その経歴や顔写真はあっさり入手できた。

ぼくはその画像から起こした顔判定用データを作成し、若きスネークを偽装したマスク——フェイスカムの送ってくる全周視覚ストリーミングに連動させた。フェイスカムはスネークがコートの下に着ているスニーキングスーツや、ドレビンの装甲車と同じように、基本的には周囲の風景をスキャンして、そのパターンを投影するものだ。変装用の顔を描き出すのはあくまでイレギュラーな使い方だ。

だから、フェイスカムはその表面で、まず周囲の風景をスキャンしている。そのデータをカメラ代わりにすれば、スネークの顔がメリルのほうを向いているときでも、フェイスカムを被(かぶ)っているその後頭部は、しっかり後方の空間を見つめている。

このときはソリッド・アイを掛けていなかったので、スネークはその画像を見ることができなかったけれど、フェイスカムからノーマッドに送られてきたストリーミングデータは、ぼくの作った顔判定フィルタにかけられて、スネークの周囲三六〇度にいる人間の顔を判別し、目標の人物がいたら教えてくれるようになっていた。

メリルがスネークの許を立ち去るとすぐ、例の男が後ろを通り過ぎて駅を出て行った。

「スネーク、いまきみの後ろを、レジスタンスが駅出口に向かった」

了解、とスネークは言うと、煙草を消し、霧にむせぶ石畳の街に踏み出した。

「きみの右を遠ざかっている。見つからないでくれよ」

「近距離で背後から忍び寄るのには慣れてるが、尾行は久しぶりだ」

スネークが不吉なことを言う。そういえば、ぼくとスネークのいままでの任務では、尾行しなきゃならないようなことは一回もなかった。

街灯は点(つ)いていたけれど、それは巡回するレイブン・ソードたちのためだ。夜間外出禁止令のために、街路には人っ子ひとりいなかった。

つまり尾行対象と充分な距離をとっても、こちらの姿を見られたら、その時点で終わりだということだ。誰も外にいてはいけないことになっている場所で、自分の後ろに誰かがいたら、それが関係ない人間だと思えるのはよっぽど呑気(のんき)な奴だけだろう。

スネークはかつてザンジバーランドでの任務中に、このような尾行をやらなければならない羽目に陥ったそうだ。ザンジバーに駆り出される前はＣＩＡの非公式身分工作員として気の進まない汚れ仕事をたくさん押しつけられたから、ごく普通の尾行それ自体は多くこなしただろう。アウターヘブンでも似たような状況はあったらしい。

街は霧に覆われていた。スネークはソリッド・アイを装着すると、暗闇と霧とで閉ざされた視界を調整した。これならば、かなり離れても男を捕捉し続けられる。

スネークは呼吸を調節し、南米でやったように周囲のパルスに自分のリズムを同調させた。人間の持つ不自然なノイズが消え去り、気配が環境とシンクロする。

外出禁止令下のこの状況で出歩くのだから、男自身もＰＭＣに見つかってはならない。そこに関してはスネークもあまり積極的な介入はできないだろう。何とかあの男が賢く立ち回ってくれるのを祈るだけだ。

つまり、スネークは尾行対象とＰＭＣの両方に見られないよう尾行せねばならない。その困難はぼくにとって想像を絶するものがある。

まるで「第三の男」だな、とスネークは思った。これで観覧車や地下水道が出てくれば完璧なのだが。

霧の彼方にうっすらと見える男の影は、まるで幽霊のようだ。

男は若かった。まだ二十代だろう。この若さでなければ、世界とシステムに対して反旗を翻す戦いに、その身を投じることは難しい。

いまでこそ、ぼくもこうした立場に置かれているけれど、二十代の頃はアニメとロボット開発、そしてハッキング——というよりクラッキング——に夢中だったから、世界に反抗することなんて考えてもみなかった。ハッキングを、システムに対するレジスタンスだなんてロマンチックに考えていたわけじゃないことは、ぼくが何の疑問も持たずに軍産複合体の最大手で働いていたことからも明らかだ。

ただ楽しかったから。何かから逃げることができたから。それがすべてだ。

大人になってかなりの時間を経てから、ぼくがこうして世界に対する戦いに参加することになったのは、己の宿命に向き合うことを避けてきた過去のツケなのだろう。自分の母親や妹に、そして何より、それらに向き合うことを避けてきた自分に復讐されているのだ。

「オタコン、奴が建物に入る」

とスネークが通信してきた。見ると、そこは古い修道院の通用口で、見張りらしき男がぼくらの尾行対象をチェックしているところだった。とはいっても、その手にはどんなセンサ類も握られてはいないようだ。見張りは男の胸に掛かったドッグタグを見て、中へ通そうとする。

「いまだ！」

とぼくが叫ぶ前に、スネークはすでに物陰から飛び出している。

完全に気配を街にシンクロさせていたスネークは、かなりの距離を接近するまで見張りにまったく気づかれなかった。剝いだコートをあっさり街路に捨てると、見張りが中に入り、扉を後ろ手に閉めようとした瞬間、スニーキングブーツの爪先をドアに差し入れて、見張りが事態に気づいたときには修道院のなかに飛びこんでいる。

スネークは尾行していた男を羽交い絞めにして、首筋にナイフを押し当てた。

「誰だ？」

と見張りが叫ぶ。通用口のなかには、見張りを含めて三人の警戒要員が配置されていた。全員が素早くサブマシンガンを突きつけるが、仲間を人質にとられてどうすることもできない。

「ビッグママに会いに来た」

スネークは壁を背に、ゆっくり奥へ移動しながら言った。一瞬、三人は互いに視線を送り、

「こいつが例の？」

喉許(のどもと)にナイフを突きつけられた男は、緊張に顔を歪(ゆが)ませながらも落ち着いた様子で、

「この男、まったく気配がなかった。こいつだよ」

しかし、三人は到底納得できなかった。いま目の前にいるこの男は確かに、決して無能ではないはずの仲間に、まったく悟られぬままここまで辿(たど)り着いたが、ナイフを首筋に突きつけながら、同時に咳(せ)きこんでいる。

その集中力は咳によっても決して破られることはなさそうだが、どう見ても咳をするその顔は老人だった。いや、こんな老人ではないはずだ、と判断した見張りが攻めに出てき

た。

スネークは捕虜の脚を払うと、その身体を突撃してきた男にぶつける。残りの二人も素早く反応し、銃を構えようとしたものの、これだけ距離が接近していては明らかにナイフやCQCのほうにアドバンテージがあった。

まったく、若者はすぐ銃に頼ろうとするな、とスネークは呆(あき)れるけれど、ザ・ボスとビッグボスが編み出したCQCを、CIAにハッキングして見つけ出してきたのはこのぼくだ。

つまりスネークもつい最近まで銃に頼る兵士だったわけで、本人は「刃物は好きじゃない」なんて言っていた。無論、兵士として当たり前に一般的な近接格闘術は修得していたけれど、それを使うことはあまりなかったようだ。だからCQCのメソッドを見つけて以来というもの、ぼくはその練習台にされて色々とひどい目にあったのだから、これくらいバラしてもバチは当たらないだろう。最近習得したものとはいえ、スネークはビッグボスの遺伝子を受け継ぐ戦士だから、あっというまに三人と捕虜を沈めてしまった。

物音に気がついた構内の人間が、銃を手に駆け寄ってくる。たちまち、さっきとは比較にならない数の銃口がスネークに向けられた。

「見事なCQCね、スネーク……」

女性の声が、銃を構える若者たちの背後から聴こえた。すると、モーゼが別(わか)った紅海のように、若者たちがさっと左右に開き、その背後にある空間、礼拝堂のなかをスネークに見えるようにする。

ブロンドの女性だった。こちらに背中を向けて、祭壇の前にひざまずき祈りを捧げている。

「間違いないわ、彼が伝説の男よ」

レザーのジャケットに、レザーのブーツ。彼女は立ち上がると、天井に描かれた使徒たち天使たちに見おろされるなか、ゆっくりとスネークの方へ向き直った。それが合図になったかのように、若者たちが銃を下ろす。

女性は老いていた。少なくとも、スネークの肉体と同じくらいには。しかし立ち上がる身のこなしは優雅そのもので、腰が、背骨が、膝が描く軌跡には少しも淀んだところがなかった。こちらに向けられたその顔は、かつての美貌を想像させるに充分な輝きをいまだ放っている。少なくともその瞳に宿る光は、二十代の頃と変わっていないに違いない。

「私がママ。ビッグママよ」

彼女がスネークへと歩み寄ってきた。スネークの方も礼拝堂に入り、彼女の許へ歩いてゆく。

「あんたに用がある。雷電から聞いた」

ビッグママはスネークを頭から爪先まで見渡し、

「デイビッド……大きくなったわね」

そう言われて、スネークは息を呑んだ。その名前を知る者は多くない。ぼくの他には、無数にいるスネークの育ての親のごく一部、それに米政府の最高機密閲覧資格（セキュリティ・クリアランス）を持つ人間だけだ。スネークはこれまでずっとスネークとして生きてきた。

「ヒトの肋骨（ろっこつ）から生まれたのは私（イブ）ではなく、あなた――でも、あなたを産んだのは私」

ビッグママは革の手袋をした指で、自分の腹部をやさしく撫（な）でている。そこでスネークは気がついた。ビッグママの瞳が、かすかに濡（ぬ）れている。自分の腹を見ていたその瞳が、不意にスネークへと据えられて、

「私はあなたの母親」

母親。おれの。

スネークは言葉を失った。何か口にしようとするものの、言うべき言葉がみつからない。そもそも、スネークは母親のことなどほとんど考えたことがなかったのだ。これまでずっと、スネークにとっての呪縛（じゅばく）はビッグボス、すなわち「親父」だった。

しかし、自分を産んでくれた女性が、この世のどこかに存在するというのは予想されて当然だ。子宮なしで子供をつくることは不可能だった。クローンや遺伝子操作はできても、その胚（はい）は、女性の胎内で育てられなければならないのだ。

「『恐るべき子供たち』――クローンだって試験管で育つわけじゃない。生まれるには女の体が必要だわ」

「つまり代理母（サロゲートマザー）？」

ビッグママは皮肉と哀しみ、そして自嘲（じちょう）が混ざりあった複雑な笑みを浮かべ、

「冷たい言い方ね」

天井から、天使たちがふたりを見つめていた。ヒトを、ヒトの子を生み出すという神の仕事の不届きな模倣に手を貸した、ひとりの女性と、その被造物を。シャドー・モセスで、アラスカインディアンの血を引くフォックスハウンド隊員が、その死の際にスネークへとこう告げた――お前は、自然が作り出した蛇ではない、と。

「私はあなたたちを産んだ……『愛国者達』のために」

この女性の子宮から、スネークや、リキッドや、それにまつわるすべての禍が生み出されたのだ。ビッグボスの遺体は確かにパンドラの箱なのかもしれない。しかし、この女性がすべてのはじまりだとしたら、彼女もかつてはパンドラの箱だったのだ。では、箱のなかに最後に残されたはずの「希望」はどこにあるのだろう。

恐らく、この女性自身がその希望なのだ、とぼくは思った。

ビッグママは別の部屋にスネークを招いた。

「ついてきて。詳しく話すわ」

3

原初(はじめ)に零(ゼロ)ありき。

ビッグママはそこから話をはじめた。まず、最初にいたのはゼロという男だ、と。

エヴァ。それがかつてビッグママが名乗っていた名前だった。

それは数ある偽名のひとつに過ぎなかったけれど、彼女はほとんどの時間をその名前で過ごした。

そう、エヴァは名前を幾つも持つスパイ。「賢者達」と呼ばれた米中露三大国の有力者たち十二人から構成される、大戦前から存在した秘密会議「賢人会議」の工作員養成所で、スパイとなるべく育てられたのだ。

エヴァがビッグボスにはじめて出会ったのは、スネークイーター作戦と呼ばれる、アメリカの極秘作戦にソ連側の協力者として参加したときだった。ビッグママ――エヴァは、ＫＧＢのエージェントとしてビッグボスをサポートした。

しかし、勿論(もちろん)エヴァはＫＧＢの工作員ではなかった。彼女は大戦後分裂した「賢者達」の中国側エージェントとして、ヴォルギンの父が盗んだ「賢者達」の隠し資金「賢者の遺産」の在り処を探るために、KGBを装ってスネークに協力するふりをしていたのだ。

しかし、結果的にエヴァの工作は失敗だった。

ビッグボスから去り際に盗んだマイクロフィルム。ザ・ボスが亡命を偽装してまでヴォルギンの懐に潜りこみ、命を懸けて手に入れたそのちっぽけなプラスチックのかけら。ザ・ボスからビッグボスに託されたそれを手に入れるのが、エヴァに課せられた使命だった。

しかし、それすらも実はダミーだったのだ。偽物をつかまされたことを知った中国側の処分を恐れ、エヴァはベトナム戦争で混沌の真っ只中にあったハノイに逃げ延びた。

では、「賢者の遺産」を手に入れたのは誰だったのだろうか。

それは実験的特殊作戦部隊FOXを創設し、スネークイーター作戦に投入した男。

元SASにしてザ・ボスの戦友でもあった男。

ゼロ、男はそう呼ばれていた。ビッグボスが会ったとき、ゼロの階級は少佐だった。トム少佐、デイヴィッド・オゥ、様々な呼び名をこの男も持っていたが、ビッグママがエヴァであったように、この男もまた、それを知る人の多くに「ゼロ」と呼ばれた。

そして、それは生まれた。

手に入れた莫大な資金をもとに、伝説の英雄ザ・ボスの遺志を継ぐ新たな組織を、ゼロは築きあげた。当初の設立メンバーはゼロのほかに、ミスター・シギントと呼ばれていた男、パラメディックのコードネームでFOXの医療を担当していた女性、そしてビッグボスその人――つまりFOX部隊の中核メンバー四人と、GRUのヴォルギン大佐のもとに潜伏し、ゼロを支援してきた若者、オセロット。

組織は「愛国者達（ザ・パトリオッツ）」と名づけられた。

エヴァはハノイで危なかったところをオセロットに助けられた縁で、「愛国者達」に参加した。エヴァが教えられた組織の目的。それは、西と東、アメリカとソ連、資本主義と共産主義、ふたつに分割された世界を統合すること。世界の人々の思想、意識を統一化し、結束したひとつの世界像を皆と分かち合うことだった。

「愛国者達」はそれこそがザ・ボスの願っていた世界だと信じた。兵士の誰ひとり、うつろいゆく時代に翻弄（ほんろう）されることなく、無駄に命を散らしていくことのない、そんな理想郷だと信じた。ザ・ボスの願いを皆が共有していた。

あのまっすぐな、しかし哀しい瞳が見ていたはずの、理想の世界を。

そして、ザ・ボスがそのような偉大なる殉教者であったがゆえに、ゼロは組織を牽引（けんいん）するためにはザ・ボスに代わる「聖像（イコン）」が必要だと考えたのだ。

ビッグボスはそのイコンに祀（まつ）りあげられた。多くの伝説が生み出され、原型を留（とど）めぬほど歪（ゆが）められてから不自然に整えられ、ビッグボスの伝説のリストに次々と加えられていった。偉大なる傭兵（ようへい）。戦後という時代が生み出した最高の戦士。

しかしビッグボスは、そんな紛（まが）い物の伝説を押しつけられて、ザ・ボスに恥じないでいられるような、面の皮の厚い人間ではなかった。ビッグボスとゼロのあいだに走った小さな亀裂が、手がつけられなくなるほど深く冷たいものになるまで、そう時間はかからなかった。

ビッグボスがゼロの許を離れたのは、ゼロが支配欲にとり憑かれていったからだった。それは、権力や金を求めての支配欲ではない。おそらく、どうすれば世界の人々をただひとつの夢に接続することができるのか、それを純粋に、グロテスクなまでに突きつめた結果、全方位的管理統制、環境演出型権力というパラノイアに行き着いてしまったのだ。

ビッグボスはそんなゼロを見て、ザ・ボスの想いが単なる規範化してゆくのに耐えられなかったに違いない。

ビッグボスの心が離れていくことに気がついたゼロは、ビッグボスにも秘密である計画を開始した。計画の推進者はクラーク博士。かつてパラメディックと呼ばれていた女性だ。

ビッグボスはすでに、若い時分に被曝して生殖能力を失っていた。ゼロが望んだのはもうひとりのビッグボス。それを成し遂げるためには、通常の生殖によらない生命の創造が必要だった。

それが「恐るべき子供たち」計画——最強の戦士、ビッグボスのクローンの創造だった。体細胞から生み出した紛い物のいのちは、博士の助手だった日本人女性の卵子へ奇跡的に受精した。その卵子を胎に収め、誕生のその日まで自分の体で育み、護ること。エヴァはその役割を志願した。

ビッグボスを出産する。それが、彼女の喜びだったのだ。

しかし、この計画こそがゼロとビッグボスを別(わか)つ、決定的な出来事となった。ソリッドとリキッド、ふたりの「自分」が生み出されたことを知ったビッグボスは、アメリカを離れ、数年の彷徨(ほうこう)の末に、南アフリカで傭兵派遣会社「アウターヘブン」を立ち上げた。

それは、ビッグボスからゼロへの宣戦布告だった。

ザ・ボスの「喜び(ジョイ)」を、おぞましい「規範(ドグマ)」へと歪めてしまった者たちへの。

ひとつの願い、ふたつの解釈。

それがすべての元凶だった。一方は秩序と統制をその最終地点と思いこみ、すべて、何もかもを管理(コントロール)するという妄想にとり憑かれていった。幾度とない戦争を経て資金を増やし、その発言力はホワイトハウスの意思決定にも影響を及ぼすまでに膨れあがった。システムという外部が、人間の内側を統制できるものと信じて。

そしてまた一方は、その際限なく暴走するコントロールへの強迫観念が、最初に自分たちを結びつけた祈りからは、遠く隔たったものだと怒り、世界を覆いつくさんとするコントロールへの戦いを開始した。

これは、冷戦の終わりに勃発(ぼっぱつ)したもうひとつの冷戦だった。

誰にもその全貌(ぜんぼう)を知られることがなく、誰にもその真の意味を理解すること叶(かな)わない。

すべての戦争、紛争、事件の意味を、少しずつずらしたときにだけ辛うじて見えるかもしれない、そんな位相の異なる世界。

ビッグボスの戦いは、皮肉にも自分の息子によって打ち砕かれてしまう。ビッグボスの遺伝子を受け継ぐ男――ソリッド・スネークに倒されたビッグボスは、そのぼろぼろになった身体をゼロの手によって回収された。かつて自分たちのイコンだった男、そして何よりもかけがえのない友人だった男。ゼロの目の前に横たわっていたのは、かつて自分が信じていたもの、そして結局は自分を裏切ったもの、そのふたつの象徴だった。

ゼロは「愛国者達」を次の世代に託すことを放棄した。

G.W、TJ、AL、TR。それがゼロの妄想を完成させる、最後の柱だ。簡潔にアルファベット二文字で呼ばれたそれらAIは、中枢となるメインAIの「ジョン・ドウ」によって調整され、管理され、統制されている。プラントにおけるスネークたちの活動の結果、G.Wは破壊されてしまったが、残り三基のAIと中枢のJDは、日々「愛国者達」にとっての、そうあるべき明日の世界を記述しつづけている。

エヴァとオセロットは、ゼロの手中に収まったビッグボスを解放すべく、行動を開始した。ナノマシン研究の権威だったナオミ・ハンターを仲間に引き入れ、強化外骨格の被験者として無残な生を続けていたフランク・イェーガーの解放に手を貸したのだ。それが結果的に、強化外骨格プロジェクトを統括していたクラーク博士――パラメディックを始末することになると確信して。そして、彼らの望みは果たされた。

オセロットはフォックスハウンドに入隊し、もうひとりのスネーク、リキッドに近づくともに、シャドー・モセス事件では彼らの反乱に参加した。その状況を利用し、メタルギアREX開発の中心人物にして国防高等研究計画局（DARPA）のボス、ドナルド・アンダーソンを殺害した。そう、この男こそかつてミスター・シギントと呼ばれていた人物だったからだ。

リキッドが自分の部隊を率いて反乱を起こし、政府に向けてビッグボスの遺体を要求したのは、ともにビッグボスの遺伝子をもつ同胞——次世代特殊部隊——の遺伝病を何とかするためだった。

それは勿論（もちろん）、オセロットが吹きこんだ嘘だ。オセロットの目的は、極秘演習中のシャドー・モセスを占拠することで、訪れていたドナルド・アンダーソンを暗殺し、あわよくばビッグボスの身体を取り戻すことにあったのだ。

しかし、それがきっかけでオセロットとエヴァの共闘関係は終わりを告げる。

シャドー・モセスで右腕を切断されたオセロットは、リキッドの腕を移植されたことが原因で、他ならぬその腕の持ち主に意識を乗っ取られてしまったからだ。ついにひとりになったかとエヴァが絶望しかけたとき、「G.W」のデータを持った雷電が目の前に現れて、状況は新たな段階を迎えることになった。

そこには、ビッグボスの居場所を記載したデータが含まれていたからだ。

修道院の正面から出ると、そこは広場になっている。

雨が降っていたようだ——ビッグママが自らの人生の「物語」を語っていたそのあいだ

に。教会前は広場のようになっていて、その濡れた石畳が雨の匂いを残し、月明かりに照らされてぎらぎらしていた。

霧はなくなっていた。夜空に雲はまばらだ。

ビッグママはスネークをあるバンの後ろへと導いた。まったく同じ車種の黒いバンが三台、所々にまだ雨の雫をまとったまま停まっている。

まるで霊柩車だ、とスネークは思った。

「これがＰＹＸ、聖櫃よ」

ビッグママは真ん中のバンへ歩み寄ると、その後部扉をゆっくりと開いた。

そこにあった姿を見てスネークが感じたのは、怒りでも、ましてや憎しみでもなかった。哀れみ。ただ、このようになってまでもまだ「生きている」ことにされている男への、絶望に似た悲しみだった。

「彼の意識はナノマシンによって生きながら幽閉されている。だから、正確には脳死状態じゃないの」

スネークにはどちらでもよかった。

黒い半透明の密封シートは、死体袋にしか見えない。なかに横たわる男は、その四肢を完全に失って、胸像のようになっていた。

左の眼が潰れているのはわかった。この隻眼、この面影はあの男に間違いないだろう。

ザンジバーでスネークが焼いたはずの皮膚は、つなぎ合わされたり足されたりして綻びは消されている。しかし、その頬は完全に肉が削げ落ちて、脂の抜け切った唇に歯茎のディテールが浮かんでいる。骸骨に皮膚だけを無理やり貼りつけたら、恐らくこんな感じになるだろう。

そんな骸骨と皮膚を、車に詰めこまれた機器が総動員で「生きている」人間に仕立てあげている。律儀な医療機器群は自力で呼吸することの叶わぬこの男に、規則正しい、ただ生かすためだけの呼吸を与えてやっていた。

「……ゼロはなぜ、ビッグボスを生かしておいたんだ」

スネークはそうつぶやいた。これほどの手間をかけてまで、裏切り者として、大願の成就を阻む敵として、さんざん憎んできたはずのこの肉体に、なぜゼロという男は執着したのだろうか。

「人は伝説が好き」

ビッグママは悲しげな笑みを浮かべた。ビッグボスの向こう、どこか存在しない風景を見つめながら。

「死のない生――ゼロは救世主を創りたかったのね」

そう言って、ビッグママはバンの扉を閉じた。

ビッグボスの肉体が再び、自らの呼吸器の内側に閉じこめられる。

自分でカタをつけることを余儀なくされた自分は、この男よりまだ幸福なのかもしれない。そんなことを考えながら、スネークはビッグママと礼拝堂に戻った。

その頃、ノーマッドではナオミが姿を消していた。

4

祭壇の前で、スネークはいま知りえた多くの物語を、自分のなかに焼きつけようとした。十字架に掛けられたキリストの像が、祭壇からスネークとビッグママを見おろしている。頭に被せられた荊の冠に突き刺され、額から血を流しながら。

自分は、要するにあのキリストの像なのだ。信者たちをひとつにまとめる、強力なシンボル。しかし、当たり前だがそれは、人間たちの罪を一身に背負って死んだイエス・キリストそのものではない。ひとりの男の妄執が生み出した、生きた聖像。

しかし、ビッグママが戦ってきたのは、その信仰のためではない。

「あんたはビッグボスのために戦っていた。では、オセロットは何のためにあんたと組んだんだ。奴は、何のために戦っていたんだ」

「同じよ。ビッグボス。オセロットは国防総省でもロシアでも、ましてゼロでもない、ビッグボスのために戦っていた。彼はビッグボスを尊崇していたの」

そう考えると、シャドー・モセスのとき、オセロットは恐ろしく複雑な立場を演じていたことになる。フォックスハウンドとしてその反乱に参加しつつ、密かに「愛国者達」のスパイとして暗躍しながら、その真の目的は「愛国者達」を出し抜いて、創設者のひとりであるシギントを葬り、ビッグボスの遺体を取り戻そうとしていたわけだ。

しかしその体もいまや、リキッドによって奪われてしまっている。

「自分のエゴのために人の精神を操るゼロの罪を、リキッドが受け継ぐことは許されない」

ビッグママが語った刹那、正面扉が開いた。

スネークとビッグママは、反射的にそちらを振り返る。目深に帽子を被った、探偵映画気取りの男がひとり、コートに身を包んで立っていた。レジスタンスたちは一斉に銃口を向け、いつでも蜂の巣にできる準備をする。

しかし、とスネークは嫌な感じがした。

あの男は何かがおかしい。とくに、その体形が。

と、コートがはらりとはだけて、男だと思っていたもののシルエットが崩れ去る。

「うわっ！」

とレジスタンスが驚きの声をあげた。無理もない。人間だとばかり思っていたものは、実は小型偵察ロボットが三体肩車してコートをまとい、いわば三人羽織をしていたようなものだったからだ。

ボーリングの球に、細くて長い人間の腕を三本くっつけたような黒い塊は、瞬時に三人羽織を解くと、礼拝堂の床や壁に散開する。

「貸しなさい」

とビッグママは言い、若者の一人から銃を取ると、器用に壁を登りはじめた一体を即座に撃ちぬいた。銃を水平に倒したまま、流れるように撃つ。馬賊撃ちだ、とスネークは思った。神経に障るすばしっこさで残りの二体も動き回っていたが、最初の一体が倒されてから数秒以内に、ビッグママの正確すぎる射撃に仕留められている。

若者が唇を噛んで悔しそうな様子で、

「フンコロガシ、あいつらの無人偵察機だ」

「見つかったわ。移動しましょう」

ビッグママはあっさりと感情をこめずに言った。こうした状況は慣れているのだろうし、部下を動揺させない立ち居振る舞い、ということもあるのだろう。大したものだな、とスネークは感心した。母だと名乗るこの女性に、こうも多くの若者がついていくのも解る。

ぼくは衛星画像や、無線通信の密度をスキャンする。修道院に向かって、PMCが全速力で集まってきていた。月光も何台か含まれている。突入まで五分もない、とぼくはスネークに連絡した。

ビッグママは修道院から出ると、車のほうに向かった。すでにレジスタンスたちが逃走手段の準備をはじめている。ビッグママはさっきの黒いバンの一台に近づき、準備はどう、と運転席の若者に訊ねる。

何とか、と若者が答えると、ビッグママは声をひそめ、

「運河からのルートで本物を逃がす。準備を急いで」

「はい」

月光の咆哮が、雨あがりの空に響き渡り、皆が一瞬、煌々と輝く月夜を見あげた。外出禁止令で、兵士以外は人影のないこの古都を覆いつくす、人工の獣の叫び。さて、いよいよまずいことになってきたようだ、とスネークは思った。無性に煙草が吸いたい。

「スネーク、こっちよ」

ビッグママに呼ばれて、スネークは修道院の車庫に停めてあるバイクの列へと向かった。すでに何台かは若者たちが乗り、エンジンを吹かして暖気に入っている。

「囮のバンを用意して、追っ手に分散させる」

ビッグママはバイクの列を抜けて、さらに車庫の奥に入っていく。そこにはマシンが一台、カバーを掛けられてひっそりと眠っていた。エヴァが覆いをさっと剝ぎとると、そこに付いていた埃が舞い、車庫の窓から差しこむ月明かりに浮かびあがる。

「勝利」。

このT120は最初のボンネヴィルと呼ばれる、一九五九年生まれのボンネヴィルシリーズ第一号だ。その人気には根強いものがあり、二十一世紀に入ったいまでもなお、このT120のパーツをチューニング用に求めるバイク乗りは多い。かつて、オートレースの選手たちはトライアンフ社のエンジンを求めて競った。それが自分たちの能力を最大に引き出してくれるエンジンだと信じていたからだ。

ビッグママらしい年代物(ヴィンテージ)だな、とスネークは思った。美しさと力強さが同居するフォルム。ビッグママはバイクを外に出すと、移動準備に追われるレジスタンスたちの、静かな熱狂を視線で示す。

「あの子たちはみんな、孤児だったの」

とビッグママがつぶやいた。これから戦いに臨む兵士たちを見つめながら。

「彼らはみんな兵器工場で働いて、大きくなるとPMCに入りたがる――両親を殺した別のPMCに復讐(ふくしゅう)するため。その稼ぎで弟や妹も養えるしね。PMCのなかにはそんな少年兵たちが沢山いるわ」

雷電もそうだった、とスネークは思った。人間が行いうる最低の行為だと思っていたものが、まだまだ序の口だったと思えるどん底に、子供時代の雷電は囚(とら)われていたのだ。そしてアメリカに渡って軍に入り、「愛国者達」の偽フォックスハウンドに入隊すると、そこで受けさせられたのは際限ない仮想現実(VR)トレーニングだった。

「電脳に入れば戦争訓練は誰にでもできる。若者に人気のFPSなら、PMCが無料で配信しているから。勿論(もちろん)、仮想訓練だけど――彼らは手軽にゲームにのめりこんでいく」

人材を集めるためには、まず文化の地ならしが必要なのだ。戦争の世界へ躊躇(ちゅうちょ)なく飛びこんでくれる子供たちを育てること。そうした文化を「育(はぐく)む」こと。それこそがPMC業界の将来を担う人材の確保につながる。

「気がつくと彼らは、PMCで本物の銃を握っている――そして自分たちの人生とは何もが生きることだと」

関係ない代理戦争を演じている。戦い続けることがクールだと思いこんでいる。戦うこと

そこでビッグママはスネークを見つめ、

「戦う意味など、不要なのさ。彼らの心にはゲームでしかない」

戦争経済だ。スネークは嫌悪に顔を歪める。昔の戦争は金儲けではなかった、などと言う気はない。王や諸侯が国境を越えるとき、それはいつだって金のためだった。スネークが嫌悪するのは、その言葉が血の海や、異臭を放つ腐乱した肉を、きれいに覆い隠していることだ。経済と言いながら、その内実は昔ながらの戦争でしかないというのに。

子供たちは目隠しされているのだ――戦争がもたらす吐き気を催す現実を。そして浄化された戦場というイメージがひとり歩きして、「全人類が代理戦争に加担する」ための下地を整えていく。

「すべての根源はゼロよ」

ビッグママが低く、力強い声で言い、

「リキッドを倒すだけでは駄目なの。『愛国者達』のシステムを止めなければ、この連鎖は終わらない」

ビッグママはペダルを踏みこんだ。途端にヴィンテージバイクのエンジンが唸りをあげ、騒音と振動をたてはじめる。

気味の悪い影が混じる月光の唸りとは違う、いかにもマシンらしい無骨で心強い響き。

ビッグママに指示されて、スネークは後ろにまたがった。ビッグママに視線をやると、アイドリングの唸りに恍惚(こうこつ)となっているようだ。ビッグママはエロティックな吐息を漏らし、

「そこらじゅうで戦争をしているおかげで、石油もバイオ燃料もダイヤモンドみたいに貴重でね――しばらく乗ってないのよ」

「大丈夫か」

ビッグママはふっと笑みを浮かべ、

「私がバイクを降りるのは死ぬときか……恋をしたとき」

スネークはビッグママの瞳(ひとみ)の色に気がついた。サウダーデ――失われた何かをいとおしんでいるようだ。あの男の面影を、息子でありクローンであるこの男のなかに見出(みいだ)していたのだろう。

「エヴァ、って呼んで」

そう言うと、エヴァは出発の合図を出し、部下が開いた門から勢いよく飛び出した。

隊はバンの数に合わせて三つに分散した。

各黒バンを護衛するようにバイクが併走する。エヴァが先導するバンは、おそらくビッグボスの身体を積んだ「本物」だろう。これを連中に奪われたらすべて終わりだ。

夜間外出禁止令下の街路にはＰＭＣしかいない。だからスピードを気にする必要はまったくなかったけれど、城塞(じょうさい)都市からの長い歴史を持つこの街は、敵の侵入を防ぐために複

雑に入り組んだ街路を作り、それが二十世紀に入ってからは慢性的な交通渋滞の原因になっていた。

大戦でも連合軍に爆撃されることなく、ヒトラーの癇癪で破壊されることもなかったので、その景観は完璧に保存され、道路の厄介さもそのまま現代まで生き残ってしまったのだ。街があまりに入り組みすぎているために、エヴァたちは限界まで加速することはできなかった。

それはそのままPMCにも当てはまった。連中はバイクなど持っていないだろう。この細く曲がりくねった街路網を、装甲車で追いつくのは不可能だ。

と、空気を切るような音がして、空を何かが飛んでいった。

「スライダーだ！」

ぼくは叫んだ。中東の戦場で見た鳥もどき。翼をなめらかにしならせて大鴉のように旋回すると、真正面からスネークたちに急降下してくる。

「スネーク、お願い！」

エヴァが怒鳴って寄越す。言われるまでもなくスネークはサブマシンガンを取り出し、フルオートで弾丸を放ちはじめた。しかし、スライダーは前方から見るとひどく薄っぺらで、狙いをつけるのが難しい。

「くそっ！」

スネークは舌打ちする。スライダーが機銃を起動させた。頭のない鳥の中央近くについている。翼と違って、そこは滑空用に稼動しないからだ。

「つかまって！」

エヴァは叫んで、方向を変えずに軸線をそのまま平行にずらしたかのような、信じられない挙動をやってのける。傍らを着弾が通り過ぎていった。後方のバンとバイクも器用に回避したけれど、スネークと同じく攻撃の決め手に欠けているようだ。

「曲がるわよ！」

エヴァは地面にキックをいれて、胸の悪くなるようなターンを決めた。

後ろの連中は何とかついてきているようだが、これにつき合わされるのはたまったものではないな、とスネークは若者たちに同情する。

エヴァが入ったのは、かなり大きな通りだった。警備中のＰＭＣもそこそこ立っており、こちらに気づくや否や手にした小銃を撃ちこんでくる。とはいえ、眼前を高速で通り過ぎる目標に対し、有効弾はほとんどなかった。

甲高い鳴き声。スネークが振り返ると、いま曲がった通りからスライダーが飛び出してきた。下のＰＭＣ兵を慮るそぶりも見せず、同士討ち上等で機銃を撃ちこんでくる。

スネークが見ていると、スライダーの流れ弾を喰らって、ＰＭＣの兵士が何人かやられたようだ。敵味方構わず撃ってくる。ここまでくると冗談としか思えない。

「スネーク、前！」

今度は何だ、と前方に向き直ると、もう一機のスライダーが急速に接近してきていた。

「どうする！」

「突っ切るしかないわ。幸運を祈って！」

「あそこに合流するわき道がある！　あそこをターンできないか？」

「あの合流は逆向きよ！　どう考えてもこの道と、三〇度以上でくっついているとは思えないわね」

それではほとんどUターンだ。このスピードを保ったまま曲がりきるのは、いくらさっきの機動をやってのけたエヴァも、そして何よりついて来ている連中にも、とてもじゃないが不可能だ。エヴァに言われたとおり、交差するスライダーの下をまた潜るしかない。

と、合流から一台の装甲車が飛び出してきた。外部スピーカーが陽気な声を張りあげる。

「スネーク！　要るか？」

「ドレビン！」

スネークはドレビンの装甲車を見た。ドレビンがここにいるのも信じられないが、さらに目を疑ったのは、リトルグレイが屋根に出てRPG7を抱えているという、何かがひどく間違った光景だった。装甲車はややスピードを落とし、エヴァのバイクに接近してゆく。

「商談成立か？　オールド・スネーク！」

頼む、とスネークが声を張りあげると、装甲車はバイクの脇にくっつくようにして併走する。その屋根からリトルグレイがテナガザルの長い手を伸ばし、無反動ロケット砲を渡してくれた。

「スネーク、来るわ！」

スネークはバイクの後ろで立ち上がって、ＲＰＧ７を肩に構え、前方から接近するスライダーに狙いをつける。

「こいつはオプションだ！　値段に入ってるから気にすんな！」

とドレビンの声。見ると、リトルグレイが装甲車のうえで銃座にくくりつけた同じＲＰＧ７を構え、後方のスライダーに狙いをつけている。

「なんだかよく分からないけれど、あんたたち、すごい変よ！」

エヴァが笑った。スネークには笑っている余裕はなかったが、猿と蛇が共闘することに、ひどく釈然としないものを感じている。

「撃つぞ！」

猿と蛇はほぼ同時にロケット砲を発射した。

炸薬(さくやく)をたっぷり詰めこんだロケット推進擲弾(プロペラント・グレネード)は、発射がそうであったように命中も一緒だった。疾走する一団の前後、東欧の夜空にオレンジ色の炎がふたつ、ぱあっと広がって街を照らし出す。

「じゃあな、スネーク！　またよろしく頼むぜ！」

ドレビンは嬉(うれ)しそうに言って脇道にターンし、スネークたち逃走集団から離脱する。オクトカムを起動したのか、一瞬で見えなくなっていた。

「変な人ね。誰なの？」

「武器洗浄屋だ。なぜかおれのことが好きらしい」

スネークが答えた瞬間、あの鳴き声が聴こえた。まだ終わっていなかったか、と身構えた刹那、霰のようにグレネード弾が降ってくる。

まるで絨毯爆撃だ。倒された二機のスライダーはどうやら囮だったらしい。スネークとリトルグレイが成り行きでコンビネーションを組んでいるあいだ、もう一機のスライダーが、そっと接近していたのだ。

爆発の勢いで、バンが横転する。吹き飛ばされたバンがエヴァとスネークのほうへ飛んできた。潰される、とエヴァは瞬時にハンドルを大きく切った。

バイクは横転し、スネークとエヴァは弾き飛ばされた。スライダーのグレネードが破壊した、建物の壁の残骸にふたりして突っこむ。バンは二人の脇を掠めると、別の民家に激突して止まった。

スネークは全身をしたたかに打ちつけたものの、その衝撃の大半はスニーキングスーツが吸収してくれたようだ。激しく咳きこみながらも立ち上がると、傍らのエヴァの様子を見る。着ていたレザーのジャケットの下は、ひどく薄着だった。あれが衝撃を受け止めてくれるとは思えない。

エヴァの顔はぞっとするほど青くなっていた。

嫌な感じの汗の玉が、髪の隙間から零れ落ちて、エヴァの額を伝ってゆく。手は脇腹を押さえていた。まるで、自分の身体から漏れ出てゆく命を、何とか抑えこもうとしているかのように。グレネードの破片か、爆破された路面の飛礫か、それとも別の何かか。とにかくそれが、エヴァの致命的な場所を貫いたのだ。

「あの子たちは？」

スネークは街路を見渡した。バンに伴走していたバイク隊は全滅したようだ。ある者は頭蓋骨が陥没し、ある者は全身の骨を砕き、ある者はグレネードの破片を全身に浴びて、そんな若者たちの身体が乾きはじめた街路に横たわっている。

スネークは横倒しになったバンまで歩いていった。衝撃で開いた後部扉のなかは、からっぽだ。エヴァが率いていたのは囮だったのだ。エヴァのしたたかさにスネークは感じ入りながら運転席へ向かう。ぐったりと動かないドライバーと助手席の若者それぞれを確認するが、すでに事切れていた。スネークはエヴァに首を振ってみせた。

「ああ――ごめんね……」

エヴァは目蓋を閉じる。若者たちを失ったのが、相当にこたえたようだ。スネークはエヴァの許に戻り、

「囮だったんだな。さすがだ」

「ええ、私たちの車と一緒に出た三台の車は全部囮。本物は河川を使って下流に向かっている。聖櫃は無事よ」

「エヴァ、大丈夫か」

スネークはエヴァの脇腹を見た。傷を押さえつける手袋が自分の血液でぐっしょりと濡

れている。どこかで鳥が鳴いていた。朝が近いのだ——いや、死神の斥候としてやってきたのか。

「ビッグママ、立てるか？」

そう訊ねるとビッグママは、スネーク、とうわ言のようにつぶやいた。いまにも消え入りそうなほどか細い声で。スネークは彼女の顔を見る。うつろな視線がふらふらと定まらない。

「エヴァ！　しっかりしろ！」

「……あなた、なの」

エヴァが囁いた。朦朧とするなかでエヴァが見ていたのは、眼前のスネークそのものではなかった。それは、同じくスネークのコードネームを持っていた男。かつて、ソ連の森林でやはり脇腹に深い傷を負ったとき、助けてくれたひとりの男の面影だった。

わたしがかつて愛した男。その瞳に映るのが、強く、まっすぐな、あの偉大なる女だけだと知りつつ、それでも惹かれずにはいられなかった、あの男。

だから私は孕んだ、あなたの子を。あなた自身を。それはあなたが愛したあのひとにもできなかったこと。そう、わたしは嫉妬していたのかもしれない。好きとか嫌いとか、そうした次元を超越した関係であなたと結ばれていた、あのひとに。

スネーク、私は間違っていたのかしら。あなたの子を身ごもったことを。

「スネーク……」

「エヴァ、あんたが必要だ」

その一言でエヴァは現実に引き戻されたようだ。端から血の跡を引く唇を歪ませ、不敵に微笑んで見せる。

「世話の焼ける男……」

エヴァは脇腹を押さえたまま立ち上がった。指の隙間から雫がこぼれ落ちる。見ていられなくなったスネークはエヴァに肩を貸し、

「どうすればいい」

「……合流地点はこの下の河川沿いよ、クルーザーが待っているわ。陸路も空路も駄目だけど」

そいつは名案だ、とスネークは言って、肩を貸しながらエヴァの足が向かう方へとついていく。そこでふとエヴァが足を止めた。背中で倒れたままになっていたバイクをしばらくのあいだ見つめ、

「もう風はいらない。これで自分を偽ることもない」

そしてスネークの肩を振りほどくと、再び自分の足で、前に向かって歩きはじめた。

「私がバイクを降りるのは、恋をしたときか……ああ」

エヴァは街路の隅にあったマンホールのところへやって来た。エヴァが視線を寄越したので、スネークも理解し、二人で蓋を持ち上げる。

「地下水道は川岸まで続いている。地上よりは追っ手が少ないはずよ」

エヴァとスネークは縦坑のハシゴを降りて行った。

5

ひとまず危機は乗り切ったようだ。

街の中心を横切る河へとつづく地下水道を、スネークとエヴァは進んでいる。傷ついたエヴァのペースに合わせているので歩みは遅い。勿論スネークは周囲を油断なく警戒していたけれど、いまなら話しても大丈夫だろうと判断し、ぼくは通信を繋ぐことにした。

「スネーク、話がある」

「どうした？」

「ナオミが……いないんだ。ノーマッドからいなくなっている」

しばらく間があった。スネークの沈黙のあいだ、ぼくは自分のミスに対する悔しさで歯を食いしばっていた。

「いつからだ？」

「サニーと一緒にマッドナー博士のところから戻ってきた直後」

「なぜ目を離した？」

「眼鏡を……」

ぼくは言葉に詰まった。とても言えない。ナオミに眼鏡を外したほうがいい、と誉められたから、なんて。ぼくは要するに踊らされたのだ。ナオミはぼくの気持ちを利用していたというわけだ。身悶えするような恥ずかしさが、ぼくの全身を激しく苛む。

「……外していたんだ」

「ナオミ自身が言っていた。自分がいなければ実験は成功しないと」

ナオミがいなくなった瞬間から、ぼくもそのことを考えていた。裏切られた悔しさから、有り得る最悪の可能性を思わずにはいられなかったのだ。まるで、ナオミがそれほどまでの悪人であれば、自分の恥が幾らかなりとも軽くなるとでもいうように。

ぼくはそれをほぼ確信していたけれど、あえて疑問形でスネークに訊いた。

「——ナオミはリキッドのところに行ったっていうのかい?」

スネークは答えなかった。ぼくのほうもそう思っていることを知っているのだ。気まずくなった。約十年、一緒にやってきたのだ。お互いのことはほぼ知りつくしている。

雷電は、とスネークが話題を変えたので、彼のことは大丈夫だと説明した。透析機と集中治療ユニットをノーマッドに積みこんで、サニーがつきっきりで人工血液の透析と治療を行っている。

「ただし透析に四十八時間はかかるそうだ。それまでは動かせない」

「待て、オタコン」

とスネークが警戒した。ぼくはソリッド・アイの画像に戻ると、前方に灯りが見えた。

スネークはM4を構え、エヴァの先に立って水路の出口へと前進する。何か、出口のあたりでちらちらと明滅する光が見えた。その手前にあるボートが一隻、揺れる輝きの前でシルエットになっている。あれが聖櫃を持って脱出した「本隊」のクルーザーだろうか。

スネークはさらに歩みを進めた。

ひとりの人影がボートから、スネークたちのいる水路脇の通路へと降り立ち、ポケットから何かを取り出した。スネークはＭ４の狙いをつけて警戒する。人影はライターの火をともすと、取り出したそれに火を点けて口にくわえた。

葉巻だ。

「リキッド……」

そこにいたのはリキッド・オセロットその人だった。

スネークはリキッドのいた船がはっきり見える場所まで前進する。それはビッグママの言っていたクルーザーではなく、軍用の哨戒艇だ。甲板は主要キャスト集合といった有様で、銃を構えるリキッドの直属部隊のほかに、ヴァンプ、そしてナオミの姿がある。

やはり、とぼくもスネークも思った。最悪の予想は見事に当たったけれど、ぼくの恥ずかしさや罪悪感はこれっぽちも軽くならなかった。

リキッドは口に含んだ紫煙を満足気に吐き出して、

「悪くない」

エヴァがおぼつかない足取りで前に進み出て、スネークの肩をつかむ。かつて同志だった男、かつて共にビッグボスを「愛国者達」の手から取り戻し、ゼロを孤立させた男の成れの果て。その顔はよく知っている。しかし、その仕草や振る舞いは、かつて知っていた男のそれではない。

「聖櫃はどこ？」

「もう必要ない」

リキッドが冷酷に言う。エヴァはもうほとんど残されていない力を振り絞り、怒りの声を張りあげた。

「どこなの！」

哨戒艇のキャビンでヴァンプが立ちあがった。吸血鬼は視線を水路の外、河面で明滅する光へと向ける。ふたりはそれが炎であることに、はじめて気がついた。

「あの子たちは……？」

エヴァの手がスネークの肩から離れた。膝は身体を支えることを放棄し、エヴァは重力に引かれるままコンクリートに座りこんでしまう。スネークはM4の銃口をリキッドやヴァンプらに向けたまま、ちらりとエヴァの様子をうかがった。座りこんだ足許から、ぞっとするような量の血が流れ出し、真っ赤なその池が徐々に広がってゆく。

スネークは歯を嚙んだ。沈みゆくクルーザーの炎を顔に受けて、ナオミの頬がちらちらと光に揺れている。

「ナオミ……」

「お前たちの動きはナオミがすべて教えてくれた。おかげでこいつも手に入った――あれほど望んでいたビッグボスをついに、な」

リキッドは相変わらず冷静な口調だった。中東のときのような勝ち誇った様子は少しも見られない。スネークはナオミに視線をやった。罪悪感に耐えられないのか、あるいはそのような芝居なのか、ナオミはスネークから顔をそむける。

「銃を下ろせ、スネーク――もう手遅れだ。惜しかったな」

スニーキングスーツのようなパワーアシストで全身を包んだ、リキッド直属の兵士たちが、甲板上でスネークたちに一歩近づく。スネークはどうにもならず、銃口をリキッドから逸らした。

「やはり、おれの勝ちだな、兄弟」

そこではじめてリキッドの声に喜びのようなものが混じる。リキッドは再び煙を吐き出して、

「親父が好きだった葉巻だ。どうだ、最後に吸うか？」

「ビッグボス気取りか？」

リキッドは煙をスネークの顔面に吹きつける。まるで子供だ。煙を吸いこんだスネークはむせてしまう。お前は正しい、とリキッドはスネークの言葉に応え、嫌でもビッグボスを思い起こさせる葉巻を捨てた。

「おれも今日でこいつとはおさらばだ」

リキッドが葉巻を踏みつけて火を消した瞬間、スネークはリキッドにＭ４の狙いをつけ

る。しかし、引き金が引かれる前にリキッドは銃口の前から身体をひるがえし、瞬時にスネークに接近すると、CQCでM4を奪い取った。

リキッドはM4の弾倉を抜くと、薬室に残っていた弾を強制排莢し、M4を無力化する。リキッドがそのアクションを起こしているあいだに、スネークはルガーを抜こうとするが、それもあっという間に奪われてしまった。スネークはリキッドの肘や膝に様々な急所をきめられて、がくりと床に膝をつく。

「おいおい、CQCならおれのほうが上だ!」

リキッドが笑う。直属兵らが水路へ上陸し、武器を奪われ無力化されたスネークとエヴァの周囲を取り囲んだ。

と、リキッドがスネークの銃を持ち主の額に向ける。

ここまでなのか、とスネークはリキッドの眼を見た。シャドー・モセスで拳を交えてから九年。倒した、と思うや否やリキッドは復活し、スネークに追いすがってきた。搭乗したハインドDが撃墜された後、REXの背中から落下した後、そしてFOXDIEで死んだ後――リキッドは幾度となく復活して、スネークの前に姿を現した。

そんなグロテスクな悪運は、自分には絶対に訪れないだろう。

しかし――リキッドは銃口をスネークの頭から外し、ルガーを遠くに放り投げた。なぜ殺さないのだろう、とスネークは思った。この状況をまだ楽しみたいのだろうか。それとも何か、おれを生かしておかねばならぬ理由があるのだろうか。

「仮にシステムを手に入れたとしても所詮、『愛国者達』のＡＩの一部……軍部を掌握したに過ぎない」

スネークはリキッドを睨みつけながら言った。リキッドは肩をすくめ、

「それが何だ、兄弟――もはやすべてを手に入れるのは時間の問題だ」

リキッドはスネークの胸ぐらをつかんで立ちあがらせると、水路の壁に叩きつけた。スネークは息を詰まらせて煉瓦の壁にだらしなく寄りかかる。兄弟の耳許の壁にリキッドは腕をついてもたれ掛け、何とか呼吸をしようとあえいでいる鼻先に顔を寄せた。互いの息の匂いが感じられる。

「奴らが失ったと信じている『G.W』、あれはいま、わが軍にある」

何だって。

ぼくはモニタの前で大声をあげた。あれは妹の作ったプログラム――ワームが破壊したはずだ。エマはまさに、そのために命を落としたのだ。

「お前たちのワームは『G.W』を細かく切断したに過ぎない」

とリキッドは説明する。ワームがやったのはあくまで「G.W」の構造をばらばらにし、意味を失うまで断片化し、互いに関連のない小さな塵にしただけだ、と。リキッドはそれをかき集め、ある程度修復すると、メインＡＩ「ＪＤ」ネットワークの内部に潜伏させた。

表向きには「愛国者達」の創設者の一員であった男、リボルバー・オセロットの肉体は、リキッドの求める認証をすべてパスしてくれた。リキッドはそうやって、かつてぼくとス

ネークと雷電の三人、そしてエマが破壊したはずのAIを、自分たちのものとして「JD」の情報循環に載せたのだ。

「G.W」はつまり、「JD」のなかに存在する幽霊だ。かつては兄弟のようなものだった、よく似たAIを知らず知らずのうちに体内に取りこんで、「JD」はそれに気がつくことができないのだ。

　リキッドはスネークを壁から引き剝（は）がし、

「おれは『JD』を核攻撃によって破壊し、『愛国者達』のネットワークを手に入れる。そしてすべての統制から解放されたヘイブンを築き上げるのだ！　名も無き男（ジョン・ドウ）を駆逐して、おれははじめて自分の名前をつける！」

「リキッド……愛国者達に成り代わる気か」

　パンチがスネークの腹に深々とめりこんだ。スネークはまるで決定的な一撃を受けたボクサーのように、肺の呼気すべてを吐き出した。

「スネーク、おれたちは『愛国者達』に創られた」

　さらにもう一発、同じ場所に拳が叩きこまれ、

「人間ではない。人間に縁取られた『陰』なのだ」

　完全に力を奪われて、抵抗できなくなっているスネークをリキッドは突き飛ばし、

「おれたちは存在してはいけない異形（いけい）」

　今度は顔面にリキッドのパンチが飛んできた。

「おれたちは次の世代の繁栄を阻害するシステム」

さらにもう一発。しかし、今度は何とかスネークも受け止める。

「造られた理由があるかぎり、おれたちの存在理由は『愛国者達』しかない」

左手をつかまれたリキッドは、反対の手でもう一発パンチを繰り出した。

「おれはもう運命には逆らわない」

スネークはそれも辛うじて受け止める。互いの両手が絡みあい、力比べの様相を呈した。

「ゼロを殺し、ビッグボスを殺し、自分が愛国者になる」

リキッドもしばらくはスネークに拮抗していたが、ふっ、と力を抜いてスネークの気勢を外す。力比べが解れると、リキッドは背を向けて、自らの船に向かって歩き出した。リキッドは歩みを止めず、背中越しにスネークへと語る。

「すべてはゼロとビッグボスからはじまった。生きるのなら、おれは運命を全うする——すべてを無に帰し、そこから生まれ変わるのだ」

そしてリキッドは船まで戻ってくると、スネークを振り返った。スネークは激しい戦いに消耗してどうすることもできず、ただリキッドのサングラスの奥にある瞳をうかがうしかなかった。

「おれたちが生き続けるかぎり、光の時代はない。次の世代にバトンを渡すつもりなら、自ら死を選ぶしかない」

リキッドはまるで、スネークと己自身を共に断罪しているようだった。

老化による疲労と呼吸困難、そしてリキッドの拳によるダメージで、意識が朦朧としているスネークには、リキッドの眼がどんな感情を映しているのか、すでに分からなくなっている。

ボス、とヴァンプがリキッドに何かを知らせるが、リキッドはすでに承知しており、うなずいて応えた。確かに、何かが多く駆けつけてくるような、そんなざわざわとした予感を、スネークも感じていた。

ヴァンプが合図をする。スネークを取り囲んでいた直属兵らが、銃口の狙いをしっかりとつけたまま全員が船に戻っていった。

「さて、スネーク。役者が揃ったようだ。見届けるがいい――我々の勝利を！」

リキッドが飛び乗るや否や、哨戒艇がコンクリートを離れて動き出す。

スネークは水路から河へと遠ざかる哨戒艇の船上を睨んだ。腕を組んで夜空にその身を晒し、河を渡る風にリキッド――というよりもオセロットの――長い銀髪が躍っている。その傍らに立つナオミの眼は、スネークへと据えられていた。ひどく哀しげな瞳だった。

そして、強烈な光が一帯を照らし出す。

完全に河川の真ん中にまでつけたとき、リキッドらは四方八方から光のシャワーに洗われた。上空では米軍のヘリがホバリングし、船に向かってスポットライトを浴びせている。まるで、夜間外出禁止令で暗く沈みこんでいた街が、一瞬にしてライブ会場に変身したかのようだった。

「リキッド、そこまでよ！」

拡声器の声が二本の橋のあいだの空間に響き渡る。

スネークは共鳴の混じったメリルの声に驚いた。声の飛んできた方向を見ると、米軍の哨戒艇が五隻、横一線の陣形で河川を封鎖しながら、リキッドのいる場所へと接近してくる。反対側も同様の戦力が塞いでいた。

リキッドを囲む二本の橋と両岸の道路、その四方向に米軍が殺到した。装甲兵員輸送車やジープ、銃座つきのハンヴィーなどがあっという間に橋の上を埋めつくす。これだけ軍用車輌と武装した兵員が一斉に荷重をかけたら、この美しい古橋は下の河面へ崩れ落ちてしまうのではないかと、スネークは少しばかり心配になった。

「ただちに銃を下ろしてさがりなさい！」

ローターの爆音が複数になった。リキッドが見上げると、よくもまあこれだけ飛ばしてきたものだ、と呆れるような数の米軍機が旋回しており、そのほとんどのデッキにはスタンバイ状態のスナイパーの姿が見える。蝿の群れがリキッドの哨戒艇を中心に飛び回っているような眺めだ。

リキッドは恍惚としていた――まるで、長い下積みの末、ようやく表舞台へ出たアーティストのように。

リキッドの哨戒艇は河の中央を旋回している。現場指揮を司るメリルの哨戒艇は、封鎖線を離れてスネークのいる水路近くの船着場に着けた。スネークはエヴァを担ぐと、制止するエドやジョナサンを振り切って、メリルの船に乗りこんだ。アキバはどうしているかと言えば、船酔いですっかりダウンして、船の縁にぐったりと座りこんでいた。

「全員銃を捨てて、両手を頭の上に！」

メリルがリキッドに降伏を迫る。逃げろ、とスネークは声を絞り出すが、ヘリの爆音と哨戒艇のエンジン、そして周囲の車輛群のアイドリング音にかき消されて、メリルにはまったく届いていない。いや、もしかしたら聴こえていたのだけれど、意図的に無視したという可能性もある。メリルは完全に、制圧作戦の成功を確信していた。

メリルの艇が船着場を離れ、リキッドを逮捕すべく哨戒艇へ接近しはじめる。

一帯を車輛と航空機と船舶、機械の獣たちの唸りが覆いつくしていた。サーチライトのなかに浮かびあがるリキッドの姿は、おそらくヘリのパイロットやスナイパーからは、幾百の猛獣に取り囲まれた、か弱き人間のように見えたに違いない。

リキッドは、すうっ、と息を吸いこんだ。

アーティストが、観客の最も愛する曲を、イントロ無しで厳かに歌い出す瞬間のように。

リキッドが右腕を持ち上げた。その指先はまるで、子供がやるようなピストルの真似だった。リキッドは人差し指と中指でつくった銃身を、上空を征くヘリに向け、

「ばぁん」

リキッドは何をしているのだろう。

メリルたち、いや、注視していた米軍兵の誰ひとりとして、この男が何をしたいのか分からなかった。銀髪の男は老人といっていい年齢だったが、指でかたどった拳銃で、上空のヘリに狙いをつけては撃つ真似をしていく。まるで子供のように。

何かがおかしい、と最初に気がついたのは、いちばんはじめにリキッドに「撃たれた」ヘリのパイロットだった。突然、すべての計器類が光を失い、バイザーに投影されていた一切のナビゲーションが消えた。操縦桿がまったく利かなくなっていることに気がつくまで、そう時間はかからなかった。

そういうわけで、ヘリが次々に制御を失って、秩序だった旋回は突然カオスなパターンに叩きこまれた。それは墜落するヘリコプター一般が描く、ひどく哀しくて滑稽な舞いだ。

「メタルスレイヴ01、コントロールを喪失！　これより墜落する！」

この夜、最初に絶叫した米軍兵はこのパイロットだった。ＳＯＰの戦術リンクに響き渡った叫び声は、続く輪唱のさわりに過ぎず、この場に集結した米軍全員が唖然としているうちに、次なる悲鳴が十重二十重に飛び交いはじめた。

リキッドは橋の上に狙いをつけると、同じように指先を今度は兵士に向けた。

「ばぁん」

うっ、とうめき声をあげて、狙われた兵士が倒れた。隣に立っていた海兵隊員は、いったい仲間の身に何が起きたのか、さっぱりわからなかった。

「撃て！」

メリルが叫ぶ。橋と橋のあいだの空間を取り囲む数十名の兵士たちが、一斉に銃を構え、引き金を引く。

かち、と引き金の引っかかる小さな音。

それが幾十も束ねられ、鉄琴のように金属的な調を東欧の夜に響かせた。

個々の小銃から支援火器、ハンヴィーの屋根で大口をあけている機銃。何十という銃がリキッドに向けられていたけれど、薬室で持ち主の求めるところを果たした撃針は、一本として存在しなかった。

「え……」

メリルは蒼白になって、手のなかのデザートイーグルを見つめた。メカニカルなセーフティがオンになっていないか、反射的にチェックする。物理的な安全装置はきちんと外されていた。

では、これは。

ここに至って、メリルはようやく状況を理解した。

メリルの哨戒艇が減速する。エンジンが停止している。

どこか遠くで、すさまじい爆発音がした。ヘリが墜落したのだ。

「システムはとうに頂いた！」

リキッドの高らかな宣言と同時に、船上の直属兵たちが一斉に発砲を開始する。今度は間違いなく本物の銃、本物の弾だ。他のヘリも次々と重力に引かれ、建物や街路に激突する。その轟音をバックグラウンドに、反撃することを封じられた米軍兵たちが、射的のようにあっさりと鉛弾で薙ぎ払われてゆく。

仲間たちが全身を小銃弾に撃ち抜かれる様を見て、遮蔽物に身を隠そうとする兵士の多くは、そこで世界没落を経験する。抑えこまれ、圧縮されていた感情の澱が、一気に解き放たれた荒れ狂う超過負荷となって神経組織に襲い掛かる。

耳から血が流れ出し、マスクのなかで際限なく嘔吐する。銃声に負けじと訳の分からない声をあげて頭を抱え、狂ったゼンマイ人形のように痙攣する。認識が、意味が、世界が風景が文字が、すべて塵へと砕け去り、さらさらと流れる捉えどころのない砂流と化す。

兵士の多くは車の後ろまでたどり着けず、そこで倒れて痙攣するか、あるいは手摺を越えて河に落ちるか、弾丸に背中を抉られて肺や脊椎をぐちゃぐちゃにされるかする。

リキッドが左右四本の指を使って、今度は機関砲の真似をはじめた。

手はじめは左右を塞ぐ哨戒艇。

船に四本の指を向け、どどどどっ、とリキッドが唇を幼児的に突き出すと、哨戒艇のエンジンが暴走して爆発する。船の投光器は爆発で割れてしまったが、代わりに炎上する燃料が波面をオレンジ色に照らし出し、河面を画布に、美しい光の絵画を描き出す。

次いで橋の上や河岸の車輛。

まるでガトリング砲のように指を束ねると、腕を大きく振って一八〇度を薙ぎ払う。端から奇麗に次々と車輌が爆発していき、巻きこまれた兵士のグレネードや弾薬が誘爆して、橋の上はナパームを投下したような有様となる。

街が燃えあがっている。墜落した何機ものヘリのために。

まるで粉雪のように、黄金に輝く火の粉が降る。リキッドは満足気な笑みを浮かべると、両腕を広げて勝鬨をあげた。

「見たか、ゼロ！ 我々の勝利！」

この炎は手はじめだ。この死体は序の口だ。

さらに大きな火の手があがる。そう遠くないうちに。

「これぞガンズ・オブ・ザ・パトリオットだ！」

エドもジョナサンも、そしてメリルも、他の兵士たち同様に感情負荷や精神崩壊と戦っていた。そんな状態で戦闘行動がとれるはずもなく、大男ふたりはリキッドの兵に撃たれて船のデッキに転がった。

メリルがふたりの名前を叫んだ。エドもジョナサンも苦痛にうめいている。声に反応したわけではないが、少なくともまだ生きているのだ。彼らを護らなくてはならない。崩壊する世界のなかで、メリルは片膝をついてようやく姿勢を保ちながら、腰に挿してあったロングナイフを抜いた。

このナイフに小賢しいメカニズムはない。ＩＤ認証は関係ない。ただ刃という原始的な形状が、切り、突き、裂いた相手の命を奪う。単純で美しい、原理的ともいえる武器。メリルはそれを構えると、接近するリキッドの艇をにらみつけた。

と、そこでメリルの糸が切れた。

「メリル、伏せろ！」

誰かが叫んだ。スネークだろうか、メリルはぼんやりとそう思ったが、「誰」とか「何」とかいった、あらゆる事物がばらばらになり、確かなものはすべて崩れ去りつつある。勿論、そんなメリルに伏せるという行動を起こすことは出来なくなっていた。意識は限りなく薄く引き伸ばされ、永遠に続く熱病のような頭痛と吐き気とが、心臓の鼓動にあわせてメリルを内側から崩していた。

そして、誰かに押し倒された。発砲音が耳のなかでこだまする。メリルは自分を庇って誰かが撃たれたのだとようやく理解した。自分に被さっている男の顔は、限りなくジョニー秋葉と呼ばれていた男に似ていた。

「……あなた、平気なの」

メリルはか細い声でつぶやいた。ああ、という返事が返ってくる。

「アキバ、なぜ……」

アキバは気配を感じて左舷に顔を向けた。リキッドの哨戒艇が、まっすぐこっちの脇腹に突っこんでくる。しかし、漂流するしかないメリルたちにはどうにもならない。

「邪魔だ！」

リキッドが叫ぶと、哨戒艇の砲が火を噴いた。やばい、とアキバはつぶやいて、メリルを抱えて右舷側にジャンプする。瞬間、左舷が丸ごと弾け飛び、ふたりは船の反対側へ吹き飛ばされた。ジョナサンとエドは河に落ちて浮かんでいる。アキバは意を決し、メリルを抱えて今度は水面にジャンプした。

　システムの干渉をどうにかしようと、ナオミの抗ナノマシン用注射器を取り出したスネークは、砲弾が左舷に大穴を開けた衝撃で吹き飛ばされ、唯一の望みを甲板に取り落としてしまった。エヴァは何かにつかまっていたらしく、最初に座りこんだ位置から移動していない。ただし、その瞳に生気はほとんどなかった。

　リキッドの船が、悠然とスネークらの傍らを通り過ぎてゆく。

　リキッドは砲の上に立って腕を組み、ぼろぼろになったスネークたちを一瞥した。

「返してやれ。もう必要ない」

　リキッドがそう指示すると、船上のヴァンプが、黒く大きな包みを取り出した。デッキに倒れる無力なスネークたちに眼を向けると、その側で燃えさかる炎のなかに、包みを思い切り投げこんだ。

　エヴァが小さく叫び声をあげた。

　それはビッグボスの身体だった。生命維持装置から外されて、もはや生物的に死んでいるかもしれぬ、四肢を欠いたビッグボスの半身だった。炎のなかにごろんと転がった骸の肌は、炎に炙られてあっというまに焦げて収縮しはじめた。

　スネークは朦朧としながらも立ち上がり、ビッグボスの遺体のもとへおぼつかない足取りで近づいてゆく。炎上するデッキは煙でひどい有様になっている。老化と煙草で弱りきったスネークの肺が、その微粒子の雲に耐えられるはずもなかった。たちまち激しく咳きこんで、一瞬、意識が飛びかけた。

「お別れだ、スネーク！」

リキッドは銃を抜くと、ビッグボスの遺体に撃ちこんだ。

再び船上で炎が燃えあがる。プラズマが放つオレンジ色の輝きをスキャンして、オクトカムが真っ赤に染めあげられた。船半分を覆う炎のすさまじい熱から、剝き出しの部分を守るため、スネークは顔を手で覆う。

指のあいだから見えるビッグボスの身体は、すでに半ば以上崩れていた。

「あぁっ！」

どこにそんな力が残されていたのだろう、エヴァが小さく悲鳴をあげて飛び出していく。炎のなかの遺体を取り戻そうとしているが、あまりにも無茶な話だ。スネークがエヴァを背後からつかんで、燃えあがるビッグボスの身体から引き離す。

一瞬、通り過ぎるリキッドと、エヴァの視線が交錯する。次の瞬間、炎に包まれていた船体半分が完全に吹き飛んだ。

爆発はエヴァとスネークを軽く舐めていった。ビッグボスの身体に背を向けた瞬間、そこから噴き出した炎がエヴァの背中に襲いかかり、レザーのジャケットの下にある皮膚を焼いていく。高熱に撫でられたスネークの左頰が瞬時に焼けただれる。苦痛にスネークは絶叫し、次いで不快な臭いを吸いこんでむせた。自分の皮膚が焼ける臭いを心地好いと思う人間はあまりいないだろう。

スネークはデッキに倒れた。

ここが限界なのだろうか。リキッドの勝利を見届けて焼け死ぬことが。

いま、ここにいるのが全員自分の家族であることに、スネークは気がついた。母親と、親父、そしてその息子である自分。ここで全員が消し炭になって、ただひとりリキッドだけが生き残り、蛇の最後の血統として世界を混沌に陥れる。

そうはいかなかった。リキッド、まだだ。まだ終わっていない。

「オタコオォォン！」

スネークが叫んだとき、ぼくはようやく吹き飛んで滅茶滅茶になった区画から、Mk.IIを抜け出させることができた。デッキの上をフルスロットルで加速させ、出来るかぎりの勢いを稼ぐ。エヴァとスネークの脇をかすめると、リキッドの哨戒艇の船尾に向けてジャンプさせた。

空中でステルス迷彩がオンになると、小さな密航者の搭乗に気がつく者はいなかった。

街が明るい。

窓の明かりだけではない。墜落したヘリが至る所で爆発し、同時多発火災になったのだ。古都の屋根と屋根の狭間から、巨大な黒煙が幾つも立ち昇っている。先程まで叫び声とている。

泣き声、銃声、罵声、そして爆発音に塗りこめられていた一帯は、すでに静寂を取り戻している。

ここにいる者の大半は死者だった。身体を、脳を、ナノマシンに掻き回されたあげく、反撃の銃弾を一発撃つことも叶わず、嵐のような掃射を一方的に喰らって死んでいった兵士たちの骸だ。上空からこの街を見下ろしたならば、この一帯は兵士たちの流した血で赤く浮き上がって見えたに違いない。

しかし、生きている者も幾らかはいた。まだ完全に死んでいない者も少なからずいた。生きていたジョニーは、死にかけているメリルの呼吸と心拍を取り戻そうと、たどり着いた河岸で懸命に努力していた。

ジョニーは横たわるメリルの顎を持ちあげて気道を確保すると、スカルキャップを脱ぐ。彼女の鼻を塞いで口づけし、肺から肺へと息を移した。横目で見ると、メリルの胸部が軽く持ち上がり、空気が正常に送りこまれているのがわかる。もういちど呼気を吹きこむが、反応はまったくなかった。

メリルは心停止状態だった。

唇は完全に血の気を失っている。ジョニーは恐怖で我を失いそうになった。

「メリル、しっかりしろ！」

ジョニーは自分の隊長に呼びかけた。まだ目覚めているかもしれないメリルの意識を、生者の世界へ向かせるために、そして何より自分を奮い立たせるために。

こちら側に引き戻さなければ、自分が彼女を甦らせなければ。メリルを庇った傷が痛むのも構わず、ジョニーは上半身全体を動かして、胸の真ん中を繰り返し押しこんだ。

死ぬな、メリル。そう何度も何度も呼びかけながら、ジョニーは心肺蘇生処置を続けた。周囲には誰も頼れる人間がいない。エドとジョナサンの姿は見当たらなかった。橋の上には死体と、メリルと同じように死にかけている兵士しかいない。

目の前の仲間を助けられるのは、自分だけなのだ。

戻って来い、戻って来い、ジョニーは重ねた掌を胸骨の真ん中に押しこみながら念じた。戻って来い戻って来い戻って来い戻ってきてくれ！ しかしメリルの反応はない。ジョニーは人工呼吸のターンに入ろうと、メリルに何度目かの唇を重ねた。

そのとき、メリルが目を見開いた。

ジョニーとメリルの瞳が、三センチもない距離で見つめあう。ジョニーはパニックに陥り、慌ててメリルから唇を剝がした。よく見ると唇が幾らか赤みを取り戻している。

「こ、これは……」

ジョニーは隊長に何とか説明しようとするが、どうしても言葉が出てこなかった。おれは何を恥入ってるんだ、ジョニー。お前はしなければならないことをした、救命的に適切な処置をした、ただそれだけじゃないか。

だがジョニーは自分自身に嘘のつけない若者だった。それだけじゃないんだ。おれがメリルを向こう側から必死に呼び戻そうとしたのは。そんな想いが、ジョニーの口を回らなくさせていた。

しかし、そうしたジョニーの反応は、当然ながら物凄く分かりやすかった。これほどあからさまな反応を前に、何も察しない人間はあまりいないだろう。

「ありがとう、アキバ」

メリルはそうささやくと、今度は自分のほうからジョニーの唇をふさいだ。

「よかったら……ジョニーと呼んでくれないか」

ジョニーは唇を離してから、メリルにそうつぶやいた。

スネークとエヴァは、メリルたちの向こう岸にいた。エヴァのクルーザーが燃えていた場所の、すぐ近くだった。

いまではクルーザーも水面に鼻先が出ている程度で、炎もすっかり消えている。あのなかにはエヴァの部下だった若者たちが、まだ冷たくなって横たわっている。遺体とはいえ、何とか彼らを回収してやりたい、そうスネークは思ったが、岸にたどり着いて体力を完全に使い果たした身体には無理な話だ。

しかし、河に沈む死体は彼らだけではなかった。河面は死体だらけだった。エンジンが爆発した哨戒艇から飛び降りた者、悶絶して橋から転落した者、あるいは苦しみから逃れるために自ら飛びこんだ者。

幾十の死体が浮かんで下流へと流されてゆくが、重火器をハーネスで体に掛けたり、チョッキの防弾プレートを多めに入れたりした兵士などは、おそらく浮かび上がることすら許されず、河の底に沈んでいるに違いない。

　ここに見えるのは、死者のごく一部だ。

　ここから見えない河の底にも、そして頭上の道路や橋の上にも、死体はたっぷりと斃れている。

「……あなたたちも怪物の一種」

　座らせておいたエヴァの意識が、かすかに戻ってきた。か細い声を耳にして、スネークは悲惨そのものの河面からエヴァに目を戻す。

「そしてあなたは怪物が光を得た際に、焼きついてできた陰――光を消さなければ、陰は消えない。光があるかぎり、陰を消しても意味はない」

　確かにその瞳はスネークを見つめているが、しっかりと焦点が定まっているとはいえなかった。視線が泳いでは戻ることを繰り返すので、ひどく虚ろな印象がある。

「すべてを正常に戻すには……光を消すこと」

　その声は、喉がたてるかすかな軋みのようで、聴き取るのがひどく難しい。スネークはエヴァの前に片膝をつき、血の気の失せた唇にできるだけ耳を近づけた。

　目蓋が閉じられ、一筋の涙が頬を伝う。

　まるで雫となった命が、瞳から抜け出していくかのように。

「そして、そのとき――あなたは消える」

　そして、エヴァのすべてが終わった。

しばらくのあいだ、スネークは黙ってエヴァの顔を見つめていた。ビッグボスを愛し、ビッグボスの子を産み、ビッグボスを取り戻した、ひとりの女の横顔を。

リキッドを倒し、自らの命に始末をつけるとき、エヴァの子供は一人残らずこの地上から消滅する。それが、蛇の血を受け継ぐ男たちの宿命なのだ。

頭上から重量級のエンジン音が聴こえる。スネークが見上げると、ドレビンと相棒の宇宙人(リトルグレイ)が川岸の手摺(てすり)にもたれ掛かって、主従ともＮＡＲＣ片手にスネークを見おろしていた。

「顧客第一だ。仲間のところまで送ってやるよ」

ACT 4 Twin Suns

1

ある蛇の話をしよう。

影として語られてきた、双子の蛇の片割れの話を。

その男もまた、兄弟と同じく生みの親を知らず育った。本当の名前を知らされたのがごく一部の限られた人間だけだった、というのも兄弟と同じだ。コードネームで呼ばれる以前、男が何と呼ばれていたのかをぼくは知らない。男も男で、双子の兄弟をコードネームで呼び、その本名を知らずに死んでいったのだから、そんなものなのだろう。

だからぼくらは、彼をコードネームで呼ぶしかない。リキッド・スネーク、と。

リキッドはイギリスで育った。ソリッド・スネークの影として。勿論スネークがそうだったように、若い頃は自分が何者であるか、どのような遺伝子の宿命を背負わされた者であるか、そんなことは知らなかったし知らされなかった。スネークと同様、若くして軍に入り、次いで秘密情報局（SIS）に入局した。一般に軍事情報第六部（MI6）、ジェームズ・ボンドが所属する機関として知られるイギリスの対外諜報（ちょうほう）組織だ。軍人としての能力は勿論、諜報や欺瞞（ぎまん）工作といったスパイ・エージェントの能力を見出（みいだ）されてのことだ。

その頃、石油は安定した安値状態にあった。世界に石油が溢（あふ）れていたからだ。そのためにイラクがせっかく掘り出した油は買い叩（たた）かれた。収入が激減して、先のイラン・イラク戦争で疲弊した経済の建て直しが難しくなっていた。イラクには石油しか売るものがなかったからだ。

そういうわけで、幾つかの油田の所属をめぐって争っていたこともあり、イランとクウェートの緊張は高まった。戦争は時間の問題で、この頃には各国の情報機関はすでに行動を起こしていた。

とはいえ、先進七ヶ国で中東に情報網を持っていたといえるのは、かつて世界を我が物にし、その植民地時代に構築した諜報ネットワークをいまだに維持していた、大英帝国（グレート・ブリテン）だけだった。アメリカはイラン・イラク戦争においてイラクを支持したものの、いざその国が敵になってみると、とても現地に有効な情報網を布いていたとは言えなかったのだ。

そういうわけで、リキッドはSISの工作員としてバグダッドへ潜入し、そこでスリーパーとして長期間潜伏することとなった。東洋人の血が混じっているために、トルコ系と白人のハーフに見えないこともなかったし、何より兄弟と同じく語学の才能が見こまれたのだ。リキッドはアラブ語をほぼ完璧（かんぺき）に使いこなすことができたからだ。

リキッドは有能だった。イラクに潜入したリキッドは、サダム・フセインの弾圧に抵抗するクルド人や、フセインの汎アラブ主義に対抗するイスラム原理主義者と接触して、速やかにコネクションを築きあげた。

そうした勢力の助けを得て、リキッドは戦争がはじまってもなお、バグダッドに留まりつづけることができた。諜報機関のムハバラトや、国内防諜担当——要するに秘密警察だ——のＡＭＮが跋扈するなかで。

リキッドは活躍した。スカッドミサイルの移動発射台の位置や、マスタードガスをはじめとする化学兵器の情報、大統領親衛隊の戦車の動向。リキッドは多くの情報を多国籍軍に渡し、その情報に基づいて幾つもの作戦が立案された。つまり戦争中、スネークとリキッドはごく短い期間、ともにイラクにいたということになる。ひとりはアメリカ軍特殊部隊の一員として。ひとりはイギリス情報部の潜伏工作員として。

有能だったリキッドは、どうして自分が捕まったのかわからなかった。頭に袋を被せられ、秘密警察の本部へ連行されるバンで、リキッドは必死に考えた。どこだ、どこがまずかったのか。自身がミスをしたとは考えにくい。ネットワークの誰かが裏切ったのか。爆撃された施設を知る者のリストから逆算し、情報漏洩の経路を突き止めたのか。

いずれにせよ、戦争が終わる前に、湾岸戦争におけるリキッドの運は尽きた。

拷問に耐える技術は、情報局の訓練で叩きこまれていた。それでも、現実は訓練ほど生易しくない。ＡＭＮによる拷問は想像を絶した。

人間性、というものにどこまでのことができるか、ここでリキッドは多くのことを学んだ。

人間は、どこまでも残酷になれる。崇める対象が敵だと指差したもの、それはもはや人間ではない。リキッドの傷に嬉々として塩を擦りこんだ連中には、イスラム教徒もいたかもしれないが、そのほとんどはサダム・フセインのためにやっていた。神でも人でも大した違いはない。

自由を明け渡してしまえば、人間はここまで堕ちることができる。

束縛。それが人間をどこまで無残な生き物にするか、リキッドはそれを目の当たりにした。収容所という空間は、お前は無力だ、無力で卑小な人間だ、と洗脳するために設計されている。生きるというただそれだけの行為を縛りつけるあらゆるもの――リキッドはそれを激しく憎悪した。

戦争が終わると、リキッドはバグダッドから姿を消す。ロンドンに連絡が入ることは一切なかった。SISもSISで、リキッドを捜そうとはしなかったようだ。恐らく気まずかったのだろう。なぜなら、イギリスはある重要な情報源を獲得するために、バグダッドに潜伏するリキッドを囮に使っていたからだ。フセインの側近であるその男から情報を得るために、リキッドはいわば生贄として差し出されたのだ。

四年後、リキッドはアメリカ軍に保護された。そのあいだ、どこを放浪していたのかは判らない――どうやら世界各地を移動して、ある種のネットワークを築いたようだ。リキッドはイギリスに戻らず、そのままスカウトされてハイテク特殊部隊フォックスハウンドに入隊、キャンベル大佐が退役したのち、実質的に部隊を率いる立場になった。

リキッドが再編したフォックスハウンドは、極端な少数精鋭制に移行する。以前はエリートによる選抜とはいえそれなりに員数のいた部隊は、クルドのスナイパー・ウルフ、サイコ・マンティス、デコイ・オクトパスなど、恐らく自身のネットワークを駆使してかき集めた、わずか数名の異能の戦士たちで構成されるようになった。

リボルバー・オセロットをスカウトしたのがリキッドなのかどうかは判らない。しかし、リキッドに近づくことはオセロットの当初からの目的ではあっただろう。リキッドから近づいたのか、オセロットからフォックスハウンドにアプローチしたのか、どちらでも同じことだ。

リキッドはそこではじめて、自分の出生の秘密を聞かされた。

自分はなぜ生まれたのかを。自分の父親が、あの伝説の傭兵であることを。そして、闇の世界で知らぬ者のないあの男――ソリッド・スネークが、自分の兄弟であることを。

そのときリキッドは、バグダッドの収容所で感じていた、あの憎悪を思い出した。

自分を生み出した連中への怒りが、リキッドの身体を憤怒の炎で包みこんだ。おれはいかなる神も、いかなる「英雄」も崇めちゃいない。おれはそうした何かを崇め奉り、その運命に唯々諾々と従う連中を軽蔑してきた。しかし、他ならぬ自分自身が、崇めても敬愛してもいない人間の、たかが遺伝子を再現するためにだけ生み出された存在だったとは。

知らぬうちに自分は、望まぬ運命に搦（から）めとられていた。

神や偶像なら、忘れられるかもしれない。しかし遺伝子とあっては、そこから抜け出すことは不可能だった。この脳も、性格も、知能も、技術も、多く父――ビッグボスから受け継いだものでしかない。

これに比べれば、イラクで囚（とら）われた収容所など、何ほどの物でもない。

おれは肉体という牢獄（ろうごく）に堕ちた。遺伝子という名の宿痾（しゅくあ）に。

確かに、嫉妬（しっと）もあったかもしれない。ともにビッグボスの遺伝子という牢につながれる身でありながら、一方では「伝説の英雄」だの「不可能を可能にする男」だのと語り継がれる兄弟が、リキッドにはひどく馬鹿馬鹿しいものに見えたに違いない。

お前が賞賛を受けるのは、牢獄に囚われているまさにその証（あかし）なのだ、と。

そして、リキッドは自分の運命に対する戦いを開始した。絶望から立ちあがるために。自分は自分であると、自分は他ならぬ自分としてここに在ると、その存在のすべてを賭（か）けた叫びを世界に叩きつけるために。

「父親」の悲願を成就すること。

それは彼にとって、「父親」の運命を受け入れることではなかった。

父にできなかったこと、兄弟にすらできなかったこと。

その達成はとりもなおさず、呪縛（じゅばく）からの解放を意味した。

その日、地球はずいぶんと静かになった。

産業革命からこのかた、一瞬も銃声が止むことのなかった世界を、つかの間の平安が包みこんでいる。このちっぽけな水球の両面で、飽くことなくヒトが同胞を殺しまわっていた日々がまるで嘘のように、一切の戦いが沈黙した。

アフリカで、中東で。ロシアや東南アジアで、世界中の兵士はみな空を見上げた。

一体、何が起こったのか。自分の銃も仲間の銃も、それどころか敵の銃すら突如としてロックされ、まったく撃てなくなってしまったのだから。呆然とした兵士らは、一通りライフルを弄りまわしてから、やがてあきらめて戦線を後退させた。裸の銃を持っていた勢力はまだ戦うことができたけれど、相手側が一方的に引き上げてしまい、振り上げた拳を持て余していた。

世界の様々な戦場で、兵士たちは拠点へと後退しながら、その全員が天を仰いでいた。ある場所はどこまでも晴れわたる青空、ある戦場は満天の星だったけれど、どの空を見つめていた兵士たちも考えていることは同じだった。崇めているものは人それぞれだが、ほぼ全員がそれぞれなりにこう感じたのだ――無神論者ですらも。

ついに神や、それに類する存在が降臨したのだろうか。

ついに神は怒ったのだろうか。おれたちの愚かな振る舞いに。

銃器を封じられてなお、山刀や銃剣、あるいはナイフで相手を切り刻むことは、確かに可能だったろう。しかし、大半の兵士にとって、自らの手で至近距離の敵を殺すという行為は想像を絶していた。第二次世界大戦で最前線にいた兵士ですら、その発砲率は一割に過ぎなかったのだ。

たとえ自分自身の命がかかっていても、人間は発砲を避けようとする。ベトナム戦争では条件反射的に発砲させる訓練法が開発され、発砲率は兵士の七割にまで向上したけれど、兵士たちの多くは戦後にツケを支払わされることになった。心理的なダメージが、帰国した兵士の人生を徹底的に破壊したからだ。

だから、互いの頭をかち割り、心臓に刃を突き立ててでも戦おうとする集団は、世界のどこにもいなかった。この日、世界から完璧に紛争が消えてなくなってしまったのだ。

「ホワイトハウスは、世間はどんな様子なんだい？」

ぼくはカーゴベイでスネークの様子を気づかいながら、キャンベルに訊いた。あの発作からは回復しつつあるけれど、顔面の半分が焼けただれ、炎と高熱で荒れ果てた気管は、痰と咳を際限なく吐き出している。

「大統領はまだこの件の発表を控えているが、各メディアは気づきはじめている」

モニタのなかでキャンベルの背後から女性の手が伸びて、そのネクタイを直してやっている。おそらくローズだろう。そんなキャンベルの家庭の風景を見ていると、どことなくやりきれない気持ちになる。雷電はまだサニーがつきっきりで調整している。人工血液の透析と治療には、まだもう少し時間が掛かった。

「また情報統制をするつもりだろう」

咳の合間にスネークが皮肉を漏らした。これだけ肉体が疲弊していても、その精神は萎えてはいない――そう言うこともできるかもしれない。しかし、今のスネークを見ていると、ぼくはときどき耐えられなくなる。まだ、この友人が戦う意思を持っているということに。このようになってもまだ、自分の責を全うしようとしていることに。

キャンベルはスネークの言葉を否定し、

「世界中で戦争経済が完全にストップしている。この規模のクライシスを誤魔化すことは難しい――すでに戦争経済関係の株価は暴落をはじめている」

スネークが笑った。世界から戦争が消滅したこの瞬間がまさに危機とは、まるで冗談みたいな話だ。単なる事実として、いまや世界は株屋のものらしい。

「今頃、ホワイトハウスは大変な騒ぎだな」

「いずれにしろ国民が静かに眠れるのは今夜限りだ。もうすぐ、リキッドの蹶起がはじまる」

そう、いまこのとき、世界が静かなのはリキッドがシステムを掌握したからだ。陸海空海兵――ナノマシンとIDに管理されているのはPMCだけではない。米国四軍のシステムはすべてリキッドの手の内にある。

ほどなく、リキッドは世界平和をもたらし、また同時に世界大戦を引き起こした男として、世界史に刻まれることになるだろう――そのとき、世界を記録し語り継ぐ者がまだ生き残っていればの話だが。

「まず奴が手をつけるのは『愛国者達』が築いた米国管理システムの破壊だ」

キャンベルがそう続けたので、ぼくは眉をひそめる。どういうことだろう、ＳＯＰの制御はとっくにリキッドに奪われている。破壊するのも意のままだ。そのことを訊いてみると、キャンベルは「愛国者達」のシステムの現状を教えてくれた。

「いや、最高権限はまだ『ＪＤ』――『愛国者達』が握っている」

ＴＪ、ＡＬ、ＴＲ。「愛国者達」のＡＩ三基は、日々ネットワークに寄せられる全地球的規模の情報――納税情報、戸籍情報、医療情報、経済循環、ナノマシンによる生体情報、そして勿論ＳＯＰ――を素材に、世界をそうあるべき文脈に収めるべく百京バイトの情報を織り、日々人類の物語を生み出している。我語りて世界在り。そうあるべき文脈とは、勿論「愛国者達」の望む文脈だ。

　これだけ膨大な情報は、たった一つの中枢に捌ききれるものじゃない。ある程度の分散処理は止むを得ないだろう。しかし、「愛国者達」も三基のＡＩ全部にフリーハンドを与えていたわけではなく、当然それらを統括するＡＩを置き、書き手である三者それぞれが紡ぐ物語のあいだに齟齬が起きないよう、細かな調整に当たらせていたのだ。

　数年前、ぼくらが破壊したとばかり思っていた「Ｇ.Ｗ」をリキッドは復活させていた。それは放棄されたまま、密かに「ＪＤ」との接続を維持していたというわけだ。

　安っぽいミステリに喩えるなら、リキッドは死んだはずの「ＪＤ」の身内を装って、ちゃっかりと名家に入りこんだ殺人者のようなものだ。そしてビッグボスの遺伝子情報を見せつけて、我こそは正統なりと宣言し、ちゃっかり跡取りとして認知されてしまった。

あとは現当主――「ＪＤ」を殺せば、リキッド子飼いの「Ｇ.Ｗ」が家を相続することになる。家の「規範」で定められている以上、それを止めることは誰にもできない。

「だからこそ、リキッドは軌道上にある『ＪＤ』に向かって核攻撃を行うつもりだ」

キャンベルが深刻な面持ちで言う。つまり、リキッドは兵士や銃火器を統制するＳＯＰを掌握したに過ぎない。さらに高位の権限を持たない限り、米軍の核や弾道ミサイルをコントロールすることは出来ないはずだ。

ぼくがリキッドの哨戒艇に捨て身のダイブをさせたＭｋ.Ⅱは、リキッドたちの会合を盗聴することに成功していた。そこでリキッドはナオミに、これから「ＪＤ」への核攻撃に移る旨を伝えたのだ。

リキッドは「ＪＤ」の中枢処理系の物理的所在地をすでにつかんでいた。

宇宙。そこに「愛国者達」のコアは静かに浮かんでいた。衛星軌道上にある宇宙ゴミの雲のなか、冷戦時代の偵察衛星たちが放置された、凍てつく真空。「愛国者達」のＡＩはその無数の破片と金属塊のなかに隠れていたのだ。

冷戦を母として生まれた「愛国者達」の隠れ場所として、これ以上相応しい場所もないだろう。冷戦の不燃ゴミとなって漂う過去のかけらが、地表でうごめくちっぽけな人間たちを見おろして、神の真似事をしているとは。

ＲＥＸを使う、とリキッドは宣言していた。モセスに行って、ＲＥＸと核兵器を手に入れ「JD」を破壊する、と。統御AIが破壊されると、大統領を暗殺された政府のように、システムは統轄処理を主管理権限委譲第一位へと移す。かつて「JD」の許で世界記述システム「S3」を生み出した、システムの副大統領とでも言うべき「G.W」。リキッドの「JD」攻撃が成功すれば、その優先度が最高位の「1」へと繰りあがる。

問題は、それを行うために必要な核兵器は、いまだSOPの外、当の「JD」にしっかり握られているということだ。いくらREXを手に入れたところで――。

そうか、と思わず口にする。ぼくはようやく理解した。

何だって、と咳きこみながら訊いてくるスネークに、ぼくは説明する。

「REXはSOP導入以前に廃棄された兵器だ」

キャンベルは瞬時にその意味を理解した。

「なるほど、レールガンか……」

メタルギアREXは、発見されやすいミサイルに頼らずに、レーダーに映らない核弾頭を射出することのできる砲――レールガンを右肩に装備していた。ぼくはそれを核射出用とは知らされず、てっきり核迎撃用の兵器だと思いこんで日々REXの開発にいそしんでいた。

「確かにREXのレールガンはシステムの束縛を受けずに、ステルス核弾頭を大気圏外に打ち上げることが可能だ。奴に残された唯一の、裸の核弾頭発射装置だといえる――リキッドはこれを使って、『JD』を亡き者にし、『愛国者達』の支配に終止符を打つつもりだ」

九年前、ぼくがそれと知らずに生み出した移動式核発射砲台。防衛用の武器だと社長に言われ、ぼくはぼくでアニメで見てきた二足歩行ロボットを実現するチャンスだと思い、何の疑問も持たずに生み出した。核搭載二足歩行戦車「メタルギア」の系譜のひとつ。かつて、リキッドはシャドー・モセスでスネークに言った。二十一世紀を導く、悪魔の兵器、と。あのあと結局REXが量産されることはなかったけれど、今になってあの言葉は別の意味で現実になったわけだ。

リキッドがREXを手に入れれば、それはぼくらが過ごしているこの二十一世紀をまったく新しいものに造り替えてしまうだろう。

「REXは今どこに？」

ぼくはキャンベルに訊ねる。キャンベルは眉を上げて、おやおや、という顔をしてみせた。

「思い当たるだろう？　忘れ去られた基地。合衆国であり、『愛国者達』の管理の外――リキッドのはじまりの場所であり、モニュメント」

そういうことか。アラスカ沖、フォックス諸島――。

「シャドー・モセス島……」

スネークはつぶやいた。スネークとリキッドの、すべての闘争が開始された運命のグラウンド・ゼロ。

「リキッドが『JD』を破壊し、『G.W』が全システムを制御することになれば……すべては奴にひれ伏すことになる。そうなれば、誰にも奴を止めることは出来ない。『愛国者達』ですら手が出せん」

ぼくはスネークを見た。予想通り、その顔には何の表情も浮かんでいない。この男は、やるべきことを理解している。やらなければならないと思いこんでいる。

ぼくにはそれが耐えられなかった。

ぼくはともかく、この男はもう、出来るかぎりのことはやったのではないか。こうしている今も老いゆき、三ヶ月後には自ら命を絶たねばならぬこの友だちに、どうしてやることもできない自分が、ぼくは悔しくてたまらなかった。

「もはや、世界を救えるのはきみたちしかいない――スネーク、頼む」

そんな言葉を口にするキャンベルを、一瞬ぼくは激しく憎んでしまう。

世界だって……一体、いつスネークがそんなものを背負いたいと望んだっていうんだ。ぼくの――ぼくの生涯で一番の友だちは、もうすぐ死ななければならないんだ、そんな彼をどうしてそっとしておいてやれないんだ。

通信が切れた。

スネークはよろよろとした足取りで、カーゴベイに即席で設置した雷電の治療設備へ足を向ける。雷電の体からは、各損傷部をモニタするための電子機材に繋ぐコード類や、白い液体に満たされたチューブが出入りしていた。透析用のカニューレだ。動脈と静脈を交差させた、いわば透析用の血流へのアクセスポートである内シャントには、ＩＤタグが埋めこまれていたのですぐに見つけることができた。

　雷電の強化外骨格は、こうしたメンテナンス用のタグであふれていた。棒状の読取りデバイスでスキャンすると、全身のパーツがコンピュータのなかに再構成され、各部品の機能、連携、製造元、生産日、ヘルプのＵＲＬなどがわかるようになっている。人間の血流に乗ったナノマシンが、兵士たちの医療情報をたえず監視するように、その肉体の多くが「製品」である雷電は、製品らしく全身を製品情報に覆われているのだ。

　実際に作業するサニーにとっては、それはありがたいことだったろう。実際、タグの情報が雷電の命を助けたのかもしれないのだから。いちいちそのパーツが何であるかを調べていたら、雷電の命が幾つあっても足りなかっただろう。しかし、スネークは無線タグに覆われた雷電を見て、同時に何ともやりきれないものを感じていた。

　雷電を連れ出しにきたと思ったのだろうか、サニーがスネークの側にやって来て、

「ダ、ダメ。ジャックはまだ無理よ。まだ動けない」

「サニー、行かせてくれ」

　ベッドの上で、雷電がゆっくりと片腕を動かした。ひどく緩慢な動きで、まだ回復した様子にはとうてい見えない。声も依然として喉の発声デバイスから直に出力されている。

　サニーは駄目とはっきり言った。

「まだ、と、透析が終わってない」

「おれなら大丈夫だ」

雷電はモニタ用のコード類で、簡易ベッドに縛りつけられたようになっている。何とか動こうとするものの、それらのコードが邪魔になって動けない。まるで小人に捕らえられたガリバーだな、とぼくは思った。ガリバーと違うのは、今の雷電は恐ろしく衰弱していて、とても自分を捕縛する糸をちぎる力がありそうには思えないという点だ。

きみにはまだ無理だ、とぼくが言うと、雷電がまっすぐこちらの瞳を覗きこんできた。ぼくはその勢いに圧されて、一瞬たじろぐ。

「おれは今、自分の意思で生きている――誰かの意思に操られた代理人生ではなく」

スネークは雷電を見つめた。あのとき、マンハッタンで雷電と交わした言葉を思い出していたのだ。アフリカでソリダスに両親を殺され、少年兵として鍛えあげられ、その悪夢から逃れてアメリカに渡った後は、「愛国者達」のS3計画の駒として「スネークになるべく」操られた。

そんな人生から雷電を解放したのは、他ならぬソリッド・スネークその人だ。

スネークと出会ったことで、雷電は自分自身の人生を歩きはじめたのだ。

そう、スネークは責任を感じていたのだ。他人の人生に介入し、その行き先を捻じ曲げてしまったことに。スネークはそんな思いを静かに吐き出した。

「おれは影だ。誰も照らせやしない。おれについてきても日の光を拝むことは一生ないぞ」

もしかしたらスネークは、メリルにも責任を感じているのかもしれない。考えたくないけれど、もしかしたら……このぼくにも。このおれを慕う若者たちの人生は、幸福であるとはお世辞にも言えないではないか。伝説の英雄——その「伝説」は、人を不幸にし続けているではないか。

スネークがここですべてを終わりにしようと戦っているのは、そのためでもあるのだ。

「あんたもおれも、この代理戦争の駒(ポーン)だが……これが終われば、自由(フリーダム)になれる」

雷電はスネークの言葉を無視して、そう自分に言い聞かせるように言った。

「おれはあんたを解放する。それが、おれが自由になる唯一の方法」

スネークはいい加減にしろ、というような様子で、

「雷電、五年前、おれが言った意味はそうじゃない」

「おれは失う物はない」

ぼくは首を振る。失う物はないと言いながら、何かに——恐らくは戦いにしがみつこうとする有様が、あまりに痛々しくて見ていられない。ほとんど妄執に近いその決意が、スネークを激しく苛(さいな)んだのだろう。真剣な瞳で諭すように言う。

「馬鹿な。お前には護(まも)るべき人がいるはずだ」

雷電は喉を詰まらせるような、ひどく奇妙な笑い方をした。

「スネーク、おれは雨だ。おれも日の光とは無縁だ」

違う、とスネークは否定した。この若者にはまだ、何かを照らし出す力が残っているは

ずだ。スネークは雷電の肩に手を掛けて、

「お前は雷だ。光を放つことはできる」

「雷……」

「雷電、おれを見ろ。おれが見えるか」

スネークは突然、左頬の包帯を剝ぎ取った。その焼けただれた顔半分が露わになる。

「おれにもう未来はない。おれはもうすぐ大量破壊兵器に変貌する」

ぼろぼろになった老兵の顔を、雷電は見つめる。ところどころ傷つき、火傷を負った面は皮膚が剝けている。これが加齢臭、というのだろうか、これだけ近づくとその肌から不快な臭いが発せられているのがはっきりとわかる。プラントで出会ったときには精悍そのものだった目つきも、いまや重く垂れ下がる目蓋に押し潰され、かつての精気は消えうせている。

これが未来のない男の顔だ。ただ、自分の人生の後始末をつけねばならないという贖罪の念だけが、この老兵を支えている。スネークは未来のために戦っているのではない。失ってはならないもののために戦っているのではない。スネークはすでに失ったもののために戦っているのだ。これこそが失うものが何もない男の顔だ。

しかし、雷電にはまだ、その身を気づかってくれる女性がいるはずだ。帰ることの出来る場所――失ってはならないものが。

「お前には家族がいるはずだ」

そうスネークが言った瞬間、雷電はかっと目を見開いて、

「そんな奴はいない！」

激昂した瞬間、監視機材すべてが一斉に警告音を発した。

強化外骨格のボディが痙攣をはじめる。ぼくはベッドに駆け寄った。サニーはその小さな体で抱きしめるように雷電を押さえようとしながら、これ以上は無理、というようにスネークに首を振ってみせる。

「おれには誰もいない！」

確かに、ただでさえ命に関わる傷を負った雷電を、これ以上刺激するのは危険だった。サニーは輸液ポンプを操作して、一時的に鎮静剤の量を増加する。

「おれはいつも独りだった」

その言葉は、喉から出る偽りの声ではなく、雷電の自身の口から漏れた。顎が動いたので、軽く留めてあるだけだった酸素マスクが取れてしまい、床の上に転がった。見開かれた白目の端から涙がひとしずく、頬骨を伝ってベッドの上にこぼれた。

そして、薬物が雷電の意識を再び靄のなかへと引き戻す。

不規則だった呼吸は、安定した規則正しいリズムを取り戻し、目蓋が重く瞳に被さる。ぼくはほっとして息をついた。弓なりに仰け反っていた背中が戻っていく。雷電、とスネークはつぶやいた。意図せぬこととはいえ、自分のため、そうあるべきもっとましな人生から引き剝がされてしまった、この若者の名を。

「……おれを独りにしないでくれ」

かすれた声を絞り出すと、雷電は眠りに落ちた。

スネークは片膝をついて意識のない雷電の耳許に唇を近づけると、そっとささやきかける。

「いいか、これはおれの戦いだ。おれの宿命だ」

ぼくにはそれが、スネーク自身に向けた確認の言葉のように思えた。これは雷電の戦いでも、メリルの戦いでもないと。お前たちが傷つかなくてもいいと。

スネークは立ちあがり、傷ついた顔や身体を覆う包帯を解くと、カーゴ奥の武器庫から装備類を取り出してくる。ぼくが手伝おうとしたそのとき、突然スネークが激しく咳きこみはじめた。肺の奥が痙攣するような、ひどく気味の悪い音がする。

ぼくはスネークに駆け寄って背中をさすろうとするけれど、スネークはぼくの手を振り払って、ナオミの注射器を首筋に当てた。それで多少は落ち着いたようだったけれど、効果が薄れてきているのは一目で明らかだった。

もう耐えられない。

キャンベルとの通信では押し殺していた感情が、一気に噴き出してきた。

「やめようスネーク。もう限界だ」

スネークは壁に手をついて呼吸を整えようとしながら、

「今すぐ死ぬわけじゃない」

「違う、相手が悪すぎる。『愛国者達』が生み出した制御管理システムはリキッドが手に入れた。武器兵器がまったく使えないうえ、米軍が機能していないんだ。それに匹敵する数の傭兵と無人兵器がいる」

そう、もともと相手は世界の軍事力の六割を握る勢力だ。そしていまや、連中の軍事力に抗することの出来る強制力の一切は、魔法にかけられて凍りついてしまっている。こんな状況で、なんでこの男が、たったひとりで戦わなくちゃならないんだ。

「状況は最悪だ、スネーク。認めよう、ぼくらの負けだ」

そしてこう言った――倒せるような相手じゃなかったんだ、と。

感情の爆発したぼくを、スネークは黙って見つめる。スネークは自分が気遣われるのが好きではない。冗談で愚痴をこぼすことはあるものの、スネークはいつも自分で自分の始末をつける男だ。スネークも、自分ひとりでは戦えないことくらい理解している。シャドー・モセスやビッグ・シェルの戦いのなかで、この世界には自分ひとりではどうにもならない状況があると思い知らされてきたはずだからだ。

そう、だからこそ、この男は誰かが自分のために傷つくことをひどく恐れた。自分ではどうにもならないことであっても、その一端は確実に自分の責任でもあると、そんな自責の念を常に抱えて戦ってきたに違いない。

雷電に接するスネークを見て、ぼくはそんなスネークの悲壮な責任感が、戦いにしがみつく雷電以上に痛々しいものと思えたのだ。

「オタコン、勝ち負けじゃない」

スネークは壁を見つめたまま、ぼくの肩に手を掛ける。

「おれが、おれたちがはじめたことなんだ。おれたちには止める義務がある」

そしてスネークは装備の確認に戻った。

スネークを手伝いながら、ぼくは静かに泣いていた。そう答えるだろうことは判っていたし、どんなに止めたって彼は行くだろうことも知っていた。ぼくは瞳（ひとみ）を潤ませながら、スネークと同じように黙って作戦の準備を行った。

スネークは泣いているぼくに気づいたようだけれど、何も言わずに黙って作業を続けた。世界、人類、それらを賭（か）けたその状況で、ぼくがひたすらに祈っていたのは、全身傷だらけでなおも戦うこの友人の、気高い魂に安らぎが与えられますように、ということだけだった。

2

そこは、ぼくらの戦いのはじまりの場所。

四方を海に囲まれた、小さな岩の塊。


アリューシャン列島は、アラスカの顎からロシアのカムチャッカまで、太平洋に掛けられたネックレスのようになっている。アリューシャン低気圧(ロー)が冷たい大気を呼びこんで、一帯が凄(すさ)まじい寒気に晒(さら)されることも少なくない。

　これだけ北極へ近い場所にしては、現在も活動を続ける火山帯や、南側を流れるアリューシャン海流のお陰もあって、シベリアやアンカレッジよりは幾らか暖かい。どこまでも冷却される陸(おか)と違って、海の表面はそれほど冷たくはならない。北極が南極よりも暖かいのはそのためだ。分厚い雪の層の下に、かちんかちんに冷えた大地があるのと、水があるのとでは、上の温度はだいぶ違ってくる。そんなアリューシャンのなかでもアラスカ側にあるのが、フォックス諸島と呼ばれる島々だ。

　フォックス諸島の沖に、その島はあった。沖、といっても船で気軽に行けるような距離ではない。さらにアリューシャン低気圧の嵐が壁となって、アラスカの人々からその島を隠していた。戦後にこの島を生んだ火山活動の熱も、今ではすっかり冷えこんで、その島までは届いていないようだ。

かつてフォックス諸島の漁師たちは、その島を悪魔の島と忌み嫌い、決して近づく者はいなかった。もっとも接近したところで、陸にアクセスできるような海岸線は少しもない。四方は断崖（だんがい）絶壁に囲まれていた。

漁師たちはその島を、影（シャドー）のモセス、と呼んだ。

貨物搬入用のドックから、スネークは大型昇降機で地上にたどり着いた。

地上は恐ろしく吹雪いている。アリューシャン低気圧の猛威が、海域一帯を覆いつくしていた。この気候では航空機からの降下は難しい。だからスネークも潜水艦から小型潜水艇で島に接近し、凍てつくアラスカの海を泳いで来たのだ。注射した不凍糖ペプチドが血中や細胞内の糖分を一時的に増やし、血液の氷点をマイナス以下に下げていたから、アリューシャンの水中で凍りつき、そのまま海の藻屑（もくず）となるようなことはなかった。かつて人類が氷河期を生き延びるために糖尿病を「獲得」したのと同じ仕組みだ。

しかし、これだけ空がひどいことになっているというのに、連中はどうやらヘリを飛ばす気でいるようだ。スネークは信じられない思いで昇降機の近くに積まれているコンテナの陰に隠れると、回転しはじめた大型ヘリのローターを見つめる。かつてアフガニスタンで聖戦（ジハード）の戦士たちに恐れられた、ソ連軍の怪物攻撃ヘリだ。

「ハインドD……」

一応はアメリカ合衆国領土であるはずのこの島にいる、かつての仮想敵国の化け物をスネークは訝しげに見つめ、

「大佐、ソ連の攻撃ヘリがなぜここにある」

〈わからん……だが我々の陽動作戦に引っかかったのは確かなようだ。今のうちに潜入してくれ〉

という大佐の声に続いて、ひどく場違いな声が通信に割りこんできた。

〈それにしても、この嵐のなかでハインドを飛ばすなんて無茶ね〉

どう考えても、ティーンエイジャーの女の子の声にしか聴こえない。誰だ、というスネークの問いに大佐が答える。

〈ああ、まだ紹介していなかったな。ソリトン・レーダーの開発者、メイ・リンだ〉

〈はじめまして、スネーク〉

というメイ・リンの口調には、まだ少女のあどけなさが残っており、

〈伝説の英雄とお話できるなんて嬉しいわ――〉

勿論、これは九年前の話。

フォックスハウンドが占拠した核兵器廃棄所への潜入は、ここからはじまった。当時は女の子だった美玲も、いまやミズーリの艦長。閑職とはいえ、それなりに軍のリソースを

動かせる立場になっている。美玲には途中で途切れたMk.IIの電波をもとに、リキッドの航路を予測してもらっていた。

予想通り、リキッドたちはこのシャドー・モセスにやってきている。美玲のコネで入手した、SOP管理下にない民間の衛星写真には、シャドー・モセス沿岸部に隠れていたリキッドたちの船らしき巨大な影がしっかりと写っていたのだ。

美玲やメリルが閑職に追いやられたのは、政府がシャドー・モセスに関するすべてを忘れようとしたからだ。事件に関するデータや書類は残らず改竄されて、あの事件は存在しなかったことになっている。スネークが破壊したREXの残骸はそのまま打ち捨てられ、レールガン用のステルス核弾頭や廃棄された核弾頭も、同じ場所に放棄されたままだ。

私も掩護するわ、と美玲は言ってくれた。引退していたミズーリは、実習艦というよりは海軍兵の気質を育むために残された船だったため、システム用の改修をあえて施す必要も予算も与えられなかったのだ。そうやって見捨てられていたことが幸いして、SOPに組みこまれることがなかったミズーリは、いまや米軍で唯一の稼動する兵力となっていた。まるでギャラクティカだな、とぼくが笑ったら、テレビドラマに疎い美玲は何のことか判らずにぽかんとしていた。

いま、スネークははじめて美玲を通信で紹介された、あのヘリポートに立っていた。

ここから今日という日に連なる多くの苦難がはじまったことを思えば、懐かしい、ということもないだろうが、やはりこうしてかつての場所に立ってみると奇妙な感慨が湧いてくるのは確かだ。施設自体はあのときと大して変わっていないように見える。

「スネーク、どうしたんだい？」

ぼくは無人のヘリポートに立ちつくすスネークに訊ねた。スネークはふっと笑い、

「いや、こうして昼間に来てみると、随分印象が変わるもんだ、と思ってな」

ぼくは開発と演習で、この島にずいぶん長いこと滞在したから、昼間の核兵器廃棄所も別にどうということはなかったけれど、そういえばスネークにとっては昼間のヘリポートははじめてだ。あのとき、スネークがここに侵入したのは真夜中だった。

最初に上陸した貨物ドックも、温暖化による海面上昇でいまはすっかり浸水してしまっていた。昇降機も凍りつき、使い物にならなくなっている。とはいえ、今回は海中からの潜入ではなかったから、それは障害にならなかった。ぼくは民間のヘリをレンタルして、予備のメタルギアと一緒にスネークをシャドー・モセスへと上陸させたのだ。

あのときフォックスハウンドとともに蜂起した次世代特殊部隊員――ゲノム兵の姿も、いま目の前に広がる風景のどこにも見あたらない。奇妙な話だけれど、昼間の、しかも無人のヘリポートに、スネークもいささか居心地の悪さを感じているようだ。

安心させようとしたわけではないけれど、ぼくは一応スネークに忠告する。

「スネーク、人影は見えないが無人機が巡回している。気をつけてくれ」

「ああ」

というスネークの声は、より辛さが増しているようだ。

中東、南米、東欧、とたった数日で世界中を移動して、激しい気温や気圧の変化に耐えるには、スネークの肉体は老化が進みすぎている。アリューシャン低気圧の運ぶ冷気は、摂氏マイナス三十度前後に及ぶ。細胞レベルでは七十代の肺臓が、それに長時間耐えられるとは思えない。

スネークはヘリポートを抜けて、施設の大扉の前に立つ。

かつてスネークがここにやってきたとき、この正面ゲートはかたく閉ざされていた。通風孔を探し出して潜入しなければならなかったのだ。それがこうもあっさり開いていると、スネークは何か気の抜けたような、物足りないような、そんな奇妙な感覚にとらわれる。

そういえば監視カメラがあったな、とスネークは扉の右のほうに目を向ける。あのとき侵入者を鋭く警戒していた閉回路テレビ（CCTV）カメラ。それはいま誰にメンテナンスされることもなく潮風に曝（さら）されて、寒気のなかで緩やかに腐食し、地面に落下して半ば以上雪に埋もれていた。

スネークは施設のなかに足を踏み入れる。

まるでゴシック・ホラーだ、とぼくは思った。構内に入ると、吹雪が建物にぶつかる音が気味の悪い唸（うな）りとなって、戦車格納庫だった空間で反響している。

これはうち捨てられた東欧の古城の現代版だ。ここにもドラキュラ伯爵が出るとしたら、やはり現代風にアレンジされているに違いない。あるいはフランケンシュタインの怪物だろうか。

ここは兵器庫だった。かつてここには戦車が並んでおり、地下には医務室や弾薬庫があったのを憶えている。メリルとスネークがはじめて顔を合わせたのもこの建物だ。演習に参加していたメリルは、リキッドらの蜂起に参加することを拒み独房に入れられていたのだが、看守をだまして脱出したのだ。

「スネーク、そこはさっさと抜けて、奥の核弾頭保存庫へ向かおう。時間がない」

「……そうだな」

スネークの返事は重かった。ぼくにはそのつもりはなかったけれど、自分の体のことへ思いが及んだのかもしれない。

ベイカー社長も、DARPA局長ドナルド・アンダーソンに化けたデコイ・オクトパスも、それと知らずスネークが持ちこんだFOXDIEによって、この建物の地下で死んだのだ。

いま、そのFOXDIEがおぞましい変化を遂げようとしている。こうしているいまもスネークの血中では、ベイカーやデコイ・オクトパスを識別していたFOXDIEの鍵部分が、徐々に磨耗しつつある。

スネークが格納庫を出て、核弾頭保存庫へと続く雪原を横切るあいだ、ぼくはこんなことを考えていた。インフルエンザ、HIV——ウィルスは抗生物質や各種治療薬に耐える突然変異種を常に生み出し、生き延びてきた。どんなに現代医学が強力であっても、何億何兆という分子があれば、ひとつくらいはその攻撃の網をすり抜け、生存のための進化を遂げて当然だ。

変化しないウィルスは存在しない。それが人工的なナノマシンであっても当然だ。幾ら「特定の遺伝子配列を持つ人間だけを殺す」ように設計したとしても、野に放たれたウィルスは人間のそんな思惑をいつかは覆す。すべてのウィルスにとって、それが自然の理なのだから。

こうなることは予見されて然るべきだったのだ。何億、いや、何兆あるかもしれないウィルス分子のすべてを制御するなどというのは、神ならぬ身の人間には不可能だ、と。突然変異の可能性を思うとき、ウィルス型のナノマシンは人間に扱いきれる技術ではない。それが設計者の思惑を離れた独自の生命を持つことは、絶対に止められないのだから。

SOPはある意味で、世界で一番宿主数の多いウィルスだといえる。空気感染はないけれど、これだけ保持者が多ければ、いつの日か「愛国者達」の想像をはるかに超えた進化を遂げてもおかしくはない。

スネークはかつてバルカン・レイブンと最初に戦った雪原を横切る。フォックスハウンド部隊員で、イヌイットの血を引く巨漢だった男だ。

お前は自然が生み出した蛇ではない。

スネークはレイブンを倒したときの、今際の言葉を思い出していた。自然界には限度を越えた殺戮は存在しない、しかしスネークは違う、というあの予言を。

どこまで行っても、幾つ屍を乗り越えようと——。

その通りになったのかもしれない。あの呪い師(シャーマン)が予言したように、シャドー・モセスの後、今に至るまでスネークは戦い続けている。レイブンは未来を見通していた。ヒトの創りし蛇がどのような世界を生み出すかを。スネークはそんなことを思い出しながら、雪原を抜けて廃棄核弾頭保存棟に入った。

ぼくはぞっとした。

かつて解体待ちのためにここに保管された、幾百という核弾頭が放置されるままになっている。とくに厳しく管理されることもなく、この場所の存在さえ知っていれば誰でも核弾頭を手に入れることが出来るのだ。

もっとも、それは杞憂(きゆう)というべきなのだろう。「愛国者達」の情報統制によって、ここに核弾頭廃棄所があることを知る者はほとんどいない。軍事的な理由により、もともと地図にも記載されていなかった島なのだ。ＰＭＣを雇い、月光やフンコロガシなどの無人兵器が警備していれば、それで充分なのだ。

この核弾頭保存棟を抜けた先には再び雪原が広がり、そこには在りし日の世界貿易センタービルのミニチュアのような、そっくり双子の通信タワーが二本突き立っているはずだ。その雪原を抜けた先が、かつてスネークがＲＥＸを破壊した、大深度にあるメタルギア整備基地への入口になっていた。

さっさと抜けてしまおう、とぼくはスネークを急(せ)かした。これだけ旧世代の核弾頭が大量に、手つかずのままこのような廃墟(はいきょ)で霜に覆われて並んでいると、まるでこの場所が冷戦という時代の遺物で埋まった地下墳墓（カタコンベ）のように思えてくる。スネークはそんな冷戦ゴシックの巨大構造物を通り抜け、雪原に続くゲートに直行した。

ゲートはロックが掛かったまま凍りついていた。どうすればいい、とスネークに訊（き）かれるまでもなく、ぼくは方策を考えていた。セキュリティ自体が落ちているのだ。起動させないと解除も無理だ。

そうなると、あの部屋へ行くしかない。そこからここの管理システムにログインすることができるはずだ。

「……ぼくのいた研究室がその近くにある。電力が来ていればそこから解除できるはずだ。それからセキュリティの履歴を確認すれば、ＲＥＸや人の出入りについても知ることができる」

場所は覚えてる？　とぼくは続けて訊く。まだボケてない、とスネークはうんざりした声で返した。自分の強がりをからかわれているのが判っているのだ。ぼくは予想通りの反応に笑ってから、

「念のため、マップにマークを転送しておくよ、オールド・スネーク」

その若者が異変に気がついたときには、すでに手遅れだった。

研究室の外の通路から、この世のものとは思えない絶叫が聴こえる。ここの隔壁は基本的にすべて防音だし、パーソナル・エリア・ネットワークで管理されている扉も、対爆仕

様の分厚い金属だ。悲鳴はそれらを突き抜けて若者の耳に届いた。想像を絶する音量だったのは間違いない。

そして、この部屋の出口はその通路に続く扉、ただひとつだった。

最近の研究者がパトロンを確保するため、誰も彼もが弁護士とスポーツ選手の合体したような健康的で外交的な風体を維持していることを思えば、若者は昨今の研究者には珍しいほどひょろりとしていて、健康とか見てくれとかいうものにはさっぱり関心がないように見える。髪は鳥の巣のようにぼさぼさで、無精髭もまったく気にしていないようだ。

若者は周囲を見渡したけれど、逃げられるような場所はどこにもない。そうこうしているうちに、扉のセキュリティが火花をあげて派手にスパークした。煙をあげて開いた扉から、影がひとつ部屋に踏みこんできた。

びっくりするほど美しい身体だった。けれど、それが果たして肉体と呼べるのか、若者には判断がつきかねた。というのも部屋に侵入したその男は、どう見ても普通の人間ではなかったからだ。

「強化外骨格？」

一見筋肉に見えるそれは、よく見ると外骨格状の被覆であることがわかる。胸筋や大腿筋のように思えた表面も、複雑なディテールが縦横に走っていた。サイボーグなのだ——日本のアニメに出てくるような。

「おれの友はどこだ？」

男が仮面越しに言った。奇妙な発声だ。ひとつ眼がオレンジ色に輝いている以外にはほとんどディテールのない、頭全体を覆うマスクのなかから不気味に響くその声は、明らかに機械で調整されている。

しかし、それらはどうでもいいことだった。若者の目に入っていたのは、その右手に握られた日本刀のような長い刃だったからだ。

廊下から聴こえた警備兵たちの絶叫は、目の前のこの凶器によるものだろうか。

何のことだよ、と若者は言った。サイボーグの言っていることはわけがわからなかった。それでも刀を持ったこの半機械は、じりじりと部屋の隅へ若者を追い詰めていく。

若者が腰を抜かし、サイボーグに追い詰められたそのとき、突然サイボーグが足を止めたかと思うと、ゆっくり背後を振り向いた。別の男がひとり、奇妙なスーツに身を包んで立っている。ボディアーマーのようにも見えたけれど、少なくとも強化外骨格でないのは確かなようだ。

サイボーグの忍者は、まるで歓喜に打ち震えるような声でその男の名を呼んだ。

「待っていたぞ、スネーク!」

貴様は一体、とボディスーツの男が訊いた。サイボーグはボディスーツの男を名前で呼んだが、スネークと言われたその男自身はこの二十一世紀仕様の忍者に記憶がないようだった。

「敵でも味方でもない。そういうくだらない関係を超越した世界から帰ってきた」

と語る忍者の声には、どこか陶酔したような不気味に甘い響きがあり、

「ふたりきりで勝負をつけたい」

「目的は何だ」

「ずっと待ち望んでいた……ただお前とのひと時を楽しみたい」

まるでアニメじゃないか、と若者はおびえた声で言った。目の前に立っている二人の出で立ちにも、そこで遣り取りされている言葉からも、ひとかけらの現実も感じることはできなかった。ただ、日本刀そっくりの凶器がもたらす恐怖だけが本物だった。死にたくない、という身も蓋もない感情だけが。

復讐か、と男が訊くと、サイボーグは否定した。

「そんな陳腐な感情ではない。お前との生死を賭けた戦い。そこにのみ快楽がある――お前を殺すこと、お前に殺されること、どちらも同じだ」

若者は忍者の恍惚とした声に、いましかない、と走った。もっとも、恐怖であまりに混乱していたので、飛びこんだ場所はすぐ後ろのロッカーだったのだが。

「ふん、いいだろう」

よりにもよって冗談みたいに間抜けな場所へ隠れた若者を一瞥し、忍者が嗤った。

「特等席で見ているがいい」

「その男は必要だ。手出しはさせん」

ボディスーツの男が忍者に気勢を放つ。忍者はその戦意に全身で悦びを感じた。

「さあ、おれを感じさせてくれ！ おれに生きる実感をくれ！」


それから九年が経ったけれど、この研究室はあのときのままだ。

風雪に晒されることもなく、潮風にあらわれることもなく、ただ埃だけが静かに堆積して層を成している。スネークとサイボーグ忍者——その正体はグレイ・フォックスだったのだけれども——の戦いで滅茶滅茶になった端末もそのままだ。

端末の上、スーパーコンピュータのタワー群の上、ぼくが隠れたロッカーの上。九年分の埃はスネークを激しく咳きこませた。発作があまりに激しく止まらないので、スネークはナオミの薬を取り出すと、急いで首筋に当てた。ぼくはスネークが落ち着くまでのあいだ、Mk.Ⅲで部屋のなかを調べてまわる。

この研究室で、様々なことが行われた。

ガラス張りのパーティション仕切りのなかに置かれているこのコンピュータで、ぼくは何回もREXの強度計算や歩行シミュレーションをやった。数式でモデルを組んで、何回も繰り返し修正を加えながら計算し計算し計算しつくして、ようやくREXが最初の一歩を踏み出した日のことを、いまでも思い出す。

移動するREXの重心を計算するだけでも、当初は物凄い時間が掛かったものだ。膨大な部品がどのように絡み合い、どのようにそれぞれに圧力が掛かり、どの程度歪み、どこまで耐えられるのか。そんな何百という部品の気の遠くなるような相互作用が、REXという歩く機械の本質なのだ。

同行しているＭｋ．Ⅲを端末のうえに載せるよう、ぼくは発作の落ち着いたスネークに頼んだ。メタルギアのマニピュレータを、無事な端末のコネクタにつなぐ。

ぼくは電気系統に探りを入れた。この島のほとんどのラインはまだ生きていて、必要なエネルギーをまわしてやることができそうだ。手はじめにぼくは、この研究室に必要な血液を通してやることにした。

スネークの周囲のモニタが、次々に生き返っていく。空調が九年ぶりに息を吸いこんで、埃がふわっと舞いあがった。

「バージョンが古すぎる。ちょっと手間取るな……」

ぼくは独り言をつぶやいた。九年前、スネークを助けるためにここのシステムにハッキングしたときのコードを思い出しながら、セキュリティに侵入していく。ぼくが作業しているあいだ、スネークは端末の端に腰掛けて、部屋の隅で開いたままになっているロッカーに目をやっていた。ぼくはあのときのことを思い出して急に恥ずかしくなり、

「嫌なことを思い出していないだろうね……」

いや、とスネークは言うけれど、あのときぼくが漏らしたカーペットには、もう跡はついていないだろうか。ぼくはそれが気になって仕方がなかった。

きみは命の恩人だ、とぼくは言った。

フランクから助けてもらったことの礼を、九年間ぼくはスネークに伝え忘れてきたこと

に、このときになって気がついたからだ。言えてよかった、とぼくは心の底から思った。今日この場所に来ることで、九年前スネークから貰った多くのもの――命を含めて――を思い出すことができて良かった、と。

スネークが逝ってしまうその前に、彼に感謝しなければならないことは山ほどあるというのに、戦いの日々でぼくはそのことをすっかり忘れていた。

「ナオミはフランクが人体改造されたことを恨んでいた――だが、そもそも奴を再起不能にしたのはこのおれだ」

ぼくの感謝の言葉をまるで聴いていない様子で、スネークは物思いにふけっていた。

「ナオミは、おれのことも恨んでいたはずだ」

そう言われて、ぼくは激しい後悔に襲われた。いま思えば、ナオミには何らかの思惑があったのだと考えるべき理由は山ほどある。しかし、ぼくの抱えている罪は、彼女のそれにとても似ていた。自分がこの世界を生み出してしまった、自分の技術がこの世界を捻じ曲げてしまった、そんな後悔をぼくらは共有していたのだ。

だからぼくは、迂闊にもナオミを信じてしまった。

「だけど彼女は、自分の罪滅ぼしのためにぼくらを利用した」

それで何をされた、とスネークが訊ねてきたので、ぼくは混乱した。ナオミはスネークの血を採取して、SOPの実験に使ったじゃないか。ぼくがそう指摘すると、スネークは首を振って、

「それだけなら南米で用は済んだはずだ。なのにその後、なぜおれたちと合流したんだ？」

「それは……」

ぼくは口ごもる。スネークの指摘は的を射ていた。ナオミはぼくを誘惑した。ナオミはぼくを利用した。そんな恥と後悔に目を塞がれて、ぼくはそのことにまったく思い至らなかったのだ。

「ナオミは一度助け出させておいて、またリキッドの許へ戻っていった。なぜそんなことを？」

わからない、とぼくは答えた。確かに筋が通らない。SOPのためにスネークの血液を採取するのが目的なら、南米であのままヴァンプとともにヘリで逃げてもよかった。発信機なり盗聴器なりを仕掛けるために、ノーマッドに乗りこんだとも考えにくい。人質にサニーを誘拐することも出来たはずだけれど、それもなかった。

単純にリキッドを利するためならば、もっと色々なことが出来たはずだ。いったいナオミは何をしたかったのだろう。

しかし彼女はまだ、リキッドたちと行動をともにしているようだ。

ぼくはセキュリティの記録から、人の出入りを掘り出した。ぼくらがこの島を去ってから九年間まったく人間の影がなかった通路を、数時間前に通り過ぎたふたりの人間がいる。

ぼくはその監視カメラの映像を、スネークに見せるため端末に映し出した。

ナオミ、そしてヴァンプ。

「美女と野獣だな」

とスネークが言った。廊下が薄暗く、粒子まみれの画質は最低だったけれど、コート姿の長身の男とドレス姿の女、その姿は見間違いようがない。そこはREXが格納されていた倉庫へ向かう地下通路だった。冷戦ゴシックの廃墟に吸血鬼と美女か。先を越されたな、とこみ上げてくる焦燥を抑えるように、ぼくは目蓋を指で揉んだ。

ぼくらは出遅れている。これまで、いつもそうだったように。

ただし今回ばかりは、追いつけなければその先はない――ぼくらにも、そして世界にも。

セキュリティの解除された扉から核保存棟の外へ出ると、そこは再び雪原だ。暴威をふるう風が積雪を削り、表面から粒子を巻き上げる。地吹雪だ。ホワイトアウト現象で視界は三メートルもない。ぼくは方向を見失わないよう、随伴するMk.Ⅲの信号でスネークを誘導する。

通信塔のあいだを抜けると、比較的起伏の少ない平原に出た。ふと、ぼくはそこがどこだか気がつく。ここはスネークがスナイパー・ウルフを狙撃戦で倒した場所だ。

ウルフ、とぼくはモニタの前でささやいた。

メタルギアのカメラには、真っ白な地吹雪しか映っていなかったけれど、それでもそこはかつてぼくが恋をした女性が眠る場所なのだ。

フォックスハウンドに囚われていたとき、この島に生息する狼犬の世話をしてくれていたのが、彼女だった。他のフォックスハウンドたちとは違って、彼女は犬たちと、そしてぼくにとても親切にしてくれた。その程度で恋に落ちるのか、と嗤（わら）われるかもしれない。実際、あのときスネークにはストックホルム症候群か、と言われたものだ。テロ事件の人質が、犯人に対し親近感や友情を抱くようになる、という人間の心理的傾向のことだ。

とはいうものの、ぼくにとってウルフは久しぶりに、怖がることなく接することの出来た女性だったのだ。義理の母親とのおぞましい関係、それによって壊れた兄弟の絆（きずな）。ぼくは長いこと、女性が怖かった。女の人が人生に介入してくるたびに、いつもぼくの世界は壊れ続けてきたからだ。

けれど、ウルフは違った。クルドとして生まれるということは、戦場で生きるということを意味する。自分らの存在を抹消しようとするイラクやトルコとの戦いのなかで、ウルフは育った。クルド、という言葉がそもそも狼を意味するのだ。

スナイパーとして、スコープのなかに戦場を見つめてきたウルフは、戦場に身を置きながら同時に戦場から距離を置いた場所にいた。ぼくはそんな彼女の居場所に共感したのかもしれない。ぼくはといえば、辛（つら）く思い出したくない家での経験から、世界のすべて、人間のすべてに距離を置いて生きてきたからだ。

ぼくはここで、久しぶりに恋をした女性を失った。

戦いは避けられなかった。スネークはウルフを倒さなくてはならなかったし、ウルフもスネークを殺さなくてはならなかった。互いに躊躇（ちゅうちょ）はなかったはずだ。その戦いのあいだ、ぼくは当然ながらずっと蚊帳（かや）の外だった。

先程ナオミを疑った理屈からいえば、ぼくがスネークを恨んでいてもおかしくはない。想いを寄せていた女性を殺されたのだから。勿論（もちろん）、スネークを憎むなんてそんなことは一瞬も考えたことはなかったけれど、それを思えば似たような理由でスネークを恨んでいるかもしれない人間の数は、きっと両手じゃきかないだろう。

決して望んだわけではない戦い。その結果をスネークは引き受けて生きてきた。自分が手にかけた人間たちにも、愛する人がいたかもしれない。憎悪。大切なものを奪われたという拭（ぬぐ）いがたい負の感情。決して望んだわけではない、そうした膿（うみ）のようにどろどろしたものは、スネークの全身にとり憑（つ）いて離れることがない。

スネークの老いは、そんな濃縮された他者の感情のせいじゃないか。

ぼくはそんなことを考えた。スネークのせいじゃない、スネークの望んだ戦いではない。いくらそう言ったところで、一種の理不尽な神と化した死者たちが、それを理解することは決してないだろう。

スネークは生贄（いけにえ）の羊なのだ。他者の、世界の憎しみを引き寄せてしまうけれど、捧（ささ）げられた羊がそうであるように、スネーク自身には責められるべき咎（とが）はないはずだ。

吹雪越しに、獣の哀しげな遠吠（とおぼ）えが雪原の空に響く。まるで九年を経たいまでも、ウルフを悼み続けているかのように。あのとき彼女の亡骸（なきがら）に集まった犬たちは、いまでもスネークのことを憎んでいるだろうか。それはありえないだろう、ぼくは思った。そうであって欲しくない。ああなるしかなかった、とぼくが理解しているように、ウルフドッグたちもスネークを赦（ゆる）していることを、ぼくは願った。

3

はるか高みで鉄骨が複雑なアーチを描きつつ絡みあい、大伽藍（がらん）を形づくっている。

まるで冷戦仕様の大聖堂だ、とぼくは思った。REXそのものは、リキッドが言ったとおり「二十一世紀を導く悪魔の兵器」だったかもしれないけれど、それを生み出した思想や欲望は、はっきり前世紀のものだった。冷戦の幽霊。それはこの整備基地の建築様式にも表れている。

スネークの目の前にある、草野球のグラウンドほどもある台座には、かつてぼくの設計した暴君龍（レックス）が載っていた。整備中のメタルギアは、伽藍の四方八方から伸びたグレーチングのキャットウォークに取り囲まれ、まるで建築中のビルのようだったのを思い出す。

しかしいまはその空間も空っぽになっており、整備用のキャットウォークもすべてフロアに落下している。この台座はせり上がるようになっていて、九年前、リキッドの乗ったREXをここの天井のさらに上にあるフロアまで連れて行ったからだ。

その地上搬出路入口がぼくの最も巨大な創造物の墓場になった。信じられないことに、スネークがその怪物を完全に破壊してしまったからだ。ぼくのアドバイスと、フランク・イェーガーの自己犠牲があったとはいえ、それはまさに伝説の英雄だからこそ成し得た勝利だった。

「上に乗ってくれ。リフトを上げる」

スネークがMk.Ⅲを持ち上げて、REXの台座に載せてくれる。このリフトが到達する場所——地上への搬出路入口に、スネークが破壊したREXの残骸（ざんがい）がある。ぼくは床のアクセスポートの蓋を開くと、マニピュレータを端子に挿しこんだ。

大きな振動があり、巨大な台座が数年ぶりに目覚める。警報音が伽藍のなかで反響した。

「あのときのままなら、REXはここにいるはずだ」

ぼくがそう言うと、スネークは近づいてくる上方のフロアを黙って睨（にら）みつける。

かつて、自分が破壊した兵器。先輩であり友であったフランク・イェーガーの命を奪った兵器。そしてぼくの生み出した罪である兵器。

再び大きな振動があり、警報音が止んだ。

着いたのだ。搬出路の床に開いていた大穴に、台座がきれいにはまっている。

「REXだ……」

ぼくはつぶやいた。薄暗い体育館のような搬出路入口を、スネークがREXの残骸へと近づいていく。

スネークが破壊したあのときのまま、REXは搬出路入口の壁にもたれ掛かって、首を傾げている。まるで、何が起こったのか判らない、と戸惑っている子犬のように。その巨体にも拘（かかわ）らず、破壊されたREXの姿はずいぶんと小さいものに見えた。

近くに寄ると、REXがなんだかちっぽけに見えた理由がわかった。

「見て、レールガンが外されている」

ぼくは舌打ちした。リキッドはすでにREXの肩からレールガンを外して搬出したのだろうか。リキッドが必要としているのはREXそのものじゃない。あくまでシステムの制御下にない、核弾頭を打ち出すための裸の大砲だ。

「くそっ、すでに運び出されたあとか？」

調べてみる、とぼくは言って、Mk.ⅢをREXの大きな足の裏に回りこませた。そこにメンテナンス用のポートがあって、そこからREXの稼動記録にアクセスできるはずだ。

勿論、最初からレールガンなどなかった、という可能性もあるにはある。あの事件のあと、「愛国者達」がきちんと回収していったとも考えられるからだ。しかし、ここに来る途中で見てきた施設の放置具合を思うと、それを期待する気にはとてもなれなかった。

「その通り」

頭上から声が響いた。スネークが二階の通路を見上げる。

「残念だが、ここにはもうレールガンはない」

この酷寒にも拘らず、コートを脱いで肌を露わにしたヴァンプがそこに立っている。しかし、それよりもぼくがショックを受けたのは、吸血鬼のすぐ隣でコートを身に纏い立っていたナオミの瞳の虚ろさだ。ぼくがぞっとしたのは、ナオミの、いやふたりの口許だった。そこにはあって然るべきものがなかった。この零下では白く凍りついているはずの呼気が。

「ナオミ……」

とスネークも思わずつぶやいた。奇妙な話だけれど、いくら殺しても死ななかったあの吸血鬼が、口から白い息を吐いていないといったところで、それはそれで当然という気がしてしまう。あの身体が想像を絶する理屈で動いていることに、ぼくらはある意味ですっかり慣れてしまったからだ。

しかし、ナオミがまるで吸血鬼の花嫁のようにヴァンプの隣に立っている様子は、ぼくやスネークを不安におかずにはいられない。いまのナオミは、正直なところヴァンプと大差ないように見える。

「ここが貴様らの死に場所だ――ナオミもそれを望んでいる」

ヴァンプの不敵な笑みに、ぼくは嫌な予感がした――何だってヴァンプとナオミは、レールガンを運び出して用済みになったこの場所に、わざわざ留(とど)まっているのだろう。ぼくはREXのシステム経由で再びセキュリティにアクセスした。各所のセンサを見ると、何かが――それも大勢、この搬出路入口へと高速で接近してくる。

何かがこっちに向かってくる、とスネークに伝えると、ヴァンプは満足げに微笑んだ。

「自爆型月光部隊がこちらに向かっている。頭部に爆弾ユニットを搭載した型(タイプ)だ――もうすぐ、ここは跡形もなくなる」

「はめられた……オタコンっ！」

スネークには助けが必要だった。ぼくはＲＥＸの駆動系を急いでチェックする。自己診断プログラムを走らせると、各パーツの損傷状況が一斉にレポートされてきた。細かいところまで目を通している時間はなかったけれど、ぼくはかつてＲＥＸをテストしていたときの感覚を思い出しながら、ＲＥＸの状態についてざっくりとした診断を下した。

「スネーク、使えるかもしれない！」

端末からマニピュレータを引き抜くと、ぼくはＭｋ．Ⅲの走行輪を磁石モードに切り替えて、ＲＥＸの脚を登らせた。コクピットだ。ＲＥＸの鼻先にあるコクピットへとＭｋ．Ⅲを送りこむことができれば、膝（ひざ）にある対地攻撃用のミサイルポートで何とかできる。

「さあ、それまでおれを愉しませてくれ――」

そう言うなり、ヴァンプが二階から飛び降りてきた。四点着地を決めて、獣のようにフロアでうずくまり、スネークを睨みつつ舌なめずりしている。くそっ、とスネークは悪態をつきながら、Ｍ４を構えて射撃を開始した。

ヴァンプは驚異的な俊敏さでスネークの攻撃を回避する。

脚を覆った米軍のパワーアシストアーマーのお陰もあるかもしれない。それにしてもその機動性は人間の脚と腰にできる限界を易々と超えている。単純に機械のサポートがあるから発揮できるというスピードではない。

肝心なのは、ヴァンプに接近すること。ぼくとスネークはすでに、この不死者をどう扱えばいいか、ノーマッドできっちり相談済みだった。ぼくの推測が正しければ、かりそめの不死をこの男から剝ぎ取ることが可能なはずだ。

　警戒されないこと、それが勝負の要だ。ぼくの思いついたアイデアが安全だとはとても言えないけれど、しかし勝負がその一瞬にかかっていることをスネークは納得してくれた。ライフルできっちり攻撃しながら、スネークは巧妙に自らの隙を演出する。

　あの吸血鬼がナイフ使いであること。それが勝機だ。

　ヴァンプが小型ナイフを飛ばしてきた。スネークはすんでのところでそれらをかわすけれど、頭部を狙ってきた一本がスネークの焼けただれた頰をかすめる。飛跡は崩れた皮膚に浅く切りこんで、そこから少しばかり血が流れ出した。ヴァンプはスネークの頰についた赤い傷を見て、その味を思い浮かべたのか舌なめずりをする。

　スネークは追い詰められていた。ヴァンプを引き寄せるためには仕方ないとはいえ、標的が接近すればするほど同時にリスクが高くなる。

　勝負が決まるのはふたりの距離がゼロになった瞬間。

　それは不死者に勝利する唯一の可能性であると同時に、こちらのリスクが最大になる刹那でもある。M4の弾が切れると、スネークは弾倉を交換せずに腰からナイフを引き抜いた。CQCの構え。それを認めたヴァンプは一気にスネークとの距離をつめる。こうしてぼくらの狙っていた瞬間が、ついに訪れた。

　スネークのナイフはブラフだった。

　もう一方の手に隠し持っていた注射器、それがぼくらの聖剣であり聖水——あるいは、吸血鬼の心臓に叩きこむ杭だ。スネークは密着したヴァンプの首筋に、素早く針を突き立てる。圧搾空気が瞬時にピストンを押し出して、スネークの旧型ナノマシンを抑制するための分子機械の一群を、一気にヴァンプの血流へ流しこんだ。

予想しなかった手札に、吸血鬼はさっと飛び退いてスネークから距離をとった。首筋を押さえると苦悶の表情でその場にひざまずく。

「貴様——何を」

「これでお前もただの死者だ」

スネークは注射器をヴァンプに見せてから、再びポーチにしまいこんだ。ヴァンプは自分の体に何が起ころうとしているのかをまだ理解していない様子だ。ただ、自分のなかで何かが変化して、それまで眠っていたあるものが動き出したのが、はっきりと感じられる。

まさか、これが生命なのか。

凍りついた命が再び活動しはじめたことに、ヴァンプは恐怖しているようだ。

ヴァンプがうろたえている隙に、ぼくはMk.ⅢをREXのコクピットに滑りこませると、操縦桿の側にあるコネクタにマニピュレータを接続した。いける。ぼくがREXの起動準備に取り掛かった瞬間、南側の壁がまるでダンボールか何かのように破られて、象のように月光がのっそりとその姿を現した。体当たりで複合素材の隔壁をぶち破ったのだ。

「スネーク、まずい！　自爆型だ！」

スネークは月光からヴァンプへと視線を戻す。凍結されていた生命をナノマシンによって融かされてしまったヴァンプは、確かについ先程まではうろたえていたものの、いまはゆっくりと立ち上がり、あらためてスネークへの戦意を燃やしはじめた。自らの背中に左右の腕をまわすと、次の瞬間には両手ともにナイフが握られている。

さすがのスネークでも、ヴァンプと月光の両方を相手にすることは不可能だ。挟まれたな、とスネークの火傷した側の頬が引きつった。壁をぶち破った月光が、構内にソーセージのような鳥脚を一歩踏み出してきた。

そして、唐突にその頭が脚部と切り離される。

まるで、達人の一振りで断たれた藁束のようだ。爆弾の詰まった月光の頭部は、ゆっくりと自らの腰の上を斜めに滑り落ちていく。センサはすでに機能を停止し、脚と切り離されたうえ感覚器官を破壊された月光は、自分がいつ自爆したらいいのかすでに判らなくなっていた。

何者かがＲＥＸの背中に降り立つ。

その右手に握られているのが、たったいま月光を真っ二つに裂いた刃だった。

「スネーク、待たせたな」

雷電は太刀をバトンのように扱って舞いを演じ、それを滑らかに腰の鞘へと収めた。スネークにナノマシンを打たれ、先程まで困惑していたヴァンプの顔に、はっきりと歓喜が顕れる――何だ、おれが待ち望んでいたあの男じゃないか。

「大丈夫なのか」

スネークが雷電を気づかう。無理をしてここにやって来たのではないかと心配になったのだ。

「ああ、サニーのお許しが出た」

ヴァンプは奇声を発してREXの膝にジャンプしたかと思うと、さらに信じられない跳躍をして鋼鉄の巨軀（きょく）を飛びあがり、雷電とともにREXの背中に立った。心からの笑みを雷電に向けたヴァンプは、

「どうだ、死ねない男。お前も死にたいだろう？」

雷電は吸血鬼の目を見据えたまま、

「悪いが、おれはまだ死ねない」

「なら……おれを殺してくれ！」

ヴァンプが投擲（スローイング）ナイフを数本、腕と大腿（だいたい）のホルダーから引き抜き、まるで手品師のカードのように手のなかで扇状に開いて見せる。雷電は太刀の柄に手をかけた。と、ヴァンプはそんな雷電を制止して、

「貴様もスカウトだろう。ナイフだ、ナイフで勝負しようじゃないか」

雷電は柄から手を放すと、ヴァンプに顔を向けたまま屈んで鎧（よろい）通しの小刀を抜く。逆手に構えて、切っ先をヴァンプに突きつけた。

「スネーク、こいつはおれが殺（や）る——月光の自爆を防いでくれ」

雷電が倒した月光の後ろから、後続の機体が姿を現した。スネークは南米でドレビンか

ら買った狙撃銃を取り出すと、ボルトを引いて初弾を薬室に送りこんだ。比較的装甲が弱い頭部、肝心要のセンサ類を狙い撃ちにすれば、月光を止めることができるかもしれない。

自分たちが時間を稼いでいるあいだに頼む、と雷電がぼくに言ってきたので、ぼくは急ぎREXの起動作業に戻る。早くREXを復活させて、押し寄せてくる月光を食い止めなければならない。

「さあ、殺せ！　殺してみろ！」

ヴァンプが絶叫して両手のナイフを放つ。矢のように飛んでくるそれらを、雷電は避けることも弾くこともせず、そのまま身体で受け止めた。腰に、肩に、そして腕に、小さな刃がそのまま吸いこまれる。

雷電は空いたほうの手でそれらを素早く引き抜くと、マシンガンのようなスピードでそっくりそのままヴァンプに投げ返した。吸血鬼は相変わらずバレエのようなステップを踏んでかわしつつ、股間の鞘から今度は大型の得物を引き抜く。そのステップから滑らかに距離をつめるモーションへと移行し、それに気がついた雷電も一気にヴァンプへと接近した。

互いの刃が切り結ぶ。ナイフ同士が弾きあう鋭い金属音が、月光を押し止めるスネークの耳にも響く。まるでナイフを楽器として奏でられる音楽のようだ。

と、その演奏が唐突に途切れた。雷電とヴァンプは再び距離をとって睨みあい、次こそ勝負のときと思い定める。

今こそ。

双方がまるで電磁石のように一瞬で引かれあった。間合いのちょうど真ん中で、最後の刃が閃いた。次の瞬間、ふたりは互いの胸に深々と刃をうずめている。雷電の傷からは白い血が、ヴァンプの傷からは赤黒い液体が流れ出していた。

数秒、ふたりは互いを貫いたまま動くことができなかった。

ヴァンプがひどく引きつった笑みを浮かべる。それはもはや不死者の笑み、これでもまだ死ねないのだという、今までのような絶望の笑みではなかった。ヴァンプは苦痛を感じていた。流れ出し、失われる生命を感じていた。

それは驚きと、そして喜びの笑みだった。

互いが身を引き離すと、ヴァンプは呼吸を釘づけにしているかのような、深々と突き刺さる胸の鎧通しを引き抜いた。

胸から噴き出してくるもの。これだ、これがおれの生命だ。

一体全体、お前らはどこに隠れてたっていうんだ？　お前らがいなかったから、今までこのおれは満足に死ぬことも朽ちることも出来なかったんだぞ？　それがどれだけ苦しかったか、お前らには解っているのか？　傷口から流れ出る自分の命に恨み言をぶつけながら、ヴァンプはREXの背中から床面に落下した。

「スネーク、逃げて！」

ぼくが警告すると、スネークはとっさにジャンプして月光が押し寄せる隔壁の穴から距離をとる。瞬間、ぼくがＲＥＸを操作して放ったミサイルが、穴の上側や向こう側に命中した。

　爆風と破片がスネークの脇を通り過ぎていく。床に投げ出されたスネークが顔を上げて確認すると、命中した箇所は完全に崩落し、瓦礫の山に行く手を塞がれた月光たちは、もう搬出路側にやって来ることが出来なくなっていた。

「こいつ、まだ使える」

　自分でも驚いていた。スネークに破壊されたとばかり思っていたＲＥＸは、確かにレーダードームとコクピット内部の相当部分を主にやられていたけれど、いざＭｋ．Ⅲでシステムチェックしてみると、関節や支持系の強度はまったく問題なかったのだ。破壊されたコクピットの操作系に関しても、操作系統を編集し直して、各挙動を生き残っている入力機器に再割当てしたら、まだまだ手動でも操縦できそうな雰囲気だった。

　スネークをＲＥＸに乗せようと、Ｍｋ．Ⅲをコクピットからフロアへ下ろすと、いつの間にかナオミがそこに立っており、苦痛に呻くヴァンプの身体を静かに見おろしていた。スネークもまた狙撃銃をしまい、ナオミの許にやってくる。

　Ｍｋ．Ⅲのカメラ越しに、ぼくは妹の命を奪った怪物の顔を見つめる――いや、その顔はすでに怪物ではなく、完全に人間の脆さを取り戻している。吸血鬼だった、怪物だった男は、すでにただの人間に戻っていた。彼が生まれたときそうであったような、単なるひとりの人間に。

怪物、そう憎悪してきた男のあまりの普通さに、ぼくはひどく困惑した。

「ヴァンプは不死身なんかじゃない――体内に埋めこんだナノマシンが治癒力を高めていただけ。度重なる戦いでそれも限界を迎えている」

あらためてナオミに言われるまでもなく、ぼくらはそのことに気がついていた。南米から脱出するヘリのなかで、彼女が告白した自らの罪……この男をこんな身体にしてしまったのは私だ、という言葉を聞いたときに。

それでぼくとスネークは気がついたのだ。ヴァンプの不死は、ナオミのナノマシンによって与えられた偽りの不死なのではないか、と。そして、そのナノマシンを抑制することが出来れば、もしかしたらヴァンプを不死から死の必然へと堕とすことができるのではないか、と。

雷電もREXから降りてきて、ナオミと一緒に、自分が倒した男の身体を見つめる。スネークが人間に戻したから、ヴァンプは雷電に負けた。当たり前の肉体を取り戻すことができたから、これからヴァンプは死ぬ。

つまり雷電の勝利は、雷電がもはや人間ではないことを示していた。ヴァンプはテクノロジーによって怪物へと変えられたかもしれない。しかし、それは雷電とて同様だ。いまの雷電はモンスターなのだ――スネークと同じような。

しかし、ヴァンプがそうだったように、雷電もまた当たり前の男女から生まれた赤ん坊だったはずだ。そして、ヴァンプはこの最期のときに、再び人間へと還ることができた。

雷電もまだ還れるはずだ、とぼくは思った。いや、還らなくてはならない。

少なくとも最初から怪物として生まれたスネークには、そんな幸福は許されないのだから。

「ナオミ、サニーからの伝言があった」

と雷電が言った。ヴァンプのナイフ傷からはまだ白い血が流れ出している。何て、とナオミが訊ねると、雷電はこう答えた。

『『じょうずに焼けた』。それだけだ」

「そう……」

ナオミが目を閉じた。涙が静かに頬を流れる。ナオミは何かを納得したように見えた。それが美味しい目玉焼きの作り方をサニーに伝えることだとは、ぼくには思えなかった。すべてに整理がついた、そんな安堵をナオミから感じて、ぼくは一瞬不安になった。

「……よかった。完成したのね、サニー」

足許でヴァンプが苦痛の声をあげた。ナオミはひざまずいて、銃創の塞がった痕の残る額をそっと撫でてやる。

「博士——楽にしてくれ」

そう言いながら、ヴァンプは怯えていた。あれほど待ち望んだ本物の死を前にして、抑えがたい恐怖と戦っているのだ。

それは哀れなまでに人間として当然すぎる反応だった。

この怪物を倒せば、このヒトならざる者を殺すことができれば、ぼくは憎しみから解放される。そんな想いにとり憑かれてきたけれど、今ぼくの前に横たわっているのは、残酷なまでにごく普通の、死にゆく身体の持ち主でしかない。

何で、何で今頃お前はそんな風になってるんだ。ぼくは叫び出したかった。なんで人間に戻ってるんだ。怪物として憎んできたのに、怪物として殺したかったのに、何で一人前に人間面して恐怖に怯えてるんだ。

「ずっと寂しかったのね」

ナオミが注射器を取り出した。ヴァンプの手が、ぶるぶると震えながら注射器を持つ手へと伸びる。懇願しているのだ。そのシリンダーに封じこめられている約束の場所を。しかし、注射器を持つナオミの手もまた震えていた。

「だめ、私にはあなたを助ける資格はない」

自分がこの男から生命を奪った。自分がこの男から死を奪った。生きるものすべてに与えられて然るべき安らぎをすべて破壊した。ヴァンプの眼は救いを渇望していたが、ナオミは自分がそれを与えることに罪悪感を抱いていた。

自分がこの男に「救い」を与える？

自分はいったい何様のつもりなのだろう。それで罪から解放されようなどとは、あまりに虫のよすぎる話ではないか。ナオミは自分の手でヴァンプを救済することを拒み、代わりにＭｋ．Ⅲのところへやって来た。

「信じて、エメリッヒ博士」

そう言って、ナオミが注射器をメタルギアのカメラに差し出す。突然のことにぼくは混乱した。

「仇を討つのではなく、終わらせてあげて」

ぼくはしばらく注射器を見つめたまま動けなかった。

この男はエマの仇だ。この男はぼくからエマを奪った怪物だ。しかし、いま目の前で苦悶しているヴァンプの姿からは、どんな救いも汲み出せそうになかった。そこにあったのは、生と死の狭間で燃えさかる炎に灼かれ続ける、哀れな罪人の姿だった。

呆然としたままMk.Ⅲを操作して、気がつくとマニピュレータに注射器を持っていた。ぼくを突き動かしてきた大きな禍が、体のなかから抜け出してしまい、自分自身がどうしたらいいのかわからなくなっている。復讐、憎悪――ぼくはそうした怒りを失ったのだ。

あの怒りは、あの憎しみは、いったいどこへ消えたのだろう。ぼくが呆然としていると、ヴァンプが注射器をMk.Ⅲから引ったくり、自分の首筋に突きたてた。

ヴァンプが悶えはじめる。封じこめられていた生命が、そして死が、体のなかで暴れ出しているのだ。ヴァンプはたったいま、新たに生きることを開始した。生きることができれば、もうすぐ死ぬこともできるはずだ。

「元の自分に戻れるの。楽になれるわ」

「おれは、死ねるのか」

ヴァンプは苦痛に身をよじりながらも、ときおり深々とした安堵の吐息を吐き出した。「無いことにしていた」すべての傷を、ナノマシンがそうあるべき傷へと戻してゆく。ここだ。ここがおれの求めていた場所だ。暗く、苦痛に満ち、それでいて暖かい。ヴァンプの吐き出す息が徐々に白さを取り戻していく。眠らされていた生命が、自らの土壌に再び根をはりつつあるのだ。

生命は苦痛に満ちていた。その愛（いと）しき苦痛こそが生命なのだ。

おれはもう、存在しなくていいんだ。死ぬことも生きることも許されないまま、ふたつの世界の狭間で苦しまなくてもいいんだ。そして最後の瞬間、ヴァンプの体が痙攣（けいれん）するように仰（の）け反った。

そして、ヴァンプは彼が待ち焦がれていたものを手に入れた。

恐怖と喜びがない交ぜになった、ヴァンプの見開かれた瞳（ひとみ）を、ナオミがそっと閉じてやる。ぼくはノートの画面に映し出されるMk.Ⅲの映像を前に、しばらく言うべき言葉が見つからなかった。あのからっぽの状態が、依然としてぼくを抜け殻のようにしている。

ヴァンプは死んだ。そして、ぼくは何も変わらなかった。

どうして、とぼくはつぶやいた。いや、問う必要はなかったはずだ。終わってみれば、すべてが自明だったからだ。エマが帰ってくるわけじゃない。ぼくがエマにしてやることのできなかったすべてを償うことができるわけじゃない。ヴァンプの死は、何も意味しなかった。ぼくはそのことに愕然（がくぜん）とする――最初から理解してしかるべきこと、それをぼくがまるで受け入れていなかったことに。

　認めるべきだったのだ。エマはもう、誰を赦(ゆる)すことも出来ないのだ、と。

仇。それはぼくの外側にある。向き合うべき敵は、最初から内側にいたというのに。

「過去を消すことは出来ない。過去を許すことは出来ない。だから……終わらせることしかできないの」

　ナオミはぼくに言ったのだろうか、それとも自分自身に言い聞かせたのだろうか。どちらでも同じことだ。もっと早くに、ぼくがそのことを解っていたならば。

　エマ、すまない。どうしてぼくは、いつもこんなに愚かなんだろう。

　ナオミは立ち上がると、ヴァンプに死を与えた注射器を拾ってからスネークに向き直った。彼女もまた赦されることはない。ぼくがこれまでも、そしてこれからも、エマに赦されることがないように。だからこそ、他にも終わらせなければならない罪を抱えたナオミには、もう少しだけ前に進む必要があった。

「スネーク、リキッドたちはここにいる。『愛国者達』のシステムを奪って彼等からの眼を逃れ、箱舟をも奪った」

「箱舟？」

「いかなる土地からも、国家からも、法律からも、電脳網からも独立した戦艦。『愛国者達』の束縛から真に解放される、彼らが唯一、自由を感じることが出来る場所――『アウター・ヘイブン』。リキッドはそこから核を発射する」

避難地（ヘイブン）。その言葉は南米でドレビンにも聞かされた。税金避難地（タックスヘイブン）、情報避難地（データヘイブン）。システムの域外に開かれた、統制も管理も不可能な場所。

「あなたの命は目的を果たすために延命されている」

厳（おごそ）かに、スネークへとナオミが告げる。この加速された老化ですら、まだ責務を果たすための猶予期間だというのだろうか。それがなければ、スネークはもっと早くに死んでいたというのだろうか――たとえばそう、九年前にこの島で、ＦＯＸＤＩＥの手に掛かることで。

「すべてが終わったとき、あなたは死を受け入れるしかない。私たちの命は、罪を償うためだけに与えられている――そもそもあなたの命はそのために創られた」

ナオミはスネークの焼けただれた頬にそっと触れ、そしてこう続けた――罪は当人が償うべき、と。

これだけは次の世代へ委（ゆだ）ねるわけにはいかない。

罪を、未来に残してはいけない。

そう語るナオミの瞳から涙がこぼれた。人類の罪すべてを背負い、ゴルゴダの丘で磔（はりつけ）にされた大工の苦悶を見つめながら、マグダラのマリアが涙を流したように。

「それが本当のあなたの運命。その運命には逆らえない」

するとナオミが注射器を自分の首筋に当てた。親指でボタンを押しこむと、ヴァンプに注入されたのと同じ、ナノマシン抑制用ナノマシンがナオミの血液に入りこむ。

「ナオミ……？」

嫌な予感がする。サニーの言葉を聞いたときの、ナオミの奇妙な安堵。ここでの彼女は、自分が抱えていたものをひとつひとつ片づけているように見えていた。ヴァンプのこともそうだ。ぼくはメタルギアのカメラをナオミに向けた。自嘲の笑みがはかなげに浮かんでいる。

「スネーク、私もヴァンプと同じ。ナノマシンに辛うじて生かされている身体、生ける屍」

「きみは……」

「癌なの。もう生きてはいないはずだった」

何だって、とぼくは叫んだ。あのヘリのなかでナオミの唇に触れたとき、ぼくはぞっとしたのを思い出す。どうして彼女はこんなに冷たいんだろう、と。なんでナオミの肌はこんなにも温もりを欠いているんだろう、と。

けれど、ぼくはナオミに体を重ね、自分はいま、誰かに愛されているという安堵に逃げこんだ。そうした疑問はすべて脇に追いやってしまったのだ。

「ナノマシンで進行を抑制していたけど、もう限界。ナノマシンを止めれば、わたしの凍りついた時間はすべて流れ出す」

ナオミの吐き出す息が、いつの間にか白くなっている。

ヴァンプのときと同じだ。彼女の身体は、いま生命に蝕まれつつある。生きているという現実を封じこめ、死から目を逸らさせていた分子機械の欺瞞が、ナオミの肺から、内臓から、腕や脚から、急速に剝ぎ取られつつあるのだ。

さようなら、ハル。

ナオミがぼくの名前を呼んだ。体を抱きしめて体を震わせながら、シャドー・モセスの凍てつく空気が、すでに死んでいるはずの肉体から、かすかに残されていた体温を奪ってゆく。ああ、寒い、とナオミが自分の体を掻き抱いた。まるでその冷たさをいとおしんでいるかのように。

サニーによろしくね、とナオミがMk.Ⅲに微笑んだ。シャドー・モセスから遠く離れているぼくには、何をすることもできない。彼女を支えることも、彼女を抱きしめることも。やめてくれ、とぼくはモニタの前で絶叫する。形振り構わずに泣き叫ぶことしか、ぼくに出来ることはなかった。無力感に苛まれながら、メタルギアの寄越す画像を見つめることしか。

なぜなんだ。なぜぼくらを裏切って、こんなふうに勝手に死んでいくんだ。ナオミはぼくの涙にくぐもった叫びを無視して再びナノマシンを注入し、糸の切れた人形のようにその場にくずおれた。ようやく、そうあるべき自然な身体に戻ったのだ。肺に、肝臓に、リンパ節に、全身に転移した癌が、その宿主を殺していたはずの肉体に。

倒れたナオミの側にぼくはメタルギアを寄せた。ナオミは辛そうに顔を持ち上げると、Mk.Ⅲの小型液晶に映っているぼくの顔を指でなぞる。奇麗な瞳、というナオミのささやきに、ぼくは喉を詰まらせた。カメラ越しに、彼女とぼくの視線が交差する。

「許してね。私のことは忘れて」

ナオミのその言葉を、ぼくは心のなかで否定した。駄目なんだ。エマのときも、ウルフのときもそうだ。ぼくは自分が愛しているすべてのものを、一度だって助けることができなかった。あの雪原でウルフとスネークが戦っているときも、プラントのオイルフェンスでエマが刺されたときも。

大切な誰ひとり護ることもできなくて、ぼくは何のために戦っているのだろう。

するど、ぼくのそんな絶望を無視するように、ミサイルで塞いだはずの壁が吹き飛んだ。雷電が振り返ると、粉塵のなかから一本の巨大な脚が、のっそりと象のように突き出される。月光の一体が自爆して侵入口を切り開いたのだ。

「さあ、行って」

最後の力を振り絞って、ナオミがMk.Ⅲを突き放す。ひっくり返りそうになる機体をどうにか立て直し、ナオミに駆け寄ろうとしたけれど、小さなボディを雷電にしっかり抱えられてしまった。ぼくはMk.Ⅲを暴れさせるけれど、走行脚が空しく宙を蹴る。

「スネーク、急げ」

雷電が迫り来る月光部隊から目を放さずに警告する。自爆した月光の脚部が千切れ、まるで屠られた鶏のように投げ出されている。後ろに続く月光が、邪魔な仲間の遺骸を蹴り飛ばして道を開けた。

どうして、いつもこうなるんだ。ぼくはナオミの動かなくなった体を見つめながら、無力感でがんじがらめになっていた。今度こそ、好きになれると思っていたのに。今度は護ることができると思っていたのに。

来るぞ。雷電が怒鳴ってスネークを促した。スネークは雷電からMk.Ⅲを受け取って、全力で走り出した。ナオミが遠ざかっていくのを、ぼくはスネークの腕のなかから見つめることしかできない。

REXの足許へとたどり着くと、コクピットへよじ登った。スネークがREXを起動させるのを手伝いながら、悲しみが、これまで喪ってきたものの大きさが、ぼくを全力で押し潰そうとしていた。

少しでも気を緩めれば、ぼくはたちまち絶望のうちへ崩れてしまいそうだ。

もちろん、どうすればいいかは判っていた。過去に二度も大切な人を失って、慣れることはできなくとも耐える術は学んでいたからだ。

単純にも目蓋を閉じて呼吸を整えれば、気持ちはある程度落ち着けることができる。肉体に気持ちがついてくるのだ。それはある意味で残酷な、人間の肉体と精神に備わる身も蓋もなさだった。そんな自分の心身を、束の間ぼくは激しく憎んだ。

「わかったよ、失うばかりじゃない」

コクピットからシステムに接続する。リモートで搬出路へのシャッターを開けながら、ぼくはこれまで多くの人を喪うなかで学んだ、もうひとつのことを思い出す。

彼女たちは確かにいた。彼女たちはこの世界に在った。エマ、ウルフ、そしてナオミ。ぼくが関わることで得た悲しみも、喜びも、そして憎しみですら、三人がこの世界に生きたということの証であり、それらは末だぼくのなかで形を変えながら存在し続けている。

後悔は、必ずしも喪失に囚われて身動きできなくなることを意味しない。ウルフにしてやれなかったこと、エマに与えてやれなかったもの。それらを想い続けることは、彼女らをぼくの内に生かし続けることでもあるのだ。

彼女たちを生かし続けると同時に、同じ過ちを繰り返さぬためにも、ぼくはこれからも後悔しつづける義務がある。

「スネーク、ぼくにはまだやることがある」

ぼくがその意思を示すと、スネークはMk.Ⅲにうなずいた。ナオミはまだ、ぼくのなかに存在している。確かに生命は失われたけど、恋は失っていない。

いまはそれでいい。あとで涙に暮れる時間はたっぷりある。九年前にここからはじまった多くの戦いのなかで、それを少しだけ先送りにする方法を、ぼくは学んできた。

「ああ、お前が必要だ」

「もう泣いてはいない。涙はすでに涸れている」

そしてナオミの軀が、水牛のように押し寄せる月光の群れのなかへ消えていく。

前に進まなくてはならない。ここに留まることは許されない。ぼくはREXを甦らせるために必要な作業を再開した。これまで喪ってきた多くのものに、これからも意味を与え続けるために。彼女たちが存在したことの意味を消さないために。

4

ぼくはＭｋ．Ⅲのポートを開けて、中からコントローラを取り出す。すでにＲＥＸの操作系プログラムを編集して、現在この状況では不要だという機動はすべて切り捨てていた。

ＲＥＸの操縦は、このコントローラでカバーできる範囲に簡略化している。

出して、とぼくはスネークに言った。頭に高性能爆薬をたっぷり詰めこんだ月光が足許に殺到しつつある。この場所に留まって、悠長に操作を説明している余裕はまったくない。動かしながら説明する、とぼくが言うと、スネークはぼくを信頼してＭｋ．Ⅲの付属コントローラを手に取った。

スネークがボタンに触れた途端、ＲＥＸが予備動作なしで急加速した。

その巨体からはとても想像できない非常識なスピードで、一度は死んだはずの巨龍が、かつて自分を仕留めた勇者を乗せて、搬出路の坂をぐいぐい登ってゆく。加速のあまりの激しさに、スネークの背が激しくシートへと押しつけられた。

雷電は速度を増してゆくＲＥＸの背中から飛び降りる。一匹だけ群れに先行して追いすがってくる気の早い月光めがけ、空中で刃が一閃した。

するっ、と月光の頭部が後ろに置いていかれ、詰め掛ける後続の先頭で炸裂する。脚は頭を失ったことに気づかない様子で、数秒間走りつづけた。やがて戸惑うように速度を落とすと、ようやく力つきて倒れる。ずいぶんと鈍感な奴だ、とスネークは笑った。

　搬出路の前方からも、月光がちらほら姿を現した。ぼくは再びＲＥＸの膝を開いて、ミサイルを数発発射する。スネークも機体を操作しながら、バルカン砲で遠くに見える月光を倒していった。ぼくももう少し手伝ってやりたかったけれど、かつてスネークがぼろぼろにしたＲＥＸがあげる悲鳴を無理やり押さえこむのに精一杯だ。次々に壊れたり勝手に機能停止したりする各部を騙しながら、ぼくはＲＥＸを可動状態に保ちつづけていた。

　驀進するＲＥＸの後方では、雷電が月光の群れを何とか食い止めている。暴走する月光たちの背中から背中へと忍者のように飛び移りながら、センサや機能中枢をひとつひとつ太刀で沈めていく。

「オタコン、頼む！」

　スネークの叫び声に気がついて、ぼくはモニタを見た。月光が一四、スネークや雷電の防御をすり抜けて、ＲＥＸの足許まで食いついてきている。

　ここまで近づかれるとバルカンを向けることは出来ない。そこはそれ、ぼくはちゃんとＲＥＸに近接戦闘用の兵器を取りつけていた。九年前にはスネークを苦しめたはずの、自由電子レーザーだ。

　このオタコン的ライトセーバーについて、自己診断プログラムは可動状態にあると告げていた。プログラムを信じるか信じないかは別にして、これを使う以外に方法はない。ぼくはレーザーを発射した。すでに起爆準備に入っていたかもしれない月光の頭部を、増幅されたエネルギーの束が貫き、そいつはREXに踏み潰された。

それぞれが狂乱状態だった。スネークはふらつくREXをどうにか高速走行させつつ、前方の月光をバルカンで仕留めなければならない。後方の雷電は暴走する牡牛たちの背中を飛び移りながら、一匹一匹を倒していくという離れ業をやってのけている。

ぼくはその場にこそいなかったものの、REXが寄越す情報の滝に流されないよう、端末にかぶりつきになっていた。

まるでばらばらに分解していく飛行機を、修理しながらどうにか飛ばしているようなものだ。自己診断プログラムが秒単位で喚(わめ)きたてる、REX各部のダメージレポートを次々と捌(さば)きながら、ぼくは回路を閉鎖したり別系統に回したりして、損傷を最小限に食い止めている。

このままじゃ、いつか息切れする。帳尻合(ちょうじりあ)わせにも限界がある。ダメージレポートを判断する集中力、そしてキーボードを舞いつづける指先。その両方がともに力尽きかかった頃、スネークが前方を見て大声をあげた。

「オタコン、地上だ！」

傾斜路のてっぺんに空が見える。アリューシャン低気圧(ロー)が引き寄せた灰色雲。

スネークは月光を蹴散(けち)らしながら、REXをさらに加速させる。爪先の杭(パイル)が傾斜路に打ちこまれ、巨大な脚部が確実にフロアを蹴ることが出来るようグリップした。そうやって一歩一歩が通路を粉々に破壊しながら、REXは荒々しく地上に飛び出した。

吹雪はやんでいるようだ。そうスネークが思った瞬間、すさまじい衝撃波がREXの背面を突き上げた。相当な重量物であるはずのREXが、爆圧を受けてさらに加速する。スネークとMk.Ⅲは激しく揺さぶられ、一瞬コクピットから放り出されそうになった。

「月光が自爆したんだ!」

搬出路を埋めつくさんばかりの自爆型月光が連鎖的に爆発し、そのエネルギーの総量は膨大なものになった。自爆の気配を感じた雷電は、先頭の一匹が自爆する前に辛うじて群れから離脱したものの、その爆圧を背中一面に受けることになった。

プラズマ化した高熱ガスと恐ろしい数の破片を浴びた雷電は、ちょうど搬出路の地上出口まで吹っ飛ばされる。ぼくはREXの爪先を地面に突きたてて、爆圧になぎ倒されぬよう踏ん張った。

しかし、REXほど重量もなく装甲も厚くない雷電の身体は、暴力的なエネルギーの奔流を避けることも耐えることもできない。どうにもならずにすべてを受け止め、まるでボウリングのピンのように搬出路の床へと無残に転がった。

これだけ沢山の爆発が瞬時に起これば、威力的には数発分のクラスター爆弾も同然だ。相当な数の密集した月光による自爆は、連鎖反応の最初の一、二秒、搬出路のなかで圧縮された状態になった。ついで押し詰まったエネルギーが反転し、一気に外側へと膨張すると、複合建材で組み立てられた施設全体を風船のように破裂させる。

天井からいくつも炎の柱が突き出して、搬出路は完全に崩落した。床に転がった雷電の上に、折れた柱やコンクリートといった、巨大な質量の塊が落ちかかる。瓦礫と粉塵があっという間に雷電の身体を呑みこんだ。

「雷電！」

スネークは大声で叫ぶけれど、膨れあがる塵の雲から雷電の返事はない。いま通り抜けてきた地下からの搬出路は、崩壊した施設の残骸で完全に埋まっていた。仮に生き残っている月光があの下にいたとしても、これでは外に出て来ることはできないだろう。自爆型月光の心配をする必要はなくなったけれど、雷電の生死はまったくわからなかった。

雷電、ともう一度コクピットからスネークが叫ぶ。

徐々に靄が薄れはじめた。雷電の身体が瓦礫の山から突きだしているのが見える。下半身と右腕は完全に埋まっているようだ。ただ左腕だけが自由だったけれど、太刀は伸ばした指先の十メートル先に転がっており、それを使ってどうにかすることは出来ないようだった。

雷電を助けに向かおうとスネークがシートベルトに手をかけたとき、何かが聴こえた。ぼくもそれを感じとり、海の方向へ視線を向ける。ここは搬入出用の港になっていた。施設用の発電機や給水設備、倉庫や監視塔などの小さな設備が立ち並ぶ向こうに、大型の資材船が接舷するための護岸が見える。港と施設とのあいだは滑走路を兼ねた幅の広い道路でつながれていた。

何の音だ。ぼくは不安の滲む声でつぶやいた。

海の方向から、何かの響きが足許を通じて伝わってくる。何かが近づいている。何か巨大なものがこちらに向かって急速に接近してきている。

海面が膨れあがったかと思うと、流線型の身体をしならせ、シャチに似た巨体が水面を割って宙へと飛び上がる。海上へ躍り出たかと思うと、そのまま真っ直ぐ地上のREXへと突っこんできた。

勿論、それはシャチではあり得ない。

腕と形容したほうがいいくらい長く巨大なこいつのヒレに比べれば、シャチのそれは随分と慎ましやかなものでしかない。それになによりシャチには脚なんか付いてはいないし、REXとタメを張るほど馬鹿馬鹿しく巨大でもない。

RAY。

メタルギアRAY——核保有各国が配備するメタルギアに対抗すべく、海兵隊が開発した対メタルギア用メタルギア兵器。RAYは着地すると爪先を地面に突きたてて、滑走路のアスファルトを板チョコか何かのように易々と砕きながら制動する。しなやかではあるが巨大な質量の塊が、前につんのめりながらも停止すると、その頭部が開いてコクピットのリキッド・オセロットが姿を現した。

「スネーク、まだだ！　まだ終わっていない！」

「リキッド！」

アリューシャンの空へ、ＲＡＹがＲＥＸとは対照的な甲高い咆哮をあげる。もちろん、それは獣の鳴き声とは違う。ボディのパーツがぶつかりあい、擦れあい、ひとつの巨大な軋みをあげているのだ。

「おれとお前の運命のはじまりの地――モセスの土となれ、スネーク！」

背後の瓦礫の山を見る。雷電は何とか生きているようだが、右腕を瓦礫に挟まれて動けない。

ＲＥＸでやるしかないのだ。

対メタルギア用メタルギア兵器――ある意味でＲＥＸを倒すために作られた、天敵ともいえる機体を前に。

スネークがＭｋ.Ⅲのカメラに向かってうなずいた。ぼくもモニタのカメラに向かってうなずき返す。リキッドの姿を一瞥すると、スネークがＲＡＹに向かって突進しはじめた。

見たことのないタイプのＲＡＹだ。ぼくはリキッドの機体を観察する。無骨な戦車そのものという印象のＲＥＸとは違い、全身のパーツが精密に連動して滑らかに動くＲＡＹは、その流線型の見た目もあり、ほとんど生き物のように見える。

極端に前傾した上半身の重心をとるように、尻尾というＲＥＸにはない代物が、ＲＡＹの尻から後ろへと伸びているが、リキッドの乗るこの機体は尻尾が有人型に比べずっと短かった。これはかつてぼくらがプラントの海中で目撃した、ＡＩによって制御される無人型の特徴だ。

この無人型は元々、アーセナルギアの護衛機として配備される予定だったものだ。無人型に護(まも)られた潜水艦のように海中を往く巨大ミサイルキャリアは、陸海空海兵の合衆国四軍を横断的につなぐ通信システムを持ち、搭乗した指揮権限者が世界中の米軍に対して指令を発することができるようになっていた。つまりこの艦は国家中枢として機能することも可能なのだが、その重要度の一方で目標を捕捉(ほそく)するためのレーダーや警戒システムの類(たぐい)は、随伴するイージス艦や空軍の早期警戒機(AWACS)に依存することを前提としていた。

アーセナルは自身を護る武装をほとんど有していない。護衛がなければ花火をしこたま詰めこんだだけの、海を征(ゆ)く巨大な棺桶(かんおけ)に過ぎないのだ。尻尾の短いタイプのＲＡＹは、この脆弱(ぜいじゃく)なアーセナルギアを護衛するために造られた。

つまり、リキッドが乗る目の前のＲＡＹは、人が乗って動かすことができるように改造されてはいるものの、ベースとなっているのは無人型だ。ＲＡＹの航続距離はそれほど長くはないはずだ——すぐ近くに、あのデカブツが潜行しているのだろうか。

ポン、とスタートの銃声のような軽い音がした。ＲＡＹの背中から幾筋もの煙が軌跡を描いて立ち昇る。

「ミサイルだ！　スネーク、避けて！」

ぼくの叫びを無視して、スネークは命中ぎりぎりまで前進する。命中直前まで引きつけておきながら、乗っていれば確実に吐いていただろう横スライドをやってのけた。ＲＡＹを睨(にら)みつけたまま水平に移動すると、給水塔がＲＥＸの盾になってくれる。ミサイルを受けとめたタンクが破裂し、なかに詰まっていた水がスネークに浴びせられた。

勝機はある。もともと無人型だったRAYは、アーセナルに搭載されたAIの指揮統制を受けることで、はじめてその能力が最大限に発揮されるよう出来ている。有人型への換装は、決して有利な変更をRAYにもたらしたとは言えないはずだ。

ぼくの作ったREXは、人間が判断し、人間が動かすことを前提として設計されている。これだけ複雑怪奇な構造を操るならば、確かにAIのほうがよかったかもしれない。だからこそ、海兵隊が設計したときに有人だったRAYは、海軍が引き継いでアーセナル搭載型になったとき、月光がそうであるような戦闘用AIによる自動制御へと変更されたのだ。

だけど、巨大ロボットを動かすのは人間でなくっちゃ。

スネークが再びREXでの突進を開始した。RAYは明らかにまごついている。ぼくは相変わらず歩いているだけで壊れゆくREXのフォローに大忙しだったけれど、ぼくが攻撃や防御をサポートしなくとも、スネークはREXを巧妙に操って、リキッドのすぐ側にまで近づいた。

すでにリキッドがミサイルを使うことの出来る距離は割っている。これだけ接近していたら、RAYは自分の弾を喰らうことになりかねない。

確かに、当時開発されていた様々な自動兵器のAIに、REXの実戦に耐えるものが見当たらなかった、という理由はある。けれど、日本のアニメにどっぷりはまって、その欲望の到達点としてREXを開発していたぼくには、これだけ巨大なロボットを人間抜きで動かすなんてとても耐えられなかったのだ。

RAYは確かに対メタルギア兵器かもしれない。しかし、無人化路線へと仕切りなおされた時点で、その設計は有人型から大きく変更されたはずだ。たとえ外見がそれほど変わっていなくとも、中身のほうはかなり別物になっている。AI制御になったことで、人間のちっぽけな脳みそが対処できる以上に莫大なパーツを、リアルタイムで精密に制御することが可能になったはずだ。

逆に言えば、無人型RAYは人間が操縦するようにはできていない。

あのRAYは相当の無理をして、人間であるリキッドの操縦に「従わされて」いる。REXに勝算があるとしたらそこだ。REXは元々人間が動かすためのロボットなのだから。

「組みつけ!」

ぼくは叫んだが、スネークもそんなことは先刻承知だ。REXは沿岸近くに立っているRAYの懐に飛びこむと、日本製の怪獣映画のように相手の巨軀にかぶりついた。

コクピットが接近し、リキッドの表情がはっきりと見える。不敵に笑うスネークを、信じられないというような目で見つめていた。リキッド、いや人間に操縦されたのが、このRAYにとっては運の尽きだ。スネークは顎下の自由電子を起動させる。増幅された誘導エネルギーがRAYの装甲表面を貫いた。レーザーの光が反射して、特殊塗装されたRAYの装甲表面がかすかに虹色の輝きを放つ。

リキッドは雄叫びをあげると、RAYの頭部からレーザーに似た何かを射出する。

「オタコン、ウォーターカッターだ！」

「大丈夫、こっちは戦車だ。やわなシャチ風情と一緒にしないでくれ！」

ＲＡＹの頭部から吐き出されているのは、金属をも切断することのできる鋭い水圧カッターだ。ＲＡＹの近接戦闘用武器。倉庫の壁程度なら易々と切り裂けるだろうし、人間ならば完全にまっぷたつだ。

しかし、核搭載歩行「戦車」であるＲＥＸの装甲を、いくら水圧が強力だろうとウォーターカッター如きがそう簡単に貫くことは出来ない。ＲＡＹの水圧がこちらの装甲板を突破する前に、ＲＥＸのレーザーがＲＡＹの中枢を灼きつくした。対メタルギア兵器であるはずのＲＡＹが獲物に返り討ちにされ、その理不尽さに断末魔の叫びをあげる。

ＲＥＸもＲＥＸで限界に達している。九年前にスネークが与えた傷が、今頃になってようやくこの巨龍を完全に圧倒したのだ。エンジンが熱に悲鳴をあげた。スネークはまだ駆動するうちにＲＥＸをリキッドの機体から引き離す。数十メートル後退したところで、ついにＲＥＸが沈黙した。

スネークがうめき声を漏らす。ぼくはＭｋ.Ⅲでスネークの様子を見て言葉を失った。

額から、口から、血がとめどなく流れている。苦しそうに息を喘がせるが、アラスカの冷却しきった空気が、スネークのひどく老化した肺へガラスのかけらのように突き刺さっているのだ。

「……リキッドは？」

いまこちらに来られたら、スネークはどうすることもできない。RAYとREXが激突したときに、激しく胸を打ちつけたのだ。あれだけ無茶なスピードで、あれほど巨大な金属塊がぶつかり合ったのだ。これが交通事故だったら乗員が死んで当然のレベルだ。スネークは身体を動かそうとして叫び声をあげる。左肩が外れているのだ。

と、地面に沈んだRAYのコクピットから、腕が伸びてきた。機体の表面をつかんで、身体を引き出そうとしているのだ。

リキッドがゆっくりとRAYのコクピットから這(は)い出してきた。スネーク同様、あの衝突で全身をしたたかに打ちつけたようだが、片手に銃をしっかり握り、機能停止したREXの残骸(ざんがい)へと、よろよろと近づいてくる。

まずい。ぼくはMk.Ⅲを操って、何とかスネークのシートベルトを外すけれど、スネークは疲労とダメージでひどく朦朧(もうろう)としている。朦朧としているのはリキッドも同じようだったけれど、スネークの身体はとても動かせるような状態ではない。

オセロットの身体を持ったリキッド。そしてスネーク。

老いてぼろぼろに傷ついた二人の男が、互いの運命をここで終わらせようと殺気をぶつけ合っているが、一方の身体は限界を迎え、まったく動くことができないでいる。

そのとき、リキッドの手が自身の胸をつかんだ。まるでそこから心臓を抉(えぐ)り出そうとしているかのように。

まさか、とスネークは思った。この光景には見覚えがある。

ちょうどいまのように、ジープで地下整備基地から地上へ飛び出した、九年前のあのとき。ジープの下に挟まれて動けなくなったスネークの目の前で、オリジナルのリキッドの目が見開かれたあの瞬間。自分はこれを知っている。自分はこの情景をすでに経験している。まるで呪いの言葉か何かのように、スネークが疑念をささやいた。

「フォックス――？」

「……ダイ？」

まるで自分自身に止めを刺すかのごとく、リキッドはスネークの言葉を引き継いだ。途端にその場に釘づけにされて動けなくなる。膝が地面に屈し、ついで上半身が倒れこんだ――苦痛の根源である心臓を握り潰そうと、左胸の皮膚に爪を立てたまま。

終わったのか――長かった戦いの終わりが、こんなあっけないものであってよいのだろうか。

スネークも自分の苦痛を忘れてしばし呆然とした。目の前にいま、ひとりの男の身体が倒れている。かつてオセロットと呼ばれ、いまはリキッドを名乗っているひとりの男。自らをソリッド・スネークの陰と称する、ビッグボスの息子。

「――じゃなぁぁぁぁぁぁぁあい！」

傷ついた身体は芝居だったのか、リキッドが発条のように上半身を跳ね上げる。その顔はあの東欧の夜、包囲した米軍を薙ぎ払ったときにも増して歓びに輝いていた。

「――なに？」

「残念ながら、今回はそうはいかない。見ろ！」

リキッドが指差したのは、つい先刻ＲＡＹが飛び出してきた海だった。いつの間にか、ＲＡＹが接近してきたときとは比較にならない轟音が港一帯を覆っている。ぼくとスネークが呆気にとられて見ていると、重々しく鉛色に沈んでいた海面が一斉に祝祭へ転じたかのように、水柱を噴きあげながら轟音を立てて弾けた。

ぼくは一瞬、自分の頭がどうにかなってしまったのかと疑った。

というのも、海面を割って現れた塊の頭から流れ落ちる、滝のような海水の奥に見えたのは、アメリカ合衆国大統領四人の顔が彫りこまれた、ラシュモア山にある花崗岩の露頭だったからだ。建国の歴史を刻むラシュモアのモニュメントが、アラスカの凍てつく海から当然顔で浮上する。おそろしくシュールな風景に、ぼくもスネークも言葉を失った。その光景はあまりに馬鹿馬鹿しすぎ、それゆえに奇妙な荘厳さすらも湛えていた。

臆面もない非常識さ、恥知らずさがもたらす感動に、ぼくは頭のなかで「永遠なる父よ」が鳴り出すんじゃないかと心配になる。スネークはぼくよりも早く正気を取り戻して、コクピットから出ようと悪戦苦闘しはじめた。

思うようにならないのは体だけではない。老化とダメージとが全力でスネークの意識を押し潰そうと躍起になっている。スネークは苦痛の叫びを嚙み殺しながら、倒れたＲＥＸの操縦席から這い出した。

地面を這いずるスネークを見て、リキッドが子供のようにはしゃぎながら護岸の方へ遠ざかる。こちらを指差しながら軽快にステップを踏む様は、いじめっ子に仕返しを果たした少年そのものだ。やーい、とでも言い出したならかなり頭の痛い光景になっていただろう。童心に還りすぎだ、とぼくはリキッドの嬉しそうな姿に呆れた。

　小学生のようにからかわれて闘志に火がついたのか、スネークは意志の力で苦痛を黙らせると、Ｍ４を抱えてどうにか立ち上がった。

　とはいうものの、外れた左肩の関節はどうにもならない。苦痛は耐えられるが、左肩を含めて現実に足腰肩が動いてくれないのはどうすることもできなかった。

「リキッド……」

　スネークは狙いをつけるべく、三、四キロはあるライフルを何とか片腕で持ち上げようとする。しかし上腕二頭筋も肩筋も痛みを以ってそれを拒否した。五メートル先の地面より高くを狙う力は、もはやスネークには残されていない。

　横隔膜も気管支も、肺へ酸素を取りこむ力を完全に失っていた。もはやスネークは窒息寸前だ。ひゅうひゅうと喘鳴がスネークの口から漏れる。食事などで摂取したエネルギーも、この寒さではなかなか熱に変わらない。

　体力と呼ばれるものはすでに使い果たされている。Mk.Ⅲはというと、情けないことにＲＥＸのコクピットの奥にはまりこんで、走行脚が空しく宙を蹴っていた。

　やがて、ラシュモア山の下部構造が喫水上に姿を現した。

　それは巨大潜水艦だった。全長は優に六百メートル以上ある。スケールを間違えて生まれてしまった鯨のような船体は、間違いなくアーセナルギアと同種の戦闘艦であることを示している。

RAYやREXの残骸。そしてアーセナル級潜水戦艦。まるで巨人の国だ、とぼくは思った。巨大な機械たちに取り囲まれて、スネークもリキッドもひどくちっぽけな影でしかないように思える。

よく見ると、ラシュモア山の像はジョージ(G)・ワシントン(W)やエイブラハム(A)・リンカーン(L)ら、建国の父たちのものではなかった。そこにある四つの顔は、互いに複製したものを並べただけかと思うほど似通っている。それもそのはずだった。それはスネーク自身を含む蛇の系譜の肖像だったのだ。リキッド、ソリダス、そしてすべての根源――ビッグボス。注意して観察すると、ビッグボスの顔はラシュモアでいうワシントンの位置にあたることがわかる。

ぼくはリキッドの誇大妄想に辟易(へきえき)した。蛇による歴史、リキッドはそう言いたいのだろうか。ゼロの管理統制妄想から世界を解放するのは、自分たち蛇の系譜なのだと。すると、アーセナル上のラシュモア山が薄れはじめた。考えてみれば当然だけれど、あれはオクトカムによる質感投射の産物だったのだ。

リキッドは護岸で立ち止まるとこちらに向き直った。中東でスネークを前に勝鬨(かちどき)をあげたときのように、大げさに両腕を広げて誇らしげに宣言する。

「これがおれたちが勝ち取った自由――アウター・ヘイブンだ！」

オクトカムによるラシュモア山の下地にあったのは、甲板からなだらかに盛り上がる丘のような構造物だった。ステルス性を高めるために船殻と一体化した、潜水艦でいう艦橋にあたる部分だ。とはいえ、ヘイブン自体が冗談みたいな大きさなので、艦橋相当部も普通の戦略原潜の優に三倍はある。

その巨大な艦橋部が、まるで帽子を脱ぐように大きくスライドしはじめた。開放された船体内には、まるで都市のような箱型の構造物が林立し、その狭間(はざま)からは見覚えのある砲身状の物体が突き出しており、仰角で空を睨(にら)みつけている。

ＲＥＸから取り外したレールガン――「愛国者達」の管理下にない核弾頭射出装置だ。

「見ろ！　この因縁のレールガンで『ＪＤ』を破壊する――それですべてが終わり、すべてがはじまる！」

開放された艦橋部から、搬入用のクレーンが伸びてきた。スネークは狭窄(きょうさく)した気管でひゅうひゅうと息を吸いこみながら、何とかリキッドの許(もと)までたどりつこうとする。まただ、とスネークは悔しさに唇を噛む。中東でも、そして東欧でも。おれはリキッドを仕留めることにいつも失敗してきた。

だが、おれにはもう時間が残されていない。もうリキッドを取り逃がしている余裕はないのだ。このままでは自分で自分の始末をつける前に、老化してぼろぼろになった身体が動かなくなってしまうかもしれない。

頼む、とスネークは念じた。神か、宇宙の意思か宿命か、どこの誰かは知らん。とにかく、おれに課せられた最後の責務を果たさせてくれ。その後ならば、魂だろうと命だろうと、おれは喜んで貴様の求めるものをくれてやる。

しかしリキッドは下ろされたフックに足を掛け、クレーンに持ち上げられて岸を離れる。天使のようにスネークを見おろしながら、勝ち誇った視線とともに指を突きつけ、ヘイブンの内部へと去っていく。

「だが兄弟……貴様はこの記念すべき島で墓標となるのだ！」

スネークは歯を食いしばった。頭上へ昇っていくリキッドを仕留めるため、M4を持ち上げようとふらつく脚に力をこめる。最後の力を振り絞り、何とか銃を支えようと踏ん張った。

途端、気管が激しく暴れ出す。

肺から呼気すべてを追い出そうとするかのように、咳がまったく止まる様子がない。この島の寒気に触れてからは常に咳きこんでいたために、背中や胸、脇腹と、上半身すべての筋肉が引きつっている。まるで肉が骨から剥がれるような痛みだ。そうして痙攣する胸郭にスネークが悶絶しているあいだに、すでにリキッドはヘイブンへと乗りこんでしまっていた。

「ヘイブンで潰してやる！」

暴れる肺臓を抑えこもうと前のめりになって動けないスネークに、リキッドが処刑を宣言する。と、そのときどこか彼方で、花火があがるような重い爆発音がした。何かが空気を切り裂いて急接近する高周波が、スネークの耳にも届いた。

ヘイブンの右舷近くに、真っ白な水柱が派手に立ち昇る。

吹き飛ばされた海水が豪雨のように降りかかり、スネークの身体を濡らす。砲撃だ。スネークは咳きこみながらも顔を持ち上げ、アリューシャンの曇天と太平洋の境目に目をやった。水平線に一隻の船影が見える。この距離であの大きさだ、さぞかし大型の船に違いない。さらに二発、その船からの砲撃がヘイブンのすぐ傍らに着弾した。

そう、それは美玲のミズーリに搭載された、五〇口径十六インチ三連装砲の連続射撃だった。電子的なナビゲーションを用いず、前世紀の測距儀で当たりをつけているのだ。

あまり嬉しくない状況にリキッドも気がついただろう。ヘイブンは確かに戦略原潜並みに頑丈な二重船殻を持っているかもしれないが、さすがに十六インチなどという大口径の砲弾を喰らえばただじゃ済まない。しかもこの砲撃は命中させようとして放たれたものではない。単に距離や気圧、風向きによる精度を確認するためのお試し砲撃、いわゆる評定射撃というやつだ。ここに留まっていれば、次弾はおそらく命中するだろう。

ヘイブンの天井が大急ぎで閉鎖をはじめた。船殻は勿論、開け放たれた内部へ直接に砲弾が命中すれば、これだけの巨艦といえどひとたまりもない。肝心要のレールガンもある。

ヘイブンは艦橋部を元通りに閉鎖すると、岸から全速力で遠ざかりはじめた。

スネークは咳きこみながらＭ４を構え、急速に護岸から離れゆくアウター・ヘイブンの船体に狙いをつけようとする。額の傷から流れ出る血で、スネークの顔面は真っ赤になっていた。目に入ってきた血を片手で拭(ぬぐ)うけれど、視界がひどくぼやけて何がなんだか判らない。

そして、スネークのなかで何か大切なものが折れた。

すでに限界を超えている身体を、辛うじて支えていた何かが。

大発作に襲われて、スネークは銃を取り落としてしまう。スネークには倒れることすらできなくなっていた。その場に何をすることもできずに立ち尽くし、ぼんやりとしたヘイブンの影が反転するのをただ見つめている。その船影がだんだんと大きくなるのが分かった。護岸ごとスネークを押し潰そうと突っこんできたのだ。

ミズーリが砲撃を再開するが、高速で航行するヘイブンには当たらない。着弾が噴き上げる水柱のあいだを、巨大な鋼鉄の鯨が突進する。護岸にぶち当たったところで、ヘイブンの船殻はほとんど傷つきもしないだろう。

衝突して潰されるのは護岸――そして人間のあまりに脆(もろ)い肉体だ。

スネーク、逃げて、とぼくは叫んだけれど、もはやスネークには何を聴くこともできなかった。肉体は案山子(かかし)のように突っ立ったまま、どこへ動くことも叶(かな)わない。疲労、傷、そして老い。スネークはその三つにがんじがらめにされている。

轟音(ごうおん)が耳を完全に塞(ふさ)ぐ。スネークは目を閉じて、来るべき瞬間を待った。

おれは敗者だ。誰かの望んだようなヒーローではない。負け犬だ。

スネークはそれらすべての屈辱を受け入れた。九年前にリキッドの言ったとおりだ、と。

結局、おれは誰も護れやしないのだ。自分の身さえも。

そして、叫び声があがった。

それが自分の叫びでないことを奇妙に思ったスネークは、ゆっくりと目蓋を持ち上げる。

これまで多くの信じられない体験をしてきたスネークだが、それもまた眼を疑う光景だった。ヘイブンの鼻先と砕かれた護岸の狭間に、仁王立ちになった雷電が背中で船体を押し止めている。瓦礫から抜け出すため、右腕は自ら刀で断ち落としていた。

「雷電……」

確かに信じがたい状況だった。幾ら常人とは比較にならぬパワーを発揮する強化外骨格とはいえ、全長五、六百メートルもある船体を受け止めるとは。にも拘らず、スネークはこの風景に見覚えがあった。自分はこれを知っている。自分はこうして助けられたことがある。

九年前のシャドー・モセスだ――リキッドの操るREXに踏み潰されかかったとき、おれはこうやってフランクに助けられた。フォックスの称号を持つ戦友に。ナオミの兄でもあるあの男に。

「……ス、スネーク、早く！」

ヘイブンの莫大な質量に耐えつつ、雷電の喉が声を絞り出した。

そうだ、おれはまだ死ねない。ここで諦めてはならなかったのだ。

屈辱も敗北も、何ひとつ受け入れるわけにはいかない。少なくとも今はまだ。

おれの命は贖罪のために延命されている、とナオミは言った。確かにそうなのだろう。おれは自分の運命を全うするために生かされているのだろう。しかし、おれは他の何よりも重要な借りを背負っているのではなかったか。運命やら罪やらといった抽象的な何にも増して、確実に果たさねばならぬ絶対の責務が。

フランク、おれはお前の妹を守ることができなかった。彼女を縛りつけていた運命から解放してやることができなかった。ならば、彼女の想いだけは何があっても潰してはならない。これ以上、命を救ってくれたお前を裏切りつづけることは——絶対に許されない。

噛み砕こうと襲い掛かるヘイブンの顎から逃れた一瞬、スネークを突き動かしていたものは、とうに尽き果てた体力でも精神力でもなかった。純粋な義務。かつて自分を救ったフランク・イェーガーへの借りを返さねばならぬという責務そのものが、スネークの身体を動かしたのだった。

雷電のボディが狂ったようにスパークを繰り返す。強化外骨格のすべてのパーツが歪み、潰され、エネルギーは流れこむ先を失って暴れ出し、雷電の体表を出鱈目に駆け巡った。ヘイブンを背負う背中と左腕はもう限界にきている。このまま船殻を押し止めつづければ、ほどなく背骨も腕も護岸と同じように砕け散るだろう。

「最後はもっと派手にしよう、フランクのようにな！」

ヘイブンの外部拡声器からリキッドの声が聴こえる。友への嘲りを含んだその言葉に、スネークは臓腑を焼き尽くす怒りを覚えた。

「雷電！」

スネークが叫んだ瞬間、強化外骨格もついに力尽きた。雷電が過剰出力のツケで激しく放電しながら倒れこむ。だらしなく投げ出された左腕が、ヘイブンの船体と粉々に砕けた護岸のあいだに挟まった。

「やめろーっ！」

スネークの声は、ヘイブンの轟音と雷電の絶叫にかき消された。指が砕かれ、手の甲が潰され、ついで手首が、斜骨が、左腕全体が磨り潰されてゆく。右腕を自分で切断したときに感じた、激しくも瞬間的な苦痛とはまったく違う。腕が先のほうから徐々にミンチにされていく痛みは、雷電のどんな覚悟をも上回った。

ヴァンプに串刺しにされたときですら感じなかったほどの苦痛。

骨も筋肉もひっくるめて左肩が跡形もなく砕け散ったとき、自身の真っ白な血しぶきに塗れながら、ジャックはある人物の名を絶叫していた。

自分の還るべき場所。自分の還るべき女性。

何年も口にすることのなかったその名前を呼ぶと、ジャックは闇に落ちていった。

ACT 5　Old Sun

1

ぼくはこれまで色々な人たちの話をした。

世界を動かしたふたりの蛇の話を。その蛇の戦いに巻きこまれ、本人も蛇にされかかった若者を。そしてふたりの蛇を、いや、この世界を生み出すきっかけになった、ひとりの女性の物語を。

最後にするのは、その世界を終わらせたある女性の物語だ。

はじまりが女性であったように、終わりもまた、女性によってもたらされた。

はじまりのひとがそうであったように、終わりをもたらしたその女性の名も判らない。とはいえ本人自身、どんな名前で自分が両親から愛されていたのか、それを知ることは出来なかった——たぶん死ぬまで。

名前だけではない。物心ついたとき、彼女はすでに孤児だった。肌理の細かい艶やかな褐色の肌が、かろうじて出自らしきものを示していたけれど、それ以外のことはまったく判らなかった。彫りが深く、鋭く通った鼻筋から、黒人ではないだろうと推測はついた。となると、インド系の血が流れている可能性が高い。

というのも、彼女が拾われたのはかつてローデシアと呼ばれていた場所だったからだ。

ローデシアは、公式には存在しないことになっている。かつてこの国を植民地にしていた大英帝国は、ローデシアがジンバブエとして生まれ変わるまで、この国の存在を否定しつづけたからだ。

第二次世界大戦後、インドをはじめとする世界中の植民地に独立の気運が高まると、イギリスはそれらの土地を自国領として抱えておくのは危険だという判断を下した。イギリスは現地の人間に統治権を明け渡し、その独立を認めていった。

そんななか、ローデシア植民地はそうした本国の動きに対し怒りを顕にする。いや、正確に言うならローデシアに住んでいた白人「だけ」が怒ったのだ。支配層である白人は、総数からいえばローデシア植民地人口の一割にも満たない。そんな少数派にとってみれば、民主的な独立というのは考えたくない事態だった。なぜならそれは、現地人の権利を奪い続けることで成り立っていた自分たちの生活が、完全に崩壊することを意味したからだ。

皮肉な話だけれど、本国による植民地の独立援助に反対して、結果的にローデシアは独立宣言をすることになったのだ。

そういうわけで、植民地だったローデシアには、同じくイギリスの支配下にあったインドから多くの人間が移り住んでいた。おそらく彼女はそんなインド系の血を引いているのだろう。白人も多少混じっているかもしれない。そうしたいかにも植民地的な人種混合のなかで、おそらく彼女は生まれたのだ。

孤児だった彼女を拾ったのは、この国の内戦に金で雇われて参加した兵士のひとりだった。白人政府と現地の住民たちによる反乱軍の戦い。隣の南アフリカと同じ人種隔離政策(アパルトヘイト)に人間としての尊厳を奪われていた黒人たちは、「ローデシア」などというまやかしの独立ではなく、アフリカ人のアフリカ人によるアフリカ人のための政府を創ろうと立ち上がった。彼らはかつてこの土地を治めていた帝国の名である「ジンバブエ」を名乗った。

ジンバブエ国民戦線やジンバブエ民族戦線といった、自らの土地を取り戻そうとする動きに対し、白人の政府は傭兵(ようへい)を大量に雇い入れて軍隊の強化を図った。早々にローデシアに見切りをつけ、財産を抱えて国外へ脱出しようとする富裕層が、個人で護衛に傭兵を雇うこともあったそうだ。

ザンベジ河で彼女を拾った若き兵士も、こうした「戦争の犬」たちの一人だった。

名前もなく、親もなく、存在しない国に生まれた彼女。ザンベジ河のほとりで飢え、渇き、それに対して無力に過ぎた幼子を、雇われ兵はアメリカへと連れ帰った。どこからか手に入れた戸籍を与え、教育を与え、生活を与え、人生を与えた。少女がローデシアで失った多くのもの、青年はそれを惜しみなく与えたのだった。

ナオミ・ハンター、それが新たな人生に付けられた名前だった。

見知らぬ土地での、新しい生活。白人でも黒人でもなく、急速に人口比を増やしつつあったヒスパニックでも、中国系や韓国系でもない。インド系のコミュニティもあるにはあったけれど、本当に自分がインド系なのかどうか判らなかったナオミは、そこに参加することもなかった。

人種の坩堝。様々な人種が一堂に会しているからこそ、それぞれの民族は群れ集まり、互いを助け合って生きていく。どの民族にも属さない、自分が何者か判らないという身の上は、ナオミの新しい生活に多くの苦難をもたらした。多民族国家は、いかなる民族や宗教に属さなくとも生きていくことのできる世界を意味しない。そこでは逆に、自分が何者であるかを常に発信し続け、その拠って立つ血や神を明確にすることを要求される。

それでも、ナオミはこの国へ自分を連れてきてくれた青年を慕った。青年は妹としてナオミを愛し、ナオミは青年を兄として尊敬した。いかなる共同体にも属さないふたりは、それゆえに互いを支えあった。たったふたりだけの小さな共同体。どこまでも孤独な世界でただひとり、自分の存在を認めてくれる、そんな兄をナオミは深く愛した。

兄は自分のことをあまり語ろうとはしなかったが、それでも同じ孤独を抱えてきたことは、幼いナオミにも容易に理解できた。自分も兄も孤児なのだ。ナオミは兄のことが理解できた。兄も幼くして戦場で孤児となったのだ。

ナオミは兄に感謝し、兄を不可分な自分の一部だと感じていた。自分は兄のために生き、できることなら兄を支えてあげたかった。ナオミは兄の過去について詮索したりはしなかったし、同様になぜ自分を拾ったのかも訊くことはなかった。

たぶん、それはある種の欺瞞だったに違いない。

なぜ、自分を。それを訊いた瞬間、何かが崩れ去ってしまうことをナオミは敏感にも察していたのだ。兄と笑い、兄に悩みを打ち明け、兄とともに泣いていても、兄はどこか心ここにあらずという雰囲気を漂わせていた。まるで、自分のいる場所はここではない、とでもいうように。

ナオミは兄の「居場所」になってやれない自分を深く恥じた。心の底から愛していたがゆえに、兄の力になれない自分を自覚していたし、いつも兄が自分の瞳をまっすぐ視てくれてはいないことにも気づいていた。そして長い「兄妹ごっこ」のなかで、ナオミは徐々にその答えの所在に気がついていったのだ。なぜ、自分を拾ったのか。それこそすべてを理解し、同時に自分と兄のすべてを破壊するかもしれない魔法の言葉だと。

ナオミはその答えから逃げた。それを問うことを拒んだ。それが兄を傷つけかねないのなら、自分はその問いを呑みこんで抱えたままにしておくべきだと思いこんだ。

本当は怖かったのだろう。兄が自分を愛していないかもしれない、というかすかな可能性が。そして何よりも、その答えを知ることで、他ならぬ自分が兄への愛を失ってしまうかもしれない、という最悪の可能性が。

ナオミは愛を失いたくなかった。兄の愛を、そして何より兄を愛している自分自身を失いたくなかった。そうして答えから逃げ続けているうちに、兄はナオミの前から忽然と姿を消した。

戦場に戻っていったのだ。ナオミと兄妹を演じることよりも、銃口の前に身を晒し、硝煙のなかで明日の命を願う日々へ帰ることを選択したのだ。

兄がいたから、自分は生き延びることができた。兄がいたから、この国で自分は生きていくことができた。ナオミをそれまで支えてきたのは、自分という存在を全力で消去しようとする悪意に満ちた世界で、ただひとり自分を愛し守ってくれている、兄——フランク・イェーガーという存在だった。

兄という根拠を失って、ナオミは新たな自らの根拠を探さねばならなかった。これまでは、自分が何者であるかを兄が保証してくれていた。わたしが誰であるか、少なくとも兄は知っている。しかしその兄を失ったいま、ナオミには根拠が必要だった。そうして彼女は遺伝子工学の道へと進みはじめた。

自分の遺伝子を知れば、自分が何者であるかを理解できると思ったのだろう。そこには父と母がどのような人間だったか、断片であってもそれが確実に書きこまれているはずだ、と考えたのだろう。

ナオミはその分野で幾つもの革新的な発見をしたけれど、それもすべては自分の根拠を探し出す旅の途上で、図らずも生まれてしまった副産物に過ぎなかった。探れども探れども自分が誰であるのか、その答えはより曖昧で捉えがたいものへと形を失っていく。真実とは往々にしてそのようなものだ。はっきりくっきりの確固とした「事実」を追い求めても、結局そこにあるのは白とも黒とも言い切れない漠然とした広がりでしかない。

それでもナオミは執拗に自分の正体を遺伝子から抉り出そうと執着し、その過程で自分の根拠とは何の関係もない様々な科学的発見がなされた。現在の遺伝子工学やそこから派生したナノマシン技術において、ブレークスルーと看做されている発見の幾つかは、ナオミ・ハンターというひとりの女性が、自分が何者であるかを探りだそうとする足掻きのなかで、たまたま付けてしまった小さな傷に過ぎなかったのだ。

そうして自分が求めていたものは手に入らず、望んでもいない業績が空虚に積み上げられていくなかで、自分は誰なのかという答えをいまだ見つけられずにいたナオミは、かつて唯一の拠り所だった兄と再会した。

兄は瀕死だった。

中央アジアで勃発した、旧ソ連領の独立運動。イスラム教国とのあいだに置かれたいわば宗教的なクッションとして重要だったため、ロシアにはその地域を手放す気はまるでなかった。ロシア軍はかつてソ連がアフガニスタンに攻めこんだように、ツェリノヤルスクと呼ばれていた自国の領土へと大軍を派遣した。

にも拘らず、大した軍事力を持っているわけでもなかったその土地は、何とか紛争に勝利した。噂ではある男が傭兵たちを取りまとめ、どこからか武器兵器を湯水のように調達し、適切な訓練を現地人に施して加勢したという。独立を果たした人々は、自らの国の名をザンジバーランドと改めた。

兄は、その国から帰ってきた。ほとんど死人同然で。

愛していたからこそ、生きていてくれてよかった、とはとても言うことができなかった――これほど無残な肉体を前にしては。死人も同然といったけれど、実際にフランク・イェーガーは何度か心停止したという。

いま、兄は強化外骨格と呼ばれる新たな技術の被験体にされていた。苦痛を薬物とナノマシンで抑えつけながら、とても生きているとはいえない状態に留め置かれていた。

兄をこんな身体にしたのは、アメリカ軍がザンジバーに潜入させた工作員だった。国家機密の厚いベールに包まれて、その本名を知ることはできなかったけれど、何といってもたったひとりでザンジバーランドを陥落させた男だ、その「伝説の英雄」としての評価は瞬く間に闇の世界へ広まった。

コードネーム、ソリッド・スネーク。

それが彼女の愛した人を、自分の根拠だった存在を、完璧な廃人へと追いやった男の名前だった。

「ヘイブンは毎時三十三ノットで太平洋を南へ向かい潜行中。本艦はヘイブンに毎時ごとおよそ二海里ずつ引き離されている」

スライドをポインタで指しながら、美玲がミズーリのブリーフィングルームに集合した面々に説明する。映し出されているのは数十枚の写真を合成した空撮画像だ。白い航跡(ウェーキ)をハイフンのように描くミズーリと、その遥(はる)か先、うっすらと海面下を征(ゆ)く鯨のような影が捕捉(ほそく)されている。しかし、点のようなミズーリに比べ、その影は約二倍の大きさだ。あれほど巨大な鯨は、怪獣映画にだって出てきはしない。

もっと急げないのかい、そう訊くと美玲は苦笑いした。前世紀の遺物である自分の艦を馬鹿にされた気持ちと、申し訳ないという思いがない交ぜになっているのだ。

皮肉な話ではある。アーセナルの原型となった海軍の新艦建造計画は「二十一世紀の戦艦」と呼ばれていたのだから。その二十一世紀の戦艦を、「最後の戦艦」であるミズーリが追いかけている。息子(ミズーリ)の罪を自ら贖(あがな)おうとする父のように。

「残念ながら、今の彼女にはこれが限界なの」

つまり、航行するリキッドに追いついて、後ろから砲撃なりミサイルなりで攻撃を仕掛けることは不可能ということになる。しかし、希望がないわけじゃない。ぼくらは別に、リキッドと追いかけっこをしているわけではないのだ。

「リキッドの標的は宇宙ゴミ(デブリ)に偽装した米軍事衛星『ジョン・ドウ(JD)』。ヘイブンはレールガンを『JD』に向けるために必ず浮上する」

美玲は現状を確認するように説明し、スライドの前で一同の顔を見渡す。ラットパトロールのメンバーがいるものの、それはメリルとジョニーのふたりだけだ。エドとジョナサンは東欧でのダメージから回復することができず、ミズーリに乗艦することができなかった。

メリルの隣に座っていたジョニーが、腕のウェアラブルに一連の数列を入力しはじめ、

「『ＪＤ』の軌道が判れば、ヘイブンの浮上ポイントも予測できる」

美玲はうなずいて、スライドを切り替えた。地球を霧のように取り巻く粒子が映し出される。軍事、気象、通信など、北米航空防衛指揮所（ＮＯＲＡＤ）が把握している世界各国すべての衛星だ。それらが徐々に消えてゆき、最後にただひとつ軌跡が残った。

これが「ＪＤ」の軌道なのだ。美玲はミズーリとヘイブンの位置を、その地球の映像上に表示させ、

「楕円（だえん）同期軌道を描いている『ＪＤ』が最接近するのは……」

「出た！　十五時間と六分十二秒」

ジョニーがウェアラブルの演算結果を読み上げた。その時刻、リキッドやぼくたちの船は「ＪＤ」の周回軌道と最短距離で交錯する。

「そう、十五時間後の、ベーリング海峡から四九四海里離れた洋上の上空――ヘイブンはそれを狙ってその海域で船位保持するはず」

そこまで近づかないと撃てないの、とメリルが疑問を口にする。ＲＥＸのレールガンは全世界に核弾頭を射出できるはずだ。いったい、リキッドはなぜそこまで軌道に接近する必要があるのだろう。ぼくは立ち上がって、メリルというよりは全員に説明するようにスライドの前へ出た。

核兵器、といっても「ＪＤ」が浮かんでいるのは衛星軌道上——ほとんど宇宙といってもいい。そして、それが何を意味するかというと、核分裂反応がせっかく莫大なエネルギーを発生させたところで、周囲にはそれを受け止めてプラズマ化してくれる物質、つまり空気があまり存在しないということだ。

地球上での核爆発による被害は、核分裂や核融合反応——つまり爆発「本体」以外の爆風や破片、そして熱風といった部分が少なからぬ割合を占めている。衛星軌道上という環境で核分裂エネルギーがすべて輻射にまわったとしても、戦術核であるＲＥＸの弾頭が被害を与えられるのは、そのキロトン数を考えるとせいぜい爆心から半径三、四百メートルに過ぎないだろう。

直径で六百メートルもの範囲を燃やしつくすことが出来れば上出来じゃないか。そう思う人もいるかもしれないけれど、一方の衛星はといえば、地球の重力に引っ張られないよう前へ前へと進むから、軌道上に留まり続けるための速度は秒速十キロにも達する。

空気抵抗のある地上では、そんな馬鹿みたいな速度を出すのは不可能だ。これだけ速度が出ていると、秒二十四コマの映画カメラでは影を捉えることすらできない。物体はコマとコマのあいだの暗闇を一瞬で通過してしまう。逆に言えば、それだけ加速していなければ、物体は地球の重力に引かれて落下するということだ。

仮に、ＲＥＸの核が「ＪＤ」の軌道上を一ミリも外れずに炸裂したとしても、六百メートルの空間を秒速十キロの物体が通過するのに掛かる時間は、たったの〇・〇六秒。ほとんどまばたきするような時間でしかない。いくらアーセナル級の射撃管制に頼ったとしても、そんな非常識な速度の物体を撃ち落とすには、可能な限り射程を短くするしか方法はない。

つまりリキッドは射撃予定地点に到達しても、命中率を最大限確保するため、「JD」が最接近するまでは核を発射できないというわけだ。その待ち時間を利用してミズーリはヘイブンに追いつくことが出来る。一同がぼくの説明に納得したのを確認すると、美玲が今度は作戦説明をはじめた。

「ヘイブンは『JD』破壊に、艦橋部のレールガンを使う模様。ヘイブンが核弾頭発射のためにカバーを開いた瞬間が、こちらにとって唯一の、突入のチャンスになる」

モセスの港で開かれた艦橋構造部の中身を、ミズーリが砲撃しつつ撮影した写真がスライドに投影された。REXから取り外されたレールガン。電磁誘導を行う二本のレールが、まるで日本人の箸のように見える。

「突入？　外側から攻撃できないの？」

メリルが訊いた。電子管制がないとはいえ、ミズーリには大口径の砲があるではないか。前世紀の遺物かもしれないけれど、新旧はこの際関係ないだろう。巨大な鉄の塊と爆薬を叩きつければ、どんなに新しい船だろうが穴は開く。

メリルの疑問はもっともだ。理由はリキッドの持つ「力」の仕組みにある。ぼくは再びスライドの前で説明した。リキッドがシステムを握ったままで、ぼくらが物理的に「G.

W」を破壊してしまったら、SOPの優先権限はリキッドに残ったままになってしまうのだ。そういうわけで、浮上しているヘイブンをいきなり大砲で破壊することは許されない。

ぼくがそう解説すると美玲はうなずいて、

「そう、だからこそヘイブン自体を攻撃する前に、まずヘイブンに搭載された『G.W』を内側から壊す必要がある」

「まるでデススターだな」

ブリーフィングルームの後方で、壁にもたれかかりながら酸素を吸っているスネークが、そうジョークを言ってよこす。ぼくが九年間付き合ってきた限りでは、スネークがスター・ウォーズをネタにしたのははじめてだ。とはいえ、すぐにむせこんで酸素マスクを装着してしまい、そのあまりの痛々しさに、ジョークに反応できた人間はひとりもいなかった。

「ヘイブンはレールガン発射のために必ず浮上してくる——本艦はそれを確認して急速接近、突入部隊を送りこむ。我々の目的は核弾頭発射の阻止と、『G.W』の電子的な破壊。敵は電子的索敵手段に頼りきっているわ。海上に出るまで、本艦を捕捉できないはず」

美玲は照明を落とした室内で、スライドの光に浮かび上がる一同の顔を見渡す。誰もが多かれ少なかれ、無茶な話だと思っていた。ヘイブンにはリキッド直属のヘイブントルーパーが針の山で待ち受けているだろう。作戦と呼ぶに値しない自殺的な任務であることは、火を見るよりも明らかだ。

しかし同時に、これ以外に方法がないことも全員が知っていた。

段取りはこうだ。ヘイブンが艦橋部を開いてレールガンを露出したら、突入部隊をミズーリ艦橋の人間カタパルトから射出する。そして「G.W」の物理サーバルームへと侵入し、ぼくが用意したワームクラスターを流しこむのだ。

「そのあいだに『G.W』をシャットダウンされる可能性は?」

ウェアラブルに表示されたシミュレーションを睨みながら、ジョニーが美玲に質問する。幾らサーバルームに辿りついたところで、ワームクラスターを流しこむコンピュータそのものの電源なり何なりを落とされたらたまらない。勿論、美玲とぼくは問題点や可能性をすべて洗い出していた。

「リキッドはすでに『愛国者達』のネットワークへと潜りこんでいるわ。その状態を維持していないと『JD』を破壊しても意味がない。彼らに『G.W』はシャットダウンできないわ」

「リキッドは突入部隊を全力で阻止してくるはずよ」

メリルが暗い面持ちで、ジョニーの懸念を引き継ぐように発言する。当然だろう。侵入と言うは容易いが、銃火に晒されるのは自分たちなのだ。美玲もぼくも、それをフォローする手立ては考えつかなかった。美玲は突入するメリルたちを阻む最大の危険について説明する。

「ええ、『G.W』へと繋がる通路には、マイクロ波の一種である指向性エネルギー兵器が設置されている」

「マイクロ波だって？」

ジョニーが驚きに身を乗り出す。ブリーフィングを聴いていた一同に、軽い動揺が走った。スネークもその情報に酸素マスクを外し、スライドの前のぼくへと目をやった。美玲はざわつく室内をいなそうともせず、淡々と言葉をつづける。

「そう、生身の人間はまたたくまに蒸発をはじめてしまう」

スネークは何か言おうとして咳きこんでしまう。ようやく落ち着いてから、唇を引きつらせたようなひどく陰惨な笑みを浮かべ、

「その電子レンジのなかにねえ。まさに決死隊――おれにうってつけじゃないか」

「スネーク、茶化してる場合じゃないわ」

メリルがどことなく哀しみのこもった声で、笑えない冗談を吐くスネークを諌めた。いずれにせよ三ヶ月経つまでに、かつて愛したこの男は、自分で頭を撃ちぬくなりガソリンを浴びて火を点けるなりしなければならないのだ。

命を差し出さねば、突破すること叶わぬ状況がある。

ならば、ほどなく死ぬことが判りきった人間が、その人身御供になるのは当然だろう。

そんなスネークの決意は、当然のこととして投げやりな気分から出たものではなかった。

メリルやジョニーといった若い命が、他ならぬ自分の禍を受けて死にゆくことに、ひどく腹を立てているのだ。

今日、誰かが死ぬとしたら、それは自分でなくてはならないはずだ。自分だけでなくてはならないはずだ。スネークはこの作戦説明そのものに苛立っていた。あそこに行くのは、自分ひとりでいいというのに。

ぼくもメリルも、スネークのそんな気持ちは分かりすぎるほど理解していた。自分ひとりですべてのカタをつけようとするスネークの姿が、ぼくにはとても辛かった。美玲もそんなスネークの悲壮な決意にたじろいだのだろう。どう反応していいか判らなかった彼女は、そのまま話をつづけた。

「通路の外は相当数の兵力、通路内は無人兵器が待ち受けているはずよ」

スライドに映し出されたのは、微に入り細を穿つヘイブン内部の構造図だった。「愛国者達」の管理下に置かれ、国家最高機密扱いになっているはずのアーセナル級建造記録群。アーセナル級の存在自体、知っている人間はほとんどいないというのに、ありえないほど詳細な情報を見せられて、スネークは眉をひそめた。

「この情報源はどこだ？　本当に『G.W』を破壊する術はあるのか？」

美玲がぼくに視線を投げた。今回の作戦を立案するにあたって、彼女には情報をすべて開示してある。だから彼女はこの情報の出所も当然知っていたけれど、ぼくの口からそれをスネークに告げるべきだと、その瞳で促しているのだ。

「……ナオミが準備を進めていたんだ」

ナオミがノーマッドに乗りこんできた当初の理由は、他でもないぼくだったのだ。彼女は自分の計画を託すことのできる才能を、自分の祈りを成就させることができる者を求めていた。

けれど、結局ナオミがその願いを渡したのはぼくではない。

選ばれたのは、まだ十歳にもならない少女だった。

ナオミの「G.W」破壊プログラムは完成間近だったようだ。けれど、それを完成させる時間が自分に与えられていないことを、彼女は知っていた。ナノマシンがもたらす偽りの生がすぐにも終焉を迎え、受け入れるべき死が凍りついた時間を粉々に砕くことを。自分はそのワームクラスターの完成を見ずにこの世を去るだろうことを。

そして、サニーが選ばれたのだ。ナオミの意思を受け継ぐことのできる才能として。じょうずに焼けた。シャドー・モセスで雷電に託されたサニーの伝言は、ワームの完成をナオミに伝える合言葉だったのだ。

プログラムの原型だけではない。ナオミはヘイブンについて正確で精密な情報をぼくらに残していった。この作戦は根本的に、彼女からもたらされた情報に基づいて組み立てられている。

「……ナオミはどっちの味方だったんだろうな」

スネークがぼくの瞳をまっすぐ覗きこんでくる。彼女に想いを寄せたぼくならば、その答えが判るのではないか、と期待しているのだろうか。これがぼくとスネークの間柄じゃなかったら、かなり下品な詮索に思えただろう。

勿論、ぼくとスネークはそんな下らない関係をとっくに超えたところにいたから、スネークの疑問に答えること自体はやぶさかではない——答えることができさえすれば。

そうなのだ。情けない話だけれど、ナオミに想いを寄せていたはずのこのぼくも、その真意についてはさっぱり理解することができなかった。ぼくたちに作りかけのワームを渡すことで、「G.W」を電子的に破壊し、リキッドの目論見を阻止したかったのだとしたら、東欧でナオミがとった行動の説明がつかない。

「彼女がどういうつもりだったのかは、もう判らない。でも……」

リキッドを止めたかったのなら、そもそもノーマッドから逃げ出して、連中がSOPを乗っ取る手助けをする必要はなかったはずだ。これでは世界の軍事力をコントロール可能にする最悪の力をリキッドに与えておきながら、今度はぼくたちにそれを止めろといっていることになる。はっきり矛盾するこの流れに、明確な筋を一本通してくれる説明を、ぼくもスネークも求めていた。

スネークもまた、ぼくと同様にナオミの真意を測ることができずにいたのだ。

思い出す。シャドー・モセスの地下で、サニーからの伝言を聞いたとき、彼女が浮かべたひどく儚げな安堵の表情を。じょうずに焼けた。その言葉を聞いたときナオミが覚えたはずの感情を、ぼくは自分の心にも描き出そうとする。

自分が癌だと知ってからだろうか、ナオミは自分の命が何のために存在するかを考えたのだろう。いくつもの夜、死への怖れに圧し潰されそうになりながら。この地上から消滅する前に自分がしなければならないこと、自分が贖わなくてはならないこと。ヴァンプのこと、スネークのこと、リキッドのこと、世界を覆い尽くしたひとつの巨大な文脈のこと。それはナオミが犯してきた罪のリストだった。

それらすべてを清算するには、自分に与えられた時間があまりに短すぎることをナオミは知っていた。だからこそナオミは、ヴァンプに施したような紛い物の生を自分にも課し、ぼくやスネーク、そしてサニーにコンタクトをとったのだろう。

死の間際、スネークの生は罪を償うためだけに延長されている、とナオミは言った。それはそのまま、ナオミが辿ってきた運命でもある。スネークの言うような、どちらの味方につくか、という段階をナオミは超えていたような気が、ぼくにはする。

「……リキッドたちを止める意思があったのは間違いない」

そう断言すると、スネークの目が少しだけ優しく、穏やかになったような気がした。ぼくを信用したのか、ナオミの遺志に賭けてみる覚悟ができたのか、それはわからない。けれど、すでにナオミがこの世の人でない今となっては、彼女を信用することと、彼女の遺志を受け継いだぼくやサニーを信用することは、どちらも同じことだった。

ナオミだけではない。ウルフもエマも、すべての死者は——いや、すべての人間は、そうやって誰かの身体に寄り添って存在し続けるのだ。ぼくはウルフであり、エマであり、ナオミであり、そしてスネークでもある。この部屋に集うすべての人間の一部でもある。

「中国にはこんな言葉があるわ、『鳥の将に死なんとするや、其の鳴くや哀し。人の将に死なんとするや、その言うや善し』」

美玲得意の格言も、さすがにこの状況では場違いだったようだ。鳥が死ぬときの鳴き声はとても哀切な趣がある、だから人が今際に遺す言葉は傾聴に値する。だからナオミのことを信じてあげてもいいんじゃないか、と美玲は言いたかったのだろう。しかしメリルやジョニーも含め、反応してくれる人間は誰もいない。

でも、ぼくは美玲の言葉を聞きながら違うことを考えていた。

人間は消滅しない。ぼくらは、それを語る者のなかに流れ続ける川のようなものだ。人という存在はすべて、物理的肉体であると同時に語り継がれる物語でもある。スネークの、メリルの、ここに集う兵士ひとりひとりの物語を誰かが語り続けるかぎり、ここにいる誰ひとりとして消えてしまうことはない。

その言うや善し。人がまさに死ぬそのときに語ったことは、単なる言葉ではない。それはぼくという存在に根を張って、未来に向け枝を伸ばしてゆく生命の一部なのだ。

何か質問は、と皆に美玲が訊くけれど、室内は暗い雰囲気に包まれている。この状況で何を訊ねることもない。スネークが言ったとおり、この作戦では誰かが死ぬことになるかもしれないのだ。決死隊、永遠とも思える重苦しい沈黙を破るように、スネークが軽く手を挙げた。

「誰か煙草をくれないか？」

2

仕事前にはいつもそうするように、ぼくとスネークはふたりで肩を並べて歩いていた。それはどこでもよかった、公園でも、隠れ家の近所でも。反メタルギア活動や反「愛国者達」活動で、これから危険な作戦に取り掛かろうとするその前に、ぼくらは必ずふたりきりで散歩をしたものだった。頭の上に空がありさえすれば、それはどこだろうと構わなかった。

　ぼくらが散歩していたのはミズーリの甲板だった。古きよき時代、という言葉はあまり好きではないけれど、この木甲板（ウッドデッキ）はとても高価で上品だった。よく磨きあげられて少しも朽ちたところがないのは、ちょっと前まではハワイで観光客向けの展示船だったので、アメリカ海軍最後の戦艦として丁寧に保存されていたからだ。デッキは丹念に磨きあげられており、こと美しさという点では、滑り止めの砂を混ぜた塗料で塗りたくられた、安っぽい青色の金属甲板などとは比較にもならない。

「雷電の様子は？」

　とスネークが訊ねる。瓦礫（がれき）に埋もれた右腕を自ら断ち落とし、ついでアーセナルに左腕を潰されておきながら、無事ということはありえない。一命は取り留めたけれど、今回の参戦はとうてい無理だ、とぼくは答えた。

雷電にとって幸運だったのは、組織閉鎖が上手くいったことだろう。肩から腕がすっぽり無くなるというのは、確かに致命傷ではあるものの、その部位への血液やエネルギーの供給を断ち、それ以上被害が拡大するのを抑えるという意味では、胴体を何箇所も刺されるよりは遥かにマシだったようだ。南米でヴァンプにやられた傷は胴の広範囲に及んでいたから、それらの組織を全部閉鎖していたら、雷電は完全に動けなくなっていただろう。

雷電が参戦できないと聞いて、スネークは少しほっとしたようだった。

「頼りになるのはメリルと……」

そう言って甲板を見渡すと、かなり離れた左舷のあたりで、アキバが前屈みになってよろよろと歩いているのが目に入った。この期に及んで腸が言うことをきかないとは、何とも難儀な若者だ。ぼくは肩をすくめて笑い、

「彼は未知数だね」

アキバがそわそわと落ち着きがないのは、この状況になっても果てしなく下り続ける腹具合のせいだけれど、それ以外の兵士たちも、しきりに貧乏ゆすりをしたり、始終周囲を不安げに見回したり、総じて落ち着きがない。SOPの抑制を失ったお陰で、恐怖を抑えつけられなくなったり、逆に過剰な戦意で興奮しすぎたりしているのだ。

「システムの保護を失くしたお陰で、みんな平常心を欠いている。SOPの後遺症が強すぎて離脱した兵士も多いみたいだ」

「アキバには裸のM82を渡しておいた」

聞き覚えのある声に振り返ると、この状況ではひどく場違いなスーツ姿の男が、傍らにある銃座の上からぼくらを見下ろしていた。

「奇遇だな」

ドレビンはしれっと言い、NARCの缶を持ち上げて挨拶した。

「ここで何してる？」

「ここの兵士のIDを洗浄して、それから裸の銃を提供させてもらった。あんたらの乗るカタパルトもな」

缶を持つ手でドレビンが指差した方向に、一見高射砲のような物体が数基、甲板のウッドデッキに据えつけられているのが見えた。スネークたちをヘイブンの内部に文字通り「放りこむ」、兵員射出用のカタパルトだ。

「『G.W』を手に入れてからというもの、リキッド軍からの追加発注は来なくなったしな。世界中の武器兵器がロックされている今、それでも戦おうってのはあんたくらいだ。各地の戦場は、IDのないおれの銃で装備を整えなおすと『採算が合わない』そうだ」

ドレビンは肩をすくめ、

「――だから、わざわざ出張までしてやったってわけだ」

まったく、この男はどこまで危険に目がないのだろう。スネークも呆れた様子で、

「お前、状況を理解しているのか？」

「ああ、勿論さ」

という眼鏡の奥の瞳は、嬉しそうに細められている。ドレビンはNARCの缶を示して、

「所詮、世の中はこの、炭酸のようなものだ。気が抜ければ用は無くなる。商品価値はゼロになる——おれは必要とされる側につく、わかるな」

そこでドレビンはトレードマークである例の仕草をする。自分の両眼を人差し指と中指で指し示し、次いでその指をスネークに突きつけた。何か腹に一物があるのか、単なる好事家なのか、どうにも判断がつきかねるこの奇人を置いて、ぼくらはまたミズーリの甲板を歩きはじめた。

「あれで商売になっているとは思えない。趣味だとしたら、恐ろしい話だ」

ぼくがぼそっと言うと、スネークは首を振って、

「いや、実はかなり本気で、あれはドレビンの単なる趣味じゃないかと疑ってるんだが」

いったい、ドレビンはなんでぼくらに付きまとうのだろう。本人が楽しんでいるのは間違いなさそうだけど、世界の裏側からまた裏側へ、往復するように地球を飛び回ってきたぼくたちに、ただ楽しいというだけでついてくるなんて、どう考えても気が狂っている。

リキッドが浮上するだろう方角の水平線は、これからはじまる戦いの重みを知ってか知らずか、大きな波も立てず穏やかに構えている。ぼくはこの平穏な海を割りながら前進する老艦の威容を、あらためて眺めた。

人を馬鹿にした大きさのアーセナルに比べれば、全長も半分ほどでしかないけれど、艦

橋構造部は煙突や後方の測距儀と一体となって、まるで中世の城のようにごつごつした巨大建築になっている。戦艦(バトルシップ)という言葉の響きに相応(ふさわ)しい、父親のような無骨さだ。ステルス性を全面に押した、アーセナル級の丸みを帯びた艦橋部とはまったく違う。船であるから彼女(シー)と女性名詞で呼ばなければならないけれど、ミズーリは明らかに男性、それも頑固な父親だ。

　多くの戦いの傷跡が、この船には残っている。艦の後方から右舷沿いに歩いていくと、船殻の一部が大きくたわんでいることにスネークは気がついた。

「ずいぶん大きく歪(ゆが)んでいるな」

　スネークが煙草を探しながら言った。ぼくはうなずき、その傷を穿(うが)ったのが、日本の零戦だということを説明する。

「それは太平洋戦争で日本軍のカミカゼが特攻してきた痕(あと)なんだ」

「零戦がか」

「この船にも多くの物語がある。ぼくやスネークよりもずっと長生きだからね。日本の外務大臣が、降伏文書にサインしたのもこの甲板だよ」

「それはどこだ」

　スネークが甲板を見渡した。何人もの乗組員たちが、来る戦闘を前にして忙しく立ち働いているのが目に入る。

「どこかにそれを示すプレートが埋めこんであるはずだけどね。美玲に訊けば判るかもしれないけど」

「零戦が歪めた船腹に、日本が降伏文書に調印した場所を示す板。彼女が見つめてきた歴史の跡というわけか」

「そうだね、人間だけじゃない。船も、建物も、物にも――それぞれに物語がある。ぼくらは結局、ひとりひとりがお話なんだ」

「お前はナオミの物語を受け継いだ。彼女の託したワームを完成させたんだからな」

「さっきも言ったけど、完成させたのはサニーだよ。といっても、彼女の功績は三分の一だけど」

スネークが煙草をくわえながら怪訝な顔をする。サニーとナオミ、それではもうひとりは誰だというのだろう。ぼくはワームの完成に関わらなかったのだから、スネークが疑問に思うのは当然だ。ぼくはライターを取り出して、甲板を渡る潮風に火を消されないように手で覆いながら、スネークの煙草に火を点けた。

「サニーはそれを完成させるために、ガウディにあったぼくのライブラリを漁って、使えそうなソースを探し出したんだ。見つけたのは――エマのワームクラスターだ」

スネークがぼくの顔を黙って見つめる。超多量情報解析の専門家だった妹が、かつて「G.W」破壊のために作ってくれたプログラム。そもそも「G.W」の基本設計をしたのはエマだ。だから、その壊し方もよく知っていた。

エマのソースコードを元にして、サニーはそこにナオミの情報を組みこんだのだ。だからこのＡＩ破壊プログラムは、三人の女性による合作というわけだ。

「完成したクラスターを隅々まで見る時間はなかったけど、見ているうちにエマを思い出したよ。構造の記述に彼女の面影が残っているんだ」

そう、記述なのだ。プログラムのコードもまた、記述された存在だ。プログラムは単なる数式でも指令の塊でもない。ある世界について斯く在れと記した文字の連なりなのだ。このクラスターはエマの物語の一部だ。エマ・エメリッヒ＝ダンジガーという人間が、確かにこの世界に存在し、多くの物語を語ったという証なのだ。

ぼくの話を聞いていたスネークは、息をするのをすっかり忘れていたらしく、思い出したように自分の煙草の煙でむせはじめた。ぼくは苦笑してスネークの背中をさすってやりながら、

「でも、サニーが作り出したワームクラスターはエマ以上だよ。エマのやつとは違って、ＡＩの知能を破壊、細胞自死を起こさせるプログラムだ。こいつを『Ｇ．Ｗ』に落とせば——確かに効果がある」

その背中をさすりながら、スネークがこれほどまでに衰弱しきっていることに、ぼくはあらためて動揺した。スネークに触れることで、「伝説の男」を突き動かしてきたかつての力が、この老いた身体にはすでに残されていないことを、掌から感じ取ることができたのだ。

「どうしてもヘイブンに行くのかい」

ぼくはそう訊いてみるけれど、そう言っても無駄なことはすでに理解していた。モセスへ行く前、もう止めようとぼくが言い出したとき、この男はそれをまったく聞き入れなかった。これは自分の罪だ、おれたちがはじめたことだ、と言い張って、老いた身体に耐えられるはずのない酷寒の島へと降りていった。

「おれには煙草を吸う以外に、まだやるべきことが残っているからな」

そう言うと、スネークは煙草を海に投げ捨てるふりをしてから、眉をひそめるぼくを見てにやりと笑い、携帯灰皿を取り出してそこに収めた。とはいえ、ぼくが嫌な顔をしたのは煙草のぽい捨てに対してじゃない。なぜこの男が、人類すべての罪を背負うかのようにして、これから旅立たねばならないのかということについてだ。

フランクにしてもそうだ。スネークが望んだわけではない。ふたりが出会い、最後には戦わざるを得ないように、理不尽な運命がそうあるべき方向へと転がっていっただけのことだ。フランク・イェーガーを倒したことも、彼が強化外骨格の被験体として滅茶苦茶にされたことも、何ひとつとしてスネークのせいではない。

けれど、スネークはそんな禍を引き寄せてしまう。自分のものではない罪を引き受けてしまう。シャドー・モセスではナオミの憎しみを引き寄せた。スネークはそれらすべてにケリをつけて死んでいこうとしているのだ。

咳が落ち着いてきて、スネークが身を屈めたまま、ぼくを見上げて言った。

「オタコン、お前こそ離艦したらどうだ」

ぼくは苦笑する。この身体でまだ自分の務めを果たそうとするスネークの頑固さに、ぼくらの気遣いはぜんぶ受け流されてきた。とはいえ、いざ自分がこうして同じように心配されてみると、やはりスネークと同じことを言うしかないじゃないか。まったく、まったく、頑固者はお互い様だ。

「やめてくれ。ぼくはタバコを吸わないかわりに、まだやるべきことが残っている」

「スネーク、聴こえるか」

ぼくのノートに映し出されたキャンベルの顔も強張っている。ぼくはスネークとメリルのふたりを、誰もいなくなったブリーフィングルームへと呼び出して、作戦前に大佐が入手した情報を聞くことにした。当然、メリルは立ち会うのをひどく嫌がったけれど、スネークに頼まれては断ることはできなかった。

「リキッドの戦艦、アウター・ヘイブンは『愛国者達』のアーセナルギア級を奪い、改造されたものだ」

アーセナル級一番艦はニューヨーク沖で極秘裏に建造されたものの、「G.W」に隠された「愛国者達」のデータを探り出そうとするソリダスらのテロ攻撃の結果、幾つものビルを薙ぎ倒してマンハッタン島に上陸した。それがビッグ・シェル事件の結末だ。

表向きにはナビゲーション・ソフトウェアのエラーによる暴走とされ、海軍史上最悪の事故として世界を騒がせたものの、その真相が公表されることはなかった。結局あのテロは、かつてアメリカ軍の巡洋艦を湾内で立往生させた、ウィンドウズ２０００による零除算エラーの親戚（しんせき）ということにされてしまったわけだ。

「あの『事故』によって、軍に対する世間の風当たりが強くなり、米軍全体の行動や安全性を監察する委員会やら法律やらが濫立して身動きが取れなくなった結果、民間のＰＭＣが台頭し、戦争経済が市場を席巻することになった。今にして思えば、これもリキッドか『愛国者達』の戦略だったのかもしれん」

キャンベルはそう説明した。キャンベルの情報によると、一番艦があれだけ派手に衆目へ晒（さら）されたにも拘（かか）らず、「愛国者達」はアーセナル級をさらに数艦建造したようだ。リキッドはオセロットの肉体を乗っ取って得た情報から、世界中の海に潜伏するアーセナル級の存在を知ったのだろう。

「リキッドのアーセナル級内部には月光（アーヴィング）をはじめとする無人兵器群を搭載。ナオミが残した情報では、プレイング・マンティスやレイブン・ソードをはじめとする各ＰＭＣから選（え）りすぐりの兵士を集め、強化させた大隊を配置しているようだ」

画面のなかのキャンベルはそう言って、メリルに視線を向けた。メリルはぼくらの後ろ、部屋の後方に距離を置いて立っていたけれど、父親である男の瞳（ひとみ）が向けられると、戸惑ったように顔を背ける。

血を分けた娘が、リキッド率いるＰＭＣが待ち受ける船へと、これから絶望的な突入を行うのだ。キャンベルは努めて冷静を装っているけれど、臓腑（ぞうふ）をえぐられるような思いで娘の姿を見ているに違いない。

娘を、連れてきてくれんか。

このブリーフィングの前に連絡してきたキャンベルは、ぼくにそのことを頼んだ。ぼくではメリルを説得する自信がなかったから、結局はスネークに任せたけれど、キャンベルにも伝えねばならぬことが山のようにあるのだ。

長い間、父と名乗り出ることのできなかった自分の娘に対して。自分の不義から生まれたというその負い目ゆえに、真実を語ることができなかった娘に対して。

しかし、この船に搭乗した全員が運命の瞬間を目前に控えた今、それを伝えるだけの時間はふたりにほとんど与えられていなかった。にも拘らず、この親娘(おやこ)はいまだ互いの距離を測りあい、語らねばならないはずの物語を伝えあぐねている。

「『JD』を破壊し、『愛国者達』のシステムを完全に支配した暁には、リキッドはヘイブンを旗艦として、傘下のPMCを世界中に展開するつもりだ——そして武力による制圧を開始するだろう」

とはいうものの、リキッドにとっても「JD」を撃墜できるか否かは大きな賭け(か)に違いない。考えれば考えるほど、レールガン核弾頭で秒速十キロの人工衛星を撃墜することは、ひどく大それた計画のように思えたからだ。

ミサイルによる人工衛星の撃墜自体は、冷戦時代にアメリカやソ連が行っているし、二十一世紀に入ってからは中国も実験に成功し、〇八年には制御不能になって廃棄の決定された衛星を、アメリカ軍がイージス艦からミサイルで撃墜している。このときの衛星は秒速八キロ弱、ミサイルは正面から三～四キロで突っこんだから、相対速度は秒十一キロ前後といったところだ。

とはいえ、ミサイルは発射後にコントロールすることが可能だ。それに比べてレールガンは本質的には大砲だから、一度撃ち出した弾を調整することはほとんどできない。地上目標への終末誘導段階ならば、安定翼を動かして多少の誘導は可能だけれど、「JD」が飛んでいる大気のほとんどない軌道上では、翼はあまり意味を成さない。

ましてや、今回その「大砲」は大洋に浮かんでいる。いくら巨大な船体であっても、どんなに性能のいいスラスターを備えていても、完全に静止した射撃姿勢を維持するのはかなり難しいはずだ。

つまり、リキッドはこの瞬間に賭けているのだ。ぼくらがこの戦いに賭けているのと同じように。

「リキッドの世界制圧を止める、これが最後の機会となる」

そんなことは判っている。ぼくもスネークも、そしてメリルにも。

ぼくはキャンベルがかつての自分と同じ過ちを犯しているのが耐えられなかった。そんなことより伝えなければならないことがあるだろう。最後の瞬間、エマに名前で呼びかけてやれなかったこと、ウルフに気持ちを伝えられなかったこと。ナオミの遺志を汲み取ることができなかったこと。

駄目なんだ、大佐。人間にはいつだって時間がないんだ。そうやって互いの距離ばかり探り合っていては、結局何ひとつ伝わらない。けれど、ぼくらはいつだって、それをさぼって先送りにしてしまう。

そんなぼくの苛立ちを無視するように、船内に警報が鳴り響いた。

「海中より急速浮上中の巨大物体。類別不能なるも、アーセナル級と推測。目視確認せよ」

クルーが甲板へと通路を駆け抜けていく足音が、壁越しにブリーフィングルームにも聴こえる。にわかに慌ただしくなった空気のなかで、ぼくは溜息をつきながら首を振り、メリルのほうに目をやった。スネークはといえば、警報が耳障りに騒ぎ立てるなか、古い友人の臆病さを批難するかのごとく、黙ってキャンベルを見据えている。

メリルも床をじっと見つめるばかりで、キャンベルの視線に応えようとする気配は無い。何か言葉が必要だ。いまこそ何かを言うべきときだ。ぼくは瞳で急かすようにモニタのなかの父親を睨みつけるけれど、その唇はまるで声を失ってしまったかのように、言葉を捜しながら半開きで凍りつくばかりだ。

スネークがぼくに首を振ってよこす。リキッドの艦が浮上してくるいま、これ以上ここに留まっていることはできない。キャンベルの勇気を諦めて、ぼくらは後ろ髪を引かれながらモニタに背を向けた。

「メリル、聴こえるか」

ぼくらが部屋を出ようとしたとき、キャンベルが穏やかな声で語りかけてきた。
それは父親の声。
自らの娘に対して、はじめて責任を果たそうとする父親の声だった。

3

すでにラシュモア山は完全に海面へと露出していた。ヘイブンを覆うオクトカムが描き出す、大統領の頭像を模した蛇の血統たちが、ミズーリをまっすぐ睨んでくる。ぼくはノートを抱えて階段を駆け上がると、甲板に向かうスネークやメリルたちと別れて、さらに上方の艦橋へと昇った。

「両舷（りょうげん）前進一杯、対艦戦闘用意！」

ぼくが艦橋に飛びこむなり、美玲が雷撃のような大声で指示を飛ばす。脇にいた少年のような副官が唱和した。美玲の声はすでに艦長の威厳を充分備えているように聴こえる。人は、その立場に立たされれば嫌でも役割を背負わされるのだ。状況が人間を形づくる、善かれ悪しかれ。「愛国者達」はそれを利用して、ビッグ・シェルで雷電にスネークの役割を背負わせた。

「アーセナル級の武装は……」

ぼくがそう言いかけると、美玲は彼方（かなた）のヘイブンを睨みつけたまま、

「上部構造一面にミサイルの垂直発射装置（VLS）が八百基（セル）に多連装ロケットシステム（MLRS）が針の山。まさに『ミサイルの畑』ってとこね」

「こっちは艦砲しかないわけか」

「近接防御火器システム(CIWS)も四基ある。万が一ミサイルが懐に入ったら、機関砲(ファランクス)で墜(お)とすわ」

ぼくはノートを開いてMk.Ⅲをリンクさせた。スネークはメタルギアのボディを抱え、メリルとともにカタパルトへと全力で走っているところだ。対マイクロ波コーティングを施したメタルのなかには、サニーの作ったワームが入っている。スネークにはMk.Ⅲをヘイブンのサーバルームまで連れて行って貰(もら)わなくてはならない。

スネークたちはウッドデッキから天へと突き上げられた、巨人の剣のようなカタパルトを仰ぎ見る。消防士や対テロ特殊部隊員が、火災なり占拠されるなりしたビルの屋上まで、一瞬でたどり着けるように発明されたのだ。

「人間砲弾」となる不運なモルモットは、圧縮空気を用いた射出装置で、ビル五階分の高さまで一気に放り上げられる。頭のいかれた発明に国民の税金を注ぎこんで気に病むことがない、実に国防高等研究計画局(DARPA)らしい代物だ。

スネーク、そしてジョニーやメリルたち突入部隊は、身体の前面を射出レール側に向け、メリーゴーランドの木馬に跨(また)がるような格好(かっこう)で、カタパルトの射出シートに着席していった。圧縮空気が解放されれば、シートが尻(しり)を持ち上げて、ヘイブンの内部まで放り投げてくれる。相当間抜けな格好になるだろうな、とブリーフィング中のスネークはうんざりした様子だった。四肢が中途半端に曲がった、カエルのような格好で打ち上げられるのだ。

射出席についた無防備な待機状態のスネークらを、狙撃（そげき）などの攻撃に備えて兵士たちが取り囲む。ヘイブンの巨体が目前まで迫っている。スネークは射出の瞬間に備え、老いた筋肉を強張（こわば）らせた。

「主砲射撃用意！」

美玲の指示が飛ぶ。ほとんど古代の遺物と言ってもいい測距儀や方位盤を使って、砲撃要員が砲撃に必要な諸元（データ）を算出しはじめた。砲塔が大きく旋回し、その先端がヘイブンのボディへと向けられる。

確かに火力では負けているかもしれないけれど、アーセナル級はあの図体だ、そう素早く動くことはできないし、この距離、あの巨大さで、こちらの艦砲が外れることはまずありえない。それが唯一の救いだった。

と、浮上を終えたヘイブンの艦橋部が開きはじめた。

まるで巨人が空に向かって腹を裂き、自分の臓物を太陽に見せつけようとしているかのような光景だ。ヘイブンの向こう、灰青色の雲底から数本の光柱が斜めに射しこんでおり、巨大構造物が展開するその様子は、どことなく神話的な風景のように思えた。

カバーの内部の都市状になった箱型構造物の狭間（はざま）から、レールガンの先端がゆっくりと持ち上がって頭を出した。裸の核兵器、と美玲はつぶやいて、双眼鏡でリキッドの切り札を凝視する。

「艦長、ヘイブン甲板部、無数の小ハッチが開口中。ＶＬＳが発射部を露出させているものと思われます！　数え切れません！」

報告する若い副官の声に動揺が滲む。ここは美玲が堪えなくてはならない。努めて冷静を装い、断固として前進を命じる。

「速度、落とすな！　ＣＩＷＳは敵ミサイルに備えよ！」

「敵、ミサイル発射！」

ヘイブンの背中から幾筋もの噴煙が伸びていった。そのまま垂直に上昇したかと思うと、Ｕターンしてぎりぎりまで下降し、水面にキスするような低空を、脇目も振らずミズーリへと切りこんでくる。

「撃え！」

美玲の怒号とともに、ミズーリの三連装砲が一斉に火を噴いた。甲板のクルーは直前に耳を塞いでいたので、鼓膜が破られることはなかったけれど、爆風の凄まじさと硝煙のきつさに、スネークを含め少なからぬ人間が咳きこんだ。

五〇口径砲弾はミサイルと袖擦れあい、まっすぐヘイブンに突っこんでいった。一瞬触れ合ったミサイルが爆発し、さらに数発が巻きこまれて誘爆する。

砲弾がヘイブンの艦橋部にぶち当たった。しかし、なだらかな曲面で構成された船体表面が、絶妙の角度で砲弾を弾いてしまう。軽く船体がへこんだようだが、ダメージと呼ぶほどのものではない。海上走行状態においては、アーセナル級は丘陵のごとく水面から緩やかに盛り上がっているようにも見える。どんな角度から撃っても、砲弾は浅い角度でしか突っこむことができない。美玲は舌打ちをした。

「目標に命中なるも、損傷軽微！」

「迎撃、来ます！」

ブリッジのクルーが矢継ぎ早に状況を報告して寄越す。誘爆を生き残ったミサイルが、ミズーリの右舷、かつて爆装零戦が突撃した場所をかすめて海面で爆発する。他のミサイルもミズーリの周囲で爆発するか、ＣＩＷＳに撃墜されていった。

水面が炸裂し土砂降りのように木甲板を濡らすなか、ミズーリは少しも速度を緩めることなく舳先を一気にヘイブンへと突き出す。美玲がマイクを全艦放送に切り替えて、鋭く叫んだ。

「総員、衝撃に備え！　つかまれ！」

ぼくが何とか艦橋の手摺にしがみつくと同時に、ミズーリの鼻面がヘイブンの腹に激突する。艦橋はまるで乾燥機のように揺さぶられ、しっかり対衝撃姿勢をとっていた美玲でさえも床に転がってしまう。あまりの衝撃に、手摺にまわしていた肩がすっぽ抜けそうになり、ぼくは痛みに歯を食いしばった。

ヘイブンの脇腹にやや斜めから突っこんだミズーリは、そのまま船腹同士をぶつけながらすれ違うように右舷へと舵を切る。ヘイブンの耐圧船殻とミズーリの船腹が擦れあい、耳を聾する不快な金属音を喚きたてた。

床を転がりながらも、美玲はマイクを離さなかった。立ち上がる前にやることがある。

タイミングを逃したらすべて終わりだ。

「出せ！」

ぎゅっと押しこまれていた気体が一気に解放され、ピストンがスネークのシートを持ち上げる。強烈なGがスネークの腰骨を粉々にしようと襲い掛かってきた。スネークの体重に加えて、抱えているＭｋ．Ⅲの重量もある。突きあげる力がすさまじく、尻の筋肉やほとんど残されていない脂肪が、骨盤に押し潰されてしまいそうだ。

とはいえ、そう思ったのはつかの間のこと。気がついたときには、スネークの身体は放物線を描いて飛んでおり、ヘイブンとミズーリの甲板を下方に見下ろしている。ついでメリルが射出され、スネークの尻を追いかけてくる格好となった。予想通りとはいえ、実に間抜けな状態だ。

と、ヘイブンがミズーリへのしかかってくるように船体を傾ける。巨大な質量に押し返され、ミズーリも外側へわずかに傾いだ。

運悪く、アキバがその瞬間に射出されてしまった。

ベクトルを反らされて、スネークやメリルが飛んでいったのとは大きく異なる方向に飛ばされていく。しかし、自分ではどうにもならない状況を悔しがっている余裕はまったく与えられなかった。気がつくと、目の前をソリッド・スネークの巨大な顔面が占拠していたからだ。

ジョニー・秋葉の絶叫は、ラシュモア山のスネーク像へと激突した瞬間に止んだ。

「アキバ！」

メリルは後方を見て叫んだ。不運なジョニーがスネークの下唇にキスをして、ヘイブンの甲板を海へ転がり落ちていく。

スネークはといえば、開放されたヘイブンの艦橋構造部へと飛びこむと、甲板に激突する前に、何とか着地体勢へともっていこうとしていた。マンハッタンではＲＡＹの積まれたタンカーへと潜入する際に、ジョージ・ワシントン橋からのバンジージャンプで潜入したこともある。

着地ならお手の物だ、とスネークは考えていたけれど、老化した体のほうがどうにもついてきてはくれなかったようだ。両膝と右腕で三点着地を決めようと試みるが、慣性を吸収しきれずに、結局勢いに押し流される。そのまま甲板を数メートルも転がった。

辛うじて受身をとったものの、スニーキングスーツの内側で筋肉が滅茶苦茶に打ちつけられた。勿論、倒れている余裕はない。立ち上がろうと甲板に手をついた瞬間、肩と上腕の筋肉が鈍い痛みを主張しはじめた。オクトカムとパワーアシストの内側では、至るところで皮膚に血が滲んでいるはずだ。

喘ぎを噛み殺して、手近な隠れ場所を探す。ヘイブン兵たちが押っ取り刀で駆けつける前に、ここから離れなければならない。スネークは周囲を素早く確認する。船殻の内部は、外から見たとおり都市そのものといった有様だった。三、四階分はある、窓のない箱型区画が複雑に入り組んで迷路を形づくる。

都市様の内部甲板に、一緒に打ち上げられたはずのメリルやジョニーの姿は見えない。もっとも、複雑怪奇な構造のために、ちょっと離れた場所ですら見通しがまったくきかないから、すぐ近くに隠れているということもありうる。メリルのことを案じていると、無線リンクのコール音がスネークの耳小骨を振動させた。

「スネーク」

メリルの声が耳の中で小さくささやいた。スネークと同様、痛みをこらえている声だ。

「ごめん、右足を打った」

「歩けるか」

スネークが訊くと、メリルは立ち上がろうとして文字通り挫折する。着地の際に捻った足首が、ここに体重をかけるなと激しく抵抗しているのだ。大丈夫なのか、とスネークが訊くと、メリルは気の抜けた笑い声をあげて、

「SOP抜きだと……やっぱり痛いわ」

そう、いままでは多少傷を負ったところで、作戦に支障をきたすレベルの苦痛はSOPが目ざとく検出し、エンドルフィンの増加や感覚遮断を用いて、強引に抑えこんでしまっていたのだ。痛みもないわけではなかったが、実はそれとてバーチャルな感覚に過ぎない。SOPは一旦完全に苦痛を押し潰してから、兵士の反応速度を鈍らせない程度の痛みをあらためて作り出すのだ。

メリルはいま、久しぶりにリアルな痛みを感じているのだろう。生きている証拠だ、と

スネークは言った。ＳＯＰの統制から解放され、兵士たちは長いこと忘れていた自分自身の肉体が寄越す感覚に戸惑っている。

肉体、そして生の脳が押しつけてくる感覚というやつは、多くの場合心地よくはないものだ。感じる、とは脊椎動物が長い進化の歴史のなかで獲得した、生存するための基本機能だ。とはいえ、それら「生きるための」不快さを、誰か代わりに引き受けてもらって不都合がないのなら、多くの人間は喜んでそうするだろう。

「ジョニーは？」

スネークが訊くと、海に落ちたみたい、とメリルが答えた。出だしでいきなり躓くとは、返す返すも難儀な男だ。とはいえ、ぶつかり合うミズーリとヘイブンの狭間へ落ちたりしたら、無事に済むとは思えない。スネークもメリルもアキバのことが気に掛かったが、いまは祈るくらいしかできることはない。

無線の向こうにくぐもった銃声が聴こえた。ヘイブンの内部にも生の銃声が響く。この瞬間、メリルが銃声の聴こえる場所で攻撃を受けているのだ。

「スネーク、すぐに追いつく。先に行って！」

「メリル！」

メリルが一方的にリンクを切る。

スネークは全身の痛みを忘れ、銃声の聴こえた方向へと駆け出した。

「オタコン！　無線はどのあたりから飛んできた？」

ぼくはメリルの座標とヘイブンの艦内マップを照らし合わせる。船尾、ちょうどサーバルームの方角だ。

「『JD』の最接近まであとどれくらいだ?」

「十四分と二十秒だ。ワームを流しこむのに二分は掛かる。もう時間がない!」

ぼくがタイムリミットを告げると、スネークはオクトカムを起動させ、艦橋構造物の迷路へと溶けこんだ。呼吸が昂進し、肉体が不要な気配を放射しはじめている。

一方、ヘイブン兵はといえばSOPのネットワークで互いにリンクしながら、効率的に警戒網を狭めつつあった。米軍はSOPを封じられたけれど、手中に収めたリキッドの側はそれをフルに活用することができる。

見つかったらまず、勝機はない。幾ら伝説の男とはいえ、どうしても近接戦闘にならざるを得ないこの状況で、圧倒的な大人数に囲まれてしまえば蜂の巣にされるしかない。

結局、いつもと同じように隠密で亀のように前進するしかないのだ。敵の油断を突き、警戒網の穴を丁寧に探しつつ。

問題は、そうやって潜入するには、あまりに時間が与えられていないということだ。

ぼくはノートをガウディに繋ぐと、あらかじめ用意してあった数値モデルに、できる範囲で予測されるデータを入力しはじめる。ヘイブンとの衝突によって艦橋内部は相変わらずの振動具合で、キーボードの上をたびたび指が滑りそうになったけれど、ぼくはほぼ十五秒でそれらの数値を入力し終え、シミュレーションの実行を命じた。

それは、ナオミが手に入れた数多くの内部情報のひとつだった。

ATセキュリティ社の最高機密。米軍にとって致命傷になりうるその情報は、SOPから得た情報を分析して戦況を判断し、より効率的に兵士たちを動かすソフトウェアのソースコードだった。SOPの不可分な一部であるそのプログラム群は、最前線の少尉からペンタゴンの会議室にいるお歴々に至るまで、様々なレベルの指揮官に、その状況で最も適切な戦法を提供するようにできている。戦況の未来予想図を描き出すソフトウェア群の開発、という夢想的な目標を掲げ、国防高等研究計画局（DARPA）が二〇〇八年に開始したグリーンボール計画は、最終的にSOPと一体化し、より効率的な戦場の「運営」を可能にしたというわけだ。

勿論それら戦術パターンは、その場その場で数学的に生成されるものであって、完全に読みきることは不可能だ——どのような方程式に従っているかを知らなければ、だが。

SOPに管理されているヘイブン兵は、システムが下す「ご託宣（オラクル）」に従って、効率的にスネークたちを狩り出しているつもりだろう。しかし、効率的で無駄がないということは、同時にある目的に特化した行動でしかないということでもある。

ガウディのCPUが、数学的なモデルを力強く回転させ、計算を命じてから三十秒ほどで演算結果を報告してきた。

「スネーク、連中の索敵パターンをシミュレーションした。連中がどういうルートで来るか、予測結果を送るよ。ソリッド・アイのマップに表示させるから、上手（うま）くかわしてくれ！」

スネークはスニーキングを解いた。

匍匐から立ち上がると、ぼくの演算結果を信じて全力疾走をはじめた。追っ手と鉢合わせしないよう、入り組んだ通路を際どいタイミングですり抜けていく。時間がない、という状況があるにせよ、スネークがここまでぼくを信頼してくれていることに、誇らしさのようなものが湧きあがってきた。ぼくは伝説の男の女房役だ。ぼくは不可能を可能にする男のパートナーだ。スネークは今、まさに命懸けで走っている。ぼくの生成したシミュレーションに命を託し、敵と遭遇して一瞬で射殺される危険を冒して。

スネークは船尾に到着するまでのあいだ、一度も会敵することがなかった。水密扉に組みつくと、開閉ハンドルを全力で回しはじめる。老化が進み、筋肉も関節も弱りきったスネークに、この力仕事はかなりきつかったようだ。とはいえ、すぐにヘイブン兵が索敵にやってくるこの状況で、一息つくわけにもいかない。

「スネーク、飛びこんで！」

ぼくが叫んだ刹那、ヘイブン兵の索敵部隊が船尾区画にやってきた。ハンドルに取りついたスネークは、噛み締めるあまり奥歯を割ってしまう。ヘイブン兵がスネークの背中に銃口を向けた瞬間、ようやく扉のロックが外れ、スネークは割れた奥歯の欠片を吐き出しながら、Ｍｋ.Ⅲとともに内部へと飛びこんだ。

扉を内側から再度ロックする。聞き分けのない子供のように、ヘイブン兵が外側から激しい銃撃を加えた。とはいえ、ヘイブンの分厚い水密扉が小銃弾ごときで傷つくはずはない。金属が激突し潰れる音だけが威勢よく鳴り響くけれど、当の扉にもたれ掛かって息を喘がせるスネークの背中に、その銃弾が一発でも喰いこむようなことはない。

「スネーク、大丈夫かい？」

勿論、大丈夫ではなかった。テロメアを磨耗しきって分裂限界へと達しつつある細胞は、群れ集まり内臓の体を取り繕ってはいるが、かなりの程度用を成さない状態だった。線維化して半ば機能を放棄した肺臓は、硬直して充分に酸素を取りこむことができない。床にへたりこんで水密扉に背をもたせ掛けるスネークの瞳は、薄れてゆく血中酸素と意識を映して、曖昧に天井へと向けられている。

心臓の壁は膨れあがって柔軟性を失い、規則正しい心拍を刻むことができない。血管や心臓の弁は硬直し石灰質が沈着する。アミロイドにとりつかれた神経や器官は変性し磨耗する。スネークの硬直した心臓は砕け散る寸前だった。

そうした肉体の老いのすべてが、ここが限界だ、ここがお前の戦いの終着点だ、とスネークへたえず喚きたてつづけている。

喘ぎの隙間から、スネークがかすれた声を絞り出した。

「……オタコン、終わらせるぞ」

それはぼくに掛けられた言葉ではなかった。動け、このポンコツが。スネークは思うようにならない自分の体を呪っていた。あと十数分だ、あと少しでいい。それまで保てば、おれが始末をつけてやる。だが、いまは駄目だ。すべてを終わらせてからでなければ、こうして老いや痛みに屈することは許されない。

「これがおれたちの最後の戦いになる」

「ああ、そうだね……」

ぼくはノートのモニタに映し出される、満身創痍のスネークから眼を逸らさずに言った。スネークの姿を見るのは辛かった。ぼくの友だちが、ぼくに新しい生き方を教えてくれた恩人が、死にかけた自分の肉体に鞭打って、務めを果たそうとして更なる痛みを引き受けている姿を見るのは耐えがたかった。

もういいんだ、何度その言葉を呑みこんだことだろう。世界なんてどうでもいい、きみの魂に平穏が与えられるのなら。これはスネークのせいじゃない。スネークが引き受けなければならない罪なんてひとつもない。

勿論、ぼくはそれが嘘だということを知っている。そうやって何かから逃げ続け、傍観を決めこみながら世界が朽ちていくに任せることは、この九年、ぼくとスネークが最も嫌悪してきたことだったのだから。ぼくはもう、傍観するのはやめる。かつてシャドー・モセスでスネークに語ったあの言葉を、よりによってこの最後の戦いで放棄すれば、スネークとぼくの九年間をすべて否定することになる。

「リキッドの罪に、ぼくたちにも責任があるのなら――すべての罰は、ぼくらが受けるべきだ」

スネークはポーチからナオミの注射器を取り出し、首筋に当てた。圧搾空気が液剤を注入すると、スネークの呼吸が少しだけ落ち着きを取り戻す。繰り返し使用してきたため、ナノマシンの効果はかなり薄れていた。ナオミの薬による抑制効果を、スネークの体が崩壊する速度が上回っているのだ。

　スネークは立ち上がり、覚束ない足取りで下層フロアへの階段を下りはじめた。よろけそうになる体を、壁に手をついて何とか支えながら。


サーバルームへと繋がる通路の扉は、ヘイブンの中央戦闘指揮所（CIC）にある。

とはいえ、イージス艦などにあるＣＩＣと似ても似つかないことは一目でわかる。Ｍ４を構え、慎重にＣＩＣ区画への通路へと侵入したスネークは、あまりの誇大妄想的風景に驚いた。広さだけをとっても、ヘイブンの司令室はＣＩＣという言葉から普通に思い描く、透明なプラスチックの針路盤が中央に立てられ、モニタと電子機器に埋めつくされた、そんな息詰まるような空間ではなかった。

　そこは、まるで競技場だった。

　八角形のドーム空間。八方向それぞれから中央に向かってフロアが段差状に下っている。それぞれの段差は膨大な数のオペレーターが任務につくことを想定し、大型コンソールで埋めつくされていた。八角形の中央に浮かぶのは、いま久方ぶりの平和を迎えたこの惑星——地球の巨大ホログラムだ。

馬鹿馬鹿しい。スネークは心の底から湧きあがってくる嫌悪感を顔に出し、戦闘指揮所よりも株式証券取引所、もしくは国際会議室といった風情の巨大な天蓋の内側へ、うんざりしながら進んでいく。

実際、ここは単にヘイブンの戦闘を指揮する場所ではない。

ここは世界を指揮する場所。絶対計算と呼ばれる統計的均質化の権化。百京バイトの情報から抽出した真実に審判を下す神の裁判所。世界中に張り巡らされたネットワークを通じて流れこんでくる情報を編集し、誘導し、型に流しこんで「愛国者達」の望む物語へと整形するために設計された空間なのだ。

「誰もいないはずがない。スネーク、気をつけて」

侵入に使った通路は、段差を貫いて野球場や劇場の入口のようになっていた。中二階や天井など各方位にM4の照準を合わせながら、スネークは摺り足でホールの中へと足を踏み入れようとする。

と、スネークが中央に向けた照準の先に、誰かが倒れていることに気づく。

メリル。

スネークは後方に飛び退いて、中二階や天井からの狙撃といったような、想定される射線から身を隠した。くそっ、とスネークは小さく毒づきながら、ソリッド・アイの望遠機能で、虚像の地球儀に圧し掛かられているようにも見えるメリルを観察した。足と手首をスナップで拘束され、成す術もなくフロアに転がっている。

「くそっ、スネーク、これは罠だ！」

ぼくは叫んだけれど、スネークにはそんなことはとっくに分かっていただろう。何しろ、まったく同じ状況を以前に経験しているのだから。九年前のシャドー・モセスでの戦いで、ウルフは先行を務めたメリルの脚を撃ち抜いて釘づけにしたうえで、スネークを誘い出す餌に使ったのだ。

あのとき、スネークはどうすることもできなかった。目の前で狙撃され、とめどなく血を流し続けるメリルを前にして、辛うじて射線から逃れたスネークは、しかしその物陰から出て行くことはできなかった。顔を出した瞬間に、世界最高の狙撃手であるウルフの弾丸が、一寸違わずこめかみに穴を開けることが判りきっていたからだ。

狙撃手のやり方というのは、そういうものだ。一般歩兵の射程外から、明確な殺意を以ってスコープの中の人影を狙う。身を護るために撃つことも多い歩兵に比べ、狙撃手は最初から人を殺すために引き金へと指を掛ける。

あのとき感じていた無力感を、スネークは再び味わわされていた。

貴様は誰も護れやしない。リキッドがREXでフランクを踏み潰したときにあげた雄叫びが頭をよぎる。エマ、ナオミ、蛇の運命に巻きこまれながら、おれが護ってやることのできなかったすべての命。

「ここがサーバルームへ繋がる唯一の場所か？」

焦燥に駆られながら、スネークが艦内構造を確認してきた。ぼくはうなずいて、

「ああ、このCICにある対爆ドアをくぐるしかない。連中はぼくらがここを通らなきゃならないのを知ってるはずだ」

「餌を置くには絶好の場所だ。おれがこのだだっ広いCICのどこかから出てくるのを、連中は息を潜めて待っている」

「ぼくが囮になろうか？」

「Mk.Ⅲは『G.W』へワームを流しこむのに必要だ。おれが殺られたとしても失うわけにはいかん。メタルのボディに穴が開いたら、すべてが終わる」

見たところ、メリルはまだそれほど痛めつけられてはいないようだ。しかし、近くにスネークがいると分かったら、致命傷を避けながらも、メリルの体を一発また一発と弾丸でえぐりはじめるだろう。ウルフがそうやって物陰からスネークを引っ張り出そうとしたように。

無力感に囚われているわけにはいかない。前に進まなければ。しかしその術は見つからず、焦燥がアドレナリンを分泌させ、スネークのぼろぼろになった心臓に負荷をかける。

そのとき、ドームの向かい側の通路から、全力で駆けてくる人影があった。

「メリル！」

あの馬鹿。スネークは舌打ちをして駆け出した。

それはジョニーだった。どうやって海から這い上がったのか、全身がずぶ濡れになっている。おそらく溺れかけたのだろう、銃は水中で捨てざるを得なかったようだ。ジョニーは完全に丸腰で、辛うじて防弾チョッキだけがその体を護っている。

硬化し、やせ細ったスネークの腱よりも、ジョニーの脚は遥かに瞬発力があった。スネークが走り出したときにはすでに通路から飛び出し、ドームの中、狙撃手の射界に入っている。

「ジョニー！」

ジョニーはメリルを庇うように飛びついた。刹那、頭のあたりから真紅の雫が飛散する。まるで、自分の無力さという傷に塩を擦りこまれているようだ。肉体の傷も、心臓の痛みも、これに比べれば幻のようなものだ。

若者が斃れていく風景を目の当たりにして、スネークは身を掻き毟られるような自己嫌悪に苛まれたけれど、同時に「伝説の男」としての本能が、その肉体を突き動かしてもいた。瞬時に射線を判断し、弾丸を放ったスナイパーの位置を突き止める。スネークはその方向へ無理矢理上半身を捻ると、M４の引き金をすかさず引く。

銃弾は狙撃手の鼻梁を砕いて後頭部へ抜けていった。ヘルメットは貫通せず、内部で脳組織と頭蓋骨のかけらが、卵焼きのようにぐちゃぐちゃに掻き混ぜられる。

勿論、ここでスネークを待ち伏せしていたのは、このスナイパーひとりではない。すぐさまコンソールの陰からヘイブン兵たちが姿を現し、膨大な量の弾丸を叩きつけてくる。スネークはメリルを拘束していたバンドをスタンナイフで切ると、ぐったりと動かないジョニーを二人で引っ張りながら、サーバルームへ繋がる対爆扉の前にたどり着いた。

ジョニーの傷をメリルが素早くチェックする。頭に命中したように見えた弾丸は、実は肩口の肉を吹っ飛ばしただけだったようだ。それでもかなりの深手には違いない。メリルはメディカルキットをポーチから取り出すと、ジョニーの銃創を止血した。

丁度CICの奥まった場所にある対爆扉は、ヘイブン兵の火線を遮るような場所にある。とはいえ、向こうの増援は着々と駆けつけつつある。数で押し切られればどうしようもないだろう。

メリルはデザートイーグルをホルスターから抜いて、弾倉を確認した。

「先に行って、スネーク。ここは私が、今度こそ守ってみせる」

「メリル……」

「一刻も早く、『G.W』を破壊して。私の命があるうちに」

命があるうちに。メリルがさらっと告げたその言葉に、スネークは今になって自分が傲慢だったことを思い知らされた。自分たちの罪を、メリルたちが生きる世界に残すわけにはいかない。そのためには、自分ひとりで抱えこみ、すべてにケリをつけなければならないのだ。そう固く思いこんでいたのだ。

しかし、この若者は未来を取り戻すために戦っているのだ。

スネークやぼくたちが奪った未来を取り戻すため。勿論メリルはぼくらのせいだとは思っていないだろうけれど、これは自分たちの戦いだという強い覚悟とともに、この戦場に臨んでいるのだ。

自分たちの生きる世界。家族や友人が互いを支えあい、子を成し、未来に向かって語り継いでいく世界。いま、この場所を取り戻すための戦いが自分だけのものだとは、ずいぶんと驕りたかぶった考えだ。スネークもぼくもその義務感に取りつかれ、ここまで戦いを続けてきた。しかし、スネークは過去のために戦ってきたが、メリルは未来のために命を懸けているのだ。

すでに決した過去の過ちを償うことよりも、不確定な未来に道しるべを立てるほうが、どれほど価値ある行いだろうか。重石を地面に下ろすより、持ち上げるほうが辛いのは当たり前だ。いま傍らにいるこの戦士が、自分よりも遥かに困難な闘いに臨んでいることを、スネークは深く心に刻みつけた。

だからこそ、自分は自分の務めを果たさねば。

「スネーク、この先はマイクロ波が放射されている」

メリルの言葉に、スネークはうなずいた。四方八方から浴びせられる電磁波に、全身の水分が沸騰し、皮膚も筋肉も内臓も、水分を少しでも含む部位のすべてが焼け爛れるだろう。

これが最後だ、お互いに。メリルが左腕を突き出した。その意味するところを理解して、スネークが腕を絡ませる。軍人が、そして仲間がやる挨拶だ。

「向こうで逢いましょう」

そして、スネークがハッチの向こうに消えるなり、メリルはデザートイーグルをヘイブン兵たちへ発砲しはじめた。ミズーリのブリーフィングルームで、キャンベルの語った言葉を胸に抱きしめながら。

命の限り、務めを果たすんだ。一見、それは父が娘にかける言葉ではないように思える。兵士が上官の口から聞くことはあっても。しかし、軍人として人生の大半を生きてきたキャンベルには、他に言い方が見つからなかった。ただこの言葉だけが、正しく自分の思いを伝える唯一の選択だと信じて、キャンベルは自分の娘にそう語りかけた。

私は最後まで見守っている。お前に何があろうと。

そう続けられたキャンベルの言葉に、メリルもようやく理解した。戦いを前に時間が残されていないなかで、一人前の兵士として認めることが、キャンベルが自分の娘に対して示すことのできるたったひとつの優しさなのだと。

お前は、私の誇りだ。それが最後に掛けられた言葉だった。

その誇りに応えなくてはならない。それに見合った兵士でなくてはならない。ヘイブン兵の圧倒的な火力に圧されながらも、その言葉に支えられたメリルは、サーバルームへと続く扉を頑固に守り続けた。ここにいるのはすでに、伝説の男に心寄せていた少女ではなかった。

それはひとりの軍人。

守るべき未来へ決意に満ちた視線を向ける、強く美しい防人の姿だった。

4

スネークがサーバルームへ続く通路へ飛びこんだ頃、ミズーリの甲板は巨人たちに蹂躙されていた。

船腹に張りつかれて、ヘイブンはVLSからのミサイルを発射することができなくなっていた。これだけ至近距離に近づかれては、撃った弾がそのまま自分に命中しかねない。たとえミズーリに命中したとしても、飛散する破片がヘイブンの外殻をずたずたにするだろう。こちらを派手に破壊すれば、その余波を喰らって沈没することもありうる。

そういうわけで、VLSやMLRSからの莫大な火力を封じられたヘイブンは、巨艦ミズーリを「叩き壊す」という方法に切り替えた。というのも、ミズーリを叩き壊せるほどの巨人が、ヘイブンにはたくさん乗っていたからだ。

ヘイブンを警護していた無人型RAYは、海面を割って空高く飛び出すと、その爪先でミズーリのウッドデッキを滅茶苦茶に破壊しながら着地した。再び船全体が激しく揺さぶられ、甲板のクルーが何人か海に放り出されてしまう。艦橋のスタッフも何人かが頭を打ちつけ、脳震盪で意識を失った。

「エメリッヒ博士、艦橋にいると危険よ！　下層に逃げて！」

もはや船窓一杯を占める、無人型ＲＡＹの禍々しい顔から眼を逸らさずに美玲が指示を出した。しかし、とぼくは反論しかけたけれど、

「ここは軍艦で、艦長は私です。これは軍事作戦で、指揮権は私にあります。おとなしく指示に従いなさい！」

有無を言わさぬ物言いに、ぼくはノートを抱えて揺れ続ける階段を駆け降りた。確かに、あの艦橋にいてはスネークをサポートし、ワームを流しこむ作業を行うことはできない。美玲のことは心配だったけれど、そんな気遣いはむしろ彼女に迷惑だろう。言ったとおり美玲は艦長で、ここは彼女の艦なのだから。

「撃ぇ！」

艦砲のすぐ前へ立ち塞がったＲＡＹに、美玲が零距離射撃を命じた。あばらのような胴体の中央が完全に吹き飛ばされて、ＲＡＹの巨体が二つに切り離される。

若い連中を、心配することもないのかもしれない。美玲はすでに本物の艦長だった。

勿論、それはぼくらが罪を贖うことを放棄してもよいということにはならない。未来へ向かう彼らの戦いを、少しでも減らしてやれるのなら。その戦いの種を蒔いたのが、自分たちであるならばなおさらだ。

ぼくは艦橋部から降りると、先刻作戦説明を行ったブリーフィングルームへと駆けこんだ。

「スネーク、状況は？」

スネークは取り囲まれていた。

ノートを開いたぼくが見たのは銃口と銃口と銃口。

艦橋から下ってくるあいだ操作できないかわりに、スネークに自動追従するようにしていたメタルのカメラが映し出している映像。ぼくの背筋を冷たいものが走り抜ける。サーバルームへと続くマイクロ波の回廊の入口で、スネークは絶望的な状況に置かれていた。

静電気は無論、電磁パルスからもサーバ群を絶縁する灰色の扉。分厚いタングステンと金属、そしてセラミックが幾重にもサンドイッチされた、モノリスのようなそれの前で、スネークはどうにもならない自分の体と戦っている。幾度めかの発作に膝《ひざ》を屈し、首筋にナオミのナノマシンを打つものの、ほとんど効果はない。

そんなスネークが息も絶え絶えに扉の前にたどり着くや否や、区画内に隠れていたヘイブン兵たちが殺到したのだ。この狭い空間で十数もの銃口が、四つん這《ば》いになった老人を取り囲むさまは、まるでひどく陰惨なリンチか何かのように見えた。

「スネーク、立て！　立つんだ！」

スネークは起き上がろうとするものの、脚の力が抜けてしまう。扉にもたれかかりながら、ずるずると床にへたりこんでいった。

このままでは、やられる。ぼくは覚悟を決めた。Mk.Ⅲで勝てるとは思えないけれど、時間を稼ぐことくらいはできるだろう。ぼくは装甲脚の車輪とバランサーにすべての出力を回し、取り囲むヘイブンの隊列へとメタルを突進させようとした。

待て、とスネークが言いかけたとき、ヘイブン兵の頭上に閃光が走った。

稲妻のような何かが、激しく放電しながら回転し、ぼくらとヘイブン兵のあいだに立ちはだかる。それは人だった。足許から頭に至るまで、肉体のあらゆる部分から雷を放ちながら、ヘイブン兵を押し止めるように殺気に満ちた瞳で睨みつける。

「雷電！」

「おれは雷！　雨の化身！」

雷電が気勢をあげると、身体が激しいスパークを放った。その姿はまさに北欧神話の雷神、荒ぶる雷の守護神だ。

その口許には、一枚の刀身が咥えられている。

当然といえば当然ではあるけれど、モセスで両腕を失ったまま、肩は組織閉鎖と止血処理されたきりになっていた。雷電は剝き出しの肩に、黒革のロングコートを羽織っている。

つまりこの男は、ふたつの腕を欠いたまま、アウター・ヘイブンの深奥までたどり着いたのだ。両腕をもぎ取られ失ったバランスを補うかのように、唇に挟まれた長い刃。ヤジロベエ、ぼくはそんな言葉を思い浮かべてしまう。ここまで来ると、ほとんど人間ではない。

「スネーク、この先は——サーバルームへはおれが行く」

そう語る雷電の瞳に、ぼくはぞっとした。恐らくはスネークもだ。そこには軽い狂気のようなものが煌いている。ここで戦い、ここで死ぬ。自分という存在は、この瞬間のためだけにあったのだ——しかしそんな雷電の決意は、そうでもしなければ千々に砕けてしまう自分の心を守るために、手っ取り早くすがりつくことのできた観念にすぎない。スネークはそれを理解していた。

「この先はマイクロ波が流れている。おれだけで充分だ」

掠れた喉を叱咤して、スネークは拒絶の言葉を掛ける。

少年兵として、フォックスハウンドとして、ジャックが戦った世界はすべて喪われてきた。ビッグ・シェルの作戦を指揮していた「大佐」は、「愛国者達」がナノマシンを通じて雷電の脳内に創りあげた仮想人格で、所属していたとばかり思っていたフォックスハウンドはといえば、実際にはシャドー・モセスで解散したきりの、実在しない部隊だった。そして当時ローズの体に宿っていたはずの、新しい命が悲痛にも失われたとき、雷電は自分というもののかたちを保つために、何かにしがみつく必要があった。

「おれの身体は機械だ。おれなら——」

雷電が耐えなければならなかった重荷。それはぼくらの想像を絶する絶望だったろう。全身を突き刺す千本の剣にも似た孤独だったろう。それでも、自分の絶望と孤独を埋めるため、獣のような観念にすがりついていると——いつの日か自分が人間であったことを忘れてしまう。

スネークは声を張りあげた。この、自分が呪いを掛けてしまったかもしれぬ若き戦士を、今ここで人間の人生へ、ローズとともに歩む人生へと引き戻すために。

「お前の身体は機械（マシン）でも、心（センス）は人間だ。お前にはまだすべきことがある」

「彼女のことはもういいんだ」

「雷電、おれの目を見ろ」

言葉だけでは駄目だ。それを悟ったスネークは力を振り絞って立ち上がると、自分の目と、そして傷ついた老兵の相貌（そうぼう）を見せつける。雷電の、妄念にとり憑（つ）かれていた獣の瞳が、スネークが背負っているものの大きさに触れてたじろいだ。

「若さを大事にするんだ。お前なら、まだやり直せる」

お前は何も背負ってなんかいない。しがみついているだけだ。重石だと思いこんでいた宿命やら運命やらは、お前の未来にどんな影も落としやしない。

スネークは雷電をきつく縛りつけていた幻想の縄を、周囲を敵に取り囲まれたこの状況で——いや、だからこそ断ち切ろうとしていたのだ。これも、自分が成し遂げなければならない責務のひとつなのだと。

「ここからはおれの役割だ。おれが、おれたちが世界を狂わせた——おまえの人生さえも。おれはそれを止める義務がある」

この瞬間、雷電はスネークがこうなってまでもなお戦い続けている理由を、はじめて理解したのかもしれない。あのマンハッタンの早暁でスネークにもらった言葉を、ようやく真の意味で理解したのかもしれない。確かにお前は「愛国者達」の筋書きに従って、「雷電」という役割を演じさせられていただけかもしれない――しかし、その戦いでお前が感じ、お前が考えたことは、おまえ自身のものだ。あれから五年を経て、雷電――ジャックはスネークのあの言葉を、真の意味において受け止めることができたのだ。

スネークを解放する、自分はそのために戦ってきた。それこそ自分が生まれた理由。少年兵という役割、スネークの紛い物という役割を背負わされてきた、これまですべての人生が意味ある形を成す唯一の場所なのだ、と。

他ならぬその意思こそが、スネークを深く呪縛していたのだ。

雷電は悟った――自分を解放してくれたこの伝説の戦士を、今度はこちらが救うつもりで、実はその重石にしかなっていなかったのだ、ということを。スネークが望んでいたことは、自分のような人間たちが、他ならぬスネーク自身から解放されることだった。スネークが蒔いた負の模倣子から解き放たれ、それぞれが自分自身の人生を取り戻すことだったのだ。

おれはスネークを解放すると言った。

ならばそのために出来る唯一のことは、このままスネーク自身の戦いを見届けることだ。

「……わかった。おれはここで奴らを食い止める」

決意を新たにした雷電は、取り囲むヘイブン兵の集団を、刃のような眼光で薙ぎ払う。

重武装の兵らは気圧されて、扇状の陣形がわずかに膨らんだ。ぼくはMk.Ⅲのマニピュレータを扉横の認証デバイスに繋ぐと、ナオミから入手したパスで扉を開ける。

「いいかい雷電、ウィルスを注入するまで、持ちこたえてくれ！」

雷を放つジャックの背中に、ぼくは叫んだ。ここで兵士たちを堰き止めてもらわなくては、どうしようもなくなってしまう。スネークがよろよろと扉を抜けたとき、ジャックがヘイブン兵を瞳で押し止めながら、背中で小さく告げた。

「スネーク、ありがとう」

スネークは一瞬立ち止まったけれど、何も言わなかった。この若者にかけられたソリッド・スネークという呪いが、果たして本当に解けたのか、それを知る時間はない。しかし、希望は残された。これからかもしれない。長い道のりが待ち構えているのかもしれない。だが、この若者には時間がたっぷり与えられている——自分とは違って。

いまは、たとえ微かなものであろうとも、その希望に託すしかない。そしてスネークはよろよろと歩き出した。ヘイブン兵の銃口に対峙する雷電の背中と、死の回廊へ征かんとする老兵、そのふたつの背中の狭間に、重く堅い扉が打ち下ろされた。それまでふたりを縛りつけていた、呪わしい糸を断ち切るように。


六角筒の回廊内へと踏み出した瞬間、スネークをマイクロ波が包みこんだ。

スネークを取り囲む六面の壁すべてから、致死的な電磁波が発せられている。その波長は細胞膜や骨組織を貫通して、スネークの身体を成す六十兆の細胞すべてに含まれる水分に襲い掛かった。

　ぼくは作戦前、スニーキングスーツの表層にアルミ粒子を厚く塗布しておいた。それが、このマイクロ波攻撃に対してぼくらがとりうる唯一の手段だったからだ。電子レンジの扉がそうなのだが、金属板があればそれがメッシュ状でもマイクロ波をほとんど吸収してくれる。

　だから、ぼくは非磁性体のアルミ粉を含んだ特殊塗料を、スニーキングスーツにコーティングしておいた。磁石にくっつくような金属は、マイクロ波でひどく加熱してしまうからだ。非磁性体のアルミはマイクロ波を吸収しつつ、誘電損失で熱を発しないという利点とコストの安さから、電子レンジのシールドに使われているのだ。

　勿論(もちろん)、本当はスネークの全身を金属のシールドで覆い、致命的なマイクロ波を完全に遮蔽(しゃへい)してしまいたかった。とはいうものの、そんなことをしていたらサーバルームはおろかヘイブン艦内に侵入することすらできなくなってしまう。

　しかし、関節をはじめとするスーツの隙間はどうしようもない。スーツは筋肉にも似た複雑な繊維の集合体であり、その各部が接している境界、つまり動く部分には、アルミコーティングを施すことはできなかった。そもそも、アルミ粒子程度で吸収できるマイクロ波の量など、たかが知れている。電子レンジのシールドは〇・五ミリ程度の厚みだというが、この塗料が発揮できる防御力は、その百分の一にも満たないだろう。

　数歩進んだあたりで、スネークは苦痛に耐え切れずに潰(つぶ)れた。

「スネーク！」

オクトカムが暴走し、表層が灼熱の赤へと変化する。スニーキングスーツは元々筋肉のようなデザインだったけれど、それが通常のグレーじみた青から、真紅に塗り替えられていく。まるでスネークの全身の皮膚が剝がされ、その筋肉が剝き出しになったようだ。

スネークにはもはや、咳をすることもできなかった。

呼吸ができない。肺胞で、心臓で、全身のあらゆる管で、血液がひどく加熱され、恒温動物の生存限界を突破しつつあった。スーツのなかでは破裂した血管から内出血した、尋常ではない粘性の血液が、赤黒いシミを皮膚に作っている。

スネークの身体は、文字通り沸騰しつつあった。

「立て！　立つんだスネーク！」

それが無理な話なのは判りきっていた。しかし、全身の水分を沸騰させられて迎える死など、安らかであるはずがない。スネークは身体を激しく熱せられながら、それでも右腕を前に伸ばした。

スネークは這いながら、ひどくじれったいスピードで前進しはじめた。まるで熱気に溺れかけた人間のように、回廊をひと掻きひと掻き進んでゆく。

スーツの関節部から煙のようなものがあがったかと思った刹那、スネークの左上腕が爆発した。

いままでに聴いたことのない、ぞっとするような叫びをスネークがあげる。ぼくは思わず眼を閉じてしまった。おそらく熱が局所的に集中した箇所で、体内で蒸発した水蒸気が膨張して行き場を失い、筋肉や皮膚ごと吹き飛ばしてしまったのだろう。信じられない光景だった。こうやって人体が少しずつ爆発していくなんて。

ぼくはこみあげてくる吐き気を必死にこらえた。

スネークの腕の筋肉が剥き出しになり、骨から外れた腱が数本、肩飾りのように紅くぶら下がっている。そこからはなおも水蒸気が立ち昇りつづけている。スネークが再び床に沈んだ。もはや苦痛に身をよじる力も残されていないように見える。

「スネーク……頼む、進んでくれ」

眼を逸らしたかった。直視できるはずがなかった。

ぼくの友人が、九年間ともに戦い抜いてきた戦友が、全身を焼かれ、砕かれ、ばらばらにされてゆく――そんな惨たらしい姿を三秒以上見つめていたら、すぐにでも気がおかしくなってしまいそうだ。だからぼくは一瞬だけ眼を閉じてしまった。いま目の前で、自分の責務を全うしようと限界を超えて戦っている伝説の男の姿を、手前勝手にも目蓋で閉ざしてしまった。

けれど、スネークのうめきがそれを許さなかった。

それは苦痛の声であると同時に、それに耐えてまだ進もうとする、敗北を拒絶する歌でもあった。その叫びに堰きたてられて、ぼくは眼を閉じていることができなくなった。あの男は前に進もうとしている。眼を瞑っているなど、できるはずがない。

「――オタコン……そこに、いるか」

灼(や)かれてゆく喉(のど)から漏れる、軋(きし)みのような声が、ぼくの名を呼んでいる。

ああ、ここにいるよ。ぼくは努めて静かな声で言った。

今にも喚(わめ)きたてそうになる口に、箍(たが)を嵌(は)めるように。

ぼくはスネークの側(そば)にいる。いまも、そしてこれからも。

「何で……お前はおれと……一緒に……戦おうと思っ……た？」

恐らく意識を保つのも困難な苦痛のなか、スネークがこんな質問をするのは奇妙なことに思える。ぼくは一瞬呆気(あっけ)にとられたけれど、いますぐ答えなければならない、と頭を切り替えた。

いま、スネークにはぼくの声が必要だ。破壊されてゆく肉体のなかで、正気を保つには何かしっかりと摑(つか)むことのできるものがなくてはならない。たぶん、これだけ聞いてもスネークは何のことか忘れているだろうな、と思いながら、ぼくはこう答えた。

「まだ答えを聞いていないからさ」

実を言うとこれは理由の一部でしかない。とはいえ、少なくとも嘘はついていないだろう。案の定、スネークは訳が分からない様子で、

「……こた……え？」

「モセスでウルフを葬(おく)ったとき、ＲＥＸの破壊に向かうきみにこう訊(き)いたよね――ウルフは何のために戦ってたのかな、スネークは何のために戦ってるのかな、って」

雪原の狙撃(そげき)戦に破れた狼(クルド)の、温(ぬく)もりを急速に失いゆく亡骸(なきがら)の傍らで、ぼくはスネークの

背中にそう訊いた。それは、ぼくが人生ではじめて見た殺し合いだった。

なぜ、人は戦わねばならないのだろう。ぼくはあのとき想いを寄せていた女性を失って、そんな素朴で子供じみた、しかし何よりも根源的であるはずの問いを、涙にむせびながらも発せずにはいられなかったのだ。

「そしたらきみはこう答えただろ——生きて帰ったら、答えを教えてやる。けれど、スネークはモセスから生きて脱出したにも拘らず、まだぼくに答えを教えてくれていない。ぼくがこうしてきみに付きまとうのは——あのときお預けになった答えを聞くためだよ」

「あのときの……おれは……自分のためだけに生きていた……死にたくはないっていう……生存……本能が……おれの、人生の動機だった」

「みんな、そうだよ」

とぼくは言った。あの島にいた全員がそうだったかもしれない。ウルフ、サイコ・マンティス、バルカン・レイブン、そしてリキッド。

生きている、自分はまだ死んでいない。そんな生の実感をつかむために、死と隣り合わせの戦場へ身を投じる。冷戦の終結によって、そんな世界が失われつつあることを恐れたリキッドは、戦士による戦士の世界を築こうと、シャドー・モセスで反乱を起こしたのだ。

「きみだけじゃないさ」

「……死への恐怖のなかでしか……生きる意味を見出せなかった」

「じゃあ、あの島から出た後の、スネークの人生は？」

「人生を……楽しみたい。素直にそう思った」

「ぼくといたこの九年間は……楽しかったかい」

スネークは這い続ける。肉という肉を灼かれ、体液を沸騰させながら。

「……おれたちは、政府や誰かの道具じゃない……戦うことでしか……自分を表現できなかったが……いつも自分のために戦ってきた……そんなふうに……フランクが死に際に言っていた」

「前に、スネークから聞いたことがあるよ」

「お前がいたから……おれはあの言葉に……忠実に……戦うことができた。お前のお陰で……おれは……おれ自身の戦いを……全うすることができた……満足だよ」

すると、無限の彼方へと伸びているかのように思えた回廊の終着点へ、いつの間にかスネークがたどり着いていることに、ぼくは今更気がついた。

全身から蒸気と煙をあげながらも、スネークは熱線の地獄から這い出した。

スーツのパワーアシストは至るところで弾け飛び、インナー素材が剝き出しになっている。爆発した皮膚表面からの出血が、生地を紅く染めあげていた。

Mk.Ⅲのマニピュレータを扉のセキュリティにつなぎ、スネークの前を開ける。ようやくマイクロ波の地獄から逃れたスネークは、一度起き上がろうと膝を立てたけれど、そこに体重を掛けるや否やあっさりと体が崩れてしまい、サーバルームの内部へと倒れこんだ。

スネークが床に転がったまま、激しく嘔吐しはじめた。ナノマシンを注入しようとするが、手が思うように動かない。

代わりにぼくがMk.Ⅲのマニピュレータを操作して、ナノマシンの注射器をスネークの首に押し当てた。まるでシャドー・モセスで、死にゆくヴァンプにとどめのナノマシンを注射しようとしたときのようだ。そんなことを考えながら、ぼくはMk.Ⅲのカメラをサーバルーム内に向けた。

「これが『G.W』……」

そこは墓地だった。

腰の高さほどの黒く艶やかな墓石が、数十、数百と競技場のような長方形の空間に並んでいる。まるで冥界だ。よく見ると、それら墓石のひとつひとつはサーバであることがわかる。とはいえ、ぼくがサーバといわれて普通に想像するような特徴はほとんどない。動作ランプひとつ点いていないのだ。

漆黒の板が静かに整然と並んでいるさまは、サーバルームというよりは、死者たちが黙示録の復活を果たすその日まで、乱されることのない眠りにつく墓所、と形容したほうがいい気がする。

それぞれの墓石の前には、純白の花弁を持つ花が数輪揺れていた。存在しないはずの風に吹かれて。そう、それはホログラムの花、ザ・ボスとビッグボスふたりの墓標が立てられている、あの無縁墓地を埋めつくしていたベツレヘムの星——オオアマナだ。

「で……できるか？ オタコン」

ナノマシンの効果でほんのわずかに回復したスネークが、ひゅうひゅうと苦しそうに喉を鳴らす。任せてくれ、と答えたぼくは、墓石のひとつにMk.Ⅲを寄せた。床のメンテナンスポートを剝がすと、マニピュレータをそこにあったアクセスポートへと指しこむ。

ぼくはワームを流しこむのに最適な領域を急いで探した。

「G.W」は想像を絶するほど巨大なシステムだ。最初の一行を適切な場所に書きこまなければ。そこにこの勝負が掛かっている。そのためには「G.W」を記述する百京バイトの情報宇宙を、一分以内に探索しなければならないのだ。ぼくは斥候となるクローラー・エージェントを複数同時展開させて、それらが寄越すレポートを随時捌いていく。

ここでワームを間違った場所に投下してしまうと、「G.W」の意味体系が完全に崩壊するまでに要する時間が、一日や一週間ということになってしまいかねない。幾らサニーの完成させたクラスターが強力だとはいえ、すべてを制圧するまでに時間をかけていたらぼくらの負けだ。

「JD」がヘイブンに再接近して、リキッドがレールガンで核を射出するまでには、あと二分もない。その後ではエマとサニー、そしてナオミの物語が意味を失ってしまう。

と、スネークが身構えようとして、痛みに声をあげた。

何かを感じ取ったのだ。これだけ死に近づいてもなお、この男の感覚は鈍っていない。

「スネーク、どうしたんだい」

スネークが何とか構えた銃口の先に、黒いボウリングの球がひとつ、転がっている。

スネークへと転がってくるそれに、墓石のあいだから他の同じような球が合流した。黒い絨毯となって、スネークとMk.Ⅲの方向へ押し寄せてくる謎の球の集合から、小さな人間の腕が何本も飛び出した。

フンコロガシ――東欧でビッグママのアジトを暴いた、あの小型偵察ロボットの群れだ。

スネークが引き金を引いた瞬間、絨毯が盛り上がって、床に仰向けに倒れているスネークへと飛び掛かってきた。

「！」

スネークが引き金を引いた途端、腕のなかでM4が跳ね上がる。アサルトライフルを扱う程度の力も、焼きつくされ、搾りつくされ、破壊されつくした身体には残っていない。それでもスネークはフンコロガシからMk.Ⅲを守ろうとする。球から伸びたゴムのような漆黒の腕が、スネークの身体にとりつく。あっという間にスネークは全身をボウリングの球に覆われてしまった。

スネークはどうにか腰からナイフを引き抜くと、脇腹にとりついたフンコロガシの一匹に突きたてる。赤いセンサーアイが光を失い、腕から力が抜けて床面に落ちた。すると球体たちは一斉に放電し、スパークがスネークの身体に突き刺さった。

やられる。電撃は容赦がなかった。それは爆発して剝き出しになったスネークの筋肉や骨へと直接襲い掛かる。スネークはかつて、シャドー・モセスでオセロットに拷問を受けたときのことを思い出す。あのときはまだ、痛みに耐えることのできる若さがおれにはあったが、すでにマイクロ波で体の多くを焼かれた自分が、これだけ致死的な電撃を喰らって、意識を失わずにいられるとは思えない。

しかし、ここでおれが倒れたら、こいつらが次に電撃を浴びせるのはMk.Ⅲだ。

「オタコ――――ン！」

スネークが断末魔のような叫びをあげたそのとき、

サニー、エマ、そしてナオミの自己増殖する物語が、

「G.W」のコアエージェント群を完全に侵蝕した。

CICで扉を守っていたメリルとジョニーの前で、ヘイブン兵たちが動きを止めた。

マイクロ波回廊の入口で、腕のない雷電を圧倒しつつあった連中も同じだった。

ミズーリの甲板を埋めつくしていた月光の群れ。

ウッドデッキを踏み抜いて船体を真っ二つに裂こうとしていたRAYの巨体。

それらすべてが一瞬で活動を停止した。

「やった！」

ぼくは表示を読みながら、ワームクラスターが「G.W」を制圧したのを確認する。爆発的に自己増殖したプログラム群は、枢要な高速情報処理群を、そのキャパシティを超えた超過負荷で押し潰し、膨大なプログラム・ユニットを消去した。

フンコロガシの群れが、ぼろぼろとスネークの体から落ちた。

まるで脱皮のようだ。小型ロボットたちは完全に停止して、わずかではあるが海に揺れているヘイブンの傾斜に合わせて、墓地の床をころころと転がりはじめた。

「待てよ……？」

何か、何かがおかしい。「G.W」の構造をマップ化した、ワームクラスターの侵蝕状況を示すウィンドウのなかで、ワームを意味する領域がぼくの予測を超えて侵蝕してゆく。内部のあらゆる境界を暴力的に踏み越えて、傲慢な軍隊のように地勢図の隅々までを覆い尽くさんと、闇雲に増殖しているのだ。

「クローンの除去……違う」

ワームが効果を及ぼしている領域は——「G.W」が管轄するネットワーク上の領域を明らかに超えていた。ワームクラスターは「G.W」を丸ごと吸収しただけでは飽き足らず、さらに他のAIへとその触手を伸ばしていた。

——まさか、ナオミ。

ぼくは自分の見ているものが信じられなかった。「G.W」のネットワーク構造を示していた地図は、ワームの拡散に従って表示スケールを広げてゆく。一個の惑星だったものが恒星系になり、さらに銀河になり星雲へと後退していくように。

そう、ワームはいまや「愛国者達」の情報宇宙全体に拡散しつつあるのだ。

「……オタコン、どうした？」

スネークもぼくの動揺を感じ取り、何かが妙だと気づいた。

「『JD』が消えていく」

「何？」

すでにワームクラスターは「JD」をほぼ制圧しつつあった。自己増殖する高負荷処理の竜巻が、「JD」の処理中枢を過負荷で潰しているのだ。「愛国者達」そのものであるAIの高等処理中枢は完全に破綻して、数え切れないワームの群れが巨大知性構造体に丸ごと取って代わる。

そして、「JD」のすべてを自身の要素で置換したことに満足を覚えた各ワームは、予定された自己消滅に粛々と取り掛かった。相手と完全に入れ替わったうえで、自分自身を消し去りはじめたのだ。

なんて、呆気ないんだろう。

叫びとささやき、内奥の吐露、嘘と告解。

この惑星のネットワークを流れ続ける、人類が語り、書き記したすべての物語。

実在するしないを問わず、人が交わしたあらゆる商品の取引。今日もメールや電話で誰かが誰かに愛を語り、誰かが誰かに別れを告げる。

そうした人間の営みすべての情報を呑みこんで、予測と統御がすべてを決定する監獄へと再構成された、人類史上最も膨大で複雑な「愛国者達」という物語が織り成す宇宙。

それは「現実」という名の本だった。一分の一の地図のような存在だった。

人類の物語を縛りつけることが、人類の死を防ぐ唯一の道と信じこんだ、冷酷で、傲慢で、そして孤独な神による、ひとつの巨大な物語。それがたった三人の物語に、あっさりと敗北したうえで消し去られた。

この日、ぼくの目の前で、ひとつの宇宙が消滅した。

熱く脈打っていたトラフィックの血流は、永遠に沈黙して一瞬で冷却された。

それはまるで宇宙の最後の瞬間、熱力学的死を見ているようだった。


スネーク、ハル。きっとあなたね、聴いている？


墓地——サーバルームの壁面パネルすべてに、ナオミの姿が映し出された。

ぼくは呆気にとられ、それを見たナオミが微笑みを浮かべる。サニーに目玉焼きの作り方を教えているときも彼女は笑っていたし、ぼくと語り合ったあのときだって何度か笑みを浮かべていた。

けれど、それはぼくが見たことのないナオミの微笑みだった。

勿論(もちろん)、彼女がぼくを見て微笑んだというのは幻想だ。これは記録された映像だった。

あなたたちが注入したウィルスは『Ｇ．Ｗ』を媒介して、ＡＩネットワーク全体を死滅させた。『Ｇ．Ｗ』を含む四つのＡＩ、そしてそれらを統合する『ＪＤ』。すべてが消えたとき、この映像が流れるようにセットしたの。

サンズ・オブ・パトリオットだけじゃない。

『愛国者達』はナノマシンを利用して、すべての国民にこのシステムを導入するつもりだった。

私にはそれを止める責任があった。

サニーの力を借りたわ。

彼女は自分の力が『Ｇ．Ｗ』を停止させ、あなたたちの役に立つと信じて協力してくれた。

対ＡＩのＦＯＸＤＩＥ。

ウィルスの名前はＦＯＸＡＬＩＶＥ。

そう、かつて私が創り出してしまったナノマシンとは逆の発想のもの。囚(とら)われた

FOXたちを活かして、野に解き放つ、という願いをこめた。

その笑みには悲壮感も、彼女が感じていたはずの苦痛も、一切の昏い影が見当たらなかった。友人と語り合うときの笑み。愛する人の側に寄り添うときの笑み。それは一滴の皮肉も含んでいない、美しいまでにごく普通の微笑みだ。

彼女はすでに、その微笑みの地平までたどり着いていた。

死者は誰を赦すこともできない。ぼくはいままでそう思いこんで、後悔のない人生を歩もうと努めた。犯した罪をなかったことにはできないのならば、せめて償うしかない、と。

それはスネークも、そしてナオミも同じだとばかり思っていた。

けれど、ナオミはそんなぼくたちよりも、ずっとずっと先まで歩んでいたのだ——自分に残された時間を、すべて費やすことでしかたどり着くことのできない、そんな魂の果てにある場所まで。

ぼくたちが見ているもの。

それは、償いよりも先の世界へと踏み出した、ひとりの女性の微笑みだった。

おそらく、私はもうこの世にいないのでしょうね。

変な気持ちよ。死ぬ前に、死んだ後のメッセージを残すなんて。

ハル、聴いてるかしら。

聴いているよ、とぼくは答えた。ハル、そう呼ばれることが、これほど心地よいことはこれまでなかった。

あなたを騙してごめんなさい。
あなたを騙したこと、それが一番辛かった。死ぬ前に謝りたかった。でも、それさえも私には許されなかったの——でも、最期には生きる喜びを感じることができた。

ありがとう、ハル。

すべてを終えた今、ぼくはもう涙をこらえる必要がないことに気がついた。
ナオミの選択は決して幸福なものではなかった。病魔に蝕まれ、残された時間を罪の贖いに費やすこと。それを幸せな最期と言える人間はあまりいないだろう。
にも拘らず、彼女の瞳は安らぎで満たされていた。

スネーク、聴いて。

倒れていたスネークが顔をあげた。

この国は無垢な子供に還った。

新しい夜明けが来る――これからは新しい運命を築けるわ。

スネーク、もういいのよ。

お疲れさま。

目の前でフランクを殺されたこと、フランクを廃人にしたこと。他ならぬ自分がナオミの兄を奪った、その思いをスネークが抱えていたのは間違いない。ミズーリのブリーフィングで、ナオミは味方なのか、と疑念を口にしたことが、それを表わしている。おれはきみに殺されても仕方のない人間だ、シャドー・モセスの戦いのさなかにも、スネークはナオミにそう告げていた。自分はナオミの憎しみを背負っている、と。

しかし、ナオミはすでにスネークを赦していた。九年前の戦いの後に。

いま、ようやくナオミはそれをスネークに告げることができたのだ。自分はもう、誰のことも憎んではいない、と。しかし、果たすべき責務を抱えていたナオミには、それを伝えることすら許されなかった。

ナオミが死んだとき、もう得られることはないと思っていた赦し。

喪われたと思ったそれが不意にもたらされて、スネークは戸惑いを覚えていた。誰かに赦されること、この伝説の戦士はそんな優しさに慣れていなかった。奇妙な話だ、当の本人は優しさを知っている男だというのに。

すべてを語り終えたナオミが、画面の外、どこか遠くに視線をやった。まるでこれから自分が赴く場所が視えているかのように。ナオミの瞳は、それを畏れていなかった。いや、畏れていたかもしれないが、圧倒的な希望がその影を振り払い、彼女を前へ前へと歩ませたのだ。

彼女は過去だけでなく未来をも見つめていた。

もうすぐ薔薇が散る……。

そこは、誰もが等しくゆかねばならない場所。

自分ももうすぐ、そこに行くのだ。人の創りし薔薇、自然が生み出したのではない蛇。その物語はもうすぐ終わりを迎えるのだ。そんな思いがスネークの頭をよぎった刹那、何度目かの激しい発作がやってきた。咳をする力もほとんど残されていない。胸郭を痙攣させながら、スネークの全身の筋肉が収縮して胎児のように縮こまる。

すべてにカタがついたのなら、このまま逝かせてくれ。

そんなことを考えながら、やがてスネークは意識を失った。

5

回転翼が空気を叩く音が、鼓膜を打った。

潮の香りがする。音、匂い——それでは、自分はまだ視ることもできるだろうか。スネークは目蓋を開こうとしたが、それは焼き締められた陶器のように硬かった。それでも無理矢理に眼を開くと、そこにはあの男——リキッド・オセロットが腕を組んで立っており、このヘイブン艦橋の高みから、凪いで穏やかな海面を睨んでいる。

銃声も、怒号も、戦いの音は聴こえない。ただミズーリの拡声器から、戦闘の終結を告げる美玲の声だけが響く。もう意味はない、これは戦争じゃない、と大声をあげて、まだどこかで起きているらしい小さな戦闘の停止を命じていた。

低気圧は掃われて、陽光が艦橋の屋根を照らし出している。ステルス素材の外板と、オクトカムのレイヤーに覆われた楕円状の屋根からは、何本か通信用のアンテナが柱のように突き出していた。

「目が覚めたか、スネーク」

コートをはためかせて、リキッドが海を見つめたまま言った。スネークはひんやりとした床から頬を持ち上げ、身体を少しだけ動かす。勿論痛みはしっかりと残っていたが、耐えられないものではない。

「見てみろ——戦争は終わった」

スネークは膝をついて体を起こした。まだ自分が立ち上がることが出来るということに驚きながら、艦橋の屋根に立ち上がったスネークが見たものは、ぼろぼろになったミズーリの姿と、終結した戦闘の後始末に奔走する何台かのボート。周回飛行する米軍のヘリが、ふたりの頭上をかすめて通り過ぎた。

「なぜだ」

目論見を砕かれてうろたえている様子も、怒る素振りもない。どちらかといえば悠然とした態度で、波のない平和な海を見つめるリキッドの姿に、スネークは釈然としなかった。

「——止めようと思えば止められたはずだ」

サーバルームの警備がフンコロガシの群れ、というのはどう考えても腑に落ちなかった。確かに剝き出しの機械知性が立ち並ぶあの空間で、銃撃戦とはいかないだろう。それでも敵が最後にたどり着く場所が、あそこしかないと分かっているのなら、もっと然るべき防衛線を張ることが、リキッドには可能だったはずだ。

しかし、そんなスネークの疑問にリキッドは肩をすくめ、

「止める？　何のために。これこそがおれが望んだ結末だ」

スネークにはその意味がわからない。この状況でまだ強がりを吐いているとしたら、相当なうつけだといえるが。

「親父――ビッグボスは、ゼロが創りあげた『愛国者達』からの解放を望んだ。ビッグボスは国政による軍隊に依存しない、自由な民間の軍隊を創ろうとした……それがアウターヘブンだ。それは失敗した……お前の妨害によって」

前世紀に起きたふたつの世界戦争で、力を得ていった世界各国の有力者によるネットワーク「賢人会議」。大戦を終えて分裂の道をたどったその秘密組織を動かしていた資産を、最終的に手に入れたのは、ゼロという元SASの少佐だった。

ゼロが生み出した組織「愛国者達」。莫大な「賢者の遺産」をもとに、ある女性の遺志をこの地上で現実のものとすべく行動を開始した彼ら。しかし、その秘密組織が生み出したのは、すべてを把握し、予測と統御の許に抑えつけようとする魂の牢獄だった。

九〇年代、ビッグボスはその牢獄から脱するため、国政による軍隊に依存しない、自由な民間の軍事力を立ち上げようとした――それがアウターヘブンだ。九年前、リキッドはシャドー・モセスで遺伝子統制からの解放を目指した。そして五年前、ふたりの兄弟ソリダスは、マンハッタンで「愛国者達」の情報統制からの解放を目指した。

これらはすべて、この瞬間――ヘイブンへの試行錯誤の過程に過ぎない。

これまでのすべては、そこから解き放たれるための闘争。人間の魂を矮小な物語へと貶めようとする、すべての力への抵抗だった。

「『愛国者達』の兵士の外部コントロールの究極系、愛国者達の息子からの解放――FOXDIEからの解放、システムからの解放、個人認識からの解放！　そして、囚われた精神を解き放つ！」

そこで、リキッドが唐突に呪われし兄弟を指差した。スネークはその意味を理解する。

自分がまだ解き放たれていないものがある。リキッドがいまだ囚われているものがある。

それは互いの存在そのもの、この地上に残された蛇の血統それ自体だ。

「――さあ、兄弟、これが最後だ！

戦いは終わったが……おれたちの解放はまだだ。

戦争は終わった。

最後は、個人的な決着をつけよう」

リキッドが脱ぎ捨てたコートが、風に運ばれて飛んでゆく。その下から現れたオセロットの肉体は、七十を超えているとは思えぬ逞しさを保っていた。かつてシャドー・モセスでフランクに切り落とされた右腕に、剝き出しの筋肉繊維が重なり合っているのが見えた。しかしその組織は生命に赤く脈打ってはいない。人工筋肉、いわゆる高機能義手というやつだ。フランクや雷電の体と同じ技術を用いた、一般には高機能障害者支援と呼ばれるサイボーグ技術。

リキッドが義肢の拳を固く握り締め、胸元で構えた。かつてあそこに移植され、オセロットの意識をハイジャックしたリキッドの右腕は、どうなったのだろうか。スネークが訝しみながらもファイティングポーズをとると、互いに間合いを測りはじめる。

「来い、スネーク！」

リキッドの言葉に、スネークは素直に従うことにした。つまり、構えを解くなり全力で突っこんだのだ。あまりに野蛮なスタートに不意を突かれたリキッドが、そのタックルを思い切り腹で受け止めてしまう。

「やるな！」

相手の懐に飛びこんだスネークは、頭を思い切り持ち上げて、下からリキッドの顎に一撃喰らわせると、ついで脇腹を殴れるだけ殴った。リキッドは出だしを完全に持っていかれた。どうにかスネークを振り払おうと、肘をスネークの背筋に突き刺す。

背中を通じて肺や胃にまで達する衝撃に、スネークは呼吸を詰まらせた。一瞬、組みつくその腕にゆるみが生じ、ここぞとばかりにリキッドが膝蹴りを決める。背中と腹の両方にダメージを受けたスネークは、苦痛に仰け反って顔を持ち上げた刹那、人工の右肘を焼け爛れた左頬に受けて後ずさる。

リキッドがさらに追い討ちをかけるように回し蹴りを飛ばしてきたが、遠心力で加速した爪先が柔い脇腹に突き刺さる前に、何とか飛び退いて間合いを取った。

あのときもこんな場所だったたな。スネークは再び距離をつめ、リキッドに全力で殴りかかる。胸、腹、背中、顔面。あらゆる場所に拳を沈めあいながら、スネークは思った。九年前のモセスで、最後互いの拳だけを得物に戦ったのも、こんな高台の上だった、と。あのときは暴君龍の背中で、今度は鯨の背中という違いはあるが、最新の電子装備を満載した巨大兵器の上に立ちながら、原始的な拳で殴り合っていることには変わりない。

いや、違う。あのときばかりではない。モセスでサイボーグ忍者と殴りあったあの時間——いや、ザンジバーランドの地雷原で最初にフランクと拳を交わしたあの時間——この戦いはまるであのときのような奇妙な健康さを湛えていた。まるでスポーツのように、一切の憎しみや殺意から解き放たれて、ただ互いの存在を確かめ合うように殴りあう、ある種の純粋さがあった。

殴りあいながら、互いの顔を潰し合いながら、奇妙な話だがスネークはリキッドを赦していた。まるで一発一発が、互いを赦すその証であるかのように。

スネークが達しつつあるもの、それはナオミがたどり着いた場所だった。

すべてを赦し、受け入れること。

スネークは拳を用いて、その風景へ手を伸ばしつつあった。

そして、最後の一撃が放たれた。互いの拳が一瞬、かすかに触れ合って交差する。ふたりの頬はほぼ同時に、双方の握りこぶしに潰されていた。

スネークもリキッドも、そのまま動くことができなかった。まるで相手の体温を感じようとしているかのように、拳を喰らったままの姿勢から脱することができなくなっていた。永遠にも思える時間が流れ、やがて影の一方がゆっくりと後ろに傾いていく。

立ち続ける者、沈む者。運命はすでに極限まで達している。

この究極の場所では、勝ち負けのあいだに明確な違いはなかった。

「……これからだ、スネーク」

空を仰ぎながら、リキッドはヘイブンの艦橋に倒れていた。スネークの拳に潰された肉体が絞り出す声はとてもか細く、老いて神経の磨耗したスネークは耳をそばだてた。

「アメリカの秩序は失われ、社会は西部開拓期の無秩序へと還る……この鬼火は世界中に広がるだろう」

スネークが破壊したもの、それは牢獄であると同時に、人間という獣を繋いでおく鎖でもあった。確かに「愛国者達」は世界を制御し統制しようとしていたかもしれない。人々に自らの意思だと思わせて行動させておきながら、裏でその意思を誘導し、操っていたのかもしれない。

しかし、それは「愛国者達」のAIが、ある意味でぼくら自身の写し絵だったから可能だったことだ。AIたち、この世界を「記述」していた究極の物語作者は、あくまでぼくらの世界を素材にその物語を織り上げた。「愛国者達」のAIとは、ぼくらが生きるこの世界の規範であり、習慣であり、人生そのものでもあったのだ。

人々が意識せずに従う習慣の集合体。それが「愛国者達」の実態だった。

「誰しもが、戦いのなかで充足を得る世界。親父の——ビッグボスの意思、天国に見放された世界はついに完成した」

リキッドは満足げに微笑んだ。これからはじまる世紀とは、ビッグボスが目指した世界、その息子であるリキッドとソリッド、二匹の蛇が生み出した世界なのだ。天国、それはビッグボスが最も憎悪した場所だった。

絶対の安寧と完全な幸福は、考えることを、行動することを、責任を負うことを奪い去ってはじめて成立する。それこそがゼロ少佐と「愛国者達」が目指した世界であり、天国の支配を断ち切るのが自分に課せられた責務だと、ビッグボスは心に刻みこんで戦っていたのだ。自分がその誕生に手を貸してしまった、あまりにグロテスクな天国に対して。

自分が図らずも手を貸してしまった、支配の体系に抗うこと。自分たちがはじめたことの責任を全うすること。すべて同じだった。スネークは父の戦いを、意図せずして繰り返していたのだ。

「今頃どこかで親父も、ほくそ笑んでいることだろう」

リキッドは朦朧としながらつぶやいた。もはやその眼はスネークを見ていない。まるで情報の脈拍を失って、冷たい軌道をぐるぐる回り続ける、「JD」の姿を探しているように、空をぼうっと見つめている。

「……おれたちは創られた怪物。光を消さなければ、影は消えない。光がある限り、影を消しても意味はない」

そう語るリキッドはどこか奇妙だった。いや、そもそも他者の肉体を乗っ取ったこの男に奇妙も何もないものだが、それでもいまのリキッドは、どこか自分を演じきれていない、という不思議な印象がある。まるで俳優が、自分の役柄を捉え損ねているかのように。

「おれはリキッドのドッペルゲンガー。お前はあの男のドッペルゲンガーだ」

そう言ってリキッドは、震える両腕を突き出してスネークを指差した。

「さすが、あの男の息子。いい、センス、だ……」

くっ、と喉から小さく声が漏れたかと思うと、腕が力を失って床の上に落ちた。

スネークはリキッドの傍らに屈みこむと、その首筋に指を当てた。体温が急速に失われていくのが感じられる。その頸動脈はもはや、心臓からの血流を脳に運んではいなかった。

首筋に当てられたその指が、リキッドの頬に触れる。掌が見開かれた目蓋にかざされた。

もう、何も視る必要はない。どんな箍も、どんな宿命も。

これが、呪われし兄弟であるこの男との、最後の別れだった。


サニーのプログラムは「愛国者達」のＡＩ「ＪＤ」の大脳部分を破壊したものの、その侵蝕は脳幹部分までには達しなかった。ナオミのブラックボックスを解析し、「愛国者達」の制御とライフラインの電子制御を分離したのだ。水、空気、電気、食料、医療、通信、交通——彼女は「愛国者達」の支配を断ち切り、そして近代文明を守った。

母親……オルガの仇のつもりだったのか、それともサニー自身が望む理想の未来を描こうとしたのか。

——それとも単なるデータの整理だったのか。

確かに、「愛国者達」の「支配」は滅びた。ぼくたちが支配だと思っていたもの、牢獄だと思っていたものは消滅した。けれど、それは世界の大きな一部だった。これだけ大きなものを失えば、どんなシステムもいままでどおりじゃいられない。
　滅びたものと、残されたもの。そう、皮肉にも、創世記から戦争を生業（なりわい）としてきた文明は生き延びたことになる。きみたちがこれから創りあげる世界が、ぼくたちが戦ったこの世界よりもマシであることを、ぼくはただ祈るだけだ。

　ぼくらは何をなくして、何を護（まも）ったんだろう。

実を言うと、それはこうして出来事を整理して物語っているいまも分からない。多分、戦いのあとというのはいつもそうなのだろう。
　いつの時代の、どんな戦争も。ずっと昔から、そしてこれからも。

Epilogue Naked Sin

1

避難地（ヘイブン）。

滑走路の先にある海から、潮風がここまで運ばれてくる。耳を澄ましてみれば、潮騒（しおさい）がかすかに聞こえるのがわかるだろう。何かがありそうだと気づいたのか、カモメたちが上空を旋回していた。

ここはヘイブンだった。本国の税金を逃れるために、様々な国の企業がここに本拠を置いたり、自分の国には置きたくないデータの、物理的保管地を確保するためにサーバを設置したりする。国とは名ばかりのちっぽけな島ではあるけれど、複雑に絡まりあう国際社会の利害関係が、このようなエアポケットを必要とした結果、人口でわずか数千人にも満たない南の島は、一人前に独立国として多数の国から承認されていた。

南国の日差しはそれなりに強烈だったけれど、遮るもののない滑走路を吹きわたる風のおかげでそれほど不快ではない。名前だけの国に訪れるものはほとんどおらず、滑走路は常にがら空きの状態だった。

その独立国としての名前と、税率の低さや情報に緩い法律を求めて殺到した企業から徴収した税金で、空港はそれなりに充実している。住民の生活も豊かなようだ。ぼくらの社会が締めつけ過ぎたために漏れ出たもので、この島はいろいろと潤っているのだ。

そういうわけで、ぼくは滑走路にでんと駐機しているノーマッドの陰で、花嫁のお出ましを待った。払い下げた軍用機のなかでお色直し。何ともシュールな風景だ。

わざわざ、この南の島で式を挙げることになったのは、別に花嫁が派手な結婚式らしさを求めたためではない。それはぼくとスネークがお尋ね者だったからだ。「愛国者達」に様々な濡れ衣を着せられて、長く伸びていったぼくらの罪状リストは、「愛国者達」が滅び去ったいまとなってもなお生きていた。

それでも花嫁は、ぼくらの参列を諦めなかった。ぼくらはしつこく断ったのだけれども、花嫁はこの指名手配犯とともに式を挙げることに固執した。ぼくらのいない結婚式なんて考えられない、と花嫁は断言した――父親譲りの頑固さで。

あれから一ヶ月が経っていた。このひと月で世界がどれだけ大きく変わったか――そして変わらなかったか、それはぼくよりも、この物語を読み通してくれたきみの実感のほうが信用できるだろう。というのも、ぼくは相変わらずのお尋ね者で、世界の外を飛び回っていたからだ。実際にそこで笑い、泣き、生活する、きみのような普通の人々が感じた変化、それがぼくたちの戦いの結果なのだ。

どうだい、あのとき、世界はどれだけ変わったかい。

それとも——ほとんど変わらなかったのかな。

今度きみに会うことがあったら、ぼくはそれを訊いてみたい。

カーゴベイに立てられた全身鏡で、美玲とサニーがメリルのウェディングドレスを直していた。反動の凄まじいデザートイーグルをしっかり保持することのできる肉体だ、肩は幅広くがっちりしているし、背中もそれなりに筋肉がついてはいる。しかし、軍服を脱いでドレスを纏ってみれば、その引き締まって無駄のない体が、実に衣装栄えするものであることがわかる。研ぎ澄まされた肉体は、本質的に美しいものだ。

きれい、美玲が思わずそうつぶやいて、涙を流す。キャンベルもその後ろに立ち、自分の娘が迎えた新しい門出の準備を見守っていた。

あの戦いから生還したメリルと、キャンベルはいままで話す機会を逸し続けてきた。あのときモニタ越しに言えたことが、実際に娘を前にしても言えるのだろうか。そして、メリルは自分の言葉を聞き入れてくれるだろうか。キャンベルはいまだそんな不安に苛まれ、ドレスを着た娘に話しかけることができずにいた。

そんなキャンベルの怯懦を、メリルは敏感に察したのだろう。鏡から杖を突いて立つ父親に向き合って、一歩前へと踏み出した。その顔にはどんな表情も浮かんではおらず、キャャンベルは怯(おび)えて思わず下を向きそうになる。

いけない、ここで眼を逸(そ)らしては。キャンベルはどうにかメリルの顔を見ることができた。何を言われようと、どんな言葉で罵(ののし)られようと、キャンベルはそれを真正面から受け止める覚悟でいた。

と、その額に銃口が突きつけられる。

美玲とサニーは息を呑(の)んだ。デザートイーグルの銃身が、まっすぐキャンベルのこめかみへと伸びている。キャンベルは驚愕(きょうがく)に目を見開いたものの、やがて目蓋を閉じ、銃口から熱がほとばしるその瞬間を受け入れた。

「大佐、私と一緒にヴァージンロードを歩いてくれる」

かすかに金属が擦(こす)れあう音が聴こえた。弾倉がリリースされて、メリルのもう一方の掌に落ちる。キャンベルはその弾倉に目を落とした。弾丸は一発も入っていない。メリルはデザートイーグルのスライドを引くと、空になった薬室を父親に見せる。

メリルはキャンベルの手をとると、そこにデザートイーグルをそっと置いた。

「赦(ゆる)して……くれるのか？」

手のなかに、銃がずっしりと重い。普通の女性なら発砲の衝撃で骨折してしまいかねないほどの、強力な拳銃(けんじゅう)だ。強力な火薬を扱う銃身や薬室も、それに見合った分厚い金属でできている。現代的な近接戦闘を考えれば、強力すぎるゆえに扱いづらく、不要な銃だと言えるかもしれない。

メリルは軍人でい続けるために、これほどのものを持たなくてはならなかったのだ。これはメリルが今まで抱えてきた葛藤の重みだった。

「赦したわけじゃない。あなたを憎んだ私を、あなたに預けておく」

銃から娘の顔へと、キャンベルは視線を戻した。そうだ、希望はある。何かを変えようと踏み出すことができさえすれば。自分は少しだけ踏み出した。新しい目的、新しい人生。それはいつだってはじめることができるのだ。

「そうだな、時間はいっぱいある」

キャンベルは拳銃を腰に挿すと、メリルの手をとってノーマッドのハッチを滑走路へと降りてゆく。ノーマッドのなかからは赤いカーペットが延びており、その先には白いスーツに身を包んだ新郎、ジョニー・アキバが花を持って待っていた。

ジョニーがはじめてメリルと出会ったのは、九年前のシャドー・モセスだった。もっとも、メリルのほうはそれを覚えてはいないだろう。リキッドの蹶起に参加した次世代特殊部隊員のひとりとして、ジョニーは拘束されたメリルの独房を見張る任務についていたのだ。

フォックスハウンドの超能力者であるサイコ・マンティスに洗脳されていた次世代特殊部隊員たちは、洗脳されていたため已む無し、という理由で起訴され裁かれるようなことはなかったものの、やはり全員が除隊処分にされるか閑職にまわされた。そういうわけで、ロシアの私兵部隊をはじめとする世界のさまざまな軍事勢力を転々としたジョニーは、最終的に米軍はCIDのPMC査察チームに流れ着き、かつて自分の装備を上から下までひん剝いた、憎きメスゴリラに再会したというわけだ。

もちろん、メリルはメスゴリラなどではなかったし、再会した瞬間にジョニーは自分の気持ちに気がついた。しかし、注射嫌いなためにナノマシンの定期注射をこっそり忌避して、SOPがないためにチームワークを乱して怒られるばかりだったジョニーは、その気持ちをメリルに伝えることができずにいた。

SOPさえあれば、弱い大腸の活動も制御できて、トイレに駆けこむたびに笑われたり呆れられたりすることはないのに。システムへの参加を拒むことは、そのまま疎外に直結する。世の中はそういう仕組みになっているのだ。

しかし、ジョニーがSOPに組みこまれていなかったことが、中東や東欧で結果的にメリルたち部隊を救った。ひとりジョニーだけが、実験を含むガンズ・オブ・ザ・パトリオットの発動の嵐にあって、その正気を保っていられたのだから。

そして、ヘイブンの戦いでついにジョニーはその気持ちをメリルに伝えることができた。スネークが扉の向こうに消えた後、意識の戻ったジョニーと二人でそこを守りながら、メリルもまた、東欧で命を救われ、先刻は自身の頭を吹き飛ばされる危険を顧みずに飛びこんできてくれたこの男となら、一緒に生きていけるかもしれない、という思いを抱いていたのだ。

花嫁と父親の後に続いて、サニーと美玲が降りてきた。ぼくとジョナサン、そしてエドはヴァージンロードの両側に立ち、拍手で花嫁を送り出す。少し離れた滑走路の脇で、ひとりの少年が興味を引かれてこちらをじっと観察していた。海に行った帰りなのだろう、釣竿と籠を持っていた。

そのとき、ぼくはどこからか鐘の音が聴こえることに気がついた。この島には教会はあったかな——そんなことを考えているうちに、音がどんどん大きくなってきていることに気がつく。エドもジョナサンも、鐘に気がついてあたりを見回した。あることに気がついたジョニーが、驚いてそれを口にする。

「音が大きくなっているんじゃない……近づいているんだ」

全員が音の近づいてくる方向を向いた瞬間、陽炎に揺らめいていた風景がぐにゃりと歪む。まるでワープしてきたかのように、空間の一点からオクトカムを解いた一台の装甲車が現れた。

鐘の音はあの装甲車の車外スピーカーから鳴らされている。オクトカムを解いて迷彩の地肌を晒した装甲車は、ノーマッドの方へとまっすぐ突っこんでくる。その勢いに参列者全員が後ずさろうとしたとき、装甲車はあの巨体でドリフトを決めて、ヴァージンロードに横づけした。

ぼくは車体にEYE HAVE YOU!というステンシルを見つける。間に合ってよかった、と言いながら、ハッチを開けてドレビンが姿を現した。いかにもな緑色の装甲車は、花嫁を祝福する場にはちょっと相応しくない。ぼくは派手な登場に驚き呆れながらも、もうちょっと何とかならなかったのか、と苦虫を嚙み潰す。

「お届けものだ」

ドレビンが胸から取り出したハンカチを振ると、緑色だった装甲車が、次の瞬間には国連軍のように真っ白になっている。ウェディング仕様のオクトカムパターンだ。DREBINS, WE HAVE YOURS. と車体の表記が変わっている。ドレビンは後部ハッチに手を掛けると、肩越しにこちらを振り返ってにやりと笑う。

そして、開いた扉から一斉に花びらが舞い出てきた。

「すごい！」

と美玲が感嘆の声をあげた。白い薔薇だ。車内に設置された送風機が、この南国の空のように澄んだ白い欠片を送り出しているのだ。

花弁が一帯を包みこむ。滑走路にも、ノーマッドの機体にも、それは等しく降り注いだ。赤いヴァージンロードの上に落ちたホワイトローズは、その白さがよりいっそう際立って見える。

「ドレビンズ社からのフラワーシャワーと――」

ドレビンが舞い散る花びらを一枚、空中でつかむ。再び掌を開いたとき、それは一羽のハトとなってドレビンから飛び立って行った。

「おれからの、サービスだ」

それが合図になって、舞い散る花びらがすべて、一瞬でハトに変化した。ハトの群れは一斉にいずこかを目指して、南の島の青さへと飛び上がってゆく。

真っ白なハトたちが踊るなかで、メリルはスネークの姿を捜した。この瞬間を一番見てもらいたい人が、参列者の顔ぶれのなかには見当たらない。そもそもスネークとオタコンに見てほしくて、どこの国の司法も届かない、この太平洋の避難地（ヘイブン）で式を挙げることにしたというのに。

拍手のシャワーのなかで、メリルの顔をよぎったかすかな不安に、同じく女性である美玲だけが気づいた。美玲はぼくの耳許（みみもと）に顔を寄せて、誰にも聞こえないようにそっとささやく。

「スネークはまだ？」

ぼくは苦笑いを演じる。スネークがこの瞬間、戦いつづけていることは黙っていなくてはならない。スネークがいま戦っているのは、他ならぬ自分自身だ。その戦いはこれまでぼくらが潜り抜けてきたどんな戦いよりも困難で、壮絶で、孤独なものだ。

いま、スネークはひとりで、最後の戦いに赴くところだ。

だから、ナオミがそうしたように、ぼくは皆に嘘をつく。スネークの戦いを隠し続けるために、スネークをひっそりと旅立たせるために。それはとても辛（つら）い選択だったけれど、それが同時に最善でもあることを、ぼくもスネークも互いに承知していた。

「いったい、何してるんだろう。ほんと、時間にはルーズなんだから」

そんな嘘に対して、勿論（もちろん）美玲も納得したわけではなかっただろう。精一杯やることはやったけれど、ぼくはお世辞にも演技の上手い人間ではない。努めて微笑みを浮かべようとするけれど、唇がどうしても引きつってしまうのはどうしようもなかった。ただひとり、キャンベルがぼくの奇妙に硬直した笑みの意味を理解している。

　ありがとう。

　キャンベルは声にならない感謝の言葉を、天へ昇ってゆくハトへと託した。

　男はブラインド越しに差しこんでくる光を眺めて、ベッドの上で一日を過ごした。部屋から出るのは排泄するときだけだ。

　もうすぐ退院だと言われていたけれど、ここから出たところでどこに行けばいいというのだろう。確かに世界は変わったかもしれない。多くのことが、それまでとはまったく違った意味を持ち、あるいは別のものへと作り変えられたかもしれない。しかし、そんな新しい世界のどこにも、自分の居場所はないように思える。今日のメリーランドの日差しは柔らかいな、と思いながら、男はベッドに横たわり、無感動に日々をやり過ごす。

　明日が来なければいいのに、とは陳腐な謂いかもしれないが、男にとっては切実な問題だった。時間というものの存在が、ひたすら呪わしかった。何かがやってきて、自分のまわりを巧妙にすり抜けながら、遥か後方へと飛び去ってゆく。意識があれば嫌でもそんな、時間の持つ性質に付き合わなくてはならない。

　だから、男にとって病院の一日一日は、ある意味で戦いだった。戦わないという戦い。

何もしないという戦い。何も感じず、何も考えないという戦い。明日もまた、そんなふうに一日をやり過ごすことができるだろうか、と男は不安を覚えながら、医療機器に囲まれてベッドの上で眠りについた。

そういうわけで、面会です、と看護師に言われたとき、男は何も反応しなかった。誰かが来たところで、それは結局のところ自分に居場所はないのだという事実を、また少し強固なものにするだけだ。勿論、病室の扉をくぐってきたのがローズと見知らぬ子供の姿だったからといって、それはまったく変わらなかった。

白い薔薇を持って、ローズはジャックのベッドへと近づいた。少年はローズの陰に隠れて警戒している。ジャックはローズに背中を向けて、ベセスダの日差しのほうへと戻った。拒まれていることに哀しげな笑みを浮かべ、ローズはぎこちなく背中に語りかける。

「ジャック、具合はどう？」

ああ、とジャックは返事をした。それ以上言うべきことが見つからなかった。座ってもいい、と訊かれたときも、ジャックはまるで反応しなかった。いつもの時間だ、とジャックは考えようとした。変化もなく、居場所もなく、ただやり過ごすしかない時間の流れだ、と。ローズはパイプ椅子を引き寄せて腰掛けると、持っていた花を傍らの台に置いた。

座ったローズの背中から、少年がじっとジャックを見つめている。さすがに気になって、肩越しにちらりと観察したものの、途端にローズと目が合って、ジャックは自分のささやかな好奇心を後悔した。

「何の用だ。おれを笑いにでもきたのか」

あまりに自虐的なその言葉に、ローズは互いの距離を気にしているような場合ではないと決心する。椅子から立ち上がると、少年の手を引いてジャックのベッドに直接腰を掛けた。急に近づいてきたローズからジャックは逃れようとするけれど、壁際のベッドではこれ以上逃げる場所がなかった。

「ジャック、この子を見て」

「キャンベルの子？」

とジャックは言った。ジャックは苦痛から逃れたくてたまらなかった。そこにあるのは自分の未来だったはずの命、結局は生まれること叶わなかった、ジャックを新しい世界に導いてくれたはずの命だった。

自分の手に入れられなかった可能性を見せつけられて、これ以上堕ちるところはないだろうと思いこんでいた自分の絶望の浅さを、ジャックは思い知った。ここがどん底じゃない。底にいると思ったら、次はこうして穴を掘れと言われる始末だ。

自分はどこまで堕ちればいいんだ、そうして絶望の更なる下層へと降りてゆこうとしたジャックを、ローズの意外な言葉が押し止めた。

「違うわ……あなたの子よ」

機器の漏らすかすかな電子音のハミングが、制止した時間のなかで、とても耳障りに感じられた。ただ流れゆくものだった時間。単にやり過ごすしかなかった空虚。それらがぴたりと流れることをやめた。言葉が時間を釘づけにしたのだ。ジャックはそのことに戸惑い怯える。

「……おれに子供はいない」

　ローズの手がジャックの肩に触れた。失われたと聞いていた両腕は新たなものが取りつけられ、戦闘用強化外骨格のような剝き出しの機能美ではなく、より人間の皮膚に近い、一般的な義肢素材に換えられている。

「あなたの子なの」

「きみは流産したと……」

　嘘なのだろう、とジャックは思った。想像していた以上に哀れな自分の姿を見て、これ以上は傷つけまいという優しさから出た虚構なのだろう。冗談じゃない、そんなふうにしてその時その時を取り繕ったところで、あとで互いにそのツケを払わされるだけだ。ローズが見せるその場しのぎの優しさに、ジャックは激しいいら立ちを覚えた。いや、正確に言うなら、覚えようとした。

　けれど、心のどこかでは、それが真実であってほしいという思いが、とくん、とくんとわずかに脈打っている。この期に及んでもまだ、不確かな希望にすがろうとする自分の根拠なき楽天性を、ジャックは深く嫌悪した。

「流産は嘘。ちゃんと授かった」

　ローズはジャックの肩に置いていた手を離し、ベッド際を離れてパイプ椅子に戻る。指先に感じていたのは、人の温もりの再現に過ぎなかったかもしれない。しかしそれでも、ローズはジャックの体に再び触れたことに幸せを感じていた。たとえ紛い物でもかまわない。それが、愛する人の肉体から発せられる熱であるのならば。

「キャンベルさんは私とこの子を護るために、家族を装ってくれていたの。あなたが使命を果たすまで……『愛国者達』の監視を逃れるために」

「何だって……」

お願い、信じて。その願いが通じたのか、ジャックがローズに顔を向けた。いきなりの説明にまだ信じられないといった様子ではあったけれど、少なくとも先刻までのような拒絶の意志は消えていた。

「あの人は、メリルさんにもそのことを黙っていた。自分を犠牲にして、私たちを護ってくれていたの——ごめんなさい、ジャック。いままで言うことができなかった」

では、この子が。ジャックはベッドの上で体を起こした。シーツがはだけて、裸の上半身が剥き出しになる。肩に走る溝が、義肢と肉体の境界をわずかに示していた。それを見た少年はローズの背中に引っこんでいるが、その目だけは興味津々といった様子で、じっとジャックの体を見つめている。

「ジョン、お父さんにご挨拶は？」

背中の少年に前へ出るよう、ローズが促す。少年はなかなか出てこようとはしなかったけれど、ジャックは恐る恐る手を伸ばした。

「おれの、息子……小さな、ジョン」

つくりものの指が、少年の顔に伸びてゆく。できるだけ生身に似せてはあるけれど、似せてあるがゆえに微細な質感の違いは嫌でも目についた。いわば現実版の「不気味の谷」というやつだ。限りなく精巧に作られたＣＧの人間は、その精巧さゆえに不気味なものとして人の目には映る。ジャックの肌から感じる違和感は、言ってみればその現実版だった。微かに陶器っぽくもあり、またゴムに似た感じもする。

ジョンは頬に近づいた指から逃れようと、さらに後ろに下がってしまう。

「おれが、怖いか？」

自分はついこのあいだまで、人間ではなかった。スネークを守り、スネークのために死ぬ。それがジャックのすがりつくことの出来るすべてであり、そのことが雷電という獣を生み出したのだ。

いまの自分が人間に戻ることができるのかどうか、それはわからない。まだ自分が野獣の領域に留まっているのだとしたら、少年が恐れても仕方のないことだ。ジャックは自分の体の自然ならぬ部位をしげしげと見つめ、

「怖いのも当たり前――いいんだ」

「ううん」

とジョンが唐突に言った。ローズとジャックは自分の子供の反応の切り替わりに、呆気にとられてしまう。

「怖くないや」

ジョンはベッドの側にやってきて自分の背中に手を伸ばすと、おもちゃの刀を取り出した。柄にあるスイッチを入れると、昔ながらの作動音が鳴り、レーザーサーベルの臨場感を醸し出す。ジョンはまるでヒーローのように脚を広げて見得を切る真似をすると、

「かっこいい。アニメのヒーローみたい」

ジャックは笑った。何年ぶりだろうか、こんなに健やかな、いささかの皮肉も含まない豪快な笑いは。笑うことがこんなに心地よいということを、自分はしばらく忘れていた。そうなのだ、それを忘れてしまうことが、獣になるということなのだ。

ジョンの顔も笑っている。

この子を、抱きしめてもよいのだろうか。それは多分、あの子に訊ねるべき事柄ではない。ジョンをこの腕にかき抱くことが出来るか否かは、すべてジャック自身に懸かっている。父親となること、人生をともに歩むこと。それを引き受けることができるかどうか、いまジャックは問われているのだ。

そして、ジャックは息子の体を引き寄せて、その顔を心臓の辺りに当てた。新たなる自分自身の人生、責務であると同時に希望でもある命。ジャックが抱き寄せたのは血肉を備えた自分自身の未来だった。

不意に、ジョンが腕のなかで泣き出した。怯えているのではない。子供なりにジャックの戸惑いと、そして決意を理解したのだ。いま、この男が真実の父親となったことを、父

親となることを自分の責務として進んで引き受けたことを、完全に理解していたのだ。

「ローズ、おれはもう逃げやしない」

自分が抱きしめたものの愛しさに圧倒されて、ジャックのなかで堪えていたものが溢れ出す。涙が頬を伝って落ちてゆき、短く刈りこまれて立っている、ジョンの銀色に輝く髪の毛にかかった。ジャックの涙を見たローズも、耐えきれずに泣いている。

「わたしも、もう、怖くはない」

ローズがジョンの上からジャックに抱きついた。

それはジョンにとって、長いあいだ求めていた父親という存在が、目の前で「生まれた」瞬間だった。人は誰もが父親になれるわけではない。ある男が父親になる境界、それは愛する人が自分の血を分けた子供を身ごもった時点でも、お腹から子供が生まれ出た時点でもない。自分の子を引き受けて、共に生きる決意を絶対のものとして固めたそのときが、人が父親として生起する瞬間なのだ。

部屋の片隅に立て掛けられた鏡に映る、自分たち親子三人の姿がジャックの目に入った。

ジャックはふっと笑ってから、まるで美女と野獣だな、とつぶやく。ローズは顔を上げて夫の瞳を覗きこむと、いいえ、とその言葉を否定した。

「あなたは野獣じゃないわ。私の夫であり、この子の父親よ」

ある意味で、ローズもこの瞬間にはじめて、ジョンの真実の母親となることができたのかもしれない。ジョンの父親であるこの男を怖れるのを止めること。ありのままを受け入れること。ジョンが父親を承認してはじめて、ローズもまた同時に母親としての新たな道を歩みはじめたのだ。

ここまで来るのに、どれだけの回り道をしてきたのだろう。多くのものと別れ、多くのものを喪(うしな)ってきた。ジャックは危うく、喪ったそれらの意味を腐らせるところだった。手前勝手に人生を放り出し、心地よい絶望と虚無に浸りながら。

もう迷いはしない。自分を探していたずらに時間を潰(つぶ)している余裕はない。

父親としてやらねばならないことが、これから山ほど待っている。

それを着実に果たしてゆくことが、エマやナオミが遺(のこ)してくれた自由に報いる、たったひとつの方法なのだ。

2

ひとりの男が、ある墓標に敬礼を捧(ささ)げている。

真の愛国者の思い出に、それだけが墓標に記された文字だった。生没年も、それどころかいかなる名前も、この墓石には見あたらない。

なぜなら、ここは名も無き者たちの墓だから。

どこの誰であるかも判らぬまま、ひっそりと葬られた戦士たちの墓。その名を記すことを禁じられた者たちの墓。それら墓標の足許(あしもと)一面を覆うのは白い花弁の絨毯(じゅうたん)で、その花はベツレヘムの星と呼ばれていた。ベツレヘムの街でイエスが生まれたとき輝いた星を意味しているのだ。

けれど、ここは世界から追放され、うち捨てられた者たちの墓だ。

無縁墓地(ポッターズ・フィールド)。ユダの裏切りの銀貨で購(あがな)われた、陶器職人(ポッター)の畑の上に造られた墓場。

居場所を持たぬ者たちの墓、放浪者たちの墓、追いやられた者たちの墓。

真の愛国者もまた、追放され、名を奪われ、亡骸(なきがら)すらも喪われた、そんな墓標として佇(たたず)んでいる。あたり一面を覆いつくすベツレヘムの星(オオアマナ)の白さ——その純潔(ヴァーチャス)だけが、墓の主の想いを静かに湛えている。

喜び。それがこの墓が偲ぶ女性の名だった。

誰よりも国を愛し、それゆえに国を憂いた彼女。それが同時に、この美しく誇り高い女性を追放された者として、その名を剝奪されたままにこの場所へ眠らせることとなったのだ。本来なら国立戦没者墓地に横たえられて然るべきザ・ジョイの骸は、遥かロシアの大地に寂しくうち捨てられるままになっている。

五十年前――この墓から、ビッグボスの戦いがはじまった。

大統領から与えられた称号を激しく嫌悪しながら、ビッグボスはこの墓を訪れた。その頃はまだ、一輪のオオアマナも咲いていない。ビッグボスは溢れる涙をこぼさぬよう、上を向いてぐっと耐え、その哀しみから、その寂しさの風景から、数多くの闘争がはじまった。そのとき、ビッグボスによってここに捧げられたオオアマナが、半世紀の時を経て、墓所一面を覆うまでに広がったのだ。

ビッグボスはいま、ザ・ボスの隣に眠っている。

スネークはビッグボスの墓の前に立つ。南アフリカで、中央アジアで、自分は伝説の傭兵と呼ばれたこの男と戦い、そして勝利した。自分のコピーが、当の自分に牙を向くというのは、どんな気分がするものだろうか。自分を抹殺せんと襲い来る敵の顔が、かつての自分自身だとしたら、そのとき自分は冷静に戦うことができるのだろうか。

とはいえ、自分とリキッドの戦いも似たようなものだ。マーカーとしてつけられたタグ遺伝子以外には、同一の遺伝子を持つ存在。自分は結局のところビッグボスの人生をなぞっているに過ぎないのかもしれない。ビッグボスがザ・ボスを殺したように、自分はザンジバーで父親を殺した。ビッグボスがそのクローンとして生み出された自分と戦ったように、自分もリキッドと戦った。そしてビッグボスが願った統制と予測の網から世界を解放することに、他ならぬ自分が手を貸すことになった。

スネークはビッグボスの墓標にも敬礼をした。

結果的ではあるが――リキッドと共に、その戦いを引き継ぐことができたことに。

武装要塞国家アウターヘブンに潜入し、最終兵器メタルギアを破壊せよ。フォックスハウンドに入隊するなり命じられたこの任務は、恐らく「愛国者達」――いや、ゼロの配剤によるものだったのだろう。他ならぬそのクローンを、ビッグボスに差し向ける。今にして思えば、それが悪意だったことは火を見るよりも明らかだ。

かつて友人だった男の裏切りに身を焦がしたゼロが、ザ・ボスの後を継いだ偉大なる戦士ビッグボスへ見せつけた、深くどろどろとした憎しみの形――おれは、貴様そのものですら、自在に創りあげることができるのだ、と歪んだ勝利宣告を突きつけるための。

それでも結局は、「愛国者達」によって生み出された自分たち蛇の血統三人はすべて、「愛国者達」に刃向かうことになったのだが。

仮に、このまま自分という存在が続いてゆけば――同じようなことが繰り返されるだろうか。

勿論、それはない。今日ここに来たのは自分自身の始末をつけるためなのだから。

スネークは、スーツの裾をあげて腰に挿していた拳銃を抜く。スライドを引いて、薬室に弾丸が入っていることを確認すると、まるで祈りを捧げるように、ビッグボスの墓標の前に傅き、その銃口を大きく開けた口へと突っこんだ。

銃がひどく重かった。持つ手が震えているのは、恐怖のためだけではない。これだけ重い物体を、口に咥えこんだまま保持しておくのはひどく辛かった。

人生で銃を握っていない時間のほうが短いのではないだろうか。イラクの作戦で最初に人を殺したあの日から、今日この瞬間に至るまで、銃を軽いと感じた日は一日もなかった。様々な銃を手にして感じる、軽い重いの判断ではない。重量というよりは、重さ――それが人を殺すための凶器、戦争の道具であるという事実に、正しくかかるはずの重力。

ＳＯＰに管理された兵士たちは、その重さを感じていなかっただろう。重さはすべて、システムがすくいあげてしまっていたからだ。しかし、その「痛みのない戦争」の時代もまた、「愛国者達」の滅亡とともに終わりを告げた。

様々な時代に、それぞれの戦争がある。戦争は変わった。ひとつの時代が終わり、自分たちの戦争は終わった。だがスネークにはまだ、やらなければならないことが残っている。最後に課せられた罰は、自分の遺伝子、模倣子をこの世から抹消すること。

それが、スネークに課せられた最後の任務だった。

引き金を引く前に、スネークは考えていた。
少なくとも自分は、孤独ではなかった、と。
ここより先は何もない。何もない場所に行くのは怖かった。
スネークは共に戦ってくれた人々の顔を思い浮かべた。
エマ、美玲、ナオミ、メリル、サニー、キャンベル、雷電、そしてオタコン。
あいつらの世界を傷つけてはならない。
自分が消滅することで、そうすることができるのなら。
そんな風に考えることで、自分にはやれるという確信が指に漲(みなぎ)った。

そして、ようやくスネークは引き金を引くことができた。

すぐ近くで銃声が聴こえたような気がして、ぼくは一瞬身を硬くする。もちろん、それはシャンパンが開けられる音にすぎない。スネークと行動を共にする日々のなかで、戦闘に参加したことのない自分までが、骨の髄まで戦場思考に染まってしまったことを実感した。やれやれ、とぼくは溜息(ためいき)をつく。認めたくはないけれど、ぼくも立派に戦争生活者(グリーンカラー)の一員だ。
シャンパンを飲みながらメリルを祝福する皆から少し離れて、ぼくはウェディング迷彩の装甲車に寄りかかり、シャンパンを飲んでいた。サニーはコントローラを手に持って、Mk.Ⅲに滑走路を走り回らせて遊んでいる。とはいえ、それは普通に子供が走り回るロボットを見て喜ぶのとは、ちょっとばかり楽しみ方が違うかもしれない。片脚走行時のふらつき具合を見て、オートバランサーの重心調整アルゴリズムに原設計者の癖を見出したり、障害物を前にしたときの地形検知システムと回避機構の連携具合を観察したり、そうしたものを興味深く見ているのだ。

「アルコール、っていいもんだな」

ドレビンがシャンパンを片手に、ぼくの傍にやってきた。

「酒を飲むとは知らなかった」

「嫌いだったわけじゃないさ」

と言うドレビンの口調は、ほんの少しばかり酔っているような気配がある。

「コーラを飲んでいたのは、ナノマシンとの相性がいいからだ。アルコールはナノマシンが強制的に分解しちまうんだよ」

つまり、ドレビンが酔っているのは、ナノマシンの制御が消えたお陰で、アルコールが人体に及ぼす本来の化学作用を、存分に発揮しているから、というわけだ。自分の能力を発揮する場を奪われて、世界の酒類にはずいぶん辛い時代だったろう。

「なるほど、もうその必要もないものな」

ドレビンはもう一口シャンパンを口で転がしてから、

「まあ、喜んでばかりはいられねえ。ＳＯＰの保護が無くなった途端、自分を見失った連中も多いからな」

ドレビンの言ったとおり、米軍やＰＭＣに限らず、戦場管理システムとしてのＳＯＰを導入していたすべての国の軍隊で、すさまじい数の兵士たちが心身の不調を訴えていた。「ＳＯＰ症候群（ソップス）」と名づけられたそれは、厳密に言えばＳＯＰによって引き起こされたものではない。それはむしろＳＯＰの消滅、ＳＯＰの不在によって、それまでの戦場体験が兵士たちに生で襲い掛かった結果、丸裸の心が耐え切れずに悲鳴をあげているという現象だった。

全世界の兵士の一割以上。これはある意味で、人類の歴史はじまって以来の膨大な罹患（りかん）者を抱えた病気だった。「愛国者達」の支配が消えたとはいえ、ぼくたちの行ったことが人類文明に対する荒療治だったことには変わりはない。何事も、結果オーライとはいかないものだ。

「実を言うとおれ、ＡＴセキュリティ社の社員じゃないんだ」

えっ、とぼくは思わず声をあげてしまった。ドレビンは怪訝（けげん）なぼくの顔をちらりと横目で見てから、すっとぼけたような調子で続ける。重大なことをこうやってさらりと告白するのは、うしろめたい話をするときの常套（じょうとう）手段だ。

「おれは『愛国者達』に育てられた。武器洗浄人としてな」

「そうだったのか？」

「おれは物心がついたとき、すでに神の抵抗軍(LRA)にいた。知ってるだろ、ウガンダの内戦で虐殺だの強姦(ごうかん)だの好き放題やっていた連中だ。おれは誘拐され、教化され、戦闘を強要されたんだ。少年兵、ってやつさ。親も兄弟も戦争に殺された。戦争孤児だったんだよ」

ドレビンが側頭に走った傷を指でなぞる。一直線に伸びたそれは、どうやら鋭利なナイフでつけられた傷のようだ。ナオミやジャックと同じく、ドレビンはアフリカの混沌(こんとん)で生き延びてきたのだ。

「その後、やつらに拾われてビジネスをみっちり仕こまれた。おれは八九三番目の『ドレビン』。世界中に同じような仲間がたくさんいる。武器洗浄なんてもんができたのも、やつらのお陰さ」

ドレビンは自分を嘲(あざけ)るように鼻を鳴らした。

「実は最初から——あんたたちをバックアップするよう、命令されていたんだ」

「何だって……」

ぼくは自分の迂闊(うかつ)さに呆(あき)れた。中東から南米へ、南米から東欧へ。そして最後は太平洋まで、地球の裏側への旅が三回だから、正味地球を一周半だ。そんな距離をこの男が追いかけてくることの不可解さを、ぼくもスネークもそれほど追及しようとはしなかった。ぼくらのなかでドレビンは結局「物好きな人」ということで済ませてしまっていたのだ。ぼくはドレビンの嘘に怒りを覚えるというよりも、自分自身のあまりの間抜けさに腹を立てて、顔をしかめた。

「怒るなって、やつらの指示で動いていたのはおれだけじゃないんだ」

ドレビンはぼくをちらりと見てから、滑走路でシャンパンを開けて歓談している新郎新婦たちへと視線を移した。

「……メリルたちが？」

「ま、本人たちに自覚はないだろうが」

ドレビンは棒切れを取って地面にＲＡＴ　ＰＴ　01と書き殴る。例のハンカチを文字の上へ素早くかざすと、次の瞬間には文字の綴りが入れ替わっていた。

ＰＡＴＲ１０Ｔ。あまりに笑えない冗談だった。ドレビンはご愁傷様、とでも言いたげな様子で、

「ナメられたもんだな」

でもなぜなのだろう、とぼくはドレビンに訊いた。何だって「愛国者達」は、連中にしてみればシステムに刃向かう害虫のようなぼくたちをサポートしていたのだろうか。

「リキッドの陰謀は当然、『愛国者達』を脅かす。だから、あんたたちにリキッドを阻止して欲しかったんだ——結果は期待通りじゃなかったろうけど」

何だか他人事のような口ぶりだ——実際、ドレビンにとって今回の出来事は他人事だったのだろう。戦争から利益を享受しておきながら、戦闘行動には決して参加しないグリーンカラー。「愛国者達」の駒として動いてはいたものの、本人は曖昧で漠然とした、どこか「上」から降ってくる指示を受け取って、世界の趨勢を決する戦いの主役たちに渡して

いた郵便配達人のような単なる運び手として、この戦いを見つめていたのだろう。

「まあ、結果的にシステムは崩壊、『愛国者達』は消えちまった」

「きみはお役御免か」

「とんでもない！」

ドレビンは両腕を広げてぼくに向き直り、グラスを持っているほうの手で自分の装甲車に書かれたステンシルを指した。足許がひどく覚束ない。

「『ドレビンズ』。世界中のドレビンを掻き集めた。これからは自分たちのために働くんだ。もうおれたちは駒じゃないんだからな」

酔ってるのか、というぼくの質問を無視して、ドレビンがいつものように一席ぶちはじめる。曰く、「愛国者達」の消滅とともに混乱状態にあったホワイトハウスも、ようやく再建に取り掛かったものの、ＰＭＣが世界中の内戦へ限度を越えて介入したために、そこに生じた取り立て額は天文学的規模にのぼる。新しい政府はＰＭＣ企業改革法を施行して抑制する腹積もりらしいが、当の新政府が戦争経済の利潤に首までどっぷりつかっている。米国主導の世界経済は終焉を迎えざるを得ないだろう。

これまでとは違ってアルコールが舌に回っているために、いつもの饒舌さがさらに手のつけられないものになっていた。これを延々と聴かされるなら、ナノマシンによる統御と抑制も悪いことばかりじゃなかったかも、という気になってくる。

ドレビンはといえば、うんざりしているぼくのことは、すでに目に入っていないようで、さらに演説を続ける。米国の一極支配が解体したあとは、やはり多国間の利害を調整する国連の役割が重要になってくるだろう。とはいえ、国連自体が前世紀の遺物に過ぎない。その成り立ちも「愛国者達」の基礎になった「賢者達」の起こりに極めて近しいものだ。

新しい戦い。新しい渾沌（こんとん）。

その果てに立ち上がってくる新しい秩序。それが国連であるのか、まったく新しい勢力であるのかはわからない。とはいえそれもまた、「愛国者達」に代わる新たな世界の文脈に過ぎないのだ。

ぼくは、ひとり演説をぶってご満悦なドレビンから眼を離し、サニーのいる方向に顔を向けた。サニーは結婚式の様子を眺めていたこの島の少年に、Ｍｋ．Ⅲのコントローラを渡して遊んでいた。

そう、それがきみとサニーの出会いだったんだね、今になって思い返すと。

きみはメタルを走り回らせてその後ろを追いかけながら、サニーの手を引っ張っていた。いまのきみは、一見サニーにリードされているようだけれど。あの頃のきみは彼女の先に立って、外の世界へ引っ張り出す役割を、知らないうちに担っていたんだよ。

あのときサニーがきみにあげたＭｋ．Ⅲは、いまどこにあるのかな。あの滑走路で、当時は互いに言葉も通じなかった友だちに、メタルをあげてもいい、と訊かれたときのぼくの驚きを、きみは想像できないだろうね。

いや、勿論（もちろん）メタルがハンドメイドとはいえ高価な精密機器の塊で、その製作費を考えるとちょっと、いや正直に言おうか、相当に腰が引けた、ということは確かにあるよ。でもね、それは驚きのほんの一部でしかなかったんだ。どうして、とぼくが訊くと、サニーはこう答えたんだ。わたし、友達できちゃった、って。

何かきみと気が合って、とサニーは本当に嬉しそうに笑って教えてくれた。その笑顔の眩しさにあてられて、吃音がきれいさっぱり消えていることに、ぼくはしばらく気がつかなかったくらいだ。

サニーにとって、きみははじめて触れた外の世界だった。きみの体を扉にして広がっているのは、圧倒的で、でも退屈で、ときに残酷で哀しくて、でも結局ぼくたちはそこで幸福を築くしかない、そんな現実の世界だった。

いまになって、ぼくはサニーが確かな眼を持っていたことに驚かされているよ。きみには力がある。そっと誰かを導いて、より大きなもの、より大きな理解に触れさせることのできる、そんな素晴らしい才能が。

それは「愛国者達」が人間の無意識に訴えて、意のままに動かしていたのとは似て非なる力だ。他者を尊重し、そのなかに眠っているはずの強くて美しい部分を、さりげない仕草と優しさのひと触れで目覚めさせることのできる、そんな意思だ。

外の世界もいいかも、とあのときサニーは言った。

そう、このときサニーははじめて自分自身の人生を生きはじめたんだ。自分の足で立ち、自分の目で見て、現実という名の膨大な情報の海から、真に必要なものだけを選び取ってゆく、そんな人生を。

だから、スネークはいつ戻ってくるの、とサニーが訊いたとき、ぼくは少しだけ救われた気持ちだった。この質問をされるのは判っていた。けれど、サニーはもはやぼくとスネークを必要としていない。

スネーク、少なくとももう、サニーは大丈夫だよ。今頃は無縁墓地にいるだろうスネークに、ぼくは自分のなかでそのことを報告した。もっとも、スネークは以前からいつも、サニーを外の世界に出してやれ、と言っていた。心配していたのはぼくだけだったかもしれない。

「スネークは病気なんだ。だから療養の旅に出るんだよ」

ぼくはサニーにそう説明した。自分の始末をつける旅だ、とは言わなかった。それはサニーに真実を告げることで、彼女の心に痛みを残してしまうのを怖れたためではない。ぼくはこの少女に涙に暮れるのではなく、むしろ理解してほしかった。スネークの選択が意味するものを。スネークがこの瞬間、どんなに凄まじい恐怖と戦っているのかを。

それにはもう少しばかり、成長してもらう必要がある。人が死ぬということの意味を、人間が生きるということの価値を、より深く理解してもらう必要がある。そのあとでなければ、スネークがいま臨んでいる戦いが物語るものを、正しく理解することはできないだろう。

「あたしたちは一緒に行かないの？」

サニーがぼくの眼を覗きこんだ。ぼくは軽くうなずいて、

「ぼくらは――邪魔できない」

「もう、会えないのかな……」

サニーはどこかしら理解している様子だった。遥か滑走路の先、海の方向へと瞳を移す。涼やかな潮風が、空港の周囲に広がる南国の草叢を揺らし、擦れあった葉がざわざわと騒いだ。サニーの髪に挿してある一輪の白い薔薇が、その風にそよいでいる。

「スネークは頑張りどおしだった。だから、ゆっくり休む必要があるんだ」

サニーには理解してもらいたい、涙に溺れるのではなく――などと言っておきながら、恥ずかしい話だけれど、当のぼくは涙ぐんでいた。駄目だ。サニーに泣いているところを見られてはいけないんだ。ぼくは何気ないふりを装って、サニーの顔に背を向けた。とはいえ、嗚咽を抑えようと微かに震える肩を、聡明なサニーの眼が見逃すはずはなかった。

「泣いているの、ハル兄さん」

いいや、とぼくは何とか返事をするけれど、うまく気持ちを整理できなくて、ややぶっきらぼうになってしまう。それを取り繕おうとするために、泣いてなんかいないよ、と無理矢理振り返って笑顔をひねり出した。

サニーが人差し指で自分の眉間を小さく押した。ぼくは一瞬何のことかわからなかったけれど、ややあって自分の眼鏡がずれていることに気がついた。涙をこっそり拭ったときに、鼻から少しずれてしまったのだ。

サニーがにっこりと笑った。

何てことだろう、ぼくはこの少女に慰められているじゃないか。もしかしたらサニーはスネークがいないことの意味を、ぼくよりも深く重く理解しているのかもしれない。泣き出しそうになる心を抑えつけて、ぼくを悲しませないように接してくれているのかもしれない。その可能性は充分にある。なにしろ、この子はぼくなんかよりもずっと強く、人を思いやることのできる繊細な心を持っているんだから。

勿論、きみはそんなことを言われるまでもなく知っているはずだよね。

きみはサニーを選び、サニーはきみを選んだのだから。

Debriefing Naked Son

銃の薬室内で、金属の針が弾丸の底部にある雷管を叩く。

破裂した雷管は薬莢の火薬に点火して、金属の筒のなかで一気に爆発を引き起こす。

薬莢内に充満した爆発エネルギーは弾丸の尻を押し出した。

銃身内の旋条によってスピンを与えられた弾は、その回転によって飛行安定性を与えられ、まっすぐ銃口の向いた方向へと飛んでゆく。

役目を終えた銃が、スネークの手から地面に落ちた。弾丸は何に当たることも、何を砕くこともなく、無縁墓地の空へとまっすぐに消える。スネークは両手をついて、弱った器官をぜいぜいと鳴らしていた。


駄目だった。銃口から出たマズルフラッシュが、スネークの頬を多少焦がしただけで、発砲の瞬間に銃身はスネークの口腔の外にあった。くそっ、こんなことをあと何回繰り返せば、やっと自分は死ねるのか。人が自分の命にカタをつけるには、どれだけ練習が必要なのか。

老化して潤いを失い角質化した皮膚ではあっても、これだけの恐怖に晒されれば、さすがに玉汗ぐらい噴き出てくる。額から流れ落ちる幾筋かの冷や汗が、奇妙に冷たく感じられた。おれは、死ねるのか。意味こそ異なれど、かつてヴァンプが問わずにはいられなかったこの疑問を、まさか自分も発することになろうとは。

恐怖から解放され、安堵を感じている自分を、スネークは恥じた。今日、おれがここに来たのはまさにこのためだ。いま引き金を引かず、いつ引くというのか。明日に明後日にと先送りにし続けて、怠惰にも境界を越えた瞬間、おれの身体からは人々の心臓を破壊するウィルスが撒き散らされる。感染を防ぐ方法も、治療法もないウィルスが。勿論、その頃おれは死んでいるだろうが、世界にとって手遅れになってから、手前勝手にくたばっても仕方がない。

人生に勝ち負けなどない、いつかお前はそう言っていたな、オタコン。だがな、おれはいま理解した。誰かと比べて勝ち負けを九官鳥のように喧しくさえずるのは、確かに馬鹿げているだろう。だが、自分自身に対する戦いには、確かに勝敗が存在するんだ。

おれはいま、敗北しつつある。裡から止め処なく押し寄せてくる恐怖に屈しつつある。どんな神も信じていないおれが祈ることができるのは、お前だけだ、オタコン。おれにこれをやり遂げる力をくれ。サニーとお前の歩いてゆく道を、メリルたちがこれから築き上げていく世界を、守り通すことのできる強い意思を授けてくれ。

たえず決意を挫こうとする圧倒的な恐怖と戦いながら、一度は取り落とした拳銃へと再び手を伸ばしたスネークは、ふと、背後に人の気配を感じて顔を上げる。

「そうだ、それでいい――まだ逝く必要はない」

一瞬、スネークは自分自身を見ているのかと思った。その顔立ちは、老化の進行した現在のスネークとまったく同じだった。

自分はこの男を知っている。

約二十年前、フォックスハウンドのルーキーとしてアウターヘブンに送りこまれたときから、この男の重力圏でおれたち兄弟は戦ってきた。リキッドもソリダスも、この男が遺(のこ)した遺伝子の宿命から逃れるために、グロテスクな人生を歩む破目になったのだ。

「また逢(あ)えたな、スネーク」

そう語る老兵は、しかし象徴(イコン)であるはずの眼帯を掛けていない。男の右側の眼窩(がんか)には、かつてソ連の地で任務中に失ったはずの瞳が、しっかりと収まってスネークを見つめている。アウターヘブンでスネークとの死闘の果てに失った、両手両足、右耳すら、その身体にはしっかりとくっついていた。

もしやこの男はビッグボスなどではなく、いままでその存在を秘匿されていた新たなるスネークなのではないか——スネークを殺すために差し向けられた。しかし、「愛国者達」がこの地球の情報循環から消え去ったいまになって、殺し屋が思い切り出遅れて登場する意味も解らない。

ビッグボスは、かつて自らが指揮官を務めていた、フォックスハウンド部隊の制式コートに身を包んでいた。足許(あしもと)に咲き乱れるオオアマナの海を、紅海を渡るモーゼのように割りながら、どうにも死に切れずに恥辱と焦燥に身悶(みもだ)えていたスネークの許へ、ゆったりとした足取りで近づいてくる。在るはずのない右眼にも、腕を失ったはずの両肩にも、戦意のような気配は少しも感じられなかった。

しかし、その右手がゲテモノじみた奇怪な銃をぶら下げていることに、スネークは気がついた。それはこちらに向けて構えられているわけではないが、スネークは跳ねるように立ち上がると同時に、反射的にビッグボスへと拳銃を突きつける。数分前までは自分を撃つための道具だったはずの拳銃を。

ビッグボスは自分に向けられた銃口などどうでもいいという様子で、歩みを乱すことなくスネークとの距離をさらに詰めた。一歩、また一歩。スネークは弾倉を交換する。互いが近接格闘術(CQC)の間合いに入ったところで、ビッグボスが足を止めた。

スネークの理性は、ビッグボスの瞳に殺意の色がまったく見当たらないことを認めていた。右手に握られた奇妙な銃も、その銃口は地面に向けられており、ビッグボスの側にまるで撃つ気がないのは明らかだった。

それでも、スネークは銃を構えずにはいられなかった。

どんなに見た目の気配が戦意の不在を物語っていても、かつての敵が銃を持って近づいてくれば、それだけで脅威としては充分だった。つい先刻まで死ねないことに苦悶(くもん)を感じていた男が、敵に銃を突きつけるというのも妙な話だ。しかし、これはその生涯を戦士として生き、そしていま戦士として死のうとしている人間の、本能のようなものだった。

と、ビッグボスの銃がオオアマナの海に落ちた。

ビッグボスの真意が判らず、スネークは戸惑った。なぜこの男は銃を捨てたのだろう。

そう訝しむ暇も与えられずに、かつてザ・ボスとともにCQCを生み出した男は、スネークの拳銃をつかんでいる。不意を突かれて、何とか反撃行動に移ろうとするが、ビッグボスはそのままスネークの腕を引くと、自分の体へと引き寄せた。

ビッグボスはスネークをしっかりと抱きしめた。その力は、遺伝的にはテロメアやマーカー遺伝子以外はほぼ同一の肉体を持つはずのスネークよりも、ずっと力強かった。

「もういいんだ。息子よ、戦うことはない」

スネークは激しく混乱していた。かつて自分を「殺した」息子の前に、銃を持って現れたと思ったら、次にはその武装を捨てて、まるで父親のような抱擁を交わしている。スネークは意味がわからずに、何とか抵抗しようとしたものの、ビッグボスの腕はまるで箍のようで、そこから逃れることは出来なかった。

「……いや、兄弟と言うべきか」

「何を――」

「もう終わった。銃を捨てて生きていいんだ」

ビッグボスは穏やかに告げると、スネークの拳銃も捨てさせる。互いに武装が解かれた瞬間、スネークは抵抗する理由は存在しないという事実を、ようやく受け入れた。この男は戦いに来たのではない、この男はおれを殺しに来たのではない。

「愛国者達」が滅びて時代が大きく変わったというのに、おれ自身は過去の宿業から抜け出せずに、かつて敵だった男に銃を向けた。そもそも、この男と自分とが敵同士にならなければならなかったのは、いまは過ぎ去ったその時代の故だというのに。

過去から抜け出せずにいたスネークの心情を察したかのように、ビッグボスはスネークの背中を軽く叩いた。いいんだ、すべては私たち年寄りがはじめたことなのだから、と。

「元凶となったすべては閉ざされ、過ちの時代は終わった」

そしてビッグボスはスネークの体から手を離し、スネークの背後にある墓石を見つめた。それはビッグボスの墓標。自分の骸(むくろ)が埋まっていなくてはならないはずの墓だった。

「……最後に遺されたこの私も、もうすぐ終わる」

「愛国者達」に意識を幽閉されて、脳死体同然のビッグボスの肉体は、東欧でリキッドに燃やされたはずだ。スネークたちはその焼死体を秘密裏に米国へ輸送して、ザ・ボスの眠るこの墓地へと葬ったのだ。美玲やメリル、そしてキャンベルの伝手(つて)で、東欧の戦死者たちの棺に紛れさせ、税関というもののない基地から基地へと空輸することは、そう難しいことではなかった。

しかし、それではあの消し炭になった肉体は、ビッグボスのものではなかったということになる。

「——なぜ、生きているんだ」

「東欧でリキッドに燃やされたのは私ではない」

死体は、ソリダスと呼ばれた複製だった。

ビッグボスの完全なるクローンとして、ソリダスは創造された。様々なカスタマイズが施されているスネークやリキッドとは違う、まさにビッグボスと同一の存在として。ゼロと、ゼロの代わりに世界を書き換えていた代理執筆者であるＡＩ群は、その死体をビッグボスのものと信じた。

ビッグボスその人はといえば、ナノマシンで「ＪＤ」に意識を幽閉されたきり、一寸も動くことはできなかった。システムが破壊されなければ、ビッグボスが眠りから目覚めることはない。ＡＩである「ＪＤ」の破壊と、人間であるゼロの死。ビッグボスの覚醒と、「愛国者達」の終焉。オセロットとエヴァが目指したものはそれだった。

エヴァは「愛国者達」からビッグボスの肉体を奪うと、ソリダスや、シャドー・モセスで死んだリキッドの肉体からパーツを掻き集め、その肩や腰に継ぎ接ぎした。遺伝的にはほとんど同一といっていい手足。それらは免疫反応による拒絶も一切なく、まるで元の持ち主の体へ戻ったかのように当然顔でくっついた。

しかし、体を完全に取り戻したところで、ビッグボスの意識が目覚めることはない。そこでオセロットとエヴァ、そしてナオミは、ビッグボスと、そして世界を牢獄から解き放つため、遠大で複雑な計画を練った。

オセロットはまず、オセロットであることを止めることから取り掛かった。

それはあまりにグロテスクで哀しい決断だった。オセロットはビッグボスを復活させるため、自分から人身御供になることを選択したのだ。リボルバー・オセロットであることを止めて、リキッド・スネークそのものになること。それはシステムの眼を欺いて行動するために編み出された奇策だった。

ナノマシンとサイコセラピーによって、オセロットは少しずつ自分自身を削り取っていった。意識が、自分が自分であるという確信が、日に日に薄くなってゆく。「わたし」という意識の消滅、それはある意味で死に等しい決断だ。しかし、オセロットは微笑みながら、ビッグボスのために自分自身を押し潰した。自分自身がその創世に手を貸した、この反吐の出るようなゼロの世界を、これで粉々にすることができるなら、おれのちっぽけな人格なんて喜んで差し出してやるさ、と言いながら。

更地になったオセロットの脳。心理技官はその灰白質に、お前はリキッド・スネークだ、ビッグボスの遺伝子から生まれたクローン体の意識を引き継ぐ者だ、という虚構を刷りこんでいった。

湾岸戦争のバグダッドでAMNが行った拷問調書、フォックスハウンド入隊時の心理テスト、「愛国者達」から盗んだ監視記録、そして何より、オセロット自身がフォックスハウンドで接したリキッドの印象——それら膨大に遺された断片から、心理設計士は「リキッド・スネークという男の物語」を組み上げて、かつてリボルバー・オセロットだった人間に、その物語を上書きしていったのだ。

その技術は、エヴァたちが「愛国者達」から盗み出したものだった。後にマンハッタンの事件で「S3計画」として完成を見ることになる、人間の意思をコントロールするシステムの原型(プロトタイプ)だったのだ。雷電——ジャックが被験体にされたような、ある環境である役割を担わせることで、特定の人格へ染めあげる行程(プロトコル)。偽りの人生を刷りこむそのおぞましい技術によって、オセロットはリキッドのドッペルゲンガーとなった。

あの偉大なる戦士の息子になること。

山猫(オセロット)として生まれた自分が、嘘(フィクション)でもいいから蛇(スネーク)の系譜へ擬態すること。

もしかしたら、オセロットはそれを渇望していたのかもしれない——誰よりも尊敬していた戦士の息子になることを。

オセロットのことを語るビッグボスは、どこか寂しげに見えた。

ふたりは喪(うしな)ったものの多さによって結びつく戦友だった。おれたちは、ゼロの歪(いびつ)な妄想に、猜疑心(さいぎしん)にとり憑(つ)かれた世界観に、形を与える手助けをした。その過ちを正すためなら、どんな代償も喜んで支払おう。ビッグボスもオセロットも、その誓いどおりに様々なものを犠牲にしてきたのだ。

そして過ちの根源へ、ビッグボスはついにたどり着いた。

「ゼロ、すべてはこの男から始まったのだ」

スネークはビッグボスの視線を追った。墓標の列から少し離れた場所で、ひとりの老人が車椅子に座っている。雪のように辺りを舞う、オオアマナの花弁の向こうに見える老人の姿は、とても孤独で、寂しげで、完全に荒廃しきっていた。

ビッグボスとともに車椅子へ歩み寄りながら、スネークが感じていたのは空虚だった。染みと呼ぶには顔全体に広がりすぎている黒斑（こくはん）と、皺（しわ）にしてはあまりに出鱈目（でたらめ）で深すぎる溝。かつて老人の顔だったものは、その奥にすっかり埋もれてしまっている。瞳（ひとみ）の残骸（ざんがい）は伸びきった目蓋（まぶた）に潰されて、もはや何も視ていない。口に当てられた呼吸マスクが、無理矢理老人の体に酸素を送りこんでいた。

人間がこれほどまでに老いることができるということに、スネークは深い悲しみを覚えた。生きることは何よりも尊いが、生き過ぎることは何よりも醜い。

とうの昔に人間の輪郭をはみ出してしまった老人の肩に、ビッグボスはそっと手を添えた。この男とて、こんなことになるまで生きていたくはなかっただろう。ゼロは決して生に執着した訳ではあるまい。ただ、安らかに死んでいくには、この男は世界に対する責任感と、その裏返しとしての猜疑心が強すぎたのだ。

不信ゆえに後の世代へと未来を託すことができず、自分ひとりですべてを抱えこむしかなかった孤独な男。誰も信用できないがゆえに、すべてを統御し押さえつける世界を築き、さらにその世界を維持するために生きつづける。それしか選択肢のなかった幻視者（ヴィジョナリー）の末路が、この車椅子の上で弱々しく息をする、皺だらけの肉の塊だとしたら、それをいまになって責め立てることは、とても残酷だし、そんなことをする意味もない。

ビッグボスはかつての上官だった、この男の顔を穏やかに見つめ、

「ゼロは年老いて、『愛国者達』はもはや実体のない組織が運営している」

「実体のない組織……」

「代理人であるＡＩは、ゼロが生み出した巨大な循環の一部に過ぎない。軍産複合体を形成する各企業や営利団体、研究機関――それらは資金源となる口座から、ＡＩの算術分配によって自動的に振りこまれた予算で活動を行っていた。兵器研究開発、投資、資産運用、市場開拓を含む――人も、システムも企業も、それらを保護する法律さえ。そして、政治も経済も非常に画一的なシステムの上を反復していたに過ぎない。誰も、それが仕組まれたこと、それが単なる規範だとは気づかなかったろう。極めて単純化された、規範という名の神経回路の集合、それが『愛国者達』だった」

意思や変革といったものは、そこには存在しない。ある種の冷たい普遍性が、「愛国者達」という情報循環の動脈を形づくっていた。それは移動手段や通信技術、物流の進歩によって、より複雑になった政治経済のネットワークが見せる、情報の流れのパターンだ。そのパターンは一見複雑で予測不可能に見えるが、実はシンプルな方程式による決定論的な振る舞いに過ぎない。

しかし、決まりきった情報の流れに、新種のパターンが生起した。まるで突然変異のように、情報の流れがそれまでとはまったく異なる流れをとりはじめたのだ。そして「愛国者達」のネットワークは大きく変質を遂げることになる。それまでの静的な存在から、たえず分岐しては統合され、際限なく生殖を繰り返して肥大する、そんな原始の生命のような存在へと。

統一国家として夢見られていた、ゼロの妄執に介入してきたもの。

それは「戦争」という名の生命だった。

人間の意識の統一という妄想に突き動かされていたゼロの「愛国者達」は、「戦争経済」という新種の情報パターンによってあっという間に侵蝕された。「戦場浄化」という政治的な大義、軍事力の民営化による安上がりな政府運営、様々なものを触媒として、戦争経済は世界中を覆いつくすことになる。

それはもはやゼロの意思でも、誰の意思でもなかった。

イデオロギーも、主義も理想も、あまつさえザ・ボスが固執した「忠」さえも存在しない、ただ質量のない資本の移動だけがすべてを決定する世界。代理人に過ぎなかったはずの「規範」の集合が、ゼロの意思を超えた独自の命を持ったのだ――「戦争経済」という命を。

SOP、月光、ID銃――その他、一見別々の企業で開発されたように見える数多くの技術の一群。それらはすべて、「愛国者達」のAIが「戦争経済」への移行を加速させるため、研究機関やそれを下支えする株式投資家へと、「賢者の遺産」から分配される資金援助を通じて、演出され世に放たれたのだった。

「しかし、米国のシステムが崩壊したいま、『愛国者達』が築き上げた社会も白紙に戻った」

ビッグボスは墓地を見渡した。この無縁墓地は、滅びた旧世界の残滓(ざんし)だ。ここに眠るのは、旧い世界の戦争で死んだ戦士たちだ。ある者は「愛国者達」の手足となって戦い、ある者はそれに抗って死んだ。

「すべての発端はこの男だ」

ビッグボスはゼロの肩に置いた手を離し、すべての中心だったこの男をじっと見つめた。世界の中心でありながら、この男は世界のどの国の戸籍にも登録されてはいなかった。暗殺やテロから身を隠すため、徹底して己の痕跡を消し去ったのだ。

オセロットとエヴァ、そしてナオミの計画によって、ヘイブンのサーバにワームクラスターが流しこまれ、「愛国者達」のネットワークに潜伏していた「G.W」が実体化した一瞬、「JD」のみが知るゼロの居場所が明らかになった。ゼロの居所を知るには、「JD」に侵入するしか方法がなかったのだ。エヴァも、オセロットも、そしてナオミも、その一瞬のために命を賭して、スネークたちを然るべき場所へ導いたのだ。

ひとつの意思、ひとつの想い。

すべての人類をその夢に接続するため、この世界のすべてを書き換えようとした男。

「しかし、この男は世界を破滅に導いた、そのことすら解っていない――死人も同然だ」

当然ながら、作者自身はその物語のどこにも登場することができない。

ゼロによって書かれたこの世界に、本人の居場所はなかった。作者であることの孤独、物語を生み出す者であることの孤独。それが創造物である「世界」を、より荒涼とした寂しい風景へと変えていった。

だから、老人は自ら物語を書くことを止めた。ゼロの望むままに物語を生み出す自動機械を創造し、それが語るに任せた。より老いて、より語ることに倦み疲れた男には、そうすることしかできなかったのだ。我語りて世界在り。自分が語ることを止めれば、「ひとつの世界」を目指して費やした努力のすべてが水泡に帰す。

スネークはビッグボスの話を聞きながら、車椅子に沈むこのちっぽけな姿に、深い哀れみを覚えた。ゼロは、すでに物語を語り終えることができなくなっていたのだ。

もう止めよう、これで終わりにしよう、そう叫んだところで、自分が生み出したはずの物語機械が意に介すことはない。「戦争経済」という独自の生命を得た物語機械は、すでに自分自身の物語をさえずりはじめていたからだ。ゼロは、自分が生み出したはずの物語にがなり立てられ、耳を塞がれてしまったのだ。

「あれほど憎み合った私たちが、再会して感じたのは——懐かしさと深い哀れみだ。不思議なことに憎しみは湧いてこなかった」

スネークの前にいるのは、自分の創造物に喰われてしまったひとりの男。強大な「愛国者達」も、元はたったひとりの人間からはじまった。たったひとりの欲望、たったひとりの夢、それが肥大化してテクノロジーを吸収し、経済を操作し、いつしか怪物となった。

自分が創り出したものとはいえ、この男もまたシステムという怪物による犠牲者のひとりに過ぎなくなっていた。そんなゼロを見つめるビッグボスの瞳はどこまでも穏やかで、憎悪、憤怒、どんな種類の昏い影も見当たらなかった。

「そもそもゼロは私が憎かったのか……いや、畏れていたのか。それを訊くことすらできない」

パラメディック、シギント、エヴァ、オセロット――「愛国者達」の創設者たちはこの世を去った。そして残されたのは、すべてのはじまりであるこの男だった。

すべてに始まりがある。始まりは一ではない。その遥か以前のカオス、ゼロから世界は生まれる。ゼロが一に変わる瞬間、世界は動き出す。一は二になり、やがて一〇になり、そして一〇〇へと膨れあがるだろう。

だから、すべてを一に戻しても解決はしない。ゼロを消さない限り、一はまたいずれ一〇〇へ復活するのだから。

「ゼロの抹殺。それが私たちの目的だった」

ビッグボスは眼を閉じて、赤子をいたわる父のように、その頭を撫でた。ときおり車椅子の生命維持兼介護装置の吸引機が、垂れ流されるゼロの排泄物を回収する音が聴こえる。頭蓋骨が縮み、皮膚が皺くちゃになったその顔は、確かに生まれたての赤ん坊のようにも見えた。

ビッグボスはゼロの前に屈みこむ。その顔を間近で見つめながら、ぼそりとつぶやいた。

「おれたちにも罪はある」

それはスネークに向けられた言葉ではない。おれ、という言葉は、かつて上官であり、戦友であり、そして自分と世界とを牢獄に閉じこめた不倶戴天の敵であったこの男だからこそ、思わず出てきた一人称だった。

「だからこそ、自らの手でゼロを無に還すのだ」

ビッグボスが車椅子の背に手を伸ばし、生命維持装置のスイッチをオフにする。老人の目蓋が微かに痙攣した。ビッグボスは立ち上がると、緩慢に死にゆくかつての友人に背を向けて、ザ・ボスの墓標のほうへと歩き出した。

とても小さく、澄んだ電子音が鳴った。音量を最小に抑えられた生命維持装置の警告音。それがゼロの発することのできる、精一杯の、そして最後の悲鳴だった。

何が終わったのか。すでに何も視えず、何も聴こえず、恐らくは考えることも止めて久しいこの老人を、意味のない生から解放すること。それが何かの終わりを意味するとは、スネークにはどうしても思えなかった。とうの昔に、この老人は自分の生み出した世界によって押し潰されていたではないか。

気づいたときにはいつだって、重要なことはすべて終わっているのだ。

スネークはビッグボスの背中に訊ねた。

「あんたも無に帰すのか」

ビッグボスは立ち止まると、肩越しにスネークを見やり、

「私も、三たびお前によって抹殺されることになる。ゼロがお前に仕こんだＦＯＸＤＩＥによって。それは――すでに私の身体を蝕み始めているはずだ」

まさか。スネークは瞬時にすべてを察した。ナオミが南米で発見した、スネークの血中

を泳ぐＦＯＸＤＩＥのコロニー。そこには二種類のウィルスがいたはずだ。ひとつは、遺伝子パターンによる個人識別の鍵が磨耗した結果、地球上の人類すべてに無差別な死を撒き散らそうとしている、シャドー・モセスで注入されたＦＯＸＤＩＥの成れの果て。そしてもうひとつは、最近誰か――恐らくはドレビン――に注入された、謎の新型ＦＯＸＤＩＥ。

おれはまたしても、連中に利用されていたというわけだ。シャドー・モセスでスネークに与えられた、テロリストを排除し核攻撃を阻止せよ、という命令が、実は占領された施設にウィルスを運びこむための嘘でしかなかったように。

「エヴァも、そしてオセロットも、お前のＦＯＸＤＩＥで殺されたのだ。ナオミがそれを教えてくれたよ」

そう語る声の最後は上擦り、弱々しくかすれていた。何かおかしい、スネークが気がついたときには、ビッグボスはオオアマナの海にひざまずき、右手で心臓のあたりをつかんでいた。

「どうした？」

スネークが駆け寄ると、ビッグボスの顔色が真っ青になっている。先ほどまでの、死人とは思えぬ壮健さが幻のようだ。額に汗が滲んでいる。ビッグボスは心臓の痛みに耐えようと奥歯を噛み締めた。

スネークは何が起きているかを理解した。

かつての上官であり、抹殺すべき敵だった男。自分のオリジナルであり、父であり、兄弟であった存在。それがいま、スネークの眼前で死につつある。

「……お前は、私を殺すために再度、利用された。『愛国者達』……いや、代理人は私たちを葬るため、再度同じことを繰り返した。所詮、プログラムだ。同じことを繰り返すしか能がない」

苦痛の奥から、ビッグボスが皮肉な笑いを漏らす。屈みこんだスネークの肩に手を掛けて、何とか立ち上がろうと力を込める。

「……私を、彼女のところまで連れて行ってくれ」

スネークは戸惑った。頼られることに、いままでずっと敵として戦ってきたこの男に手を貸してくれと請われることに、容易には言葉にならぬ感情が湧き上がり、スネークはそれを扱いかねて、しばらくビッグボスの瞳を覗きこんだまま動けなかった。

そう、まさに敵であるがゆえに、この男は同時に父でもあったのだ。

スネークは父を知らない。育ての親は大勢いるが、どの「親」も本物の親だと思ったことはなかった。決して虐待されていたわけでも、冷淡に扱われていたわけでもない。それどころか、幼いスネークを扱う里親たちの手つきは、腫れ物に触れるように慎重だった。「親として」彼らが見せるすべての優しさが、すべての厳しさが、完全に計算し尽くされたものであることを、幼子は敏に感じ取っていた。

今にして思えば、それは雷電が体験させられたのと同じ、人間を、幼子をその「役割」

へと導くための環境と物語を演出する方法論に沿った、「愛国者達」のマニュアル通りの育児であり、教育だったのだろう。

　ビッグボスは、そうして育てられたスネークの前に、「愛国者達」の筋書きから離れた「敵」として現れた。乗り越えるべき壁として、たえず背中につきまとう呪縛として。それこそはまさに、父親にしか担えぬ役割ではないか、父親が引き受けるべき責務ではないか。ビッグボスも、スネークも気づかぬうちに、ふたりは親子としての関係を築き上げていたのだ。

　スネークはビッグボスを支えて、オオアマナの絨毯を歩きはじめた。その肉体の重さを肩に感じながら、何と奇妙な話だろう、とスネークは苦笑いする。敵として結ばれた親子の絆とは。しかし、「愛国者達」に用意された虚構の愛情しか与えられなかったスネークにとって、敵として相見えるこの男こそは、自分が本物の敵意をぶつけられる唯ひとりの人間だったのだ。

「もうひとつ、ナオミから報告がある」

　スネークの背中で、苦しげにビッグボスがささやいた。

「お前の体内で変異を遂げた――かつてのＦＯＸＤＩＥのことだ。エヴァやオセロットを殺した、新たなＦＯＸＤＩＥが、お前の体内で増殖を続けている。これは同時に、古い変異型の増殖を妨げることとなった。変異型は新たなＦＯＸＤＩＥに苗床を奪われたのだ。ナオミの経過観察で、変異型の減少が確認された――じき滅びることになるだろう」

スネークは束の間立ち止まって唖然とした。数分前まで、自分はこの世界にあまねく死病を撒き散らす、有史以来最悪の生物兵器だと信じこみ、そうなる前に自分にカタをつけようとしていたというのに。

「ということは、変異型は発症しない?」

ビッグボスが釘を刺した。

「変異型がお前よりも長生きすることはない。だが……何事も、すべては再び繰り返す」

「新たなFOXDIEも、いつか変異を起こし、新たな脅威となるはずだ。それまで……お前が生きていればの話だが」

急にビッグボスの膝が力を失い、スネークは急に掛けられた重みにビッグボスを思わず放してしまう。父親は四つん這いに屈みこむと、小さな呻き声をあげた。心臓を抉り出そうとするかのように、右手の爪を胸板に突きたてている。

ビッグボスという個人を認識したウィルスが、その心筋細胞に作用する。細胞自死。ちっぽけな分子機械群が、心臓を動かす細胞のひとつひとつに向かい、今がお前の死ぬときだ、お前の役割は終わったのだ、と偽りの言葉を吹きこんでいく。

「……おれは、死ぬのか」

自分自身の死を見せつけられているような感覚に、スネークは思わずつぶやきを漏らす。これは、おれの未来の姿でもある。スネークはオリジナルの姿に、自分自身を重ねていた。自分と同じ肉体を持ち、同じ顔を持つ男が、目の前で死につつある。まるで臨死体験だ、とスネークは思った。死の瀬戸際まで行った人々の体験談は往々にして、自分自身の死につつある体を、宙に浮かんだ意識が見おろしている、というパターンで語られることが多いという。

オリジナルであるこの男は、人生の大きな一角を否応なく占めてきた。

この男の死は、おれ自身の死だ。

そんなスネークの恐怖を察したのだろうか、ビッグボスは顔を上げてスネークに告げた。

「老いは誰にでも来る。止めることも、逃げることも出来ない——これは告知だ」

そうだ、これはお前自身の死だ。こうやって死ぬかどうかは別にしても、自分の姿をし

た誰かが死ぬところを見るのは、そう悪いことでもないさ。まるでビッグボスはそう言っ

ているかのようだった。

父親、母親、わずかでも自分の面影を見出すことの出来る、年老いた肉親の死。それを

看取るということは、いずれ自分が迎える死の予行演習でもあるのだ。日常避けてきたそ

の想像を、肉親の死によって否応なく見せつけられること。それによって、人は自分に残

された時間を何に用いたらよいのか、真剣に考えざるを得なくなる。

残された命を、何に使うか。ビッグボスは念を押すように、自分の死がスネークに与え

る意味を、言葉にして伝えた。

「余命を、戦い以外に使え」

苦痛をどうにか抑えこんだビッグボスは、再度スネークの肩を借りて歩き出す。肩に掛

かるビッグボスの肉体はさらに重く、より力を失っていた。

「私は、お前を息子だと思ったことはない」

そうだな、自分もあんたを父親だと思ったことはないさ、とスネークは微笑んだ。少なくともつい先刻まで、スネークにとってこの男の存在は、自分の遺伝的なオリジナルであり、そして長い間敵であった、という以外のアイデンティティを持っていなかった。

「しかし、ひとりの戦士として、ひとりの男として尊敬している。あのときの私がお前だったら、あんな過ちは起こさなかったかもしれない」

ビッグボスはそう言って、スネークの存在を認めた。ビッグボスを乗り越えた者、ザ・ボス、ゼロ、そしてビッグボス自身が生み出し、育て上げてしまった過ちの世界を覆した者として。息子だと思ったことはないと言ったものの、ひとりの人間として尊敬すること、それは父親が息子を認める言葉以外の何物でもありえなかった。

自分が犯した過ちのすべて、自分が果たせなかった責務のすべて。

それらすべてを清算したのは、他ならぬ自分の血を引く、ひとりの男だった。

「私はボスをこの手で殺したときから、すでに死んでいた」

遅々とした歩みが、ようやくザ・ボスの墓に辿り着いた。ビッグボスはスネークの肩から外れると、よろよろと墓標の前にひざまずく。真の愛国者の思い出に。墓標に刻まれたその文字が、この男の悔悟に満ちた内面を激しく打った。

「ボス、あんたが正しかった」

ビッグボスは、まるで神父に告白するように想いを吐き出すと、陸軍式に肘を広げて敬礼する。

「世界を変えることではなく、ありのままの世界を残すために最善を尽くすこと。他者の意思を尊重し、そして自らの意思を信じること、それがあんたの遺思だった」

ビッグボスの心は後悔で溢れていたが、同時に、それでもこの場所にたどりつけたのだということを、自分に与えられた最大限の幸福として受けいれていた。ザ・ボスが達していた理解、ザ・ボスが命を懸けるに値すると信じていた幸福。随分と長い回り道だったが、それでもビッグボスは最期のときを迎えたこの墓地で、ザ・ボスの想いに達することができたのだ。

「――やっと、あのときの行動の意味、あなたの勇気の真実がわかった」

ビッグボスは、最後の力を振り絞るようにして、敬礼をしたまま立ち上がった。まるで、ザ・ボスに向かって、自分が達した理解の証をたてるように。真の愛国者、それは単純に国を愛し、目先の国益に振り回されることではなかった。自身のちっぽけなアイデンティティを守ることに汲々として、他の国家や民族を貶めることなどではなかった。

それは、自身が生きる国を含めた、世界全体を愛すること。他者の意思を尊重し、自分の意思を信じること。国家を守るためと称しながら、他国を不当に軽蔑し、嗤いものにして、傷つけることでは決してない。

ゼロには、「愛国者達」には、最後までそれができなかった。他者の意思を信じることができず、自分自身をも信じることの出来ない不安の顕れが、極限まで肥大化した怪物のような「規範」の塊であり、ひとりひとりの人間を利用し、搾取し、抑えつけるために書かれた「物語」だった。

　しかし、すべては終わった。貴女の望んだ国を、貴女の夢見た世界を、我々の呪縛から解き放たれた子供たちが築くことが出来るのか、それを見届けることなく自分は逝く。もしかしたら、かつての自分たちと同じことを繰り返すだけなのかもしれない。再び自分を縛りつけるための鎖を見つけ出して、愛することも赦すことも拒み、自身を牢につないでしまうだけなのかもしれない。

　しかし、いつだって希望は転がっているものだ、それも予想しない場所に、とビッグボスは微笑んだ。

「私はもうすぐ去る」

　ビッグボスは敬礼を下ろすと、最終的に蛇の系譜全員の魂を引き受けた、ひとりの戦士と対峙する。ビッグボスにとっては、スネークがその希望だった。敵として自分の前に幾度となく立ちはだかり、「愛国者達」の手先だとばかり思っていたこの男が、最終的にはゼロがかけた呪いからこの世界を解き放った。いや、スネークだけではない。リキッドも、ソリダスも、それぞれが自分なりの自由を求めて「愛国者達」と戦ったではないか。

　彼らの想いは消え去らなかった。彼らの物語は消滅しなかった。父親と兄弟から受け継いだその種子は、ソリッド・スネークという男の裡に根を張って、皆が命を賭してつかもうとした自由を、最終的には手に入れたではないか。

最後に残された仕事は、ビッグボス自身が消え去ること。

それだけは、本人にしかできない仕事だ。

「不毛な抗争の、最後の火種が消える——これで元凶はすべて消えることになる。悪しき発端がゼロに還った後、あらたな未来である一が生まれるはずだ」

ビッグボスが手を差し出した。それは別れの挨拶であると同時に、感謝のしるしであり、長きに亘る戦いからの解放を告げる、指揮官の訓示だった。

「その新しい世界を……蛇としてではなく、人として生きろ」

スネークは、この男と初めて出会った日のことを思い出す。フォックスハウンドの入隊式で、当時その総司令官だったビッグボスは、隊員ひとりひとりの手を取って握り締めたものだ。諸君がこれから臨む戦いは、これまでの任務とはまったく異なる戦争だ。その成功も、失敗も、戦いの最中に命を落としたことすら語られることはない。

だが覚えておけ、諸君らの戦いは、それがたとえ私から、国家から命じられたものであっても、諸君らひとりひとりが選び取ったものだ。諸君らがいまここに立っているのは、戦うことでしか自分を表現することの出来ない、ある意味で悲しい男たちだからだろう。しかし、だからこそその戦いは、誰の手にも渡してはならない。国家や誰かの道具ではなく、あくまでそれぞれの大切なものを守り抜くための、自分自身の戦いなのだ。

常に自分の意思で戦え。

無くしてはならないものを守りぬけ。

その戦いだけは、誰が肩代わりすることもできないのだ、と。

そうだ、REXの足の下で、フランクが今際に遺したあの言葉は、スネークにとってそもそものはじまりに、ビッグボスが語った言葉だったのだ。スネークはそのことに思い当たらなかった自分の迂闊さに、自嘲の笑いを漏らす。

そう、この男の手を握るのは、あの入隊式での握手以来だ。円環が閉じたのだ、とスネークは実感した。ここから先の世界は、未知の世界だ。

だしぬけに、ビッグボスがくずおれた。スネークは素早く反応してその体を抱きとめる。体を受け止めた拍子に、つかのま、ビッグボスとスネークの右頬同士が触れあった。その皮膚のあまりの冷たさに、スネークはぞっとして思わず顔を離す。ビッグボスの体から命が失われつつあることを、スネークは肌で感じ取ったのだ。

息を吸いこむたびに、苦痛が増してゆくようだ。

だが、まだ言い残したことがある。ビッグボスは腹の底から、何とか声を捻り出そうと苦闘した。それを伝えないまま、くたばるわけにはいかないのだ。

「いいか、我々もゼロも、リキッドやソリダスたちも、自由を求めて血なまぐさい戦いを続けてきた。国家、組織、規範、時代からの脱却。しかし、それらはどこまで行っても、『内』なる囲われた自由、リバティでしかなかった。ボスとは違う生き方を選んだとはいえ、所詮は同じリバティという囲いのなかでのこと。しかし、お前に与えられたのはフリーダム、『外』へ向けられた自由だ」

苦痛にあえぐビッグボスを、スネークはゆっくりと地面に下ろした。もはや体を起こしているのも辛そうだ。スネークはビッグボスの腰にそっと手を添えて、ザ・ボスの墓標にその背中を凭れさせた。

「ゲームや世相に翻弄されることもない、もう運命に縛られる必要はない。お前は、もはや戦争の火種ではないのだ」

スネークたちが生まれたという知らせを聞いたとき、腹の底から湧きあがってきた怒りを、ビッグボスは懐かしく思いだした。おれは自分の子を激しく憎んだ。自分の意思を踏みにじられ、何の断りもなく生み出されたクローンたちを嫌悪した。それがザ・ボスの意思を穢す「愛国者達」の手先として育てられ、利用されるとなればなおさらだった。

それがどうだ、結局は自分にかけられた呪いを解いてくれたのは、そのクローンたちだったではないか。自分はこの男に多くの借りを負っている。自分が死ぬことでその借りを幾らかでも返すことが出来るのなら、喜んでくたばろうじゃないか。

「その目で、外の世界を見ろ。その身体も、その心も、お前のものだ。私たちのことは忘れて、自分のために生きろ」

もうおれに縛られることはないんだ、デイビッド。

遅くなって済まない、まるでビッグボスはそう詫びているようだ。こんなに遅くなるまで、お前を縛りつけることになるなんてな。とはいえ、自分自身の人生を生きることができる人間は、そう多くない。何せ「愛国者達」が世界中の人間の人生を握っていたんだからな。これからはじまるお前の未来が、本物の人生だ。たとえわずかではあっても、それを生きられるお前をうらやましく思うよ。

「そして――新しい余命を探せ」

　ビッグボスは懐から葉巻を一本取り出す。震える手で口に運ぶと、ついでライターを取り出そうとして取り落とした。すでに意識が失われかけているのだ。肩を貸したときは痛みに荒れていた呼吸も、いまはすっかり弱々しくなっており、眼を凝らさねば胸や腹が微(かす)かに上下しているのも判らないほどだった。

　口許(くちもと)から葉巻が落ちる。ビッグボスは目蓋(まぶた)を下ろして、間を置かずに訪れるであろうものを受け入れる準備をした。

「ボス、蛇は一人で……いや、蛇はもういらない」

　閉じたビッグボスの目蓋の端から、透明な雫(しずく)が頬を伝い、オオアマナの真っ白な花弁に落ちた。スネークは葉巻を拾うと、ビッグボスの口に戻し、取り落としたライターで火を点ける。葉巻の煙を吸いこんでしまい、スネークは少し咳(せき)をした。ビッグボスがわずかに目蓋を持ち上げて、軽く咳きこむスネークの姿を見る。

　息子であり、兄弟であり、かつて部下であり、そして敵だった男。

　目の前のこの男は自分にとって実に多くの、複雑な面を持っていたが――いま、それがただひとつの意味へと収束した。誰がどう思おうと、結局はそれでいいじゃないか。自分が子を持ったという夢を見ても。自分の意思を受け継いだ人間がこの世に存在したという夢を見ても。人間は、夢と同じ材料で織り成されている。誰かがそう言っていた。

この夢だけは、この希望だけは、「愛国者達」のものでも、ザ・ボスのものでもない。自分ひとりのものだ。そして、もうすぐ訪れる死も。

「……いいものだな」

口許から葉巻が落ちた。

ビッグボスの呼吸が消えゆくのを、スネークはそっと見届ける。

舞い散るオオアマナの花びらを見つめながら、まるで星に囲まれているようだ、とスネークは思った。ザ・ボスは宇宙に行ったことがあるという。いま自分の目の前にある景色は、彼女が軌道上で見た風景にどれくらい似ているだろうか。

あのひとに、ハル兄さんの話をして、とサニーに頼まれたとき、ぼくは少し躊躇した。あのとき訪れた感情、あのとき感じた絶望、あのときの願い。

ぼくはすべてを覚えていたけれど、あれだけ様々な人間が織り成した巨大な物語を、上手に伝える自信がなかったからだ。ぼくはもともと話が上手なほうじゃない。サニーがきみを紹介してくれたときだって、ぼくがかなりまごついていたのは判るだろ。

それでも、とサニーはぼくに食い下がった。スネークの話を、ハル兄さんの話をして欲しいの、と。私が選んだひとに、わたしのすべてを知ってもらいたいから。わたしを育ててくれたひとが、どんなに凄いひとか知ってもらいたいから、って。

兄さんは私にとっての英雄なの、サニーはそう言ってぼくの背中を押した。ぼくは思い出したよ、伝説の英雄、と言われて嫌がっていたスネークの顔を。勿論、ぼくも英雄なんかじゃないし、たまたまその場に立ち会っただけの人間だ。

お前ホワイトカラー、おれブルーカラー、とスネークはよく冗談を言っていたっけ。すべてが必然であるように仕組まれた世界から漏れ出した、小さな偶然が組み合わさって、ぼくはスネークに出会い、その戦いについていくことになったんだ。

これからきみはサニーと生きていく。その門出にぼくが贈るのは、おめでとう、という言葉ではなくこの本だ。ぼくはきみたちの結婚式に参列することができないけれど、サニーがこの本をきみに手渡してくれればそれで充分だと思う。ぼくの思いはこの文字の連なりのなかにたっぷり詰まっている。あまりに詰めこみすぎたから、ちょっとばかり息苦しいかもしれないけれど、そこは我慢して欲しい。

　勿論、スネークはもういない。メリルやジョニーはこの世界のどこかで、いまも戦っている。ザ・ボスがそうしたように、守らなければならぬもののために。きみも知っているように、この世界から戦争が消滅する気配はまだない。ぼくはいまでも、その戦いを少しでも減らそうとちょこまか動き回っている。結婚式が行われている頃、ぼくはどこかの火種を消そうと走り回っているはずだ。

　新しい仲間もいる。自分の手足になって動いてくれる、小型メタルギアもたっぷりある。だけど、この戦いにスネークはいない。伝説の戦士、不可能を可能にする男。あのソリッド・スネークはすでにこの世の人ではないんだ。ビッグボスが旅立ったあの墓地から、スネークがどれだけ生き、どんな人生を送ったのかは、あえてここでは語らない。ただ、その最後の日々は穏やかに過ぎていった、とだけ言っておこう。スネークは安らかに逝った。まるで眠るように、微笑んで。それまでの戦いに明け暮れた日々を思うと、ぼくはそのことに物凄(ものすご)く慰められた。

　スネークは多くの人々に影響を与えた。ジャックのようにその言葉を誤解して、ずいぶん遠回りした人間もいるけれど、結局は彼も正しい場所に落ち着いた。スネークの生き様を見た者は誰でも、自分の裡(うち)にある良き可能性を目覚めさせることができるんだ。メリルもそうだったし、上官であるキャンベルですらそうだった。

　そして結局は――父親であるビッグボスですら、スネークに触れることで、最後には求めていた赦しと安らぎとを手に入れた。

ぼくは言ったよね、きみには「愛国者達」とは正反対の、人を勇気づけ、その優しさと勇気を引き出す力がある、って。「愛国者達」がやっていたのは、確かにあからさまな支配ではなかったかもしれない。だってそもそも、きみたちは「愛国者達」の存在なんて知らなかっただろうしね。「愛国者達」は、支配されている人間たちが、その支配の手に気がつかないよう物凄く気を遣っていたんだ。例えば、椅子を微妙に硬くして、それと意識させない程度に居心地を悪くすれば、全体として長く居座る客は減り、混んでいる店の回転率はあがるだろ。「愛国者達」がやっていたのは、そういうちょっとした仕掛けの延長線上にある、いわば環境の整備のようなものだったんだ。

SOPにしてもそうさ。各国の軍隊やPMCがSOPを積極的に導入したのは、そもそもそれが便利だったからだ。確かに国防総省は契約PMCに導入を義務づけていたけれど、PMCにしても別に押しつけられたからじゃなく、それが戦争を遂行するに有利だから、自社の「戦争のクオリティ」を保つために都合がいいから、それを取り入れていったんだよ。それが皆に行き渡ってしまえば、システムに違和感を覚えたり、参加を拒否したりする人間は居場所がなくなってしまう。SOPを入れていないことをジョニーが言い出せなかったようにね。

「愛国者達」は、人間を抑えつけるためにそれを利用した。放っておくとばらばらになり、手前勝手に行動しはじめる野獣の群れを管理するように。それは恐ろしいまでの人間不信によって組み上げられたシステムだった。システムというものは、個々の存在そのものではなく、人と人との繋がり、関係性のなかに潜んでいるものだ。だからこそ、ゼロという男が死んでなお、システムはずるずると生き残って世界を抑圧し続けることが出来たんだ。

　けれど、スネークは違った。システムではなく、ただひとりの男が、その生き様を見せつけることで、多くの人間を変えていった。ぼくを含めてね。ぼくはこの本で、そのことをきみに伝えようとした。ただ生きること。誠実に、他者を尊重しつつ、自分の信念を生きること。背中でものを言う、という言葉があるよね。スネークはまさにそういう人だった。黙って己の務めを果たすことで、多くの人間を変えていったんだ。

　ぼくは、スネークのように生きろ、ときみに言う気はない。それは「愛国者達」のやり口だ。かつてジャックが陥れられたような。代わりに、ぼくはこの本で、スネークがどう生きたか、どう他人に影響を与えたか、その結果この世界がどうなったか、それを語ってきた。かつてサニーが見たスネークの背中がどんなものだったのか、それを出来る限り伝えようとしてきた。スネークの思いを、それを受け止めた周囲の人々の気持ちを、ぼくなりのやり方で語ろうとしてきた。

　きみが生きるこの世界で、なぜいまも多くの人々が戦っているのか、その理由を知ってもらうために。

　スネークは最後、ありがとう、とぼくに言ってくれた。感謝するのはぼくのほうさ。ソリッド・スネークとともに生きることを選んだぼくの選択は、決して間違いじゃなかった。

スネークに会うことがなかったら、ぼくは今も嬉々として兵器開発にいそしんで、それ以外のあらゆるものに耳を塞いでいたことだろう。

確かに、スネークと出会ってから、ぼくは多くのものを喪った。ウルフ、エマ、そしてナオミ。彼女たちと死によって引き裂かれるたびに、ぼくは深い絶望に囚われて、もう生きていくことができないんじゃないか、と思った。この本を書くにあたって、それを思い出す作業は何よりも辛かった。

それでも、やはりぼくはスネークと出会ってよかったと思っている。なぜなら、スネークと戦う日々のなかで、ぼくは人間が生きるということの意味を教えられたからだ。人が生きてゆくことで、他者のなかにその人生を刻みつけることの意味を知ったからだ。

人間が生きているのは、どんなかたちであれ他の人間に記憶してもらうためだ。人は死ぬ。でも死は敗北ではない。ぼくもスネークもこれからなんだ。仮にその名前が喪われても、その人が成し遂げたことの意味は、こだまのように人から人へと伝わってゆく。

だから、ぼくは楽しかった思い出も辛い記憶もひっくるめて、すべてを忘れ去る気はさらさらない。

きみにスネークを引き合わせることができたら、とときどき思うよ。きみはスネークにとても似ているんだ。その強さと厳しさ、そして優しさによって、人に良い影響をもたらすという才能がね。

確かにスネークは青いバラ、人工的に生み出された野獣だったかもしれない。

でも、子を残すことが出来なくとも、スネークの生きた証は大勢の人々のなかに残っている。ジャック、メリル、ジョニー、美玲、そしてサニー。きみに贈るこの本も、ソリッド・スネークという男が存在したという証のひとつだ。

ビッグボスが死んでからしばらくして、「愛国者達」が滅びた後の世界を巡るスネークの旅に、ぼくとサニーはついていった。スネークが見たものを後の世に伝える語り部として、スネークの最期を看取る目撃者として、迷惑そうな顔のスネークに、ぼくらは無理矢理ついていった。

そういえばあのとき、おれはもうじき死ぬ、付き合う必要はない、と言って嫌がったスネークに、ぼくはこう言って強引に話を通したんだった。ぼくひとりじゃサニーの目玉焼きは辛いからね、って。

きみと出会ってから、サニーの目玉焼きは上手くなったのかな。ぼくが最後に食べたときには——うん、まあまあだったよ。そこには、ナオミが伝えた味が、ナオミがサニーに渡した「物語」が入っているんだ。

多分、きみは毎日その目玉焼きを食べさせられているんじゃないかな。

八歳の頃のサニーと違って、それが旨くなっているとしたら、それはナオミが手助けしたお陰なんだ。束の間ではあったけれど、ナオミとともに暮らしたノーマッドでの時間で、サニーが彼女から受け継いだ技術の片鱗(へんりん)が生きているはずなんだよ。

毎日の食卓にも、誰かの物語が生きている。

この世界は、そんなささやかな物語の集合体なんだ。

あとがき

ノベライズ。

映画やアニメとして制作された作品の物語を、小説に移し変えた書籍。

「メタルギアソリッド4のノベライズをしないか」

まだ著作を一作出しただけの駆け出しに、このような大作のノベライズを任せていただくなど、それだけで身に余る光栄というものです。黙ってお引き受けし、脚本をお借りし、淡々と小説に移し変えていく。それが新人にとって誠実で、分相応な仕事の在り方というものでしょう。

しかし、私にはどうしてもそれができない事情がありました。

なぜかといえば、私はこの「メタルギア」シリーズをつくりあげた小島秀夫監督の、二十年に及ぶファンだったということです。

ファンだからこそ、この小説を普通のノベライズにはしたくない、と思いました。読み捨てられていく刹那(せつな)の思い出ではなく、できることなら手に取っていただいた方の書架に永く留まっていて欲しい。再読に堪えうる立派な小説になって欲しい。若い頃の私にとって、小島秀夫監督の物語が特別な場所を占めていたように、メタルギアシリーズの総決算でもあるこの物語もまた、あなたにとって特別なものであって欲しい。それが、このノベライズをこのような形につくりあげました。

ノベライズなのだから、もっと文を軽くすべきなのかもしれません。「地の文」を極力削り、改行を多くして読みやすくすべきなのかもしれません。私自身、そうしたノベライズのお世話になってきたものです。「本体」の体験を反芻する、よすがとしてのノベライズ。ゲームで語られた物語をそのまま語るのですから、描写を細密にする必要はないのかもしれません。

しかし、「メタルギア」と名のつくものである以上、それもまたオマケのようなものであってはならないと私は決めていました。

とはいえ、小説を自分にとって特別なものにするために、世界観やキャラクターをお借りして、「自分自身」を主張する気はまったくありませんでした。もし、どこの誰とも知らない新人作家が「自分自身」を主張して、同世界、同キャラクターというだけのオリジナルの物語を展開しはじめたら、ファンである私はどれだけ怒り狂うことでしょうか。経験豊富な有名作家ならば、それが許されるかもしれませんが、新人である自分がそれをやってはならないし、またやる気も必要性もまったく感じませんでした。「オリジナルの」物語でエゴを主張するのは容易いことです。しかし、私は知っていました。小説の可能性というのは、物語以外の場所にも宿っているのだということを。

それが、オタコンを語り手に据えるという選択でした。

物語を、どのように語るか。その「どのように」の部分にこそ、小説の真髄は宿っていると、私は知っています。モーセが紅海を分かち、イエスが水をワインに変える。騎士は姫のために命を懸け、少年はいずこかへと旅に出る。「むかし、むかし、あるところに」。かつて、すべての物語は小説家のものなどではなく、「どこかの、誰かの」物語でした。他者の出来事を語り継ぐこと。吟遊詩人や古代の歴史家、敬虔な使徒たちは、物語を後の世に繋ぐため、様々な「語り口」を生み出してきました。

人が物語っていくその方法というのは、「物語そのもの」と同じくらいの意味や価値を持ちうるのです。『ロード・オブ・ザ・リング』はトールキンの『指輪物語』の物語に忠実な映画でありつつ、その見せ方により紛れもなくピーター・ジャクソン監督の作品になっていました。いうなれば、ピーター・ジャクソンはその語り口において自らの物語を語ったのです。

私は、ノベライズにおいてもそれが可能であると考えました。むしろ、ノベライズ独自の可能性とは、そこにこそあると考えました。小島監督が苦労して構築なさった物語を、その感動を損なわぬよう誠実に伝えること。その方法を徹底して考え抜いた結果が、この小説です。「メタルギア」シリーズの物語を知らない方にも問題なく読んでいただけるような、一冊の完結した存在でありつつ、すでに「メタルギア」の物語を終えた方にとっても新しい発見があるような、そんな小説。

ノベライズであることの意味を、自分に出来る極限まで考え抜いた結果生まれたのは、私が「メタルギア」の物語を語ることの意味を語る、物語についての物語であり、「メタルギア」サーガとはいったい何だったのか、それがぼくらの生きている世の中の仕組みとどう象徴的にかかわっているかを示す、「メタルギア」への「批評」でもある物語でした。

人が他者の物語を語り継ぐことの意味を、この小説から感じ取っていただければ、私にとってこれにまさる喜びはありません。願わくば、この物語があなたの書架を豊かにする、よき思い出になりますように。

伊藤計劃

伊藤計劃さんとのこと

小島　秀夫（ゲームデザイナー）

一九九八年三月。伊藤さんと初めて出会ったのは、このとき開催された「東京ゲームショウ'98春」だったという記憶があります。この年の九月に発売を控えていた「メタルギア ソリッド」の展示ブースにいた僕に、声をかけてくれた青年がいました。誰かと思い振り向くと、彼の顔は涙に濡れている——。ゲームショウの喧騒とお祭り騒ぎのような空気の中、一人で泣いている青年。それが、後に小説家・伊藤計劃となる人でした。

このときのブースでは、ゲーム中のシーンを僕が再構成し編集したトレーラーを公開していたのですが、それを観ていたら思わず涙があふれてしまった、と伊藤さんは興奮気味に話してくれました。それまでこんなに「メタルギア ソリッド」を素直に愛してくれる「ファン」とは出会ったことがなかったのでたいそう感動したのを覚えています。その出会いをきっかけに、伊藤さんは、ファンレターや彼が友人たちとつくっている「メタルギア」の同人誌を送ってくれるようになりました。伊藤さんが自分のウェブサイトをもっているという話も耳にしたので、時々のぞきにいったりもしていました。

とはいえ、僕と伊藤さんは、ゲームクリエイターと熱心なファンという関係にすぎないものでした。こう言うと冷たいように感じる方もいるかもしれませんが、僕はファンの方たちと一対一の関係を結ぼうと思ってはいません。今もそうですが、送り手側として、直接、ユーザーと交流してはいけないという考えがありました。ファンの方からいただくメールやプレゼント、ウェブサイトでの発言などは僕のゲーム創作のための何よりの糧になります。だから、もちろんそれらには日々感謝しています。でも、そうした声に対しては
ゲームという「作品」で応えることしかできないと思っています。だから僕から積極的に伊藤さんに対して何かのアクションを起こすことはありませんでした。双方向的ではなく一方的な関係がしばらく続いていたのです。

そんな伊藤さんと僕との関係に変化がおとずれたのは、二〇〇一年九月、あの9・11の直前のことです。

コナミのスタッフから、伊藤さんが入院した、もしかしたら癌かもしれない、と知らされました。「彼に何かをしてあげたい」、同時に、病床の彼に「自分が何をしてあげられるだろうか」と考えました。考えた末に出てきた答えはやはり「ゲーム」でした。僕と伊藤さんが出会ったきっかけは「メタルギア ソリッド」という「ゲーム」だったのです。だから、答えはそれしかありません。僕は、開発中だった「メタルギア ソリッド2」のカットシーンをミニDVに収録し、伊藤さんがいる病院へと向かいました。伊藤さんは、表面上は平静を取り繕っていましたが、表情は暗いまま。将来の不安を抱えて意気消沈していました。そんな伊藤さんに、とにかく「メタルギア ソリッド2」の「タンカー編」のラストが入ったカットシーンの映像をベッドで観てもらうことにしました。

社外の人に開発中の作品を一部とはいえ見せてしまうことは、本来、やってはいけないことです。でも、僕にできることはこれだけだからと、観てもらうことにしました。

「ゲームが完成するまで死にません」

映像を観終わったあと、伊藤さんがこう言ってくれたのが救いでした。

その後、「メタルギア ソリッド2 サンズ・オブ・リバティ」は二〇〇一年十一月、無事発売にこぎつけ、発表会には伊藤さんを招待し、お披露目の場に立ち会ってもらいました。大きな手術を経て、杖(つえ)をついて歩く彼の姿は痛々しくもありましたが、それでも僕はうれしかったです。病院のベッドでの約束を彼が守ってくれたからです。今思い返すと、この頃から、僕の中で伊藤さんは「ファン」ではなく、「友人」の一人になっていたのだと思います。

発売された直後、続編として期待を背負った「メタルギア ソリッド2」は激しい賛否の嵐に巻きこまれました。今でこそ評価をされているタイトルですが、当時は雷電という新キャラクターや、ラストにこめた強すぎるメッセージ、ゲームとしては難解なストーリーがファンには届きにくく、ウェブサイトの書き込みや評判を見るたびに気持ちがふさぎました。そんな僕を最初に理解してくれたのは、伊藤さんだったのです。彼は自分のサイトで「こんなゲームを喜ぶのは俺だけだ!」という主旨の文章を載せてくれていました。僕がゲームにこめた謎かけやメッセージをかくもよく理解してくれている人がいる。その事実だけで、僕は救われた気がしました。

その頃から、伊藤さんは作家としての道を自覚して歩こうとしていたのだと思います。

あるとき、伊藤さんから、友人がマンガを描くことになり、その原作を書いたので見てほしいとお願いされました。よろこんで読ませて貰いましたが、正直あまりピンとくる出来栄えではありませんでした。たしかに彼には豊富な知識と並外れた理解力があります。僕のゲームに対しても多くのファンが見逃してしまうポイントを突いてきてくれます。「メタルギア　ソリッド」以前の作品の「ポリスノーツ」に、「スペースコロニーは高度医療社会にならざるをえない」という設定をしたのですが、その必然性を理解してくれた数少ない人でした。「メタルギア　ソリッド」でリキッドたちがビッグボスの遺体を要求する展開や「メタルギア　ソリッド2」でスネークたちのNPOがテロリストとして指定されてしまうひねりなどをちゃんと理解してくれたのも、伊藤さんでした。「これがSFですよ！」と喜んでくれました。でも、伊藤さんは受け取り側ではなく、送り手側のクリエイターとしてはどうなんだろうという疑問が僕にはありました。

しかし、ある頃から伊藤さんは変わり始めました。まず、ブログで綴られる文章の質が変わり、そこで取り上げられる映画のレビューも変化してきました。上手く言えないのですが、それまでなかった別の「視点」のようなものが文章からうかがわれるようになったのです。あとから考えると、その変化は伊藤さんのデビュー作となる『虐殺器官』を書き始める直前から始まっているような気がします。軽々しいことは言えないですが、大病を経て、伊藤さんの中にあった「作家」性が目を覚ましたのかもしれません。死と隣り合わせの中で彼の感受性に大きな変異が起こったのだと想像します。

『虐殺器官』を一読して、驚きました。それは伊藤さんにしか書けない、繊細で、でも恐ろしく、しかも愛おしくもある小説でした。作家・伊藤計劃が誕生したのだ、と思いました。後にインタビューで伊藤さんが語っていたそうですが、『虐殺器官』の原型になった短編は僕の初期のゲーム「スナッチャー」のファン小説だったらしいです。でも、『虐殺器官』には伊藤さんがこれまで「メタルギア ソリッド」シリーズから汲み取ってくれたものが反映されていると僕は思いました。だから、伊藤さんに「メタルギア ソリッド4」のノベライズを依頼するのに、なんの躊躇もありませんでした。

二〇〇八年一月にノベライズにあたっての最初の打合せをしました。杖をついて会議室に入ってきた伊藤さんは、まぎれもない「作家」のオーラを放っていました。ちょうど十年前、ゲームショウのブースで泣いていた青年のひ弱さが消え、堂々とした作家の顔をしていました。このときはじめて、伊藤さんと僕はクリエイター同士として会話を交わしたんだと思います。

打合せはあっと言う間に終わりました。「メタルギア ソリッド4」をベースにノベライズしてほしいけれど、過去のシリーズをプレイしていないユーザーにも理解できるように、「メタルギア・サーガ」の歴史やキャラクター、舞台背景なども盛り込みたい、若い読者にも手にとってもらえるような文章や構成にしてほしい、そのうえで「4」のテーマも小説として伝えられるようにしたい——。無理難題と思えるリクエストを、伊藤さんは次々とクリアしてくれました。オタコンを語り手にすること、「4」のゲームデザインとテーマを伝えるためにも必要だったボスキャラのビューティ&ビースト部隊をあえて登場させず、おなじみのキャラクターたちに「4」のテーマを体現させることなどのアイディアが伊藤さんから出てきました。たいした時間もかからないうちに、基本的なコンセプトは固まりました。

それから伊藤さんは恐ろしい勢いで執筆に入ります。

ほどなくして届けられた第一稿は、僕の予想を超えていました。自分が創造した物語を第三者の手にゆだねて初めて得られる快感、とでも言うべきものがありました。僕がゲームにこめたテーマやキャラクターたちの感情や物語のうねりが再現されているのはもちろんですが、自分では気がつかなかった物語の別の側面や、設定に隠れていたモチーフなどが伊藤さんの文章によって鮮明に浮かび上がっているのです。行間を読む、という言い方がありますが、伊藤さんの小説は原作の「字間」というか、文字と文字の間にある意味や情報や感情すらすくい上げてくれていました。それは物語をなぞるだけの単なるノベライズではありませんでした。

ゲームと小説が発売されたあと、僕は次回作である新作ゲームの構想を固めていました。「メタルギア ソリッド2」以降、僕はゲーム創りをするときに、必ず伊藤さんが喜んでくれるかどうかという視点を最初にもつようにしてきました。この物語、この設定、このキャラクターを伊藤さんは喜んで受け止めてくれるだろうか——、と創作を進めながらもよく考えていました。そのとき頭の中にあった新作の舞台は、一九七四年のコスタリカです。時系列でいうと「メタルギア ソリッド3」の後の話。冷戦当時の中南米で平和を保っていた「軍隊なき国家」コスタリカで謎の武装集団が暗躍を始め、その動きを抑止するために、ネイキッド・スネークが組織する「国境なき軍隊」が招致される——。そうです、「メタルギア ソリッド ピースウォーカー」です。

僕はこの新作と「メタルギア ソリッド3」をあわせ、ひとつの小説として伊藤さんに執筆してほしいと考えていました。けれど、その話をする機会は、予想もしないかたちでおとずれます。

二〇〇九年二月。入院中の伊藤さんの様子が思わしくない、長い闘病生活を幾度となく勝ち抜いてきた伊藤さんも今回はダメかもしれない、という話を聞きました。とるものもとりあえず、見舞いに行きました。ベッドに臥せる伊藤さんに最近観た映画や読んだ小説の話をしたのですが、うつろな表情のまま、ほとんど返事もないような状態でした。「伊藤さんになんとか元気になって欲しい。生きることを諦めて欲しくはない」そう思い、僕は「ピースウォーカー」の話を始めました。コスタリカという舞台や核抑止といったテーマ、冷戦下での諜報合戦、七〇年代のＳＦ的なＡＩ兵器、そしてスネークたちの物語をすると、伊藤さんは次第に笑顔を取り戻して喜んでくれました。そして伊藤さんは以前のように「完成するまで頑張ります」とも言ってくれたのです。

そのときはまだゲームの企画そのものを何処にも発表していません。社外の人に内容を話すのは伊藤さんが初めてでした。これは「メタルギア ソリッド２」のときと同じシチュエーションです。けれど、二〇〇一年と二〇〇九年とが決定的に違うのは、伊藤さんが約束を守れなかったことでした。

この小説には、目玉焼きが上手く焼けないサニーに、ナオミがコツを教えるシーンが描かれています。そのシーンはゲームにももちろん出てきますが、伊藤さんはその焼き方のコツこそが、ナオミがサニーに手渡した「物語」だと語ります。朝の食卓の目玉焼きにすら物語は宿っている——。僕のゲームには表現されていない「物語」。だからこの小説は伊藤計劃という作家の「メタルギア ソリッド」なのだと思います。

「伊藤さんは僕のゲームを喜んでくれるだろうか？」。その「基準」こそが僕にとっての「伊藤計劃という物語」のひとつです。だから、もうすでに僕のゲームには伊藤計劃が宿っている。そのゲームを伊藤さんがあらためて語り直し、僕は伊藤計劃の「メタルギア ソリッド」という物語を手渡される——。まるで、二重螺旋（らせん）のようです。なんて素晴らしいキャッチボールをさせてもらっているんでしょう。

伊藤さんという存在のおかげで、クリエイターとして得がたい幸せな経験をさせてもらいました。

伊藤計劃さん、ありがとうございました。

（二〇一〇年二月十二日に行われたインタビューをもとに、編集部により再構成しました）

この作品は二〇〇八年六月に小社より単行本として刊行されました。

メタルギア ソリッド ガンズ オブ ザ パトリオット

伊藤計劃（いとうけいかく）

平成22年 3月25日 初版発行
令和5年 5月30日 34版発行

発行者●山下直久

発行●株式会社KADOKAWA
〒102-8177 東京都千代田区富士見2-13-3
電話 0570-002-301（ナビダイヤル）

角川文庫 16181

印刷所●株式会社KADOKAWA
製本所●株式会社KADOKAWA

表紙画●和田三造

ISBN978-4-04-394344-9 C0193

角川文庫発刊に際して

角川源義

第二次世界大戦の敗北は、軍事力の敗北であった以上に、私たちの若い文化力の敗退であった。私たちの文化が戦争に対して如何に無力であり、単なるあだ花に過ぎなかったかを、私たちは身を以て体験し痛感した。西洋近代文化の摂取にとって、明治以後八十年の歳月は決して短かすぎたとは言えない。にもかかわらず、近代文化の伝統を確立し、自由な批判と柔軟な良識に富む文化層として自らを形成することに私たちは失敗して来た。そしてこれは、各層への文化の普及滲透を任務とする出版人の責任でもあった。

一九四五年以来、私たちは再び振出しに戻り、第一歩から踏み出すことを余儀なくされた。これは大きな不幸ではあるが、反面、これまでの混沌・未熟・歪曲の中にあった我が国の文化に秩序と確たる基礎を齎らすためには絶好の機会でもある。角川書店は、このような祖国の文化的危機にあたり、微力をも顧みず再建の礎石たるべき抱負と決意とをもって出発したが、ここに創立以来の念願を果すべく角川文庫を発刊する。これまで刊行されたあらゆる全集叢書文庫類の長所と短所とを検討し、古今東西の不朽の典籍を、良心的編集のもとに、廉価に、そして書架にふさわしい美本として、多くのひとびとに提供しようとする。しかし私たちは徒らに百科全書的な知識のジレッタントを作ることを目的とせず、あくまで祖国の文化に秩序と再建への道を示し、この文庫を角川書店の栄ある事業として、今後永久に継続発展せしめ、学芸と教養との殿堂として大成せんことを期したい。多くの読書子の愛情ある忠言と支持とによって、この希望と抱負とを完遂せしめられんことを願う。

一九四九年五月三日

角川文庫ベストセラー